北南

著

贵州出版集团
贵州人民出版社

振臂呐喊，不为申诉求索，只有恣意。

高声呼喝，不求觉醒振奋，只因快活。

偷风不偷月

远处的长街车流熙攘,
厦宇密如林,
行人全无艰苦旧貌。
只有朝霞如初,
其余当真改天换地。
国,疮痍已复,正大光明。

TOU FENG BU TOU YUE

第五章 …… 恋爱自由，黑窗不行 153

第六章 …… 天安门下，正大光明 189

第七章 …… 冰城秋夜，各释心结 227

第八章 …… 复华银行，昨日今朝 267

目录

第一章
如斯眼熟，素未谋面
001

第二章
如意琴头，君子协议
041

第三章
玄武水杉，美满美和
083

第四章
陈皮宴好，怀表复回
119

"月明无风，果然不适合行窃。"

"有什么说法？"

"这叫偷风不偷月。"

第一章

如斯眼熟,素未谋面

市区里的玉兰树似乎一夜之间全都开花了，连片的洁白，一辆黑色商务车穿行而过，驶进"项樾通信"的园区内，在办公大楼前缓缓停住。

司机说："项先生，到公司了。"

项明章睁开双眼，指关节抵着眉心压了压倦意——今天市信息化部门召开圆桌会议，一开就是大半天，他在路上才得以小憩片刻。

而且这种性质的会议，力求朴素，带助手都属于摆谱。项明章一人去一人回，亲自拎着分量不轻的资料册和笔记本电脑下了车。

项明章回到办公室，不出两分钟，秘书轻手轻脚地送来一杯咖啡。他低头翻着会议资料，问："销售和售前的经理在不在公司？"

秘书回答："都在的。"

项明章看一眼手表，说："通知一下，十五分钟后开会，去研发中心把工程师主管也叫过来。"

秘书提醒道："项先生，时间来不及了，等下要出发去亚曦湾，今晚和亦思签约。"

项明章终于抬起头。股权收购也不算小事，他居然抛之脑后给忘了，大概只能怪签约对象太过烦人。

"亦思科技"曾在业内辉煌过，但自从创始人楚喆四年前去世，公司内部就派系纷争不断，导致数名高管出走、客户流失、业绩和口碑跳崖式下滑。

楚喆的股权留给了一双儿女。女儿还在念书，不足成事；儿子楚识琛是个惹是生非的富二代，吃喝嫖赌抽，五毒俱全，打小就特别败事有余。

楚识琛身为楚家长子，为人却不怎么样。公司收益连年减少，他不想着改邪归正，反而一哭二闹三上吊，哄楚太太一起卖掉股份，要跟朋友投资创业。

项明章评估过亦思的价值，认为这头"瘦死的骆驼"还有救，便趁机抛出了橄榄枝。项家和楚家多年旧交，虽然楚父去世后两家关系渐渐淡了，但尚有情分，项明章给的价格很厚道，双方达成交易。

从前期接触到后期洽谈，楚家全权委托律师进行，到最后一步签约了，楚识琛冒出来发癫——要在游艇上举行签约派对。

项明章既没闲工夫在海面上漂一夜，也没兴致享受楚识琛提供的消遣，所以收到邀请就没当回事。

他想了想，吩咐秘书叫彭昕过来。

彭昕是销售部总监，项明章手下的得力干将，行事老练，善于应酬。进到办公室，彭昕问："项先生，您找我？"

项明章说："今晚跟亦思签约，你替我去。"

彭昕刚结束一个项目，瘦了七公斤，急需放假充电，本来订好今晚的机票飞圣托里尼。他舔了舔嘴唇，毫无异议地说："好的，我没问题，亦思那边需不需要提前沟通？"

"用不着。"项明章语气轻巧，"负责的专组都谈妥了，你压一下场的事。"

彭昕点点头。早听说楚识琛是个玩咖，估计派对也不那么单纯健康，休假推迟，今晚就当开胃菜吧。

项明章看穿，说："耽误正事你就不用放假了。"

"您放心，耽误正事我跳海。"彭昕笑道，"项樾马上就成亦思的大股东了，确实值得开派对庆祝。"

傍晚，公司派车送彭昕一行五人前往亚曦湾。

一到春天，整个城市迅速升温，江边海岸一日比一日热闹，私人码头停泊一冬的豪华游艇都蠢蠢欲动起来。

楚识琛的游艇提前一周准备妥当，成箱的新鲜食材和高级洋酒空运过来，船员、私厨、服务生陆续就位。夜幕降临，乐队也到了，还有十几名模特、网红作陪助兴。

春夜出海，格外醉人。

原本要出席派对的项明章留在公司开会，白天圆桌会议磋商的是"容灾系统"的问题，上面有新需求、新方向，各大公司和厂商要及时传达示下。

回到家几近凌晨。项明章平时一个人住在酒店式公寓，寸土寸金的地段，楼下堆满奢侈品店，相邻环金中心的摩天大楼，四周永远珠光宝气、华灯璀璨，好像这样就不会令人感到孤独似的。

泡完澡，项明章半裸着上身，水珠沿着分明的肌肉线条滑落。他习惯喝一杯冰水，身体冷下来会眷恋被窝，能睡得沉一点。

估计海面上没信号，休息前他没收到彭昕完成签约的消息。

直至半夜，手机突然疯狂振动。

项明章很快醒过来，这个时间打扰他不会是小问题，他接听后直接问："什么事？"

手机里传来秘书急切的声音:"项先生,出事了,楚识琛的游艇在海上发生了爆炸!"

平地惊雷!项明章霎时清醒,心跟着一沉:"项樾的人怎么样?"

秘书说:"具体情况还不清楚,亦思那边很乱,好不容易联系上负责人,只知道目前获救的人都送到医院了,我正在赶过去!"

项明章翻身下床,迅速研判形势,交代道:"暂时不要跟亦思交涉,先确认彭昕他们的安全。"

挂掉电话,项明章立刻换衣服出了门。

医院门前被堵得风雨不透,搜救工作仍未停止,救护车不断往返送来一拨又一拨伤患,急诊中心忙得不可开交。

项明章穿了件及膝风衣,步伐带动衣摆,短发微乱,但神情自始至终很镇定。

他向前台查询了接诊记录,万幸的是,彭昕等五个人全部获救,已经入院治疗。

其中一名职员在重症监护室,刚结束抢救;两名职员昏迷未醒,暂时脱离生命危险;另外两名没有大碍。

病房八楼,彭昕躺在床上输液,惊魂未定,听见开门声抖了一下。项樾给的薪水足以让他死心塌地,不求什么人文关怀,所以看见项明章大半夜过来不免惊讶。

"啊……"彭昕道,"项先生,您怎么亲自过来了?"

项明章轮番看过其他人,重症那名生死未卜,他的心情自然称不上好,说:"你觉得我还能睡得着?"

彭昕面色狼狈,第一次坐豪华游艇出海,差点丢掉小命……当时大家玩得正开心,游艇尾部突然起火,火势越来越大失去控制,救生艇不够用,所有人乱成了一片,幸好爆炸的时候大家都跑得差不多了。

彭昕叹气:"走之前说耽误正事就跳海,我这破嘴。"

项明章道:"你是替我去的,好好休养,销售部没你这张铁嘴要哑火一半。"

"您这么看重我,我跳海也值了。"彭昕费力直起身,从枕头下面拿出公文包,"无论如何,我今晚不辱使命,收购合同都在这里面了。"

项明章一手接过,一手按了按彭昕的肩膀。

这时秘书匆匆赶来,他没料到项明章会来医院,解释说:"项先生,亦思的人都在九楼,他们的负责人找我了解情况,耽误了点时间。"

项明章盯着对方,问:"那你聊完了吗?"

秘书手心出汗,说:"我马上处理这边。"

项明章道:"联系员工家属,把安抚工作做好,叫律师和保障部主管过来谈赔偿方案,看一下医院条件和医生资质,专业护工尽快到位。"

秘书连连答应："好的，我记住了。"

"不用你办。"项明章补充了一句，"转告助理接手，你下班吧。"

秘书急道："项先生，让我处理吧！"

"哦，对了，"项明章问，"跟亦思聊了这么久，楼上怎么样了？"

秘书脸色难堪，回答："医生说，楚识琛恐怕不行了。"

从得知事发，项明章首先关心下属的生命安全，其次在意收购合同，至于楚识琛的死活，他一点都不在意。

不过两家有交情在，出于礼节他肯定要探望一下，反正如果人死了，葬礼也是躲不过要出席的。

项明章上了楼，病房走廊外乌压压挤满了人，有亦思的高层管理和楚家的一些亲戚长辈，律师团队候在休息区待命。

大家都是从睡梦中爬起来的，不无困乏。项明章的出现搅动了众人的神经，他们纷纷投去目光。

项明章目不斜视地走到病房外，敲开了门。

外间沙发上，楚太太哭得双目红肿，长发散落在胸前；女儿楚识绘扶着她，表情则淡漠许多。

一位中年男人迎上来，五十岁左右，保养得当，是楚喆死后真正操持亦思大权的运营总裁，李藏秋。另一位年轻男人陪在楚识绘身边，是李藏秋的独子李桁。

虽然项明章不过三十三岁，但李藏秋率先开口："项总来了，请进，这么晚还惊动了你。"

项明章说："我来看看有什么需要帮忙的。"

楚太太后知后觉，泪眼蒙眬："明章……"

项明章安慰道："伯母，你要注意身体。"

楚太太摇摇头："我只想要小琛醒过来……"没说完便哭得上气不接下气，一头栽进楚识绘的怀中。

李藏秋低声告知："救上来得太迟了，医生说苏醒的希望很渺茫，让家属做好心理准备。"

楚识绘有些心烦："妈，你听见没有，哭有什么用？"

楚太太叫嚷："做什么准备？小琛一会儿就醒了，我做什么准备？！"

李藏秋见状主持大局，回头对儿子说："李桁，你去办吧。"

这是要准备后事了。

李桁一走，外面的人陆续涌入病房，等待送最后一程。楚太太彻底崩溃，没完没了地痛哭起来。

项明章被堵在病房里，一时走不掉。他旁观够了一众人佯装出的哀切，便转身对着里间的治疗室。

一整扇玻璃相隔，正对病床方便观察，不过降下几寸的百叶窗挡住了楚识琛的脸。

楚太太哭得力竭，捂着嘴巴由号啕变成抽泣，她瞥见项明章独自对着治疗室，上前说："明章，你想看看他的话，可以进去。"

项明章根本没那个意向，倒嫌晦气："我怕打扰他。"

楚太太哽咽道："没关系，也许就是最后一面了，去送送小琛。"

项明章不得不答应："……那好吧。"

进入治疗室，门一关便隔绝了嘈杂声，项明章双手插进风衣口袋，慢慢走向病床。

实际上，他对楚识琛的印象很单薄，仅有几面。最早的时候楚识琛十几岁，还没长开，能看出五官底子不错。

上一次见是四年前楚喆的葬礼——楚识琛染着一头紫红色的半长发，非常炫彩，戳在一片黑衣的宾客中，就像黑土地上长了颗火龙果。近看的话，楚识琛的脸色被衬得有些黯淡、虚浮，完全不像青年人该有的状态。

至于衣着，楚识琛一向潮得让人胆寒，假如咽了气，都找不到一套合适的衣服当寿衣。

总之，这么多年放纵的生活习惯、糟糕的审美，再加上无知的气质，天生的好皮囊早被糟蹋得不忍直视。

今晚又在海里泡了不知多久……项明章真的不太情愿直视对方。

可他走到床边，一抬眼就停住了。

"楚识琛"安躺在病床上，面容干干净净，黑发似一捧乌云覆在额前，掩映住一双修眉。他的眼睛闭着，长睫静垂，肌肤呈现出冷水浸洗过的苍白，看上去冰凉而润泽，只有浅浅的眼窝被海水刺激得泛着红。

病号服微敞着领口，"楚识琛"的颈侧擦伤了一道，贴着纱布；他的左手压在胸前，仿佛在按着心脏祈祷。

那只手很漂亮，食指上戴着一枚古董印章戒指，银底镶嵌蓝玛瑙，凹雕的图案是一只衔着月桂叶的雄鹰。

这个人如斯眼熟，却又像素未谋面。

项明章始料未及地怔了片刻，等回过神来，病床上依旧那么静谧，甚至听不见呼吸声，不知道对方能不能撑到天亮。

人之将死，应该告个别。

听着外面隐约的哭声，联想楚家这几年的际会，项明章想到一对很贴切的挽联，给楚识琛当悼词也算抬举他了。

"与人何尤，可怜白发双亲，养子聪明成不幸；"项明章凉薄念道，"自古有死，太息青云一瞬，如君摇落更堪悲。"

黎明将至。

那张俊雅的面孔微动，缓缓睁开了眼睛。

一九四五年春，港口码头，一艘轮船趁着月色起锚远航。

岸上送行的人群模糊成一团，二层客舱的房间里，沈若臻脱下西装外套，在鸣笛声中松弛了身体。

战火无情，母亲与妹妹早已被送往海外避难，不少亲戚也靠沈家获得了妥善安置。去年秋，父亲得急症病故，丧事简办，之后老管家护送遗体回宁波安葬。

昔日显赫的沈公馆人去楼空，沈若臻对外宣称要回故乡为父守孝，其实是进行安全转移。忠孝两难全，从他接任行长一职就做好了选择。

房间闷热，沈若臻解开白衬衫的一粒纽扣，将行李箱平放在床尾打开。不大的箱子空着一半，里面装着洗漱包、两套西装、一盒镏金水晶火漆印章，是行长的公印。

沈若臻抽起夹层，内里放着几张未面世的抗币，由他督办，一个月前秘密制造并成功运送了一批，这些是他留作纪念的。

抗币之下还有一份报纸，版面正中，醒目地刊登着一篇"敬告国民——复华银行关闭公告"。

沈若臻亲自撰写，寥寥数言道不尽背后的殚精竭虑，再一次读罢，依旧是万千心绪难抒。

他平躺在狭窄的床上，手背搭着额头，食指间的玛瑙戒指质地坚硬，像针管抵着皮肤注入了镇静剂。

沈若臻疲倦至极，沉沉地睡着了。

过去许久，轮船开始激烈地摇晃，房间内的小桌在地板上滑动，碰撞墙壁发出"咚"的一声。

沈若臻醒来，透过小小的舷窗看了一眼。天色阴晦，漆黑的天空打过一道闪电，海面上波涛翻滚。

走廊上不断有人经过，吵嚷声在颠簸中越来越大。

沈若臻披衣出门，惊觉天气坏得可怕，海风呼号，乌压压的密云几乎垂落在海面上。

没多久，轮班休息的船员倾巢出动，可见情形凶险。

甲板上挤满了不安的乘客，雷鸣低啸，暴雨铺天盖地袭来。混乱中一扇巨浪轰然席卷，人们又仓皇逃回船舱，失衡跌倒的身体像一只只蜷缩的虾子。

猛地，一道惊雷直下，破开黑天，船上的桅杆生生被劈裂！

转瞬间，无数人惊惧哭号，哀鸿遍地。有船员放弃般松了手，瘫软着身躯倒下。

刺骨海水不停地砸向甲板，浪涛如狂龙，大口大口吞并着破损的船身。

周遭尖叫、呼救、啼哭，等待的是惊厥、伤亡和无力回天。

沈若臻抓着栏杆，发丝飞舞，浑身湿透了，沉静的脸上滑落咸涩的海水。

他晃动了一下，默然笑起来。

想他短短一生，生长于膏粱锦绣，肩负着云霓之望，经过美满，尝尽忧患，不图史书工笔留姓名，却不料如今落个葬身大海的结局。

所幸，他已无愧家国，只可惜等不到疮痍平复。

一面巨浪掀上天际，垂直落下，"嘭"的一声，甲板顷刻间被砸出一道裂痕。

沈若臻产生短暂的耳鸣，栏杆湿滑抓不住了。他松开手，从胸前口袋里掏出从小佩戴的怀表，指腹摩挲表盖，上面镌刻着象征佛法慈悲的"卍"字纹。

船沉的一刻，白衬衫轻轻飘动，沈若臻如一株黑夜中寥落绽放的昙花，猝然被天地吞噬。

海水太冷了，寒意裹遍五脏六腑，气息被一点点抽空殆尽。

沈若臻的意识变得混沌，直至湮灭。

……

漂浮感似乎消失了。

沈若臻觉出一丝温暖和踏实，刺耳的声响也停了，静静的，后来他隐约听见一道脚步声。

难道有人救了他？

脚步由远及近，停在身边，沈若臻的感觉越发真实。

他没有死，他还活着。

忽然，他听见有人在说话，音调略低，就在身边，在对着他说话。

是谁……

沈若臻终于睁开了眼睛。

眼前闪动着几道光圈，他茫然片刻，视野渐渐清晰，目光也随之聚焦——他看见了一个陌生的男人。

那般高大、英俊，对方正盯着他，冷漠的表情中掺杂了难以掩饰的诧异。

项明章没有料到，他刚念完挽词，要死的"楚识琛"居然醒了。

那双眼睛定定地望着自己，明瞳点墨，清澈如水，全无烂醉或垂死的萎靡。许久，那双眼睛迟疑地眨了一下，长睫忽闪，再望来时目光变得严肃。

沈若臻久未开口，声音有些沙哑："你是谁？"

项明章神思归位，傲慢也一并恢复，反问道："不记得我了？"

沈若臻防备大于疑惑，回答："我不认识你。"

项明章连一句"贵人多忘事"都懒得嘲讽。项樾五个人全躺在病房里，还有多少人受伤也不得而知，他没有一分钟的耐性跟一个纨绔打太极。

项明章微微俯身，不禁恶意揣测这位楚少爷，说："楚识琛，搞出这么大事故，装失忆可没用。"

沈若臻："我……"

不等否认，项明章转身离开了治疗室。

外间多了几名女眷，是来陪伴楚太太的，项明章不欲多留，走之前说："伯母，进去看看吧，他醒了。"

楚太太一惊，柔弱的身体从沙发上弹起来，立刻冲进了治疗室，楚识绘和其他人紧随其后。

沈若臻被突然涌入的人群吓了一跳。

楚太太扑到床前，把"楚识琛"仔细看着，激动得不能自已："小琛，你终于醒了！妈妈就知道你福大命大！"

沈若臻愣着，才注意到周围的怪异——病房的样子，精密的仪器，这些陌生人的衣着打扮……

楚太太捧住他的手，问："小琛，你感觉怎么样？冷不冷，有没有哪里痛？"

楚识绘在另一边嘀咕："不会是回光返照吧。"

楚太太："哎呀，不要咒你哥哥！"

"喂，"楚识绘叫道，"楚识琛，你没事了？"

沈若臻听清了那个名字，他不明白为什么所有人都这样叫他，否认道："我不是楚识琛。"

楚太太温柔一笑："在说什么傻话呀。"

沈若臻重复第二遍："你们认错人了，我不姓楚。"

"好好好，"楚太太一脸溺爱，"以后跟妈妈姓杨。只要你平平安安的，怎么样都好。"

沈若臻抽出手，压抑着内心泛起的一丝愧惶，几乎是郑重地说："这位夫人，我不认识你们，也不是你的儿子。"

大家迟疑片刻开始悄声议论，楚太太傻在一旁，顿时又由喜转忧。李藏秋去请了医生过来，所有人围在床边等候最新的诊断结果。

医生做完检查，试图询问一些常规问题，但得到的答案除了"不知道"，就是"不记得"。

最后，医生诱导地问："你不是楚识琛，那你叫什么名字？"

沈若臻头脑清醒，所以十分提防。他不清楚这些人包括医生在内，服从于哪一方、哪一股势力，如果他暴露真实身份，又会面临什么样的风险。

沈若臻摇摇头，选择缄默。

医生对家属说："很可能是失忆，至于确切的病因和损伤程度，需要明天做一个详细检查。"

楚太太不愿相信："失忆……人真的会失忆？"

医生说："嗯，我院一八年有个病例很类似，也是苏醒后什么都不记得了。"

沈若臻心里一动，出声问："请问是一九一八年吗？"

"呃……"医生语塞，认真回答他，"那是二十世纪，现在是二十一世纪啊。"

沈若臻呆住，极大的震惊令他做不出任何表情，他甚至反应不过来"二十一世纪"是什么概念。

这怎么可能呢？

他溺水昏迷，醒来阴差阳错地来到了几十年之后？

太荒谬了，是一场梦吗？他闭上眼睛，再睁开，然而周围所有的人和物都那么真实。

真实以外，是那么陌生。

沈若臻习惯性地用手背挡住额头。手抬到半空，指间的蓝玛瑙闪着幽光，假如没有这枚戒指，他简直要怀疑自己究竟是谁。

医生看他虚弱，便请大家离开治疗室，单独对家属聊些注意事项。

人都走了，沈若臻扶床半坐，床头柜上放着几本杂志和一份城市晚报，他展开来看，密密麻麻尽是简体字。

他抱着一丝侥幸找到刊印日期，数字却证实了医生没有说谎。

那……沈若臻急切地翻开军事版面和时政版面，不敢遗漏一字地阅读当日新闻。他看到一些关键词——领导、方针，越读越明，目光胶着在这一页无法离开。

报纸从颤抖的指缝掉下去，沈若臻已顾不上失态与否，一动不动地瘫坐着，任由心绪激荡。

战争胜利，物事更迭。

一人生死之间，竟果真飞逝过了大半个世纪。

他正恍惚，楚太太悄悄走了进来。这一晚太耗费心神，她没力气应付别的了，把大家送走,她只想一个人陪着儿子。

"快躺好呀。"楚太太扶沈若臻躺下,自己坐在床沿,伸手去拢沈若臻的头发,"东方人还是染黑色好看,你又白,这一点随我。"

许是太累了,楚太太口气轻柔,叫沈若臻不忍打断。

楚太太便守着他倾诉:"在国外一年多,电话也不打一通,每次找你都嫌我烦。这次回国更是和狐朋狗友玩疯了,家都不回,你好没良心。妈妈答应卖股权,你呢,连一顿饭都不陪我吃。

"游艇爆炸,我接到电话魂都吓飞了,可能当妈的就是要担惊受怕,受一辈子苦。"

楚太太吸吸鼻子,叹息道:"医生说是有概率恢复的,我不担心,你醒过来我就知足了。现在记住我是你妈妈,好不好啊?"

沈若臻沉默聆听,泛起一阵心酸。他的母亲远隔重洋是否也这般牵挂他?可事到如今,他的母亲和妹妹恐怕早已不在人世。

沈若臻眼角顿红,合紧了牙关。

"都不记得你上一次这样乖是几岁的事了。"楚太太流下眼泪,"你爸爸走了,我只有你和小绘了。你今晚要是没挺过来,我怎么活呀?"

沈若臻已发不出一言,他怕刺激到这位母亲。他知道对方不会相信他的否认,只会难过。

他又该如何解释自己的存在,来自一九四五年,是二十世纪的人。他根本无从证明,只怕会被当成疯子。

楚太太帮他掖好被角,离开前说:"小琛,再睡一觉吧。"

沈若臻哪里睡得着。

阳光从窗外洒进来,天亮了。他拖着病躯下了床,赤足踩在坚硬稳固的地板上,一步步走到窗前。

推开窗户,高楼之下的风景尽收眼底。远处的长街车流熙攘,厦宇密如林,行人全无艰苦旧貌。

只有朝霞如初,其余当真改天换地。

国,疮痍已复,正大光明。

可家呢?

尚未祭拜过的父亲,久未团圆的母亲、胞妹,全部消失在时间之中了吗?

他又算什么?

凭空来此,过去不能言明,当下一无所知,未来何去何从?

他沈若臻又算什么?!

偏偏天不绝命，让他活了下来。

而活下去，他需要学会生存，要生存就要先适应这里的一切，在此之前，要有一席之地安身。

沈若臻想，他一定和楚识琛长得很像，连亲缘际遇也格外吻合。他现身在这间病房、在楚家，会不会是老天爷冥冥中的安排？

或许，是上天在帮他，借给他一个新的身份。

沈若臻的心快速跳动起来，为如此下策感到惴惴和羞惭。

抬眸望向天边，阴云散尽明月沉，他鬼使神差地将手探出窗外，揽了一掌清风。

不，不算借，是偷。

在沈若臻醒来的第二天，还没来得及做详细检查，就被楚家悄悄接走转院了。

他住进一家高级私立医院，病房更宽敞，看护更多，环境更私密，同一楼层几乎没有其他病人。

沈若臻不怕闷，也没有任何额外需求，他每天只要报纸，各种报社的报纸，越多越好。

他渴求一切信息，国际时局、经济发展、工业科技、民生教育，只要醒着，他总是在孜孜不倦地阅读新闻。

沈若臻惊奇整个世界的巨大变化。从过去来到当今，他的不安在日渐消退，取而代之的是一份庆幸。

同样惊奇的还有楚太太，她不学无术的儿子竟然开始读书看报了，她忍不住问："小琛，累不累呀？"

沈若臻尚未完全适应这个称呼，迟了半拍抬头，回答："我不累。"说完顿了一下，他叫不出"母亲"，也伪装不出亲昵，便说，"你今天的裙子很漂亮。"

楚太太欢喜得要死，简直快掉眼泪了，她寸步不离地守在床边，希望"儿子"趁失忆能陪她多说几句话。

沈若臻合起报纸，常言道"说得多错得多"，他提前预防："我好多事情都不记得了，好多东西不认识，一些浅显的知识也如闻天书。"

楚太太安慰他："别难过呀，你以前也蛮无知的，肚子里没有多少墨水。"

沈若臻一愣："是吗？"

楚太太说："幸好你妹妹会读书，成绩又好，不然我在太太圈子里交际，脸上真的没有光彩。"

沈若臻："……"

谈天时，沈若臻免不了想起自己的母亲。他的母亲是个大家闺秀，是他儿时的启蒙老师，对他严格大于宠爱，相比较父亲，母亲对他寄予了更多的期望。

楚太太则是典型的"慈母"，对楚识琛不讲要求，全盘接受，从未想过有一天发生不可挽回的事情该怎么办。

沈若臻想，他以楚识琛的身份活着已是不光彩之举，若只享权利，不尽义务的话，岂非彻头彻尾的小人？

身为儿子和兄长，作为一个成年男人，该做的事、该承担的责任，他要替楚识琛做到。

那天醒来，见到的陌生男人说"搞出这么大的事故"，沈若臻一直记得。

他猜楚识琛是有干系的，可这些天过得安安稳稳，麻烦已经处理妥当了吗？亲属会不会受到牵连？

沈若臻找机会问那晚发生过什么，楚太太怕刺激他，轻描淡写略了过去，最后叫他放心，说李叔叔会处理好的。

后来，沈若臻从楚识绘口中得知是游艇爆炸，转院也是因为牵涉的人多，在同一家医院担心会有麻烦。

至于后续处理，楚识绘不太清楚，同样说李叔叔会搞定的。

沈若臻留心观察，发现楚家真正做主的人是李藏秋。

亦思的公务、爆炸事故的烂摊子，都是李藏秋拿主意，他甚至不用和楚太太商量，办完知会一声即可。

楚太太对此全无异议，显然习以为常。

沈若臻的身体一天天好转，陪楚太太聊天的时间也随之增加。他话少，多半在倾听，趁此机会可以了解到楚家和公司的一些状况。

亦思是科技公司，什么计算机软件、硬件、系统开发，沈若臻听不懂，但默默记住了每一个词语。

楚太太保存了许多照片给他看，帮他认人，有家里的两名保姆、一名司机、近亲若干，还有公司的管理层等。

凡是来医院探望过的，哪怕仅有一面，沈若臻都对得上号。

楚太太十分惊喜："怎么失忆了，记性倒变好了，东方不亮西方亮啊？"

沈若臻认完全部照片，印象中少一个人，问："我醒来时见到的第一个人，他是谁？"

"哦，他叫项明章。"楚太太回答，"工页项，明天的明，文章的章。"

沈若臻默念一遍这个名字，道："他是亲戚还是朋友？"

楚太太说："项家的亲戚很难攀呀，算是朋友，爷爷辈就认识，交情不浅的。唉，可惜你爸爸走得早，我们楚家不风光了。"

沈若臻犹记项明章傲慢的态度，说："看来两家的关系疏远了。"

"也还好。"楚太太看问题很简单，"这些年虽然来往少了，但那是虚的；项明章收购亦思给的价格蛮好，说明讲了情分，这是实的。"

沈若臻这才得知，楚识琛和楚太太的股权一起卖掉了，换言之，楚父一手创立的公司已经不属于楚家了。

他不能理解。

沈家祖上自光绪年间开设钱庄，宁波江厦街上三十多家大同行，沈家独占十二。后来外国资本涌入国门，父亲沈作润应局势提倡变革，入上海兴办现代化银行。

沈若臻年幼时耳濡目染，已知经商重在"经营"，谋在发展，成在坚守。

一爿店扩成一双，开疆拓土，一路堵则变通，诸路尽为我所行，在战乱年代也要争当顶在前面的鳌头。

在他受的教育理念中，变卖家业是一种耻辱，是极大的失败，会沦为别人的笑柄。

他表情凝重，楚太太问："怎么了呀？"

沈若臻轻展眉峰，回答："没什么，有些惋惜罢了。"

"儿子，你别闹了。"楚太太说，"当初是你软磨硬泡要卖的，威胁我不答应就在国外自杀，你现在又惋惜！"

沈若臻无奈道："抱歉。"

楚太太马上心软了，格局都宽了："这些年亦思不景气，卖掉也好。项樾是行业顶尖，没准儿能把它盘活呢。而且项明章看着彬彬有礼，其实很吃得开，有本事的，以后交给他去烦啦。"

沈若臻脑海中浮现出项明章的冷漠模样。怎么，二十一世纪重新定义"彬彬有礼"了？

只怕是那位项先生有一颗玲珑心，装惯了大尾巴狼。

身体完全康复后，沈若臻出院了。

踏出医院的那一刻，对他而言，是迈进一个新的世界。

楚家的别墅坐落在江岸以西，楚父过世，楚识琛这几年在国外，家里全是女眷，因此内外打理得十分雅致。

大门早早敞开迎接，沈若臻下了车，在楚太太的陪同下步行穿过花园。庭前立着两个人，年长的是唐姨，相当于家里的大总管，年轻的秀姐负责其余杂务。

回家的第一餐很丰盛，冷盘热盘铺张了十几道。沈若臻向来谨慎，楚太太夹给他的一定吃，摆在面前的选择吃，应该不会出错。

吃过午饭，他被带到了楚识琛的卧房。

房间墙上喷绘着一幅暗黑色调的巨大画作，混乱的线条下画的是一个吐着舌头的摇滚青年，沈若臻问："这是……我画的吗？"

唐姨笑道："你哪有这水平，买的。"

沈若臻细细地参观，边柜上摆着一张相框，他看见了楚识琛的照片。

那张脸，真的和他十足相似。

沈若臻退出房间，他不想动楚识琛的东西，不想霸占楚识琛的屋子，不想让属于楚识琛的痕迹被覆盖。

他坚持搬进了一间客房，空置许久，冷冷清清的，墙边放着一架蒙尘的钢琴。

唐姨拿来一只收纳盒，里面是为他准备的电子产品，有两部手机、两副耳机和充电器。

"出事后新买的，号码换了，一部当备用。"唐姨说，"充足电了，没开机。"

沈若臻见楚太太用过手机，问："这个东西每个人都要有？"

唐姨："当然了，现在没手机谁活得下去？尤其是你这样的，随身携带，及时打电话求救，以后少去没信号的地方。"

沈若臻点头答应，拿着手机端详了一会儿，无奈地去找楚识绘。

转院之后，楚识绘只去看过他一次，是被楚太太硬拉去的。今天回来，楚识绘等到吃午饭才下楼，一句话也没对他说过。

从少数的交谈里能感觉到，楚识绘对楚识琛没多少感情，甚至称得上讨厌。

敲开门，沈若臻学楚太太的称呼，问："小绘，这个怎么打开？"

楚识绘第一次听亲大哥叫她"小绘"，反应了好几秒："……你不会连手机都忘了怎么用吧？"

沈若臻坦然道："我不记得，可以请你教我吗？"

楚识绘又愣了几秒。这个"请"字从对方嘴里说出来，实属罕见。

整个下午，沈若臻学会开机、设置、使用各种功能，深深折服于现代科技；楚识绘也被他的谦逊好学所迷惑，短暂地忘了亲大哥的本性。

过去两天，项樾通信的园区内。

负责SOA（面向服务的架构）的小组做了项目的场景搭建，项明章看过给了反馈，从研发中心出来回办公大楼。

经过景观湖，一池游动的黄秋翠鳞光闪闪，项明章停下欣赏。

助理特意找来，说："项先生，您在这儿啊。"

项明章道："叫人捞几条活泛的，送到缦庄。"

"好的。"助理应下，报告正事，"楚家刚联系过，说楚识琛前两天出院了。"

项明章听说确实是失忆，漫不经心地问："现在怎么样了？"

助理说："他回家玩了三天手机。"

项明章："……"

助理忍着笑："楚太太问您周末有没有空，想邀您一起吃顿饭。"

出事以来，楚家光是处理赔偿就一脑袋官司，压新闻也费了不少力，项明章清楚李藏秋分身乏术，因此签约后的商业交接一直拖着。

倒不是他体贴，而是项樾大鱼吃小鱼，吃相急一点不免被诟病"侵吞"，缓这一时半刻就成了宽容大量，谁也不会嫌弃好名声。

现在尘埃落定，项明章希望公事公办，尽快走程序，不想浪费时间私下拉扯，跟楚家联络虚无缥缈的感情。

秘书问："那帮您回掉？"

突然，项明章的手机收到一条短信。

十分钟前，沈若臻正在练习打字速度，楚太太告诉他向项明章邀约未果，让他再联系一下，以表诚意。

沈若臻思忖片刻，发送了人生中的第一条短信。

项明章看着注明"楚识琛"的号码，出事后楚家给的，随手一存后就没联络过。如今楚识琛像被格式化了一样，能发来什么正常内容？

他点开短信，楚识琛竟然发来了两句诗——

雾里千船暗，灯明夹岸燃。

征程犹未已，还策祖生鞭。

项明章读了一遍。前一句的景象暗喻那晚的事故，后一句抒发当下心境，挫败不足惧，要继续扬鞭启程。

表面来看好像态度不错。

可暗含的机锋……这两句诗的作者，不到三十岁便沉湎酒色而亡，死后写给他的挽词，正是项明章在病床边借用的那一句。

原来楚识琛不仅听见了，也听懂了。

发这两句诗给他，聪明且文明，既不卑不亢地回应了事故，又不褒不贬地回敬了他那晚的讥讽。

这倒让项明章出乎意料。

秘书还等着："楚家那边……"

"替我答复，"项明章改了主意，"周末我会准时到的。"

周六早晨，花园洒过水，草坪提前请人来修剪过。

楚太太为这顿饭忙里忙外，挑选好餐具，围着长桌布置了一个多钟头。

这段时间楚家的确怠慢了，邀请项明章吃顿饭，算是摆出个态度来。另外请了李藏秋和亦思的其他几名高管，感谢他们这阵子的操劳。

再说，项樾以后是亦思的大股东，正式接触之前，提供这个机会让双方交际一下，总没坏处。

楚太太对自己的安排很满意，纠结完烛台用金色的还是银色的，她抓紧时间去化妆弄头发，顺便问："小琛起床没有啊？"

"早就起了。"唐姨在插花，悄声说，"出院回来好怪的，天天六点钟起床看书，昨天你猜他在读什么？《经济法》！"

楚太太吓到："他不会又要犯事吧？"

唐姨赶紧"呸呸呸"："往好处想，也许改邪归正了呢。"

二楼客房，沈若臻合上厚重的法律书，时间差不多了，他起身去浴室泡了个澡。

这些天，唐姨和秀姐照顾得很精细，每天问许多遍"要不要吃"或者"要不要喝"。沈若臻是个口腹欲很轻的人，总是摆摆手，其他事情也尽量不麻烦别人。

唯一的一次请求是为了衣服。旧时，每个月初三裁缝到沈公馆量尺寸，衣服制好再送上门，从不需要沈若臻操心。

他在纸上写下身体的尺寸，交给唐姨，拜托她找裁缝定做几套西装。

唐姨看着分门别类的一页数据，说："哎哟，这么详细啊。"

沈若臻不知道当今的制衣店是什么光景，便全部写好，五维三长一宽。不同的布料，软硬、薄厚不同，做出来的尺寸也有差，一定要正合适才好看。

唐姨对照着纸上的身高，上下打量他，说："我那天就觉得你长高了一点，以为只是变挺拔的缘故，原来真的高了三厘米啊。"

沈若臻从容道："看来我虚报骗过你了。"

"就会唬人。"唐姨笑笑，"还要什么，我出门一并办了。这房间太素，你看有没有要添的？"

沈若臻要了一只小香炉，他喜欢睡觉时燃香助眠，别的就是要书。

泡完澡趁头发半干，沈若臻将发丝轻轻归拢整齐，熨烫完的衣服挂了一夜，他摘下来一件一件穿好。

扣上最后一粒纽扣，沈若臻立在镜子前，抬手摸上胸前的西装口袋，里面是空的，他忘记怀表已经丢了。

行李箱中的抗币和行长的火漆公印自然也丢了，沉没于大海难以追寻。

沈若臻闭上双目，头颅一寸寸低下去，对他来说最重要的几样东西都没有了。

这时，楚太太在楼下唤了一声"小琛"。

沈若臻一颤，睁眼抬眸，重新看向镜子。

方才的悲戚退却，面目变得沉静矜严。事到如今，他不该郁结于身外之物，不该因缅怀过去而瞻前顾后。

他盯着自己，盯着这张酷似楚识琛的脸。

他要暂时藏起有关旧时的一切，包括"沈若臻"这个名字。

他做了个深呼吸，似乎在无声告别。

高跟鞋踩上楼梯来到门外，楚太太不怕冷地穿了条露手臂的裙子，用力敲了敲门："小琛，你好了没有啊？"

将外套的戗驳领压平，楚识琛的神色彻底归于平和，走过去打开门，面对楚太太，他抿了抿莹润的薄唇，叫道："——妈。"

楚太太愣了一会儿，莫名有点慌忙："哎呀……穿正装这么帅的，妈妈都不习惯了。"

楚识琛下楼帮忙，没多久，亦思的总经理和两名总监到了。

相隔几分钟，李藏秋也到了，估计是穿着件浅色毛衣的缘故，看着比平时亲和一些。

楚识琛一直没机会和李藏秋交谈，他端了两杯香槟，送上去主动打招呼："李叔叔，喝点东西。"

李藏秋笑道："谢谢，没迟到吧？"

楚识琛说："提早了几分钟。"

李藏秋一边喝一边环顾周围，说："看来重要的人物还没到啊。"

今天的宾客只有项明章比李藏秋要紧，他这把年纪，在亦思独揽大权说一不二，以后要屈居人下必定不甘。

楚识琛道："李叔叔，没人能取代你在亦思的地位。"

李藏秋很受用，但也很清醒："可是会动摇。"

他将香槟一饮而尽，继续道："算了，都是虚名，我都快退休的人了。只是识琛，当初我是极力反对你卖掉股权的。你爸爸走了，这就是留给你们娘仨的护身符。你年轻不明白，以后想通了随时可以到公司帮忙，可是一卖，亦思就跟你没关系了。"

楚识琛何尝不懂，只能说："我明白得太迟了，但愿可以补救。"

"唉，不是所有事情都有机会亡羊补牢的。"李藏秋叹口气，然后笑了，"有知错的态度也是好的，你妈说你变化很大，看来不是她滤镜太深。"

楚识琛点到为止，不再深谈："要李叔叔多多教诲。"

李藏秋语重心长道："算不得教诲，忠言逆耳，你肯听就好了。"

楚识琛感觉李藏秋有话掖着,便低声接了一句:"李叔叔,我洗耳恭听。"

李藏秋沉下嗓子:"公司的事已成定局,卖给项樾也算找了个好人家,不过你别傻乎乎的,项明章这个人——"

正说着,外面大门口汽车鸣笛,有客人到了。

项明章下了车,吩咐司机把礼品拎下来。不得不说楚家的花园确实漂亮,比他的公寓宜居多了。

他长腿阔步,一边欣赏一边走到庭前,恰好楚识琛从里面出来迎接。

阳光下,楚识琛穿着一身考究的黑西装,在花团锦簇旁既夺目,又不容侵犯似的。头发剪得刚刚好,眉眼露着,气色养得上佳,蓝玛瑙戒指简直折射出宝石的光彩来。

项明章索性站定。那条意味深长的短信后,他很好奇今天见了面对方会是什么态度。

楚识琛款步走下台阶,伸出右手,说:"项先生,久违。"

项明章回握住,大手几乎包裹住楚识琛的指尖,说:"有点凉,身体还没恢复?"

"谢谢关心,是被酒杯冰到了。"楚识琛问,"项先生喜欢喝香槟吗?"

项明章的绅士态度非常短暂,而后故态复萌,傲慢得像在挑衅:"签约派对我没去,是要重新开香槟庆祝一下,今天应该不会出事吧?"

楚识琛不跟客人争口舌,陪项明章进了别墅,李藏秋等人走近寒暄,大家表面其乐融融地聊了起来。

一餐饭吃得尽兴,话题不断,项明章和亦思的几个人聊得有来有回。

楚识琛好奇他们口中的项目,认真在听,偶然间项明章睨来一眼,故作体贴地问:"我们用不用说慢点?"

"随意即可。"楚识琛不羞不恼,大大方方,"酒可以喝慢点,免得醉了。"

后花园修了一条窄窄的高尔夫球道,吃过饭,楚太太请大家喝茶打球,互相切磋消消食。

项明章靠在椅子上刚把红茶吹凉,不想起身,抬头对楚识琛说:"劳烦帮我挑一支球杆。"

楚识琛第一次被人使唤,还是当球童,回道:"看来这茶不错,叫项先生爱不释手。"

"是啊,特别香。"

项明章等楚识琛挑了球杆,放下杯子,起身去打了一球。

楚太太说:"小琛,闷不闷,你一起玩啊。"

楚识琛没有兴趣。

李藏秋说:"他出院不久，过些日子再运动吧。"

楚太太道:"毕竟是年轻人，恢复得没有大碍了。"

李藏秋打完走来，擦着汗说:"安稳一点好。对了，之后有什么打算？"

除了项明章，大家一齐望向楚识琛。

当初楚识琛号称要在国外搞投资，至于投资什么玩意儿谁也不清楚，几个长辈心知肚明，投资是幌子，败家挥霍是真。

楚太太刚过了几天舒心日子，她不求儿子有出息，就害怕儿子又离开她发生什么不测。

项明章低头研究球杆的品牌，毫不关心。他把该给的钱过给楚家，这位楚公子想怎么花与他何干。

反正这大少爷又不会进公司。

不料，楚识琛说:"我希望去公司上班。"

项明章:"……"

所有人先是震惊，再是沉默，总经理的一杆球差点打树上。

楚太太张大嘴巴:"小琛，你没开玩笑？"

楚识琛深思熟虑过，融入这个社会最好的方式就是工作。他命不该绝，那就在新时代闯一闯，看能不能翻出点风浪来。

还有极重要的一点，楚家状似优渥，实则在坐吃山空，他顶着"楚识琛"这个名字，想为楚家尽一份绵薄之力。

说完，楚识琛问:"李叔叔，你支持我吗？"

李藏秋说:"亦思以后归项橄管，你要进公司，那要问问项总的意见。"

项明章潇洒地扬起头，暗道李藏秋这个老狐狸，一句话就把皮球踢给自己了。他颇觉好笑，二十七年来拿公司当金库使，只管花不管挣，现在卖掉了要回心转意？

上班？恐怕是作秀。

项明章说:"先养好身体，别的都好商量。"

打完球，大家准备告辞。楚太太把项明章单独请进偏厅，奉上了两只精美的礼袋。她听项明章夸红茶好喝，就包了一些。

无功不受禄，项明章没有接住，伸手触摸袋子上的丝绢蝴蝶结，等着下文。

楚太太心里被楚识琛的"浪子回头"搞得七荤八素，哪怕舍弃面子也要争取一下。

她脸一红:"明章，你让小琛进公司好不好？他性情大变，很乖的，不会给你惹麻烦。"

项明章道:"伯母，员工是要做事的，光是乖不够。"

楚太太说:"随便给他点事做,薪水我出,不用进人事档案什么的,就当临时工。"

项明章仍是不应:"公司不是过家家,您爱子心切我理解,可项樾的用人制度公开公正,别的员工会怎么想?"

楚太太惭愧道:"哪好麻烦你们的人,让亦思的熟人带一带他。"

项明章惯会打太极:"亦思的员工我还不熟。"

"让他试试嘛,以他的本性顶多坚持三天,自己就嫌辛苦反悔了。"楚太太说完也觉儿戏,尴尬地笑了起来。

项明章干脆回避,拒绝掉红茶:"太多了,我喝不完。"

楚太太解释道:"是两份,一份你留着,一份给你妈妈尝尝。"

项明章神情微动,目光不易察觉地柔和了几分,终于接过袋子。正好来接的车到了,他告辞向外走。

花园中,李藏秋打球累了,不等自己的车来,直接吩咐楚家的司机发动一辆车子,径直坐进去,没打招呼就走了。

项明章旁观李藏秋离开,心想楚家仰仗别人久了,捧出一个外人来当家,楚喆泉下有知会是什么心情?

身后,楚识琛亦目睹一切,眸光冷峭。

轻咳一声走近,楚识琛说:"项先生,我送你。"

迈下台阶,项明章晃动手中的礼袋:"为了满足你,楚太太费尽口舌送礼物,真是可怜天下父母心。"

楚识琛问:"那你答应了吗?"

项明章说:"求人要亲自来,才有诚意。"

楚识琛一闪身体挡住项明章的去路。商人重利,无利可图就算求也没用,他道:"项先生,你认为亦思的人会听你的还是听李藏秋的?"

阳光刺眼,项明章微眯起眼睛。双方交接在即,程序是一回事,人心是另一回事。亦思的人哪些可用,哪些不可用,他尚未把握。

楚识琛没有股权,无人忌惮,身为楚家的儿子,大家又总要给几分情面,那么做一些事情会方便不少。

而楚识琛要在李藏秋的手底下占据一席之地,项樾的支持无疑是最好的帮助。

项明章不喜欢打哑谜,说:"互惠互利,可你也要有那个本事。"

楚识琛知道项明章动心了,回道:"不妨试一试,成全我为家里做点事情,反正你不会有损失。"

项明章说:"策鞭征程,原来是认真的?"

楚识琛浅浅笑了："你当我戏言的话，今天根本不会来。"

项明章盯着他："你在揣度我？"

"不，"楚识琛该说的说完了，绕回对话之初，端庄地认了个软，"我在求你。"

项明章的眼神下移到楚识琛的脖颈，侧面的擦伤完全好了，光滑没有留痕，喉结一动不动，不知是僵硬忐忑还是气定神闲。

楚识琛任由观赏，看来是后者。

许久，项明章目光一收，说："周一九点，到项樾通信找我。"

楚识琛目送汽车驶出花园大门，车辙下落着一朵被碾碎的铁线莲，他弯腰捡起，攥在手心像抓住了一个机会。

他先前对李藏秋说的"愿意补救"是在铺垫，之后提出进公司，意思几乎摆在了明面上。

李藏秋肯定听得懂，也有安排的权力，亦思的高管和楚太太都在场，顺水推舟的话项明章不会拂他的面子。

楚识琛瞅准这个时机，甚至直白地寻求支持，但他没料到，李藏秋会装傻让项明章做主。

这个满口忠言的李叔叔，究竟有几分"忠"呢？

楚识琛无法确定，也许是他多疑。所幸项明章同意他进公司了，来日方长，谁真谁假只能往后看了。

楚太太尤为高兴："一定是因为我求情，打动了他。"

楚识琛笑道："嗯，谢谢妈。"

楚太太问："可是你去公司要做什么？"

楚识琛这段日子一直在学习，正好楚识绘是计算机专业，给他讲了很多，讲得烦了，丢给他一些教辅资料和工具书。

刚开始，楚识琛如听天方夜谭，对种种功能半信半疑，第一次碰电脑的时候，险些失态，强忍着才没有一惊一乍。

纵使勤能补拙，短短一个月，他也只够了解粗浅的皮毛，在科技公司不够班门弄斧的。

他留洋念的商学院，以目前的身份不能说，说出来也没人信。

所以他决定服从安排，哪怕从杂活干起。

周一上午九点，司机送楚识琛到项樾通信。

正是入园的高峰期，园区大门敞开，汽车、摩托、单车纷纷涌入，还有不少员工踩着平衡车和滑板来上班。

进办公大楼必须出示工作证，楚识琛只能进入访客中心。没多久，一位干练的女士来接待他，姓关，是项明章的助理。

"不好意思，"关助理笑容标准，"项先生每周一去项樾开会，不在公司。"

楚识琛问："这里不是项樾吗？"

关助理道："准确地说，这里是项樾通信，平时也简称项樾。不过还有一间更早的老项樾，有机会再跟您介绍。"

楚识琛听楚太太提过一次，项家一直做贸易生意，后来互联网兴起，项明章自己创办了这家项樾通信。

关助理将楚识琛安排在一间会客室，放下一杯冰拿铁，翩然离开了。

既来之则安之，楚识琛拿出学习资料，第一遍是学，第二遍是巩固，第三遍是消遣。他喜欢喝热咖啡，没动过那杯冰拿铁，渐渐有些口干舌燥。

他终于觉得乏味，从桌上拿起一本宣传杂志。里面介绍，这家公司是项明章读大二时创办的，当时他十九岁，距今已经十四年。

杂志一字不落地看完了，楚识琛等待了整整五个小时，关助理再次露面，告诉他项明章回来了。

楚识琛被领进办公大楼，乘电梯到九层销售部，项明章的办公室也在这一层。

整片办公区十分宽敞，设计简约现代，为了方便，单独建有一处旋转楼梯连通八楼的售前咨询部，这是业务上密不可分的两个部门。

楚识琛的长相扔人堆里可以一眼锁定，他跟在关助理身侧，经过各员工时收到不少目光。

进入总裁办公室，关助理退后关上了门。

项明章在看电脑屏幕，等楚识琛走近一些才抬起头，说："久等了，坐吧。"

楚识琛坐下，目光坦然："如果是考验我的耐心，我可以再等你五个小时，不过最好给我一杯水。"

背阴的墙边有一面恒温酒柜，项明章去拿了一瓶纯净水给楚识琛。他的确是故意的，想看看这位楚少爷有多大的决心。

楚识琛润了口，拿出一份简历，是楚识绘一边嘲讽一边帮他填的，虽然内容惨不忍睹，但按照流程他还是带来了。

项明章接过翻开，扫了一眼就放在一边。他知道楚识琛成绩差，靠楚家捐图书馆在国外念个不知名的大学，好像学的是欧洲美术史，很烧钱，特没用。

项明章道："慢慢来吧，先适应一下销售部的环境。"

楚识琛问："我不去亦思？"

项明章抱起双臂，说："亦思交接业务正忙，以后为了方便可能会搬进园区，你先待在项樾熟悉一下。怎么了，不喜欢这儿？"

语气关切但姿态强势，楚识琛回答："没有，听项先生安排。"

项明章叫关助理安置一下楚识琛。等人出去，他望着留在桌上的纯净水，琥珀色玻璃瓶，想起那天在楚家喝的香槟。

项明章若有所思。

没多久，彭昕敲门进来。他住院疗养了大半个月，没去度假，上周就已经回来工作了。刚才在办公室看见楚识琛，他以为自己眼花了。

关好门，彭昕直接问："项先生，您请楚识琛来公司了？"

项明章料到这反应，淡淡地"嗯"了一声。

"不是，他能干什么啊？"彭昕和楚识琛近距离接触过，记忆犹新，"安排在这一层，算是销售部的？我给他什么职位，他要是胡闹我管得了他？"

"不用他干什么，也不用管他，没人搭理他的话胡闹给谁看？"项明章脑中想着那张脸，"当只花瓶摆着就行了，反正他长得挺俊的。"

公司用人制度严格，彭昕不服："可……就白养他啊？"

项明章觑向电脑，看的是亦思历年的报告。

业务上，客户流失许多，可原始数据库保留了很大的价值。两个公司用的是自研系统，对接和互联有难度，已经专门成立了一组人去处理。

人事方面，楚喆死后洗过牌，走了不少中坚力量，一部分人升升降降能凑够一场戏了。

眼下需要一些时间，项明章把剩下的半瓶水和简历一并扔进杂物箱，说："是不是白养，还不一定。"

彭昕听箱底"咚"的一声，似一锤定音，明白了项明章另有考虑。他撸了下头发，知道该怎么办了。

楚识琛入职的消息不胫而走，起码上下两层楼迅速传开了。

尴尬的是，没人清楚他的具体职位。人事部没有发公告，系统没有录入信息，销售部上至总监，下至组长，没有人迎接带新。

当天快下班，彭昕过来打了声招呼，直言道："好久不见，还记得我吗，彭昕。"

楚识琛站起来，注意到对方是从"总监办公室"出来的，说："彭总监，幸会。"

彭昕吸了口气，是打扮和发型的缘故吗？感觉楚识琛和之前不太一样了，气质变化很大。他笑道："叫我昕哥就行，现在市面上的总监就跟小区里的泰迪犬一样，非常大众。"

寒暄完，彭昕等于完成了任务，礼数上不得罪，实际上什么也没做，之后他就把楚识琛当空气。同事们看明白他的态度，上行下效，全部对楚识琛敬而远之。

楚识琛无所谓，只想做好自己的事情。

但问题是，没有事情给他做。

项目分组，各种会议，方案讨论，跟客户沟通，就连去打印室跑腿的活儿都与他无关。所有人忙碌着，身边来来去去，唯独他无所事事。

他被完全孤立了。

楚识琛无法破解，无法融入，因为这道屏障是自上而下形成的，是部门总监授权的，再往上是项明章默许的。

大家都在猜测楚识琛能忍多久。

三四天过去，楚识琛沉心静气，每天准时到公司上班，没事做就带书和学习资料来看，从不早退。

他留心观察，了解到每个岗位的日常工作，厘清了同事间的人际亲疏，发现销售和售前一共占了四层楼，这两层的人员比较核心。

目前同时进行的项目有四个，一个在收尾阶段，客户是金融行业的顶尖公司。

别人看见他，内心咂舌——他怎么还没走？

楚识琛心里——赚到第一笔钱，我也要买平衡车。

午后阳光强烈，楚识琛的位置在办公区的边缘地带，离半环角的落地窗很近。他去窗边降一降遮光帘，看见一辆商务车停在楼下。

关助理进办公室提醒："项先生，可以走了。"

项明章起身扣好西装，准备外出。

项樾与合作多年的金融公司年初签了合同，要在原有项目的基础上做定制开发。方案做好了，首次交互沟通存在一点细节问题，今天要进行第二次，顺利的话就直接敲定了。

这家公司新吸纳了日资，东京那边派来代表一起参加，是比较重视的。

项明章计划带一名方案销售和一名技术骨干，但他忽然想到，甲方公司有日语翻译，如果自己这边也有，沟通起来就会更主动，日后复盘也更全面。

走出办公室，项明章随口问道："有谁精通日语？"

在日本留过学的KA经理出差了，剩下一众同事哑然。

这种会议内容扎实，人的精神要高度集中，不出错还好，万一失误影响了沟通效果，责任太大。

况且项明章一向要求严格，问的是"精通"，谁也不好打包票。

一片沉默中，楚识琛抬了下手，说："我会日语。"

项明章记得楚太太说过，坚持不了三天，所以他把楚识琛放在项樾，在眼皮子底下考验，看这位纨绔子弟到底是不是认真的。

晾了近一周，楚识琛还没撂挑子走人，项明章有点改观——毕竟等五个小时只会口渴，可五天处在熟视无睹中是很摧残心态的。

此时看来，楚识琛情绪稳定，举止从容，仿佛大家等着看一出狗急跳墙，他偏偏扮成了一株文雅的君子兰。

项明章问："确定？"

楚识琛曾经迫不得已学的，从不主动展露，可他好不容易等来一个做事的机会，怎好轻易放过。

"确定。"

项明章说："那走吧。"

楚识琛收拾东西跟上，进入电梯，另外两名同事站在后侧，他脚步稍慢，在前面与项明章并肩。

下降中，项明章回忆那份简历，"语言"一栏貌似只填了英语。他从电梯门中看向楚识琛，目光玩味。

楚识琛察觉到，这人盯着他什么意思？

上一次这般戏谑的眼神，是使唤他去挑高尔夫球杆，难道……

楚识琛皱一下眉，略微侧身从项明章手里接下公事包，了然地说："项先生，我来。"

五指瞬间轻松，项明章怔了下。

他突然想起楚识琛没有具体的职位，随行不方便介绍。

刚才的举动倒是提醒了他。

"如果有人问，"项明章道，"就说你是我的秘书。"

会议地点在一家五星级酒店，甲方公司出席的人比较多，占据了会议厅一大半位置。那位日本代表年过四旬，带着两名翻译和一名助手。

双方的时间非常宝贵，没有冗余的问候，握个手便进入了正题。

这家公司的CRM①系统是项樾做的。在金融行业，项樾占有绝对的市场份额，这样一来，后续业务升级或扩展，达成合作也就容易得多。

投影仪亮起的一瞬，楚识琛轻轻地睁大了眼睛。

他每天都会感叹现代社会的先进玩意儿，不禁幻想：当年要是有计算机，复华银行的工作效率一定会大幅提高；要是有手机，就不必几个月等来一封漂洋过海的家信。

前方，技术骨干开始讲演。

楚识琛许久没有开会了。他三岁被父亲抱在怀里进钱业会馆的议事厅，几个

---

① 客户关系管理（Customer Relationship Management，简称CRM）。

钟头不哭不闹；识字后学速记，负责为父亲记录议事纪要。

笔杆转动，楚识琛贪恋这一刻的感觉。

今天的沟通力求解决问题，技术骨干讲完PPT的第一部分立刻答疑，避免遗漏。

甲方的问题主要围绕业务需求。金融方面楚识琛听得懂，这段时间他不只在学，也在补以前掌握的东西，新旧对比，万变不离其宗。

随后，日本代表开口提问，用词很客气。楚识琛嫌啰唆，倾身对项明章翻译得精简凝练，以便思考。

项明章听完，扬手按遥控笔，投影画面返回一组路径演示图，他绅士地笑了笑，开始解答对方的疑惑。

楚识琛不由自主地在一旁侧目。私下交际的时候，项明章算得上左右逢源；在公司御下，又是严肃不苟的模样；此刻在工作状态，一切气质都归聚成了专业。

项明章解答完，提出了"用户体验"的一点新想法，令甲方的决策团队很惊喜。

几部分讲演答疑有序进行，会议顺利结束。

天色不早了，甲方公司邀请大家一起用晚餐，就在酒店内的餐厅，庆祝项目可以推进到下一步。

楚识琛亦步亦趋地跟着，到了餐厅，发现装潢是日式的，要吃的是日本菜。

包间里一片榻榻米，大家陆续进去，楚识琛恍惚地立在门口，不可控制地陷入一些回忆中。

项明章正要落座，回过头看楚识琛还没进来，叫道："楚秘书？"

楚识琛迟疑地应了一声，被拉回现实。他脱掉皮鞋走进去，俯身坐到了项明章的身边。

新鲜的刺身色泽诱人，铺张地摆了满桌，楚识琛却全无胃口。服务生给他斟了一杯清酒，他悄悄推到了一边。

金融公司的副总裁很高兴，邀大家一同举杯。楚识琛没办法，举杯做样子，只沾湿了两片唇瓣。

项明章注意到，不过没在意，万一醉了耽误正事，不如不喝。

桌上气氛愉快，双方聊得放松且投入，渐渐地，话题离开公事，日本代表称赞城市春意盎然，询问有没有推荐游玩的地方。

房间温度略高，项明章把西服外套脱下来，手肘不小心碰到了楚识琛。他下意识地扭头道歉，却见楚识琛"唰"地看过来，眼中仿佛充满了……警惕？

别人在推杯换盏，在夹菜喝汤，楚识琛的双手却按在大腿上，那么用力，白皙的手背凸显出一道道青色的静脉血管。

项明章发现楚识琛处于一种非正常的紧绷状态，像一只应激的猫。

身体没完全康复？

工作强度太大，累了？

长桌对面，金融公司的副总裁没得到回应，说："项总，别愣着啊。"

项明章不再看楚识琛，将那句"不好意思"冲对面说了。他一边笑着跟其他人交谈，一边探手向后，不轻不重地按住了楚识琛的后背。

他没有抚摸，没有滑动，筋骨分明的手掌就压在楚识琛的脊梁上，似是一股支撑。

楚识琛僵直的身体逐渐放松。

这份失态被一个人发现就够了，他怕人听见，离近附在项明章耳边说："谢谢，我没事了。"

很快很短的一句，气息来不及萦绕就散了。项明章放在楚识琛背后的手掌拿开，收回，指尖带着余温端起一杯清酒，喝了个干净。

饭局结束，早已过了下班时间，另外两名同事打车走了。

司机等在车门旁边，项明章坐进去招了下手，司机弯腰听完，回头问："楚先生，用不用送你？"

楚识琛胸口发闷，说："不用了，我想走一走透透气。"

汽车载着项明章驶远，楚识琛独自沿着街头慢慢地走，春夜风凉，正好吹一吹昏沉的头脑。

这片街区相当繁华，晚上也有许多人出来逛街，楚识琛走着走着经过一座高档的百货商场，外墙的巨幅LED屏正在播放最新的广告大片。

他驻足观看，又被惊奇到了。

商场正门走出来一个年轻人，浑身名牌，走下台阶忽然停住。他抬手钩下墨镜，确认没看错，大叫道："楚识琛！"

楚识琛循声望去。

年轻人迅速跑到他面前，一把抓住他的肩膀："真是你啊！我以为你在地球上消失了！"

楚识琛充满防备："先生，请问你是……"

"我是钱桦啊，就会花钱的钱桦啊！"

楚识琛自然不认得，说："我失忆了，见谅。"

"你来真的？"钱桦惊讶道，"听说你办的派对出事了，我以为你装精神病呢，居然真失忆了。炸着脑袋啦？"

楚识琛挣脱钱桦的双手："说来话长，有机会再叙吧，今天时间不早了——"

"是不早了！"钱桦稍矮，踮脚钩住他，"再不开始夜生活，天就亮了，走！消失这么长时间，你今天别想跑！"

楚识琛被钱桦"挟持"到了一家夜店。

据钱桦介绍，这家夜店是他们经常光顾的。一楼巨大的舞池挤满了扭动的身躯，灯光刺眼，震耳欲聋的声浪一波接着一波；二楼是卡座；三楼是高级会员的私享区域，不接受一般顾客。

钱桦带楚识琛上了四楼顶层，人更少，有独立的酒吧，全年为白金会员预留一套房间，私密性极好。

楚识琛问："这是什么地方？"

钱桦说："我们的快乐老家。"

楚识琛头痛道："我现在不那么爱玩了。"

"我明白，身体刚恢复，得养养。"钱桦感觉自己好体贴，"今晚就喝酒聊天。这段时间我可是一直记挂你呢，还有谁对你这么仗义？"

各色酒水上来，楚识琛握着杯子沉默，听钱桦叽里呱啦地表演单口。

他才了解，钱桦和真正的楚识琛在国外一起念过两年书，很合得来。二人除了学习什么都干，不论糟钱或遭罪，不顾尺度和道德，聚时臭味相投，散开保持联系……方便下一次再聚。

他简直被这份肮脏的友情震撼了。

钱桦聊得口渴，灌下一大杯洋酒："别光我说啊，你一点都不记得了？不影响生活吗？"

楚识琛说："还好。"

"你在商场门口干吗呢？"钱桦不怀好意地笑起来，"啧，穿一身正儿八经的西装，角色扮演还是做任务？"

楚识琛以为是工作任务，说："刚做完任务。"

钱桦："你玩新的不告诉我！"

楚识琛不懂，回答道："下班逛逛，我在项樾通信工作。"

钱桦差点喷了："你把股份卖给项樾，转头再给项明章打工，真炸伤脑袋了吧？！"

楚识琛敏锐地问："你认识项明章？"

"不熟，听过一点事迹，就是个极度精致利己主义者。"钱桦哼道，"你既然要上班，要不去我家商场呗，咱俩聚一块不爽死？"

楚识琛暗忖。那天楚家小聚，李藏秋提到项明章话没说完，可语气听得出不是好评价，刚才钱桦也持负面态度。

项明章究竟是一个怎样的人？

杯中酒焐得热了，楚识琛放下，表示该走了。

钱桦一下子扑过来，带着醉意絮叨："我给你发那么多消息，你一条都不回，失忆就绝交啊？你别想走，我给你讲以前的事，没准儿能帮你记起来呢，有个电视剧就这么找回忆的……"

楚识琛看钱桦伤心的样子不像装的，估计不单是酒肉朋友。他李代桃僵，于情于理不能让人家的旧友难过。

他只好留下来，说："再讲讲我以前的事吧。"

项明章回到公寓，临睡前楚太太打来，说楚识琛没有回家，打电话也关机，问公司是否安排了加班。

项明章告知晚上有应酬，结束后楚识琛自己走的，可能在逛街，然后敷衍地安慰两句就挂了。

一夜过去，第二天是休息日，项明章没有睡懒觉的习惯，早晨起床去顶层的天幕泳池游了几圈。

手机响，又是楚太太打来的。

项明章按下免提键，拿毛巾擦拭身上的水滴，楚太太焦躁的声音在空中回荡："明章，又打扰你了，你们昨晚在哪条街分开的？"

项明章问："他还没回家？"

楚太太说："一宿没回来，我要去找他，不然我只能报警了。"

项明章把毛巾一扔，压着烦躁说："伯母，你先别急，我派人去找看看。"

挂断电话，项明章吩咐人手去昨天的酒店附近找一找。楚识琛现在是项樾的员工，是为公司工作完不见的，出了事谁也撇不干净。

回公寓换好衣服，项明章试着拨打楚识琛的手机，竟然接通了。

"喂？"

项明章语气不善地问："你在哪儿？"

楚识琛报上地址，是市区榜上有名的夜店。

项明章冷笑一声，心说真是死性不改，说："哪儿也不许去，在门口等着。"

他没叫派出去的人接。要是底下的人知道楚识琛这德行，添油加醋传到公司里，本来入职就名不正言不顺，同事们心里会更有微词。

昨晚，楚识琛听钱桦叙旧到半夜，最后钱桦醉倒，他难抵困倦睡着了。

手机没电关机，清晨服务生来送醒酒汤和早餐，帮楚识琛充了电，一开机蹦出无数个未接电话，紧接着项明章就打了过来。

钱桦还没睡醒，楚识琛留下一张字条，离开了房间。

夜店的灯牌仍然亮着,在晨曦中色彩显得浅淡几分。红男绿女一走,舞池变得和街道一样冷清。

楚识琛强打着精神立在门口,怕仪容不佳,将领带正了正。

十五分钟后,一辆跑车疾驰而来,刹停在路边。

项明章解开安全带下了车,楚识琛衣冠整齐,倒是没他想象的那么不堪,可眼下泛青,肯定是嗨了一夜没睡。

"楚公子,"他道,"我不关心你怎么鬼混,但是让家长几番打给上司,是小学生才会犯的错误。"

楚识琛自认理亏:"抱歉,我马上回家。"

项明章怕楚识琛阳奉阴违,万一又跑去哪里浪一天一夜,楚家人可能要在项樾门口拉横幅要人了。

罢了,项明章懒得废话,说:"上车。"

楚识琛不好意思劳烦大驾,问:"你送我?"

项明章道:"是押送。"

楚识琛走向车边,从前当大少爷、当总经理、当行长,习惯刻在骨子里了,直奔汽车的后排座位,并且有教养地说一句:"有劳了。"

项明章终于忍不住发火:"你哪来的领导架子?"

楚识琛一顿,又怎么了?

项明章命令道:"过来,坐副驾!"

路上,项明章把车开得飞快,险些超速。

楚识琛面色不惊,双臂却环抱胸前呈一种防御姿势,抵达楚家大门外,车身停稳后才松开手。

静默的一路颇为煎熬,他解开安全带,说:"谢谢你送我。"

项明章道:"进去吧,你妈很担心。麻烦告诉她项樾不是幼儿园,我也不是生活老师,没有义务帮她看孩子。"

楚识琛从阴阳怪气里听出极大的不爽,回道:"知道了,还有要说的吗?"

项明章戳按钮打开副驾驶的门,等楚识琛下了车,道:"我们是雇佣关系,我是你的老板,是让你做事,不是让你添麻烦的,希望你能记清楚。"

楚识琛保持着风度,全盘接收:"好,我会记住。"

话音刚落,汽车发出嗡隆一声,项明章踩足油门,眨眼间绝尘而去。

望着缥缈的尾气,楚识琛回过味来,他的包被丢在后座上还没拿……

听见引擎声,楚太太从大门里跑出来。她一夜没休息好,在家里走来走去,脚底都要冒火了。

看见门口的身影，她喊道："楚识琛，你可回来了，妈妈要担心死了呀！"

楚识琛道歉加保证，安抚了楚太太的情绪。

楚太太嗅觉灵敏，闻见他身上沾染的酒气和香氛味道，问："昨晚在哪里过了一宿啊？"

楚识琛告诉她遇见钱桦的事，只说一起叙旧，没说去了哪里。根据项明章对夜店的反应，他估计不适合大肆宣扬。

可惜楚太太一听是和钱桦在一起，自动脑补完了，亏她给楚识琛换了手机号码，以为能趁失忆与那些狐朋狗友断掉，没想到又见面了。

楚太太委婉地问："这么快就跟他凑一起，混一宿身体吃得消吗？"

楚识琛没多想："我有点累。"

走进别墅，他握拳抵在唇边，挡下了一声哈欠，便上楼休息。

楚太太叹口气，去厨房吩咐秀姐别忙了，连带诉苦："别煮早餐啦，炖点补身的，这个臭小子。"

秀姐惊讶："这么快就……"

楚太太烦道："算了，这就是男人本性，要是憋得住，乞丐做首富！"

楚识琛全然不知，回房后关在浴室仔细地洗了个澡，确认从头到脚没有了酒气才出来。

他感觉异常疲倦，不只是因为昨晚没休息，更是源自在日料餐厅的精神紧张，此时松弛下来，四肢都有些发沉。

在小香炉里点燃一块迦南香，他躺上床沉沉地睡着了。

楚识琛梦见了旧事。

也是在傍晚，他受邀参加一场不得拒绝的宴会，在一幢日式装修的老宅子里，屋中铺着榻榻米，墙边有一座半人高的武士刀架。

茶桌上香气袅袅，平时全身武装的军官换上了一件和服跪坐在他对面，一边表演茶道，一边称赞中国的《茶经》。

他缄默着，等一杯烹好的茶汤放在面前。他伸手端起，怕烫似的一抖，泼湿了摊平放在一旁的"储金券"发行同意书。

国民经济已经饱受冲击，储金券一发行，各大报刊将放出连翻数倍的升值消息，等搜敛到大笔头寸，这些储金券会贬值到作废，变成一堆废纸。

复华银行一旦签署，意味着沦为诓骗国民的走狗。

几滴茶水溅到手背上，红了一片。他忘记周旋的过程了，只记得一分一秒都无比漫长。

等黑洞洞的枪口撞上太阳穴，他闭上了眼睛。

嘭！

陡地，楚识琛一激灵醒过来。

额角的冷汗流到枕头上洇湿了一块，他身躯僵挺地盯着天花板，呼吸沉重，再没了睡意。

那场鸿门宴他最终逃过一劫，可在偶尔的噩梦中，他总会被耳畔的枪声惊醒。

嘀，手机响了。

楚识琛收回思绪，打开手机看到钱桦发来的微信，问下次什么时候再约。

他盯着手机屏幕出神，昨晚听钱桦聊了许多关于"楚识琛"的事情，荒唐，却也鲜活，可惜命途难料，比噩梦更叫人猝不及防。

当时在游艇上的同事说，那一晚"楚识琛"喝得烂醉，被架到房间里去了，大家逃跑的时候没有人顾得上他。

彭昕在病房听到"楚识琛"快不行了，完全没想到溺水，以为是爆炸受了重伤。

极大的可能，是真正的"楚识琛"丧命火海，根本搜救不到。

楚识琛下床走向书桌，打开电脑搜索城市周围的墓园，他想为那个消逝的生命置办一方安魂之所。

记下办理信息，楚识琛在房里枯坐着，直到炉中香火燃灭。

日暮时分，一辆小型运输车开进大门，运货员搬下一只半人高的木箱，楚太太在院子里发愁，不知道把东西放在哪儿。

楚识琛下楼去看，木箱拆钉，里面是一座洁白的艺术雕像。

他问："这是买的吗？"

楚太太回答："是你爸爸的。"

楚喆生前喜欢收藏雕像，死后藏品几乎都被捐掉了，这一座是楚喆最喜欢的，一直摆在亦思的会议中心。

创始人的心爱之物，做纪念是最合适的，楚识琛问："为什么送回家？"

楚太太说："亦思好像要搬进项樾的园区了，一部分人会先过去，你李叔叔说这个总不好摆进项樾，就送回来了。"

楚识琛为之一震。亦思要搬进项樾？

纯白的雕像在夕阳下被染成橘红，神圣又绮丽。

没了它，亦思的人不必再睹物，那忘记楚喆会用多久呢？

等搬进项樾，成为附属，"亦思"这个名字还能在行业里存续多久呢？

楚识琛立在长廊上，拨通项明章的手机号码。

响了七八声，接了，楚识琛说："项先生，我的包在你车上。"

项明章："我知道。"

楚识琛问："你今晚方便吗？我过去取。"

项明章说："下周上班给你。"

在公司有诸多不便，楚识琛语气克制，听来格外认真："我等不及，包里有很重要的东西，拜托了。"

项明章停顿几秒："八点，来我公寓吧。"

挂了电话，楚识琛收到项明章发来的地址，他存好进屋，被秀姐叫到厨房。

一盅香气四溢的汤水刚关火，秀姐说是老方子，见效快，喝完夜里能热乎乎地睡一觉。

楚识琛不明白见什么效。旧时的老管家信佛，说他有禅缘，满十八岁后他每周四天食素，已经保持多年了。

汤中材料主荤，精细昂贵，楚识琛无福消受。转念一想，空手上门太失礼了，他让秀姐用保温壶装起来，另有打算。

八点差五分，楚识琛在波曼嘉公寓大厦前下了车。

四周繁荣纷扰，他来不及看，随住户的私人管家上了四十楼。

项明章住在 A 号，打开门，早晨的火气差不多消了，平静地说："进来吧。"

楚识琛颔首进门。宽阔的大平层，处处考究，客厅的华彩吊灯让一切纤毫毕现，他拎高保温壶，说："不知道带点什么，傍晚煲好的汤，当消夜。"

公寓内有四五家不同口味的餐厅，提供二十四小时送餐服务，项明章日常不开伙，都快忘记家里的饭是什么滋味了。

他接受楚识琛的示好，说："放茶几上吧。"

大理石茶几上放着一沓资料，楚识琛走过去放保温壶，看见纸上印着"入学推荐信"等字。

据他所知，项明章未婚未育。

楚识琛直起身，他的包被丢在沙发上，项明章坐下拿起来。名牌包的扣子形同虚设，碰一下就开了，笔记本掉出半截。

项明章捡起，作势要翻。

楚识琛出声阻止——"不要。"

项明章抬眼，手却没有松开，楚识琛的反应令他有些好奇，问："你很紧张？"

楚识琛说："这是我的私人物品。"

"这是公司统一定制、配给，要求开会专用的，可不是给你私人写日记的。"项明章反驳，"难道你写了见不得人的内容？"

楚识琛正色："当然没有，都是公事。"

项明章说："那我更要看一下，万一你夹带了公司的商业机密怎么办？"

楚识琛被孤立一周，千万的不痛快都自我消化了，此时被项明章一句话点燃，回击道："项先生，你是不是忘了？我至今没有员工账号，连公司的内部系统都进不去。"

项明章听出克制的情绪："这些天不动如山，我以为你不在乎，看来你心里很不满。"

楚识琛道："我区区一个临时工，无事当空气，有事当翻译，有什么资格不满？"

项明章忽然笑了，毫不留情地说："你也别忘了，当初是你主动投诚，可不是我礼贤下士，既然觉得委屈可以走人。"

"我没犯错就不会走。"楚识琛强忍一时不快，将话锋一转，"听说亦思要搬进园区，是真的吗？"

项明章明白了，拿包是幌子，楚识琛连夜来这一趟就是为了确认这件事，他肯定道："消息挺灵通。"

楚识琛问："如果亦思搬来，我可不可以一起做事？"

项明章反问："如果我翻开笔记本，你会不会冲过来打我？"

楚识琛噎住。人在屋檐下不得不低头，他如今是鹿，对这头大尾巴狼只有遵从的份儿。

"坐吧，我看东西慢。"项明章说着翻开。

笔记本很厚，清闲的一周楚识琛居然用掉了一半，所以项明章一开始想看一下，确认扉页姓名栏是对方的名字。

而此刻翻开，他更犹豫了。

满纸字迹黑白分明，铁画银钩，足见不弱的书法功底。

特别的是……全部是繁体字。

项明章细看内容，楚识琛记录了部门要务、职责划分、项目详情，以及一份针对他的上级评价。

一句话总结：性情刻薄，耐心磨合，忍让三分，天高海阔。

怪不得不让看，项明章问："这就是你对我的评价？"

楚识琛坐在单人沙发上，冷淡地说："后面还有一句。"

项明章一翻，果然有一句：术业精专，真材实料，若处之有道，不失为良师益友。

项明章非常想问一下楚识琛，刚才的态度是拿他当良师，还是当益友？

一抬头，楚识琛坐姿端方，不苟言笑，大约是气得不轻。

项明章的心情一刹那好了不少，把笔记本塞回包里，说："还有空间装一本文件。"

楚识琛变了表情:"什么意思?"

项明章去书房拿了一本文件出来,说:"亦思刚接的项目,等搬过来你跟着一起做,不会就看,不许添乱。"

楚识琛怔了怔,接过放进包里,顶撞完再道谢,似乎显得虚伪。

他抿起薄唇没有吭声,挣扎半晌,含蓄地说:"汤应该还热着,你记得喝。"

项明章"嗯"一声。成年人最擅长算账,也最擅长翻篇。

送楚识琛离开后,项明章去厨房把保温壶打开,倒了满满一碗。

喝完,他上床休息。

没多久,项明章燥热难耐,一夜起床冲了三次冷水。

他严重怀疑楚识琛给他下药了。

楚识琛把文件逐字逐句看了几遍,查了一些资料。

这个项目是做企业应用集成,甲方是一家大型医药公司,希望把客户资源管理、保险和计费等多个系统进行整合。

做集成的特点是"杂",比做单一系统麻烦,市面上相似度高的案例不多,缺乏参考。

优势是这个项目一旦做好了,扩展潜力巨大,未来试点推行提高覆盖率,公司会有较强的竞争力。

楚识琛在心中掂量。医药行业是亦思多年耕耘的领域,技术底子有保障,可这几年老客户不断流失,说明公司经营存在一定的问题。

写写画画,楚识琛沉浸了一夜,黎明时分,手机嘀嘀响,将他的思绪唤回。

项明章发来一条消息,问:你送的是什么汤?

刚五点半,楚识琛没法去问秀姐,他琢磨,大清早的,项明章是一睡醒就迫不及待来问吗?

楚识琛回复:你喜欢喝的话,我改天再给你带。

项明章冲完澡,发梢滴着冷水,看完回复一张俊脸怒气冲冲,体内短暂降下去的燥火也隐隐死灰复燃。

他打电话预约了俱乐部的攀岩室,决定去消耗掉旺盛的体力。

楚识琛对着手机等了一会儿,觉出困来,索性关机睡觉了。

第二天早晨,楚识琛提前半小时到公司。上周的会议报告做好了,他进不去内部系统,只好打印出来交给了彭昕。

"你做的?"彭昕有点意外,毕竟楚识琛是被临时带去的,完成翻译任务即可。

楚识琛说:"虽然临危受命,但还是有始有终比较好。"

彭昕打开报告书,本想着随便瞅一眼,结果越看越仔细,报告内容详尽精练。

"详"说明心细,"精"说明技熟。

他忍不住问:"以前做过报告书?"

楚识琛怕对方问得深了,没回答,轻点一下头。

交完报告书,楚识琛暂时离开了销售部。

项樾过了高速发展的阶段,一直保持着稳健的扩张态势。这片园区在建造之初预留了充足的空间,比如办公大楼,有几层做了多功能设计,可以随时更改使用状态。

亦思和项樾基本完成对接,销售部先搬过去,方便业务融合。

楚识琛乘电梯到十二楼,硬件归置得差不多了,大家在收拾七七八八的东西,他帮忙安顿,顺便和亦思的人互相熟悉一下。

整个项目组的人都来了,忙完开会。项目最高负责人是亦思的销售总监,其次是两名项目经理,分管销售和售前咨询,往下是销售组长和几名资深的方案销售。

项樾已经通知过,楚识琛会一起参与,一众人对此决定敢怒不敢言。印象里这位"少东家"啥也不会,来了不是添乱吗?

再说,楚识琛是股东的时候,不得不捧着点,如今股权没有了,实权也为零,空有"楚喆亲儿子"这么个讲情怀的名头。

一朝天子一朝臣,向来如此,大家不乐意的态度称得上明显。

会议桌上气氛尴尬,楚识琛环顾一圈,几乎每个人都像躲烫手山芋似的,怕带着他会惹麻烦。

半晌没声,忽然,销售组长说:"要不先跟着我吧,我带一带。"

楚识琛看过去。销售组长叫翟泮,斯文面善,兼具书卷气和一股老好人气质,坐在人堆里不太显眼。

他冲对方颔首,表示感谢。

聊到项目,宣介会近在眼前,竞标周期也短,时间紧任务重,总监鼓舞士气,说:"都一样的,咱们时间少,竞争对手也少,不要急,把每一步走踏实。"

楚识琛翻到竞争的公司,有两家,一家是外企,另一家的名字是——渡桁。

他记得李藏秋的儿子叫李桁,抬头问:"渡桁是……"

"嗯,是李桁的公司。"总监微微笑道,"这没关系,商场无父子,李总一向公私分明。他非常重视这个项目,再三嘱咐过要全力拿下。"

楚识琛没料到有这一出,沉吟道:"手心手背都是肉,李总很为难吧?"

"李总当然向着亦思。"总监是公司老人了,对楚家的事也了解,"李桁没准也是,他和识绘是男女朋友,以后就是一家人了。"

楚识琛微怔,原来楚识绘和李桁在交往。

总监问:"还有什么问题吗?任何想法都可以一起交流。"

楚识琛的脸色平淡,瞧不透丁点心思,说:"李总这么重视,会过来监工吗?"

总监摇摇头:"李总休假了,不会经手这个项目。"

开完会,楚识琛独自去了西楼的书画展厅,端着两杯咖啡闲逛。这里像一个小艺术馆,展示的全部是公司职员的作品。

不久,翟沣应约过来:"楚……"

楚识琛递上一杯咖啡,说:"翟组长,叫我名字就行。"

翟沣在亦思做了十多年,业务能力扎实,但和同级职位的人相比,交际能力弱了一些,他不擅长拐弯抹角,说:"有什么要了解的可以问我,我帮你尽快熟悉一下。"

楚识琛痛快地问:"亦思目前的胜算有几成?"

翟沣愣了两秒。一个外行人会好奇具体的、表象的事情,楚识琛直接预设结果,这是一种典型的、有前瞻性的领导思维。

"现在言之尚早,"翟沣回答,"不过我有信心。这次的人员配置很优秀,总监他们身经百战,拿过许多更大的单子。"

楚识琛猜到了,玩笑地说:"您肯定也不简单。"

翟沣的笑容貌似有一点落寞:"不敢当,我职位低,够不上公司的管理圈子,听吩咐就是了。"

两个人边逛边聊,楚识琛提前打了腹稿,问得很全面,也谈了些想法。翟沣看他有一定见解,配合地给了不少建议。

不知不觉谈到中午,翟沣手机响,屏保是一个可爱的小女孩。

楚识琛问:"您女儿吗?"

"是啊。"翟沣开心地说,"小学生好奇心强,每天中午都问我吃什么。"

楚识琛就此告别,笑道:"项樾的餐厅不错,您过去吧,别让小姑娘担心爸爸饿肚子。"

翟沣走后,展厅内的人渐渐走光了,楚识琛借着清静又逗留片刻。他的心思不在书画上,走马观花,直到经过一幅书法作品。

楷体大字,写的是辛弃疾的《破阵子》,运笔行云流水,端劲无穷。

楚识琛一向推崇楷书,不由得多看了一会儿,越看越觉得,写字之人在落笔时藏着一股难以言明的愤慨。

他情不自禁地寻找落款,三个字,项明章。

楚识琛蓦地笑了,怎么这样巧合?他伸出食指,隔着玻璃在"项明章"上面轻点了两下。

返回销售部，同事们都去吃午饭了，楚识琛洗洗手，将项目资料锁进了抽屉里。一抬头见有人进来。

　　项明章一上午闷在一级机房，下午没有外出安排就脱了西装，领带拽得略微宽松，衬衫袖口挽着，一手揣兜一手拿着盒三明治。

　　楚识琛的内心停留在那晚的"摒弃前嫌"上，主动打了招呼："项先生。"

　　项明章的内心残留着那碗汤的阴影，不明白这人怎么好意思装傻，面无表情地说："跟我过来一趟。"

　　楚识琛跟在后面进了总裁办公室，把门关得严丝合缝，他满脑子正经事，打算趁午休人少谈一下工作。

　　等项明章在沙发上坐下，楚识琛说："我上午跟亦思的项目组开过会了。"

　　项明章挤了点洗手液，没吭声。

　　楚识琛简明扼要："这次的竞争对手之一是渡桁，李藏秋为了避嫌已经休假了。"

　　项明章拆开盒子，拿起三明治咬了一口。

　　楚识琛分析道："我相信李藏秋是真的重视。这一单成了，既是对项樾亮相，也是对项樾表忠。要是败给亲儿子，老脸挂不住不说，难免落个吃里爬外的名声。"

　　项明章闭口咀嚼，没有出声的迹象。

　　"所以负责的人起码是李藏秋信得过的。"楚识琛继续说，"那位总监在他手下连跳三级，应该是个得力干将。"

　　一一说完，楚识琛道："你有什么想问的吗？"

　　项明章就着这点公事吃午饭，快要消化不良了："宣介会开完再说，一天一汇报，你以为学生交作业吗？"

　　楚识琛顿觉荒谬："那你叫我过来是为什么？"

　　项明章冲装饰柜抬了抬下巴，上面放着一只纸袋，说："我让你拎走保温壶。"

　　楚识琛转身去拿："那你慢用，我出去了。"

　　项明章道："我还没准你走。"

　　楚识琛不知是不是错觉，项明章在找碴儿，在故意折腾人。那晚虽有口角，不是默认翻篇了吗？

　　他耐着性子问："还有何事？"

　　项明章咽下最后一口，三明治里的烟熏牛肉有点干，芝士太醇厚，说："我渴了，给我削个苹果吧。"

　　楚识琛蹙眉："你把我当用人？"

　　项明章道："我能当司机送你回家，你楚大少爷不能为我削个苹果？"

　　楚识琛明白了，这点小仇不报，恐怕项明章浑身难受。

罢了,他从二十世纪来,后世之人犹如晚辈,宽容点。

就当疼爱子孙了。

楚识琛坐到项明章一旁,从水晶盘中挑了个大苹果,一旦想开,他还能夸句别的:"我在展厅看见你的字了,写得蛮好。"

项明章说:"我擅长楷书。"

楚识琛问:"练了多少年?"

"五岁开始,欧阳修说'善为书者以真楷为难'。"项明章记得笔记本上的字,隐有楷体风范,"你练过吗?"

楚识琛上挑眼尾睨来,回答:"我练小字,毕竟'而真楷又以小字为难'。"

项明章"喊"了一声,后仰靠上柔软的沙发背。

刀刃切割果皮听起来"沙沙"的,他从后侧瞧不见进度,只能看到楚识琛微弓着脊背,腰肢窄薄。

楚识琛的西装每晚都会挂起来,保证第二天穿时平整。房中一夜燃香,衣料多少会沾上一点味道。

项明章嗅了嗅,似乎能闻见浅淡的香气。

楚识琛低着头,他哪做过削苹果这种琐碎的活计,一刀深一刀浅,怕削着手指,动作慢吞吞的。

许久,切下最后一刀,楚识琛掐着苹果回头,发现项明章早已睡着了。

拜那碗仙汤所赐,项明章前天晚上一夜没睡好,昨天去攀岩消耗掉巨大能量,今早上班忙得没空喘口气。

他闻着楚识琛身上若有似无的迦南香,肌肉与精神一并松弛,合上双目睡得格外安稳。

楚识琛端详项明章的睡容,凌厉减弱,多了一分斯文气质,比醒着看起来平易近人些。

可是苹果怎么办?扔了浪费,放着氧化,忙活这么半天不如当午饭吃掉。

楚识琛认为合情合理,咬了一口。

"咔嚓",脆得惊了项明章的小憩,他似梦非醒,竟然还不忘计较:"谁让你吃了,再削一个。"

楚识琛不肯,借用钱桦说的那句新潮词汇,可惜他没记清楚——"你真是一个极度精致主义者。"

项明章无语地揉了揉眉心,服了,说:"对,出去吃你的苹果,我要精致地睡午觉了。"

第二章 如意琴头,君子协议

楚识琛的隔壁位子上周一直空着，他以为是公司故意安排的，让他"独"一点，所以没有放在心上。

从项明章的办公室出来，他忽然发现那张空桌上多了一只双肩包。

一个男生从茶水间回来，个子蛮高，白T恤外面敞着一件牛仔衬衫，脚上踩着一双从没在销售部见过的帆布鞋。

男生看见楚识琛，一身打扮对比鲜明，雪白的衬衫，平整的驳领，西裤恰到好处地包裹着一双长腿，他愣了愣："……你是新同事？"

楚识琛说："你好，我是楚识琛，上周来的。"

男生说："我叫凌岂。"

凌岂刚结束试用期，上周请假回学校办了些手续，顺便请导师吃了顿饭。他申请到职员公寓，又忙搬家，今天正式上班。

对于楚识琛的身份、境况，凌岂全然不知，友好地聊起来："你在销售部适应吗？"

楚识琛看凌岂的衣着，明白对方还没有融入这个部门，一来就问他是否适应，潜意识中在寻求可以互慰的同伴。

"还可以，"楚识琛关心道，"你呢？"

凌岂挠挠头。他本硕读的是计算机，职业规划是做一名应用架构师，可惜项樾的技术岗位今年不招毕业生。

他考虑过要不换一家公司试试，但导师说项樾重视研发升级，而且大公司福利好，他寻思近水楼台先得月，那就进了项樾再说。

楚识琛指向窗外，问："你想进研发中心？"

凌岂点头："稀里糊涂就到销售部了。"

研发中心和办公大楼隔着景观湖这一道楚河汉界，互不干扰，那些职员从打扮、气质，到工作方式，跟这两层的人精们天差地别。

楚识琛猜这孩子的学校和成绩一定不错，否则不会留下，开解道："项樾重视研发，首要原因就是销售力够强。技术和业务相辅相成，技术不够，业务上不去，业务足够好，技术就必须跟上步伐，你在销售部不会有错的。"

凌岂豁然有了干劲，他觉得楚识琛不仅外表优越，谈吐也好，主动提出加微信好友。

这是第一个主动跟自己做朋友的同事，楚识琛乐意为之。

位子挨着，两个人交流方便，楚识琛遇到技术性问题会向凌岂咨询，凌岂专业对口，每次都热心解答。

亦思的项目进展顺利，宣介会如期而至。

项目组做好了充足准备，很有把握。负责方案讲解的是翟沣，他平时低调，讲演时却神采奕奕，专业度极高，是征战甲方讲台的老手了。

会议开始前，翟沣问："识琛，都检查好了吗？"

楚识琛负责管理文件资料，说："最终方案范本交给甲方留底，详细资料分发给了决策组，一人两本，一本技术和商务的综合方案，一小本集成示例研究。"

通过这段时间的相处，翟沣感受到楚识琛的妥当。文件随时更新覆盖，分门别类一共几十版，易乱易错，不只是谨慎就能应付的。

翟沣说："你像是有经验的。"

楚识琛的确有经验，处理过亿万合同，保管过人命关天的条约，做银行襄理时，办公间墙上贴着俏皮的训言：文件出事无小事，赛过金库铜钥匙。

但楚识琛不敢夸口，他认为比起人力之功，严密的保存环节更重要，说："尽心而为，不做乱就好。"

项目组全力以赴，宣介会的沟通效果超出预期，甲方公司提出的需求比预计的要明确，后续工作更容易展开。

初战告捷，大家在附近的咖啡厅喝东西庆祝，顺便复盘。

这几天太辛苦，喝完咖啡，总监决定下午放假半天。

楚识琛回家泡了个热水澡，阳光不错，他坐在花园里看书，看的是一部旗人风俗小说，当年在报纸上连载，如今可以直接看到结局。

手机响，来电显示"项明章"。

楚识琛接通："项先生？"

项明章说："五分钟后到第一会议室。"

楚识琛说："我在家。"

"上班时间你在家？"

"宣介会开完了，总监说下午休息。"

"哪个总监？"项明章道，"你别忘了，你是项樾销售部的员工，不是亦思销售部，擅自休息等于旷工。"

楚识琛陷入沉默。

关助理忙不过来，其他人各司其职，彭昕说楚识琛的报告书完成得不错，所以项明章叫他来做会议记录。

既然人不在，项明章也没时间多费口舌，把电话挂了。

楚识琛听着忙音，忘记书翻到了哪一页，这时大门拉开，楚识绘抱着一大捧花回来。

门外汽车远去，楚识琛想到什么，问："和李桁出去玩了？"

楚识绘"嗯"一声，走近把花放桌上，花瓣间的卡片摇摇欲坠，上面写着"纪念春天如约到来"。

楚识琛笑道："四季都要送花吗，这么浪漫。"

楚识绘倒没有表现得多甜蜜。她读大四，课业重，匆匆跑上楼读文献去了。

楚识琛看着遗留在桌上的一大束粉玫瑰，心中有了计较。

这次的竞争对手中，那家外企的主要客户是中小型公司，做这一单有些勉强，竞争力较弱。

而近几年风头正劲的渡桁下午开宣介会，老板却顾着恋爱，看来为了帮李藏秋保全这一单，李桁基本上是放弃了。

楚识琛思及此放松了一些。敌我互斗固然其乐无穷，但对方拱手相让，不舒心就显得矫情了。

当夜，甲方那边就有消息透露出来了。渡桁的方案过于保守，不进则退，已经落了下风。

亦思乘胜追击，准备竞标。

翟沣操刀编写标书，前前后后一共改了四版。

楚识琛深有体会，翟沣的作用不可或缺，否则不会在经理和总监之下负责核心任务。可他不明白，为什么一个重要的、资历够格的人，只是组长职位？

翟沣同样发现楚识琛的能力，耐心地教他很多，让他负责更多的工作内容。

楚识琛越发得心应手，越发想做成这个项目，他既要对得起翟沣的指导和信任，也希望借此帮对方上一级台阶。

开标前一晚，万事俱备。

楚识琛确认投标文件万无一失，封好口，装进密码箱，说："翟组长，还不下班？"

"我再过一遍PPT。"翟沣负责讲演资料，"明天至关重要，我可不能掉链子。"

楚识琛道："回家早点睡，养足精神。"

翟沣说："嗯，你也是。"

那天项明章一通警告，楚识琛就不敢随便走了，忙完回到九楼，已经过了下班时间。

凌岂正磨蹭一份总结报告，敲一行字，抠五分钟手，楚识琛从后面经过拍人家一巴掌："小伙子效率真高啊。"

凌岂索性关机，回家再战。公寓终于收拾好了，他忍不住炫耀："我网购了一个锅，能烤能涮，你要不要来我家温居啊？"

楚识琛不爱吃油烟重的东西，但不忍拂凌岂的面子，答应忙完这阵子一定去。

夜深了，办公区的灯光渐渐只剩下两盏，楚识琛头顶一盏，总裁办公室一盏。

项明章疲惫时会不耐烦，他估计外面没人了，便顶着显而易见的一张冷脸出来，一晃，对上楚识琛清澈的目光。

有几天没碰上，他音调也微冷："这么巧。"

楚识琛说："那天旷工，今天加班补一补。"

项明章道："公司没有互相抵消的规定。"

楚识琛没收到扣薪水的通知，大约项明章放了他一马，他收好东西，走近说："那当我在等你好了。"

项明章一哂："等我干什么？"

两个人并行离开部门，到电梯间，楚识琛率先伸手，说："帮你按电梯，可以吧。"

项明章眉头暗展，进入电梯靠后倚着墙壁。

楼层按钮上方是园区的一览图，楚识琛找到职员公寓的位置，就在附近，询问道："项先生，职员公寓一个人住什么规格？"

项明章答："一居室。"

楚识琛说："那应该不是很大。"

项明章："跟你家的别墅比自然小了点。"

"我没别的意思。"楚识琛说，"同事邀我温居，我想送些花草，怕送多了放不下。"

项明章猜到是谁："姓凌的那个？"

楚识琛："嗯，凌岂，人蛮好的。"

项明章心想，认识几天就知道人蛮好的？他不置可否："再好也是个毛头小子，哪会养花，少给人增添负担。"

楚识琛问："那送什么好？"

项明章说："扫地机器人。"

楚识琛回过头来，瞳孔亮似明灯，一向言笑合度的脸上露出一点不自知的天真，好奇道："还有这种东西？"

项明章不禁瞧着，想嘲笑一句"无知"，却迟迟没能说出口。

半晌，他问了一句："明天开标？"

这是项明章第一次过问项目，楚识琛点了点头。

恰好电梯降至一楼，梯门徐徐拉开，项明章眼睑一垂没再问别的，大步走了出去。

楚识琛有种感觉，项明章对这个项目并不重视，也许项樾拿的都是大项目，司空见惯了吧。

第二天，开标会议在医药公司举行。

三家公司三队人马，都提早到了，被安排在相邻的几间休息室等候。

李桁过来跟楚识琛打了声招呼，亲近如一家人，几乎是明示"不争"。没多久，李藏秋给销售总监打来电话，又送上一番鼓励。

开标会程序多，时间较长，大家纷纷去洗手间解决生理问题，整理仪容。

楚识琛立在窗边，见翟沣来回踱步，说："翟组长，你别紧张。"

翟沣依旧是今天的技术主讲，他尴尬地停下来："李总这么重视这个项目，我压力有点大。"

楚识琛宽慰道："你是老将，平常心即可。"

翟沣问："标书和投标保证金已经交了吗？"

"交了。"楚识琛说，"你忘了，总监亲自开的箱子。"

一刻钟后，会议厅聚齐三方代表，甲方读完规则和报价，宣布正式讲标。

亦思抽中第一个。

楚识琛正襟危坐，握着笔，目光紧随台上。

投影展示出亦思的方案，翟沣手握遥控，焦虑完全消失了，举手投足间游刃有余。

简洁地介绍完目录罗列的要点，进入主题，翟沣讲得更细致，PPT的内容被他打磨了千百遍。

就在一切顺利进行的时候，突然屏幕一片空白。

翟沣愣了下，返回上一页重切，依然空白，再切下一页，同样空白，PPT后面的每一张全部变成了空白页面。

总监低声说："怎么回事？！"

楚识琛也不知道，紧紧盯着屏幕。

翟沣对大家说了句"稍等"，就去查看电脑，发现文件破损，备份已被删除。

台下隐有骚动，楚识琛立刻打电话给公司同事，吩咐尽快传备份文件过来。

翟沣试图稳住场子，先向医药公司的代表鞠躬道歉，同时凭记忆继续往下讲，放慢语速，尽量拖延速度。

然而，医药公司代表抬手喊停，说："你们的标书和招标文件的规范不符。"

台下哗然，总监"腾"地站起来。标书必须根据招标文件的要求编写，否则会是重大问题！

项目经理难以置信："这不可能！"

"数据出入太大了。"甲方一脸不满地说，"三项报价就超了上百万，功能跟我们的需求点对不上，在开玩笑吗？"

总监满头冷汗，大步冲过去确认标书，内容竟然是早已毙掉的第一版，数据修改得面目全非。

标书有误，即是不可挽回的失误。

楚识琛手心发凉，钢笔滑落"咚"地摔向地毯。先是讲演资料，再是标书，一定有人偷梁换柱。

千头万绪间，一切已成定局。

按照规则，医药公司当场宣布，亦思被取消投标资格。

这个项目完了。

亦思这一遭双重失误，在众目睽睽下窘态毕现，颜面尽失。

楚识琛望着台上的空白投影，翟沣仍僵在一旁，脸色茫然。

台下躁动地议论着，谁也没想到，投标会以如此滑稽的方式落幕。

亦思黯然退场，商务车载着一队败兵驶出医药公司，总监的手机三番拿起又放下，第四次才鼓足勇气按下通话键。

所有人屏息听总监低声报告，还没来得及认错，李藏秋已经大动肝火，责问的怒音在车厢里扩散开来。

全程顺风顺水，到岸时触礁翻船，并且翻得十分彻底。

路口红灯，楚识琛微微偏着头，映在玻璃窗上的影子冷峻、陌生，瞧着不像他自己了。

他心烦地闭上眼，头脑却很清醒。今天的事件绝非"失误"，恐怕是一场"蓄谋"。

昨晚，楚识琛检查标书确认无误，封口装箱；翟沣加班练习，演示文件也是没有问题的。

直到刚才出事，这期间是谁动了手脚？

其他人不知道密码，只有项目组的人能接近电脑和标书。

但大家没有这样做的动机。从头到尾，每个人投入那么多精力和心血，凭借这一单可以升职加薪，谁会做伤害自身利益的事？

况且这个项目李藏秋高度重视，项目组基本都是他的人，谁敢从中作梗？

绿灯了，汽车在静默中驶过一条街。归程过半，售前经理小声问："总监，你觉得这情况怎么处理？"

总监的焦头烂额化成一声轻叹，说："李总一会儿到公司，咱们都等着吧。"

售前经理自我安慰道："一起这么多年了，李总讲情义。"

总监目露寒光："李总跟你讲情义，你觉得项樾跟你讲吗？"

楚识琛睁开双眼。这一单是亦思给项樾的亮相，如今演砸了，就算李藏秋肯从轻处理，可座下的评委会呢？

他看向翟沣，翟沣缓缓地摇了摇头，仿佛已预料到结果。

回到项樾园区，十二楼亦思销售部，鸦雀无声。

会议室的门打开，亦思的副总裁立在门口，表情严肃，招一下手说："过来吧，都在等你们。"

楚识琛落在末尾进入会议室，除了副总裁，亦思的总经理和人事部经理都在场。李藏秋先一步到了，来得太急，甚至没时间换一身西装。

而会议桌正前方的主位，坐着的人是项明章。

这是项明章第一次光临大驾。他安坐着，喜怒不外露，端详不出任何情绪和心思，左手握着杯白水啜饮一口，再看一下腕表，貌似时间有限，只是抽空过来一趟。

项明章巡睒项目组众人，目光越过前排职位高的几个，在楚识琛身上驻留了一会儿。

神情泰然，比他想象中镇定。

副总裁说："项先生、李总，人到齐了。"

李藏秋的怒火隐藏干净，沉着道："先交代是怎么回事。"

总监迈前一步陈述今天开标会的经过，大领导过问，不能避重就轻，不能文字游戏，老老实实地说了。

说完，总监意图分辩几句，起码向上级表示出严正的态度。

不巧，项明章插了一句："这么说，当场废标了？"

总监咽下要说的话，艰难地承认道："是。"

项明章仍旧没有情绪起伏，问："主要责任人明确吗？"

"就目前情况来看，"总监斟酌道，"管理电脑文件的是王经理和翟组长，他们是今天的主讲人。"

王经理快速反应，说："我负责商务部分，排在后面，内容也比较少，所以电脑是翟组长先用，昨晚和今天上午一直是他拿着。"

翟沣点点头："是这样。"

副总裁质问："那好端端的怎么会文件破损？还经过谁的手，跟标书出错有没有关系？"

总监回答："从宣介会开始，文件是楚识琛负责的，标书也是他在管。"

"翟沣、楚识琛，"副总裁说，"你们对此有异议吗？"

翟沣似乎无话可说。

"我有。"楚识琛开了口，"标书我装箱前检查过没有问题，如果没人动过为什么会变成第一版？这件事有蹊跷。"

副总裁问："你是说有人偷偷换了标书？"

楚识琛道："是，我认为需要调查。"

李藏秋说："偷换标书，你的意思是有人故意为之，栽赃陷害？"

"我反对。"总监驳斥道，"这段时间大家尽心尽力，干这种一损俱损的事，对谁都没好处。出错是人之常情，推卸责任就不应该了。"

楚识琛："我没有推卸责任。"

总监说："昨晚你最后检查，今早你第一个到，一路上你拿着装标书的箱子。到了医药公司，大家都在场，我当着大家的面开箱、交标书和保证金支票，除了你，没有人单独接触过箱子。"

楚识琛动了动唇，咽下一句话没说出来，静了数秒，才道："这是认定了我弄错标书？"

副总裁说："凡事要讲证据，现在没有证据证明其他人动过，你是负责文件的，当然要承担主要责任。"

总监扭脸对楚识琛说："大家明白你的心情，这件事不全怪你，你缺乏工作经验，难免的，翟组长贸然推荐你管理，也有一定责任。"

项明章饮尽最后一口白水，将轻飘飘的空纸杯放在桌上，却撂了句重话："楚识琛缺乏经验，可经理不缺，总监更不缺。他犯错担责，你们做上级的就能择个干净？"

总监连忙解释："不不，我绝没有推卸的意思！"

项明章说："那就好，'弃卒保帅'在项樾可行不通。"

话说到这份上，总监不敢再分辩半字，会议室内一时噤若寒蝉。副总裁不好妄断，用眼神向李藏秋请示。

投标出事后，李藏秋第一时间接到了李柠的通知。他势在必得的一单砸了，砸得这么难看，比技不如人输掉还可耻，简直是在打他的老脸。

这个项目，项樾从未插过手，给了最大化的尊重和自由。今天一出事，项明章收到消息亲自过来，摆明是要干预处理结果的。

刚才的一句"弃卒保帅"，何尝不是在敲打他？

李藏秋气息沉重。为了拿下这一单，他用的是跟随他多年的左膀右臂，可这个错太实了、太荒谬了，没有一丝回旋的余地。

他谁也不能保。大股东是项樾，会议桌的主位轮不到他坐了，一旦从轻发落，他会又添一条"包庇属下"。

李藏秋说："无论如何，翟沣和楚识琛是电脑和文件的直接管理人，负主要责任；其他人监督不力，一样难辞其咎。"

项明章沉吟道："李总认为应该怎么处理？"

"当然按规定，公事公办。"李藏秋识相地说，"我还在假期，不便插手，项先生做主吧。"

项明章没有推辞："那我代劳吧。总监是销售部的一把手，两位经理也都是业务部门的老将了，先暂停工作，人事部开会商议后再定。"

人事部经理夹着尾巴坐了半天，得到吩咐后赶忙点了点头。

项明章继续道："至于翟组长，听说为亦思效力了十几年，老员工了，不该犯这样的低级错误。"

这话留了一线空间，而非直接下处分，翟沣明白，做了个深呼吸，主动说："我愿意引咎辞职。"

剩下最后一个。

项明章目光移动对上楚识琛的眼睛，他记得昨晚在电梯里楚识琛蓦然回首时的模样，明媚鲜活，与此刻立在阴影中的身躯判若两人。

隔空相视片刻。

项明章宣布："楚识琛，开除。"

处理完，项明章有事要办，跟李藏秋低语了两句起身告辞。

楚识琛站在门边的位置，项明章一步一步走近，经过他面前，须后水的清淡味道闯入鼻腔，他的大脑滞后地变成空白。

一瞬后，项明章走远了。

李藏秋拍了拍他的手臂，低声安抚道："不是不帮你，你看见了，叔叔无能为力啊。"

楚识琛并不需要安慰，转身离开了会议室。

他谈不上沮丧，唯独可惜亦思错失了项目，更不懊悔，因为他认为事情根本没有解决。

辞职有程序，翟沣摘掉工作证，回位子上写辞职信。

楚识琛的东西在九楼，他离开亦思销售部，走着走着竟到了书画展厅。

他索性去欣赏那幅《破阵子》。醉里挑灯看剑，梦回吹角连营。八百里分麾下炙，五十弦翻塞外声……

笔触愤慨，可楚识琛越读越冷静；落笔千钧，他却思绪飘飞。

到底是谁做的？

获利者又是谁？

既然旁人接触不到文件，那必然是项目组的内部人员。刚才他咽下一句话没说，除了他，还有一个人单独接触过箱子。

是翟沣。

昨晚最后走的人是翟沣，他有机会更换标书。

正大光明使用电脑的人是翟沣。

楚识琛认为文件保存的环节不够严密，是留了心眼的，让他不加防备去信任的，只有翟沣。

那天在这间展厅，翟沣落寞地说，"我职位低，够不上公司的管理圈子"。

所以，不属于李藏秋麾下的人依旧是翟沣。

开标会前的过度紧张，究竟是压力所致，还是做贼心虚？

楚识琛早就料想到这一切，又在心底不停推翻，因为他找不到翟沣这么做的理由。

本可以借机上位，何必要自毁前程？

如果预谋到今天，那这些日子对他的关照，岂不是多此一举？

楚识琛返回销售部，翟沣留下辞职信刚离开。

他搭电梯追下去，跑出办公大楼，瞥见翟沣正停在树荫下视频通话。

翟沣看见他，没有闪躲，用口型说了句"稍等"。

楚识琛立在两米之外，隐约看到手机屏幕上的小女孩比他想象中要大一些。

"我今天没有吃午饭啊。"翟沣温柔地说，"因为爸爸放假了，下午去接你放学。"

小女孩说："那你带我去买新书包。"

翟沣答应："没问题，买个最大的。"

小女孩说："不要，买漂亮的，去找妈妈的时候背。"

翟沣笑道："听豆豆的。好了，把手机还给老师，下午好好上课。"

楚识琛没听出翟沣引咎辞职的压抑，却感受到一份解脱后的轻松。视频在小女孩烂漫的笑声中挂断了，周遭静下来，只余树顶鸟鸣。

翟沣回避地觑着地面。

楚识琛咽下诘问，说："这学期没几个月了，突然买新书包吗？"

翟沣微怔，没料到他问这个，回答："反正以后上学也要用。"

"那倒是。"楚识琛问，"豆豆念几年级了？"

翟沣说："六年级。"

"那夏天小学毕业，该念初中了。"楚识琛有一点恍惚，"学校定好了吗？"

翟沣回答："她妈妈去年调到深圳工作，看好一家学校，我准备带豆豆过去。"

楚识琛关心道："你呢，也去深圳发展吗？"

翟沣顿了顿："我不急，工作到那边再找吧。"

楚识琛意味深长："嗯，辞职比被开除要好办一些。"

翟沣几乎没有思考："抱歉。"

楚识琛紧跟着问："为什么抱歉？同样犯错受罚，为什么对我抱歉？"

翟沣猛地抬起头，支吾许久，最终颓然地塌下肩膀。

楚识琛迈近一步，声音从咬紧的齿缝中挤出来："回答我最后一个问题，是一家国际私立学校，对吗？"

翟沣犹疑地问："你怎么知道……"

楚识琛确认无误："果然是你。"

他全部明白了。六年级，小升初，门槛很高的私立学校，波曼嘉公寓茶几上签了名的入学推荐信……

原来黄雀在后。

翟沣是项明章的人。

这一切都是项明章的安排。

翟沣主动提出带他，大概也是计划之中。这段时间的关照，不过是为了今天拖他一起下水。

所以抱歉。可抱歉有什么意义？！

楚识琛浑身血热，冤有头债有主，丢下翟沣回到办公大楼。九楼销售部，他被开除的消息已经传开了，同事们齐刷刷地看向他。

楚识琛直奔总裁办公室，被关助理半路挡下，他道："我要见项明章。"

关助理说："项先生不在里面。"

"他去哪儿了，我要见他。"

关助理说："项先生要出差几天，出发去机场了。"

楚识琛一口气奔出园区，打车赶去机场。坐进车厢，他感到一阵脱力。

真是一盘好棋，真是一头居心叵测的大尾巴狼！

昨晚在电梯里项明章问及开标，内心在想什么？是期待今天上演的好戏，还是嘲讽他蒙在鼓中被耍得团团转？

宣布开除他的时候,是平静还是痛快?!

楚识琛胸腔堵闷,抵达机场,下车冲进航站楼。现代化的大厅满目陌生,空中回响着广播,他在人潮中来回奔走。

楚识琛疯狂地搜寻项明章的身影,直到精疲力竭也不肯停下。

陡地,一辆执勤车拐了过来。

楚识琛根本来不及停步,不知是谁在冲向谁,他眼睁睁地迎向一场碰撞,感官麻木忘记了恐惧。

刹那间,一股力量把他拉扯开了。

他趔趄着退后,撞上一面坚实的胸膛。

楚识琛转过身,项明章近在眼前,大手紧攥着他的手臂,盯着他,问:"有没有受伤?"

楚识琛看着项明章:"是你做的。"

项明章反应了两秒,毫无波澜地承认道:"这么快就知道了,你很聪明。"

楚识琛心中愤然不已,竭力维持着风度,说:"你背后收买翟沣,用这种手段会不会太卑鄙了?"

项明章反问:"难道你以为我是正人君子?"

楚识琛早看出项明章的"绅士"不过是表象,他道:"至少对亦思来说,我以为你是一个值得交付的人。"

项明章不露痕迹地抿了下嘴唇,广播提醒乘客安检,他松开楚识琛的手臂,说:"随便你,我该走了。"

楚识琛反手一扣,虎口紧紧掐住项明章的腕骨。恶意收买,害亦思赔了项目又折兵,陷害他再开除他,不可能就这么算了。

周围人来人往,他们两个长身玉立,光鲜出众,拉扯之间颇为引人注意。

项明章借势凑近一点,微低下头:"第一次有人在机场这样拦着我,旁人以为你跟我有什么纠葛呢。"

楚识琛如遭电打,霎时松开手,并且向后闪了半步。

这副姿态好像在躲病毒似的,项明章皱起眉:"我走了。"

楚识琛冷冷地说:"你躲得了初一,躲不过十五。"

"我何必躲你?"项明章应允道,"我出差三天,回来后会给你一个说法。"

楚识琛看重体面,不欲在大庭广众下纠缠,任项明章走了。

离开机场,楚识琛认为暂时没有回公司的必要,直接回家了。

废标的事李桁告诉了楚识绘,楚太太也知道了,约定好装聋作哑不要提起,免得楚识琛受刺激。

而楚识琛在路上斟酌了说辞，回到家，面对强颜欢笑的家人和精心准备的下午茶，他实在没办法装作无事发生。

"项目弄砸了。"他说。

楚太太期期艾艾地："胜败乃兵家常事，没关系……"

"有关系。"楚识琛平静地阐释，"不该丢的单子丢了，怎么会没关系。"

楚识绘问："那怎么办？"

楚识琛回答："我被开除了。"

"这么严重吗？"楚太太急道，"你李叔叔怎么说？那么认真做事，怎么可以犯一次错就开除呀？"

楚识琛说："放心，我会处理的。"

楚太太心疼得不得了："每天早出晚归的，这么辛苦不做也罢，卖股权的钱去搞投资——"

"妈，你别乱出主意。"楚识绘反对。她觉得大哥好不容易走上正途，千万不能重蹈覆辙。

对于那笔钱，楚识琛早有考虑。旧时宁波商帮兴盛，在故乡的钱业会馆立了一块石碑，上面有一句话被大家奉为圭臬——钱重不可赉。

楚识琛打算忙完这阵子再说的，但事已至此，他道："商贾之家，钱要活用、流通才能持续生钱，拿一部分去投资也好，但要找专业人士打理，我不会用的。"

楚太太问："你不用？"

楚识琛说："剩下的一部分不要动。亦思前景堪忧，小绘将来毕业如果要自己创业，需要启动资金。"

楚识绘震惊道："留给我？那你呢？"

"我会工作，"楚识琛念及某个姓项的人，稍微咬牙切齿，"不过要等三天后再说。"

安抚好家人，楚识琛上楼回到房间，松开领带终于长长地舒了一口气，愤怒平息后，他有点乏了。

白衬衫罕见地被解开三颗扣子，暴露出锁骨，楚识琛斜倚着露台的雕花门框，他很想抽一支雪茄。

他跟许多人打过交道，高官豪绅、平民百姓，有纸老虎，也有笑面虎，阅人无数竟被一个老实人给坑了。

楚识琛不信自己眼拙，就算翟沣在伪装，细节见人品，点滴之处的德行不可能全部是假的。

手机一闪，凌岂发来消息，问他是不是真的被开除了。

楚识琛不确定，等幕后黑手回来才能讨一个说法，反正暂时不必去公司了，他一个临时工也没有手续要办。

　　三天后，项明章出差回来。
　　司机驾车驶出机场，快到岔路口忍不住问："项先生，先回公寓吗？"
　　项明章上车后拿着平板电脑回复邮件，没抬头："不然？"
　　司机提醒："今天三十号。"
　　项明章忙忘了，每个月末要回家一趟，全家人一起吃顿饭，于是改了主意："直接过去吧。"
　　路上手机响，来电显示"楚识琛"。
　　项明章接听："喂？"
　　楚识琛开门见山："回来了吗？"
　　"眼巴巴等了我三天吗？"项明章道，"刚下飞机，我要先回家。"
　　楚识琛说："还要继续拖多久？"
　　项明章听出压抑的不耐："我无所谓，你等不及可以去找我。"
　　楚识琛问："上次的公寓？"
　　项明章报上地址，然后挂了。
　　项明章心想，静浦别墅区是内环最大、最私密的住宅区，本地无人不知，楚喆曾带家人拜访过，楚识琛一听就会明白他说的是项家大宅。
　　人多不便，楚识琛自然不会找来，只能再等一等。
　　静浦的气温比市中心低三四摄氏度，大面积绿地森林之间掩藏着六七幢公馆。汽车驶入一扇大门，花园主路上停着几辆车，家里其他人已经到了。
　　后备箱装着出差买的礼物，下车前，项明章吩咐司机送到缦庄。
　　家里的老保姆茜姨出来迎接："明章回来了。"
　　项明章迈上台阶，问："人都到了？"
　　"就差你。"茜姨接过他的包，"如纲带了女朋友过来。"
　　项明章说："要结婚？"
　　茜姨小声透露："都怀孕了，男人呀……"
　　项明章笑道："别冲我发牢骚，我又没让人未婚先孕。"
　　进了别墅，偌大的客厅摆着一堆礼品，活动室叽叽喳喳的，茜姨说："你姑姑和大伯在书房谈事情，别人在聊天呢，要不要过去打个招呼？"
　　"不用，"项明章浑不在意，"我去看爷爷。"
　　活动室里，沙发上的妇人打扮精致，是项明章的大伯母；旁边是大儿子项如纲和女朋友秦小姐；单人沙发上坐着一位文质彬彬的男人，是项明章的姑父。

茜姨来知会一声，说项明章到了。

大家嘴上不讲什么，可都心知肚明，除了老爷子，项明章一向不把长辈放在眼里。

姑父呵呵笑道："明章就是孝顺。"

"这屋子里谁不孝顺呢？"大伯母语气温婉，"明章有本事，老爷子才看重他。"

茜姨摆弄着甜品车，空了两碟，趁机问秦小姐爱吃什么，再叫人添些过来，大家的注意力又回到新成员身上了。

一楼西侧的主卧套房配备护理室，项明章拧开门，闻见一股淡淡的药味。

外厅，一位白发苍苍的老人半躺在休闲椅上，是一家之主项行昭。

两年前，项行昭中风，抢救后身体虽无大碍，但出现了脑退化症状，糊里糊涂的，平时由家庭医生和亲信齐叔照顾。

项明章先询问了近日的身体情况，然后陪项行昭说话，等午饭准备好了，他扶项行昭坐进轮椅，推到餐厅。

全家人立在桌旁等候，最前面是项明章的亲姑姑，项环，高挑清瘦，不怒自威；旁边是大伯，项琨，沉稳干练，两人先后喊了声"爸"。

项行昭治家甚严，唯独特别宠爱项明章，现在糊涂了，也只对项明章说的话有反应。

"爷爷，开饭了。"

项明章俯身说着，搀扶项行昭落座主位，自己在旁边的位子坐下；其他人纷纷拉开椅子，十二人的长餐桌差不多坐满了。

项明章拿热毛巾给项行昭擦手，说："上菜吧。"

擦完，他抬起头，隔着压在桌旗上的花瓶烛台，终于跟长辈们问候："姑姑、姑父、大伯、大伯母，喝酒吗？"

项琨说："可以开一瓶红酒。"

项环附和道："当然了，庆祝如纲和秦小姐的喜事。"

菜上齐，极尽丰盛，年份久远的红酒醇香悠长，秦小姐说不方便喝酒，大家会意一笑。

项明章晃动酒杯，冲堂兄祝贺："大哥，真羡慕你，恭喜。"

项如纲说："谢谢。"

大伯母笑道："你要是羡慕，就加快行动啊。"

项明章推托："我这个人不适合成家。"

项琨问："什么叫不适合？"

项明章回答："我性格不好，不像大哥会疼老婆。"

奉子成婚，婚礼还没办，这话明摆着是挖苦。

项如纲说："好歹先定下来。你是不是挑花了眼，不想收心啊？"

"说得我像个花花公子。"项明章扭脸，"如绪，你做证。"

项如绪是项琨的二儿子，跟项明章同岁，在项樾通信做工程师，IT精英，家里唯一一个不擅长场面话的人，每次聚会最怕聊天，恨不得一直待在影音室玩手机。

闻言，项如绪既不能跟老板唱反调，也不能背叛亲大哥，说："反正在公司……明章从来不缺爱慕者。"

项如纲道："看吧，怪不得他定不下来。"

大伯母说："这种事看缘分，没准儿哪天就带回家了。"

项明章开始敷衍："也许吧。"

在项环眼里，这个侄子真心难处，对家人都能逢场作戏，何况是外面的情场，说："好了，都是成年人，心里有数，不要在外面始乱终弃，让人家找上门来就行。"

"是啊，"大伯母帮腔，"男人一定要负责任。"

项琨赞同道："你们都听着，记住，毕竟项家有头有脸。"

项明章倏地笑了："当然，我也姓项。"

刚说完，茜姨进来："明章，门卫那边说有人找你。"

项明章："……"

"一语成谶啊。"项如纲幸灾乐祸，"你在外面亏欠谁了？"

项明章问："什么人找我？"

茜姨说："姓楚，叫楚识琛。"

项明章预估错误，楚识琛真的找上门了。

失忆后的楚识琛讲分寸、懂礼数，怎么会这么冒失？就算不记得项家大宅，可楚太太知道，楚家的司机也知道。

不巧的是，司机载楚太太逛街去了，都不在家。

楚识琛打车来的，苦等三天，满心惦记着公事，他的耐性消磨得所剩无几，记下地址，以为这里只是项明章的另一处房产。

直到被茜姨领进别墅，楚识琛隐约听见交谈声，貌似不止一人。他后知后觉，却晚了，到餐厅一时间愣住。

项家整整十口人在场，男女老少，三代同堂，俨然在进行家庭聚会。

楚喆去世后两家交往渐疏，楚识琛前几年待在国外，极少露面，项家人对他的印象停留在"花里胡哨败家子"的阶段，他一来，所有人都忍不住打量。

楚识琛倒不怕人看，笔挺又从容，只不过他来讨说法，自然不会备礼物，空着两手有点不知道往哪儿搁。

座中，项明章表情平静，十分沉着地抿了一口红酒。

既然时机不对，楚识琛彬彬有礼地说："项先生难约，我着急所以不请自来，昏了头打扰大家，不好意思。"

项琨摆摆手："哪里，来得正好，添副碗筷一起坐。"

楚识琛道："不用了，我改天再与项先生约时间。"

"刚登门就走，我们项家没有这种待客的道理。"项环起身阻拦，"别叫项先生了，这屋子里老中青好几个项先生呢，你管明章叫'哥'就好了。"

项琨说："明章，人家来找你，你要招呼啊。"

项明章放下酒杯，招手让人加了一把椅子。天鹅绒椅面柔软光滑，他拍了拍："识琛，来我旁边坐。"

语气亲近，动作温柔。

特别像在诱骗猎物。

楚识琛心里念着佛经才忍住冷脸，只当来二十一世纪度劫了。

他款款落座，项明章为他倒了半杯红酒，问他有没有忌口的食物，风度翩翩好像没有发生过任何龃龉。

楚识琛默念"阿弥陀佛"，在桌底用脚尖踢了项明章的小腿，轻声道："够了。"

项明章不知痛地问："伯母最近怎么样？"

楚识琛只好回答："一切都好。"

"你妹妹呢，大姑娘了吧？"项环接腔，"大学毕业没有？"

楚识琛微笑说："识绘明年毕业。"

项琨道："上一次见小丫头刚上中学，很机灵的，准备继续深造还是工作啊？"

楚识琛说："看她意愿，家里都会支持。"

大伯母又问："你妈妈在原来的俱乐部打球吗？好久没见她了。"

楚识琛不了解，抱歉地说："应该在的，我对她关心不够，不是十分清楚。"

桌上闲谈不断，项家遵循待客之道，一人一句避免冷场；楚识琛谦和自如地应对着，无一句不妥。

项明章余光扫过去，见楚识琛下巴尖了，瘦了一圈。天花板上的垂丝水晶灯洒下融融暖光，照在那张脸上，阴影错落、骨骼分明，衬得五官愈加精致。

楚识琛胃口欠佳，三天没正经吃过东西。面前的瓷碟干干净净，他无心动筷，忍着舌尖的酸苦呷了半杯酒水。

偶一抬头，楚识琛对上项行昭浑浊的双目，老人瞧着他，大概觉得眼熟。

项明章说："爷爷，再吃一点。"

项行昭的餐食是单独做的，他手抖，洒出一些汤汁，项明章擦干净，夺过勺子喂项行昭吃饭。

厨房来人询问有没有要添的，项明章说："天热了，容易腻，老爷子的餐单三天更换一次。"

项琨冲项行昭说："爸，你看明章多体贴。"

项明章笑一下，极浅，给项行昭擦擦嘴，说："齐叔，推爷爷去晒太阳吧。"

项行昭拉他的手，像小孩子似的："不走，不走。"

"爷爷，我不走。"项明章温声答应，"晒完太阳睡一觉，下午我陪你散步，再下盘棋。"

这一瞬息，楚识琛将众人的表情尽收眼底。每个人都微微笑着，但笑得半真半假，以至于透出一丝尴尬。

偌大一个家庭，不难看出项明章是真正做主的那个人。

而这样的家庭，光凭长辈的宠爱是远远不够的，掌握切实的权力才有做主的资本。

楚识琛听说过一点，项行昭对项明章一直偏心得厉害，从名字就可见一斑。同辈兄弟从"如"从"丝"，只有项明章是项行昭另起的名字。

项家欢聚一堂看似美满，楚识琛却觉得缺少了什么。

忽然，大家起哄让秦小姐改口叫"爸妈"。

楚识琛恍然大悟，桌上没有项明章的父母，并且无人提起。

吃完饭，大家自娱自乐，项明章把茜姨叫到一边，叮嘱了两句话，然后带楚识琛从偏厅离开了别墅。

花园深绿，更像一片悬铃木森林，密树掩映下有一间蓝玻璃花房，里面豢养着十几只来去自由的芙蓉鸟。

项明章拿了一袋苞谷，抓一把撒到草坪上，吸引来好几只鸟落地啄食。他估计楚识琛的耐心告罄了，回过头："你想先问什么？"

楚识琛说："翟沣。"

"被人欺骗的滋味儿不好受吧？"项明章道，"带手机了吗，看一下邮箱。"

楚识琛掏出手机打开，邮箱里有一封未读邮件，包括两份文档，是项明章下飞机后在路上发给他的。

第一份是翟沣的履历表，楚识琛曾经查过，但获取的内容没有这么详尽——翟沣为亦思效力十三年，技术岗出身，做到过研发部经理。四年前，也就是楚喆去世后，他突然被调到销售部。

翟沣在销售部从普通职员做起，等于从头开始。这四年他参与的项目很多，无任何工作失误和处分记录，亦无褒奖，四年来仅从职员晋升为一名组长。

研发部的人才被扔到业务部门，打压多年，漂亮的履历背后根本写满了不得志。

在如此际遇下，一个人能兢兢业业地坚持多久？

就算能，又凭什么？

楚识琛读罢一片心寒。楚喆死后的四年里，亦思有多少个翟沣？离开过多少个翟沣？

项明章说："如果项目没砸，亦思会给他什么？"

楚识琛原以为可以让翟沣迈上一阶，现在却答不出，他问："这样有用的人，一点恩惠买不了，那你给了他什么？"

项明章告诉他："除了入学推荐信，他到深圳半年后，会担任项樾东南大区的研发中心主管。"

楚识琛说："这才是挖翟沣的真正目的。"

"是，我承认。"项明章云淡风轻地说，"正好他在项目组，那就在走之前再多做一件事，一开始他不情愿。"

楚识琛忽觉怒火攻心："因为他不像你这么卑鄙。"

项明章重复了一遍："卑鄙？"

楚识琛质问道："项樾收购了亦思，职位可以调动，你光明正大地要他也没人能阻拦，为什么非要破坏这个项目？"

项明章冷笑："亦思这些年丢的单还少吗？不差这一个。"

"你不在乎亦思的利益，但不该拿亦思的声誉开玩笑，哪怕是输，技不如人总好过犯这种低级错误！"

"输？输给渡桁吗？"项明章满是嘲讽，"你们楚家和李藏秋不分彼此，我项明章没那么愚蠢。"

楚识琛脸上一层薄怒："你放尊重点。"

"那我不妨告诉你，"项明章一步堵在楚识琛面前，眼中隐有凶光，"从今以后，亦思拿不到的单，渡桁更别想捡漏。他李桁有多大本事？能吃下多大的项目？全靠这些年李藏秋割亦思的肉喂给他。你们楚家人不蠢，心地善良行了吧？我项明章心胸狭隘，绝不会为李家那对父子抬轿。"

楚识琛暗自掂量这段话里的信息，迅速明白了什么："你针对的是李藏秋？那项目组其他人会怎么样？"

项明章的目光松弛下来。他刚骂完蠢，顷刻就被楚识琛的聪慧取悦了，说："第二份文件。"

楚识琛打开，是人事部拟定的公告，下个月一号，也就是明天，会在公司正式发出。

销售总监和两名经理不单降了职，还被调往了分公司或其他部门。此番重罚，杀鸡儆猴，直接将他们踢出了亦思的管理圈层。

业务部门的一把手和左膀右臂牵一发而动全身，李藏秋缺了这几个亲信爱将，核心团队一定会受影响。

项明章要打击李藏秋，就必须抓到错处，而且是结结实实、不可逆转的错误。

"这次是开一个口子，让李藏秋兜不住，只能受着。"项明章说，"所以耽误一个项目，不亏。"

楚识琛在"耽误"二字中清醒过来，昂起头："亦思被取消资格，竞拍公司不足三家，这样造成流标后医药公司会重新招标。没猜错的话项樾会参与，是不是？"

项明章没有否认："毕竟你们的方案很完美。拿下项目，我会交给亦思来做，不会白费你们的心血。"

楚识琛冷冷地说："打一巴掌给个甜头，用不用谢谢你的周到？"

项明章反驳："我收购亦思是要它创造利益，不是要它破产。我不需要向谁证明我是否值得交付，尤其是你，股权都卖了。"

"所以你选中我。"楚识琛说。

表面上他缺乏经验，新人犯错合情合理，没有股权傍身的一个纨绔子弟，用完可以直接丢掉。

项明章一开始的确是这么想的。楚家和李藏秋关系匪浅，以后可能发展成一家人，他根本不信楚识琛会和李藏秋离心。

他也清楚，楚识琛同样不信任他，当初那番说辞只是为了进公司的缓兵之计。

既然互相利用，那就无关对错，只分计策高低。

可事到如今一切遵循计划发生，唯独楚识琛不符合他的预估。

翟沣发了一封很长的信息为楚识琛求情，细数他的能力、品性、真心，项明章又何尝看不出来。

一阵无言，楚识琛当是项明章默认。

这一遭，李藏秋被伤及股肱。项明章挖走了翟沣，转手再接盘项目保住利益。一箭三雕，从头到尾都在项明章的计划中。

楚识琛做了一回棋子，他认了。赢棋须提早布局，他最后问道："什么时候决定利用我的？"

项明章回答："同意你进公司的时候。"

楚识琛迎着春风眯了眯眼睛，眸光冷峭如飞花伤人。他已经没有太强烈的感觉了，互相利用，这次是他技不如人。

他倒有点佩服项明章了。

谈了许久，该结束了，他缓缓道："恭喜你旗开得胜。"

项明章说："公告上没有关于你的处罚。"

楚识琛："所以呢？"

项明章倨傲地说："如果你求我，我可以考虑让你留下。"

楚识琛抓起项明章的手，从手心抢走那一袋苞谷，哗啦倾倒在草地上，十几只丧失野性的鸟雀瞬间飞扑而来。

他道："金丝雀才会乞食，我不会。"

项明章手指微蜷，钩不住肌肤触碰后的余温。既然给了台阶不肯下，他就没有理由再耗费精力，说："好，那祝你早日另谋高就。"

楚识琛走了。

一群金丝雀吃饱归笼，确实好没意思。项明章返回别墅，一进偏厅，茜姨就用托盘端着两只瓷盅过来，香气袅袅。

一道开胃的荔枝话梅，一道营养的龙趸炖蛋。

茜姨问："照你的吩咐做好了，在哪儿吃啊？"

项明章说："不用了，人都走了。"

楚识琛赋闲在家，几乎不外出，每天晨起读书看报，关在房间里没有多余的消遣。

大概是他太沉得住气了，楚太太反而担心，旁敲侧击地问他接下来有什么打算。

楚识琛半开玩笑地回答了四个字：韬光养晦。

他反复回味项明章说过的话，关于亦思和渡桁。李藏秋管理公司的数年里，风平浪静下到底有没有藏污纳垢？

楚识琛查到一些公开资料。渡桁成立不过五年，发展势头称得上迅猛，不少客户曾是亦思的合作伙伴。

除了客户，那技术呢？

亦思有多少资源进行了"迁移"？

楚识琛决心弄个明白，但深层的东西一般人根本接触不到，要查清楚不是一朝一夕可以办到的。

有权力干预并且有能力改变亦思的……

是项樾。

楚识琛说不清对项明章的情绪，论欣赏或厌恶太幼稚，成年人了，又经此一遭，有用或无用比较实在。

这次是他心急了，来到这段陌生的时空，他太想做成一件现世的事情来获取安全感。他并不忌惮失败，如果得到的教训有价值，那就没什么可痛心疾首的。

楚识琛思忖良久，手指把一页书角摩挲出温度。门口人影轻晃，楚识绘经过停下，抬手敲了敲门框。

"请进。"

楚识绘走进来，这是她第一次进楚识琛的房间，有点局促，在沙发和扶手椅之间踌躇不定，问："你为什么要搬到客房？"

楚识琛迅速给出一个完美的答案："过去的事我不记得了，往日既不可追，那就开始新的生活。"

楚识绘点点头，不会拐弯抹角，直接道："之前你说卖股权的钱留给我一些创办公司，是认真的吗？"

"是啊，我怎么会骗你？"楚识琛认真回答，"保险起见，改天让妈妈叫律师做个公证。"

楚识绘立刻说："我不是怀疑，我只是不明白你为什么会愿意。"

楚识琛道："家里只剩下你有亦思的股权了，能进亦思做事是最好的，可惜现在的状况不明朗，所以自己创业也不错。这是一条选择而已，你是大人了，选你喜欢的，不要被束缚住。"

楚识绘沉默了一会儿，走到楚识琛身边坐下，说："我想去亦思，我喜欢计算机，我想爸爸。"

楚识琛有些触动。这个女孩家境优渥却不娇贵，好强、上进，成绩一向拔尖。他抬手揉了揉楚识绘的头发，说："好，我会支持你。"

"那你呢？"楚识绘关心道，"你被公司开除了。"

楚识琛："嗯。"

楚识绘嘟囔："刚收购就翻脸不认人，等我毕业就更不好办了。项明章狼子野心，他家姑姑伯伯堂兄弟一大堆，都没他不择手段。"

楚识琛不得不承认，背后听项明章的坏话挺痛快的。他猜这些观点是李桁灌输给楚识绘的，问："你和李桁感情好吗？"

"还行。"楚识绘的语气不咸不淡，没兴趣多聊，"这下和项明章闹掰了，工作怎么办？"

楚识琛失笑。小孩儿才动不动闹掰、绝交，他和项明章的交际本来就是"皆为利来，皆为利往"。

两家相识，项樾的业务主要在金融业和银行业，他道："不急，山水有相逢嘛。"

楚识琛在家闷了一个多星期，偶尔和凌岂聊一会儿微信。他记得部门之前在接触一个大项目，一问，凌岂就发牢骚抱怨工作不顺。

周末，凌岂发来消息，问他最近有没有空。

楚识琛在项樾就交了这一个朋友，答应好的温居耽搁了，他过意不去，回复有大把时间。

凌岂约他吃火锅，发来地址。

楚识琛欣然前往，是一家口碑不错的馆子，人气火爆。凌岂本来想邀请他去公寓的，担心遇见项樾的职员会不自在，所以约在外面。

"在哪里没关系，"楚识琛递上一个袋子，"乔迁礼物一定要送。"

凌岂接过一看："哇，扫地机器人！我那狗窝太需要了！"

楚识琛在附近商场买的，看凌岂的反应是送对了。他走神想到项明章，那个人真真假假的话里，看来也有一两句能听。

凌岂问："喝不喝啤酒？"

楚识琛说："我喝水。"

凌岂："还想跟你一醉解千愁呢。你要喝水，好歹来一罐可乐吧。"

楚识琛笑道："我没有发愁啊。"

"你都被开除了。"凌岂说完便后悔，"对不起……"

楚识琛无所谓，这点挫折不足以让他借酒消愁。他留心凌岂诉苦的聊天内容，顺势问道："那你在愁什么，工作有麻烦？"

凌岂一脸肝疼："部门新开的大项目，预算过亿，但是不好拿下，进展各种不顺。目前的情况是总监不快乐，经理不快乐，主管不快乐，组长不快乐，我一个底层的小螺丝钉最不快乐。"

楚识琛安慰道："大家都不快乐，起码很公平。"

"可他们薪水多！"凌岂继续倒苦水，"这边不明朗，研发部也得耗着，昨天临时加了一场站会交流信息。项先生一露面，那气氛真的绝了，跟罚站似的。"

楚识琛想象了一下画面，问："项明章什么反应？"

凌岂回答："平静……可能是我近视，我压根儿看不出来他的心情。"

楚识琛忍俊不禁，一边笑着一边切入正题，问："什么项目可以说吗？"

"全系统定制，这些信息都是公开的，没事。"凌岂回答，"客户是历信银行。"

火锅滚沸着，楚识琛不喜辛辣，捧一杯汽水慢慢地啜饮，听凌岂倾诉了两个多钟头。

吃完饭回到家，楚识琛嫌身上烟火气太重，在浴缸里泡到水循环第三遍。夜深了，他披着薄毯绕到书桌后，在笔记本上写字。

——历信银行。

这是一家历史悠久的银行，支行遍布全国。这次项目的竞争公司有十几家，第一次交流结束，目前在选型考察阶段。

　　眼下的问题是，银行对各家公司不够满意，包括优等生项樾。

　　历信银行旁支多、体量大，业务重点不一样，所以对系统的需求难以统一，导致重点不够明确，甚至交流结束后推翻了原本的诉求。

　　各公司对银行的深层业务不熟悉，给不出建议，万一给的建议不合适，就会弄巧成拙。

　　所以甲方没想明白，乙方干不明白，只能耗着。

　　一般这种情况，乙方会找甲方私下沟通，但是银行选型组的负责人很难搞，几家公司都吃了闭门羹。

　　楚识琛心中泛起波澜。当年这座城市的第一批现代化银行中，宁波商帮的资本占了百分之八十，历信银行追根溯源也是其中之一。

　　他们曾用的金融结算制度、合股制度和保险等，有些经过演变沿用至今。他研究过当代的银行，功能较过去多了些，核心业务依旧是"储和贷"。

　　楚识琛扣紧钢笔，下定决心般在桌上敲了两下。

　　待万事俱备，静候到星期六。

　　阴天，黎明时分飘起小雨，楚识琛穿了件浅色衬衫，倍显单薄，吩咐司机载他到欧丽大街。

　　驶到街区附近，道旁的老树有近百年了，高楼之间夹杂着一些洋派的老建筑。

　　楚识琛感觉眼熟，问："那栋房子是什么时候建的？"

　　司机回答："那可久了，这一片好多民国时期留下的老房子。"

　　楚识琛讶然，他以为城市日新月异，没想过旧迹会被保存下来。他惊喜地发现，这曾是他每天上班经过的街道。

　　不远处，一栋棕黄色四角洋楼，扇形窗户，三层高。

　　楚识琛双目圆睁，难以置信。

　　驶近，汽车在街边停下，司机说："到了。"

　　楚识琛下了车，立在楼前惶然不敢移动，怕是海市蜃楼会消失不见。

　　他要找的地方，竟然是复华银行的旧址。

　　楼身翻修多次，补过漆，墙面细看有些斑驳；二、三层改成了咖啡馆，一楼是一间中式琴行。

　　楚识琛恭谨地推开门，仿佛怕惊动故梦。

　　街尾，一辆凌志减速驶来。

　　彭昕握着方向盘，朝后视镜瞥了一眼。项明章坐在后排，他事情多，前一阵子没顾上，现在腾出手研究这个项目。

银行选型组的负责人姓赵，业余爱好琴歌诗赋，妻子经营一家琴行，夫妻俩经常在休息日举办文艺沙龙。

这位赵组长性格高冷，很难约。普通见面他嫌俗，有几家公司派人"以琴会友"，被他讥讽门外汉附庸风雅。

彭昕把车停在正门口，说："项先生，就是这儿。"

项明章道："你不用下车。"

彭昕问："您自己去？"

沟通不畅，一急就容易崩，必须耐下性子。项明章今天休息，来一趟就当逛街了，说："我看看琴，你回去吧。"

小雨下得欢了，几步路沾湿宽阔的双肩，项明章推门进去，抬手拂掉衣服上的水珠。

等抬起头，他一眼就看见了楚识琛。

整间琴行开阔雅致，琴筝阮笛箫罗列分明，东边是一面琵琶墙，楚识琛仰首立在墙前，气质与四周极为融合。

他回头看到项明章，并不惊讶，当作不认识，扭回去继续看琵琶了。

项明章疑惑，楚识琛为什么会在这里？

待客区坐着七八位熟客在饮茶，赵组长陪着聊了一会儿后走过来，不太热情地招待生客。

他打量楚识琛，年轻，不像喜欢这些乐器的，估计是好奇进来逛逛，问："需要介绍吗？"

楚识琛看得差不多了，指向其中一把，说："劳烦帮我拿下来。"

赵组长又瞧他一眼："这把是珍品。"

琵琶被取下，楚识琛稳妥接住，欣赏地说："如意琴头，象牙轸，样子倒是蛮漂亮的。"

赵组长的脸色温和几分："凤凰台也是纯象牙的。"

楚识琛抚过琴身的缝隙，检查拼接手艺是否过关。背板的小叶檀纹路无瑕，拂手紧固，的确是一把上好的琵琶。

至于音色，他问："可不可以试弹？"

赵组长说："当然可以。"

试琴的区域正对琴行大门，楚识琛抱着琵琶坐在圆凳上，背后一扇雪白屏风映得面容素净，他调了调琴轸，轻轻一拨琴弦。

项明章避不开，本能地循声而望。

许久不弹，楚识琛手生，开头触弦缓慢。

他的脚下是复华银行大厅，那时人声鼎沸，迎来送往，有序过，嘈杂过，广纳八方财，却一朝关闭不复荣华。

细长五指翻飞得越来越快，丝弦铮铮作响，好似飞出了一把把柳叶刀。

楚识琛昂首望着大门，物是人非，门外的长街上只剩树犹如此。

穹顶下，这里的过往，早已无人知晓。

前尘往事在扒掉的墙皮、换新的玻璃、陌生的面孔中全部被埋葬了！

不知不觉间，所有人被激烈的琵琶声吸引，围聚在一旁屏息聆听。

楚识琛按弦的指腹绯红，眼角更红。

"铮"的一声！

一弦急收戛然而止，霎时静了，无一人回神。

他敛目压下汹涌思绪，指尖禁不住颤抖。

周围惊喜叫好，赵组长完全换了一副神色，夸赞道："敝店是不是遇到行家了？"

一道脚步声徐徐靠近，楚识琛来不及掩饰难过，抬起头，项明章走到他身前。

一切契机恰好，他故作轻松，语气中透着不易察觉的冷静，说："项先生，你来了。"

赵组长迟疑道："项……你是项樾的……"

楚识琛又问："好不好听？"

弦音绝，胸腔仍震动不止，项明章忘了口是心非："嗯，好听。"

赵组长回过味来。最近不少西装革履的人来过，没两句就暴露目的，然后被他打发出门，今天实在是个意外，也是个惊喜。

一句"项先生"暴露身份，项明章懂楚识琛的意思，趁势伸出右手："赵先生，我是项明章。"

赵组长回握，玩笑道："项总拨冗，小店蓬荜生辉。"

项明章不喜欢假惺惺的客套，说："我是外行人，别笑我附庸风雅就好。"

赵组长笑容客气，仍沉浸在刚才的琵琶曲中，转头热情地问楚识琛是不是专业的，学了多少年，弹的是哪首曲子。

楚识琛起身，回答："说来话长，您愿意赏光聊聊吗？"

赵组长心知肚明："恐怕不只聊琵琶。"

楚识琛坦荡地说："如果尽兴，赠几分钟聊聊项目，可以吗？"

赵组长心情正好，爽快地同意了，引他们去二楼的咖啡馆坐一坐。

项明章和楚识琛并肩上台阶，垂在身侧的手臂不时碰到，项明章放慢脚步，问："这算什么？帮忙？"

楚识琛闻言停下:"我忘了,我被开除了,这算多管闲事。"

他说完作势下楼,项明章抬手一把拦住他,声调压得很低,可表情并不恼怒:"故意报复我?"

楚识琛原话奉还:"如果你求我,我可以考虑留下。"

老板在楼上招手催促,项明章笑着迈近半步,说:"你那一袋苞谷撑死我家四只金丝雀,我还没跟你算账。"

楚识琛目露惊讶,没来得及问真的假的,项明章就把他一拽,揽住他的肩膀上楼去了。

一壶煮好的咖啡香浓醇厚,赵组长兴致勃勃,在桌对面好奇地问长问短。

楚识琛五岁学的琵琶,那年生日父亲送他一把玉珠算盘,教他盘账,之后一个月他成日夹着算盘跑来跑去,噼里啪啦好不烦人。

母亲嗔怪,说钱账之事接触太早,长大未免功利,既然一双手喜欢拨来弹去的,便教他琵琶,让他陶冶一下艺术情操。

楚识琛学会了弹琵琶,无人时自娱,极少在人前展示。那首曲子是失传的民间旧谱,慷慨悲切,算是武曲。

话题始终围绕着琵琶,项明章旁听不言。他从没听说楚太太会弹琵琶,更想象不到楚喆会送算盘给儿子。

可楚识琛侃侃而谈的模样灵动又真诚,看来撒谎的本事修炼得炉火纯青。

聊得差不多了,楚识琛环顾四周,话锋暗转:"这栋楼曾经是一家银行,铜臭气最重的地方,改成咖啡馆倒是别有一番风味。"

赵组长说:"那得是民国时期吧。"

楚识琛点头:"嗯,比历信银行成立更早。"

中式琴乐离不开古代渊源,赵组长喜爱这方面,想必对历史也会感兴趣。楚识琛从旧时的银行切入,将一些行业趣谈娓娓道来。

赵组长果然听得投入,等话题谈到新旧时代的业务时,他和楚识琛交谈起来。

项明章喝一口咖啡,随之咽下的还有一丝好奇。楚识琛绝不只是做功课这么简单,掌握的东西条缕分明,仿佛有充足的行业经验。

赵组长亦有疑问:"你怎么会了解得这样透彻,在银行工作过吗?"

"一点拙见而已。"楚识琛一顿,"这个项目公司非常重视,尽心是应该的,否则项先生今天就不会出现了。"

不知哪来的默契,用不着楚识琛眼神暗示,一句话就够了,项明章了然地搁下杯子,就业务方面谈及的需求,展开技术实现的问题。

他列举了几个例子,针对性强,易理解,言简意赅地展现了项樾的优势。

虽然时间有限，但已大大超出预期，项明章适当留白，跟赵组长约了一个正式的面谈机会。

临走，赵组长送他们下楼，问："对了，上次交流怎么没见楚先生？"

楚识琛自由发挥道："当时在忙别的项目。"

赵组长不疑有他，约定下次见面多聊一会儿。

琵琶墙上空着一个位置，试弹的那把没有挂回去，楚识琛自认目的不纯，主动坦白说："琵琶我很喜欢，只是二十万贵了些，不然我一定会带走的，见谅。"

赵组长佩服他的风度："以琴会友，交易其次。"

离开琴行，雨下得大了，项明章没带伞，个子又高一些，从楚识琛手中接过伞柄撑着，一起走到街边。

楚识琛回首望向楼身，大门缓慢关闭，他从主人变成了过客。

项明章早已捕捉到楚识琛的不对劲儿，似乎郁结难释，他放低伞檐遮挡住楚识琛的视线，问："去哪儿？"

冷雨飘在单薄的衬衫上，楚识琛打了个寒战："我想去喝一杯。"

借酒消愁吗？项明章没问，说："我带你去个地方。"

悠久的街区隐藏着许多买醉的地方，项明章带楚识琛去了一家清吧，叫"云窖"，他是熟客，不需要预约。

固定的卡座有一条极度柔软的长沙发，楚识琛坐上去身体微微下陷，不禁放松了脊背。

没多久，服务生端来七八瓶酒水和一些调酒作料。项明章净手坐在对面，开了一瓶龙舌兰，加利口酒和柠檬汁摇晃均匀，倒进杯子递给楚识琛。

"开开胃。"他说。

楚识琛端起一饮而尽，舌尖舔舐嘴唇："有点酸。"

项明章又开了一瓶威士忌，混合蜂蜜香甜酒，说："这杯度数高，慢点喝。"

楚识琛两口喝完，在项明章无语的注视下问："还有吗？"

第三杯过后楚识琛终于慢下来，项明章腾出手给自己调了一杯，两个人对饮，时不时目光交错。

经过今天这一出，主动权已经在楚识琛的手上。

项明章承认自己低估楚识琛了。楚识琛不会任人摆布，他要重回公司，今天的一曲琵琶、一场侃侃而谈的业务交流都标好了价码。

形势扭转，楚识琛不只要有尊严地回，还要"幕后黑手"心甘情愿地请他回去。

项明章从不拖泥带水，说："谈谈吧，你想怎么样？"

楚识琛亦不扭捏："我要跟你订一个君子协议。"

项明章道:"我说过,我不是君子。"

"所以需要协议约束。"楚识琛摇晃空酒杯,"你肯不肯?"

项明章说:"那要看协议内容。我知道你要回亦思,想要什么职位?"

楚识琛放下杯子,玻璃杯底和大理石桌面碰出清脆的响声,他的语气却笃定得近乎凝重:"不,我要回项樾。"

项明章出乎意料:"项樾?"

楚识琛仔细考虑过,项樾是行业龙头,无论是业务还是管理都是顶尖的,能学到很多东西。

上一局落败也令他明白一件事,当局者迷,他要跳出亦思才能看得更真切。

况且,他要借助项明章的力量,与他接近一点比较容易办到。

楚识琛肯定地点了点头:"你同意吗?"

项明章问:"为什么?"

那杯度数不低的酒发挥作用,楚识琛的大脑眩晕了一秒,跟着舌头打结"呜"了一声,于是他省去有的没的,简化答案:"我要离你近一点。"

项明章怀疑要么他听力退化了,要么他中文退化了,愣着完全不知道该有什么反应。

分神的工夫,楚识琛倒满一杯威士忌,两三口灌下一半。

酒气蔓延上脸,双腮透出淡红,他紧闭唇齿不知在想什么,忽地放弃般张开口,将隐匿的心事随酒气重重地叹了出来。

项明章想起琵琶曲终的一抬眸,楚识琛那一刻的眼里分明是难过。

倾身夺下酒杯,项明章道:"别喝了,要不要吃点东西?"

楚识琛摇头:"不饿。"

项明章瞥了眼今日的餐单:"这里的红酒烤鸭不错,随便尝尝。"

"烤鸭……"楚识琛带着醉意,"我在北平的一家老字号吃过,皮脆肉嫩,香得很。"

项明章纳闷儿:"北平?"

楚识琛没理他,从意见簿上撕下一张纸,另一只手握着钢笔,在项明章的默许下开始撰写协议。

他一边写一边申明:"不准陷害我,不准随意开除我。"

项明章瞧着那两行繁体字,恐怕还有一条"不准利用我",提醒地问:"还有没有?"

楚识琛认真琢磨了一会儿,写下第三条:"不准让我削苹果。"

项明章:"……"

他心想，削完还不是给你吃了。

酒劲儿越发上头，楚识琛下笔不稳，钢笔尖在压着纸的左手食指上划下一道，墨水痕很快干涸，将要在白皙的皮肤上凝固。

项明章抽了张纸巾，伸手去给楚识琛擦拭，结果楚识琛一巴掌推开他，警告地说："没规矩，盖章之前不能碰。"

项明章气笑了："这份破协议还要盖章？"

"当然了。"楚识琛神志不清地低喃，"可我的公章丢了，上好的水晶，法兰西的皇家工匠打了三个月呢。"

北平还不够，又来个法兰西？

项明章招手叫服务生把酒水撤了，再喝下去，保不齐要梦回清朝。

协议写完，楚识琛签名字，习惯性地写了三点水，一顿，无奈地笑了笑，改成加粗的"楚识琛"。

他放下纸笔，后仰靠进宽大的软靠垫中，酒水刺激得头脑发热，但身体仍有些冷。

项明章拿起协议看完，楚识琛歪着脑袋睡着了，肩膀向内微蜷，露出的一截锁骨凹下深刻的阴影。

外面大雨倾盆，一时半刻走不掉了，项明章脱下风衣，走过去盖在了楚识琛的身上。

快傍晚时雨才转小，项明章叫了车送楚识琛回家。

他以为玩咖的酒量起码能以一敌三，谁知道半瓶威士忌就迷迷糊糊了。不过楚识琛的酒品不错，不疯不吵不吐，还知道自己拽安全带。

楚识琛回家睡了一夜。

第二天上午，楚识琛醒了，深度睡眠后整个人有点蒙。他记得跟项明章一起喝酒，谈到回公司的事，具体怎么说的不太有印象了。

他也不记得……为什么项明章的风衣会挂在他的房间里。

洗漱干净，楚识琛下了楼。

大门外驶来一辆物流公司的汽车，快递员放下一只箱子，请他签收。

寄件人标注着一个"项"字。

楚识琛签完收下。箱子是长方形的，又大又沉，层层包裹，似乎箱子里的东西很贵重。

拆到最后是一层深色的丝绒布，楚识琛小心翼翼地掀开，里面竟然是他昨天弹过的那把琵琶。

琴弦上别着一张"君子协议"，他抽出来，项明章在下面签了名。

手机响，楚识琛看也没看就接通了，耳边传来项明章的声音："收到了吗？"

楚识琛问："你指协议还是琵琶？"

项明章回答："我以为你两样都喜欢。"

楚识琛道："所以你同意了？"

项明章说："是，我同意了。"

楚识琛抬手抚过凤凰台，轻拨一下琵琶弦："那我回到项樾，具体的岗位是什么？"

项明章道："我连夜叫人事部查了一下，项樾目前只有两个职位空缺，你可以自己选。"

楚识琛问："哪两个？"

"一个是园区门卫，"项明章顿了顿，"一个是我的秘书。"

楚识琛感觉上当了，上了大当。

项明章追问道："你选哪个？"

楚识琛无奈地说："……秘书。"

"那好吧。"项明章正式道，"下周见，楚秘书。"

楚识琛之前被开除，但项樾并没有相关的处罚公告，这番模糊处理在一定程度上平息了议论。

他重回项樾的消息再次不胫而走，相隔十几天，这回摇身一变成了项明章的秘书。

那"因错开除"似乎变得不可信，因为这种"去而复返"的情况前所未有。

很快，人事部发了正式公告，公司官网更新了职员信息，一切程序正规、齐全，皆验证了消息的真实性。

楚识琛办完手续回到九楼销售部，他刚一现身，空气中就弥漫着静默的尴尬。同事们之前孤立他，面对当下的情形不知如何是好。

只有凌岂例外，一脸高兴地跑近："你怎么回来了？！"

楚识琛低声道："抽空跟你说。"

秘书室在总裁办公室的外间，一样的装潢风格，面积不算大，空置的几个月基本锁着门，现在已经打扫干净。

楚识琛将一箱个人物品放在桌上，他想，既然配备秘书室，那项明章应该是有秘书的，但他从没在公司见过。

门口，项明章到了，经过时瞥了一眼。

楚识琛自觉地追出去，跟进了总裁办公室。

关闭了整个周末的房间有些闷，墙上一面电子触屏，项明章按了几下，同时打开遮光帘和换风系统,将空调降低了三摄氏度。

楚识琛记住这个小习惯,然后主动说:"入职的事情都办好了。"

项明章在公司的时候总是冷淡又严肃,他不打算浪费时间关照些有的没的,直接吩咐道:"通知B项目组,十分钟后开会。"

"好的。"楚识琛亦不需要额外的交流,瞬间进入工作状态,应完欲走。

项明章咳嗽了一声。

楚识琛停下,既来之,他就要做好这份工作,以秘书的态度问:"项先生,还有事吗?"

项明章说:"咖啡。"

楚识琛去茶水间泡了一杯黑咖啡,据他以往的观察,项明章不喜欢加奶、加糖,送到办公室,项明章果然没有挑剔。

办公室的门关上,项明章端起咖啡抿了一口。半个月前的自己绝对想不到,有一天会请楚识琛来当秘书。

别的岗位要履历、要经验,必须遵守公司规定;秘书更看重他个人的满意程度,不容易落人口实。

上一个秘书违背他的命令,游艇爆炸那晚擅自和楚家交涉,被他辞退了,楚识琛这个事故的始作俑者顶上,也算合情合理。

最要紧的,把人放在眼皮子底下,直接听命于他,更易于掌控。

项明章没计划得太远,银行项目需要楚识琛,秘书总要有人做,那就先这么着吧。

楚识琛终于有了员工账号,项樾的内部系统功能强大、完善,他来不及一探究竟,立刻发出了开会通知。

十分钟后,多功能会议室,B项目组到齐,研发中心过来一名主管兼高级工程师,是在项家见过一面的项如绪。

楚识琛随项明章一起就位。多功能会议室主要作圆桌讨论,装饰色彩鲜艳,不易沉闷,会议氛围比较放松。

彭昕在赵组长那里碰了钉子,另辟蹊径去专攻选型组的一位技术骨干,有了点眉目。

项明章点点头:"选型组不是一言堂,每个组员都有一定的话语权,把握的人越多,条件越有利,你继续接触。"

"嗯,我会的。"彭昕说,"那赵组长那边……"

项明章道:"那天跟赵组长谈了一下需求。"

彭昕一脸痛快:"太好了!"

项明章扭脸，冲坐在身侧的人说："楚秘书，你讲讲吧。"

大家先喜后惊，表面上楚识琛来做会议记录，怎么突然参与到项目里了，而且涉及最重要的部分。

楚识琛打开笔记本，他将沟通的内容捋了若干遍，条理清晰，对银行的业务需求解释得入木三分。

彭昕不禁拽了拽领带，对比之下他那点东西不够看了。

楚识琛的余光注意到，末尾讲完，额外添了一句："这些是目前谈到的内容，我替项先生转述而已。"

项明章欣赏楚识琛的玲珑周到，不过他了解彭昕的为人，好强，但不嫉贤妒能，否则不会升到销售总监。

重要的是他不想抢人功劳，宣布道："跟我无关，楚秘书下了很大功夫，会一起跟这个项目，有问题可以直接找他讨论。"

无论如何，项目有进展，大家充满斗志。楚识琛一边用电脑做记录，一边在纸上写要点，有点顾不过来。

忽然，项明章靠近他，像监考老师在旁边看人答题。

楚识琛笔没停，分一点注意力给上司："有问题吗？"

项明章建议道："写简体字吧，省事儿。"

楚识琛其实在练了："……哦。"

两天后，项明章借口抽不开身，让楚识琛和彭昕一起去见赵组长。

这次见面约在商务会所，时间充裕，双方沟通得更加细致。

楚识琛明白项明章的意图，派彭昕除了谈项目，也为了跟自己进一步磨合。

作为销售部的头儿，彭昕能跟他一起合作，部门其他人就能和他一起共事，这次是要自上而下地破除屏障。

离开会所已过黄昏，楚识琛吃一堑长一智，在街边打给项明章，得到准许才下班回家。

楚家大门没关，甬道上停着一辆大吉普，是李桁的车。

来的人是李藏秋，他立在花园的遮阳伞下，司机正在往后备箱里搬东西。

楚家在新西兰有一片农场，收了蜂蜜和水果，空运过来给他拿一些。

这种事司机跑一趟就行了，大概李藏秋有话不方便在公司讲，楚识琛的本能里没有"回避"二字，迎面走了过去。

"叔叔，怎么不进屋喝杯茶？"

"识琛回来了，"李藏秋笑容和蔼，"上班辛不辛苦？"

楚识琛道："不累，应付得来。"

李藏秋似是惋惜："你被开除的事我耿耿于怀，想着找机会让你回去，你竟然自己办到了。唉，可你太心急了。"

楚识琛问："这样不好吗？"

"秘书这工作麻烦，说难听点就是伺候人的。"李藏秋说，"楚家和项家有交情，你是楚家的少爷，去给项明章当秘书，傻孩子，他在羞辱你呢。"

楚识琛没被激起任何情绪，说："我靠自己劳动，怎么会屈辱？"

李藏秋劝他："那也要看为谁辛劳。上次的项目没有那么简单，你要小心被项明章利用了。"

"会吗？"楚识琛装笨，因为不太会装，所以恰好显得有点不聪明，"谢谢叔叔提醒，我记住了。"

李藏秋暗示道："有困难随时找我，别太单纯了。"

楚识琛点头答应，送李藏秋上车离开。

别墅门廊下还堆着七八只木箱，楚识琛弯腰拿起一瓶蜂蜜，黄澄澄的，天蓝色的盖子，瓶口缠着一圈蕾丝花边，一看就是楚太太的巧思。

唐姨出来归置，说："收了好多呀，你拿一些放在公司泡水喝。"

楚识琛问："直接泡？"

唐姨说："温水加两勺就行，甜甜的对脾胃也好。"

第二天上班，楚识琛跟 B 项目组开会，要着手写方案了。

上一次交流各大公司都没占到上风，憋着劲儿要使在第二次交流会上，毕竟效果好坏会影响最终竞标。

楚识琛两头忙，觉得十分充实。傍晚同事们陆续下班，他在研究PPT，准备多待一会儿。

总裁办公室，项明章伏案活动了一下颈椎。晚上有个越洋视频会议，双方迁就彼此时差，定在八点钟。

杯子里剩下一口冷水，项明章按下秘书室的内线："走了吗？"

楚识琛："我在。"

项明章说："我渴了。"

楚识琛送来一杯温开水，绕到办公桌后放下，项明章拉开抽屉拿出一瓶药片，吞服了两粒。

"你不舒服？"楚识琛问。

"胃溃疡。"项明章无所谓道，"没事，出去吧。"

越洋会议进行了一个半小时，结束后，项明章从办公室出来，部门空无一人，秘书室轻掩门扉，弥散着柔和的灯光。

他从门前经过，楚识琛在里面叫了他一声。

项明章推门进去。他的上一位秘书也是男人，自己捯饬得浑身名牌，秘书室却弄得不大讲究，如今换了人，变得干净整洁，还颇有情致地摆了一瓶兰花。

楚识琛拿出一只购物袋，说："你的风衣送去干洗过了，还给你。"

项明章忘了这件衣服的事，踱过去一拎，沉甸甸的，比一套西装还重。他低头去看，不小心瞥见了电脑屏幕。

项明章问："在做PPT？"

楚识琛承认道："嗯，是第二次交流的方案。"

项明章说："这应该不是你的活儿。"

"当然。"楚识琛坦白，"项目组把方案内容研究好了，由售前咨询部的总监操刀，我没接触过PPT，只是自娱自乐地试一试。"

PPT只是一种展现模式，重要的是内容，项明章转过显示器查看完成的部分，楚识琛把掌握的内容几乎都写了。

他俯身握住鼠标，先备份原件，接着大刀阔斧地删除了超过三分之一的内容。

楚识琛试图阻拦："这些是诠释需求点的核心内容，很重要。"

项明章说："所以不能写。"

楚识琛愿闻其详："为什么？"

项明章反身靠住桌沿，解释道："我们好不容易跟赵组长沟通上，掌握的东西比竞争对手公司要多，直接把底牌全亮出来不安全，万一被窃取，竞争力会大打折扣。"

楚识琛问："那省略核心会影响交流效果吗？"

"所以要两手准备，备份的完整版做交流用，讲演也要细致。"项明章说，"凡是传输给甲方的参考文件要删改版，每家公司都会想方设法接触甲方，必须留个心眼，防止泄露。"

楚识琛明白了："多谢赐教。"

"别文绉绉的。"项明章看了看手表，"回家吧，免得你妈说我压榨你。"

楚识琛关掉电脑，收拾东西和项明章一起下班。

电梯到一楼，楚识琛先走了。

项明章独自到地下车库，掏出车钥匙解锁，车门打开他坐进驾驶位，将购物袋随手丢在了副驾。

丁零当啷的，一阵玻璃碰撞的清脆响声。

项明章觉得奇怪，打开购物袋拿出那件风衣，袋子底下居然藏着七八瓶蜂蜜。

有一瓶盖子上贴着便笺，他拿起来看，楚识琛用简体字写着：温水泡开，两匀即可，胃不舒服的时候喝一杯。"

项明章怔了几秒，抬指弹了下装饰的蕾丝花边："还挺少女心。"

车子驶出园区大门，路上人迹寥寥，项明章看见楚识琛站在街边等车。科技园区不比商圈繁华，一过十点钟出租车就得少了。

项明章看一眼副驾的袋子，拎到后面，停下车降低车窗，说："上来。"

劳烦上司有什么后果楚识琛不清楚，他说："不用了，我打车就好。"

项明章不容置喙："很晚了，别耽误时间。"

楚识琛只好上了车，系上安全带。引擎发动驶向街口，项明章忽然问："蜂蜜是你放的？"

楚识琛打算放在公司慢慢喝的，见项明章在吃胃药，于是借归还衣服放了几瓶。算不得礼物，毕竟跟价值不菲的琵琶相比，实在有点寒酸。

他"嗯"一声："听说对脾胃不错。"

项明章道："谢谢，不过会不会太多了？"

楚识琛说："没关系，家里还有。"

项明章听到"家里"，心思一动，他点击车载屏幕打电话，呼叫显示"缦庄"。

接通了，项明章说："留个门，我一会儿过去。"

对方说："白小姐还没睡，那准备点消夜，等您过来一起吃？"

"好。"项明章又道，"我今晚过夜，房间收拾一下。"

楚识琛保持安静，自觉地侧向车窗，通话结束，他识相地说："把我放路口吧，不用送我。"

项明章将手机搁一边："来得及。"

楚识琛说："没关系，别耽误你去，"他犹豫了一下，"见朋友。"

项明章单手打着方向盘拐弯，车瞬间驶过了路口，然后他漫不经心地说："不是朋友，我妈。"

楚识琛扭过脸："你母亲？"

项明章直视着前方："是啊，楚太太认识。"

楚识琛上一次去项家没见到项明章的父母，家庭聚会为什么会缺席？刚才电话里称呼的是"白小姐"，难道项明章的父母分开了？

后半程无言，项明章把楚识琛送到家门口。

下车前，楚识琛说："谢谢你送我回来。"

项明章心情不错："代我向楚太太问好。"

楚识琛便说："也代我向伯母问好。"

"不用客气。"项明章懒洋洋地靠着椅背，"我把蜂蜜匀她两瓶，她得谢谢你。"

楚识琛后退两步，目送项明章绝尘而去。他回到家，别墅里留着一排照明的暗灯，主卧套房倒是灯光大亮。

楚太太还没睡，楚识琛去房间问候了一声。他虽然对项明章的家事有些好奇，但并不想打听一二。

他们的关系是上司和下属，连朋友都算不上，界限应该分明一点。

项明章驱车沿环江公路奔驰，渐渐偏离了市区。缦庄在城郊，是一片依山而建的私人庄园，项明章抵达时已近凌晨。

缦庄内百分之七十是园林，南北两块建筑群，项明章从北门开进去，把车随便一停，拎着购物袋迈入一座幽深的宅院。

他沿着地灯走过曲折的回廊，最后一道弯通往主客厅，门提前打开，一个衣着朴素的中年女人出现在门口。

"明章？"她冲廊下的身影叫道。

"是我。"

项明章答应着，快步走近，抬手拢紧对方身上的披肩："妈，没打扰你休息吧？"

项明章的母亲叫白咏缇，五官艳丽深邃，尽管上了年纪，又素面朝天，但依旧能看出大美人的风华。

她浅浅一笑，说："没有，我抄经呢。"

项明章揽着白咏缇进屋，偌大的客厅表面上典雅，实际只觉冷清；桌上摆着文房四宝，一张抄好的经文墨迹半干，密密麻麻的，就"阿弥陀佛"算常见字。

一道拱形门连接小餐厅，照顾白咏缇起居的青姐送来吃的，说："项先生没用晚饭吧？来趁热吃。"

项明章早就饿了，洗手落座，拿起筷子却不知道夹哪道菜。

白玉柳芽，青瓜粟米卷，芹叶翡翠丸子，只有笋干小笼包不是绿的。

白咏缇信佛，习惯了吃素，厨房里没有荤腥食材。项明章勉强填一填五脏庙，说："我带了几瓶蜂蜜。"

青姐从购物袋里拿出来，说："瓶子真可爱，您上次叫人送来的红茶也包得特别漂亮。"

白咏缇对华服首饰不感兴趣，深居简出也不缺什么，项明章便经常送一点好看的吃食或小玩意儿，来讨她欢心。

"都是别人送的，我借花献佛。"项明章道，"妈，你记不记得楚太太？"

白咏缇想了想："记得，楚太太很开朗，特别爱笑。"

项明章说："她儿子在我那里上班。"

白咏缇点一下头，没询问来龙去脉，没接腔往下聊。她沉默地坐在圆桌的另一侧，单方面终止了母子间的闲谈。

项明章习惯了，白咏缇不关心缦庄外的世事，哪怕是他身边发生的，哪怕他再久没来，流程依旧如此。

他低头吃饭，越嚼越食不知味，索性提前撂了筷子。

母子二人互道晚安，项明章回卧室洗了个澡。许久没来了，床褥崭新，散发着比酒店更陌生的味道。

他靠着床头，精美的房屋没有一丝人气儿，屋外天高树深，灯一关犹如置身寂静长林，心底跟着落寞。

项明章重新拧开台灯，床头柜上放着一杯蜂蜜水，冒着丝丝缕缕的热气。他端起杯子喝了一口，微甜，温热，缓缓淌进受了委屈的胃里。

项明章拿起手机，编辑了一条消息按下发送。

楚家书房，楚识琛熬夜做完了PPT，第一次做，对着模板照猫画虎，估计毛病一堆，但他相当有成就感。

手机屏幕一亮，他打开刚收到的一条微信。

项明章发来：蜂蜜水很好喝。

楚识琛回复：那就好。

两分钟后，项明章：这么晚还没睡？

敲了一晚上键盘，楚识琛这会儿慢吞吞地打字，也懒得礼貌周全，直接道：你也没睡。

项明章：睡不着。

这条回复一发出去，项明章立刻后悔了。他跟一个下属说这个干什么？

仿佛在诉苦，除了显得啰嗦没有任何作用，可是撤回反而此地无银，等于承认说错了话。

项明章准备再回一句结束聊天，他不想听楚识琛劝他早点睡的废话，更不需要楚识琛关心他为什么失眠。

不料这时，楚识琛发来一份PPT文件。

项明章：……

楚识琛：我做完了，你睡不着的话可以看看。

快凌晨一点钟，秘书让老板看自己做的PPT，项明章工作十几年没遇见过这么离谱的事情。

楚识琛发完等了一会儿，没有收到回复，他退回聊天列表，将项明章的消息置顶，免得淹没在别的消息中。

因为列表第二个是钱桦。

上次夜总会一别，钱桦隔三岔五就发消息约楚识琛出去，目前攒了三百多条未读，包含二百五十条语音。

一开始楚识琛礼貌婉拒，后来实在太频繁，干脆不再回复。

第二天上班，楚识琛泡好咖啡送进总裁办公室，然后跟项明章核对一天的工作安排。

说完，楚识琛道："最近南京有一场研讨会要出席，总共两天，主办方还没定下具体时间，在等通知。"

项明章正翻阅文件："知道了。"

楚识琛说："没别的事我出去了。"

项明章忽地抬头。他昨晚没睡饱，今天戴了一副眼镜遮黑眼圈。别人戴显得斯文，他的鼻梁又高又挺，眉目凌厉深邃，细细的银丝边镜框一修饰更叫人瞧不出喜怒。

项明章道："PPT 发你邮箱了。"

听语气不太欢喜，楚识琛后知后觉："是不是影响你休息了？"

镜片后的眼睛眨了眨，项明章故作无谓地说："没有，很催眠。"

楚识琛回秘书室查看邮箱，PPT 修改过了，最后插入一张空白页写了问题和建议。

字体大红色，没分段，没标点符号，一部分甚至没断句。

不难看出写的人当时有点狂躁。

接下来几天，楚识琛恪守秘书本分，免得项明章伺机挑错。

第二次交流在历信银行总部如期举行，由彭昕带队，交流得很成功，没有辜负这段时间项目组的努力。

这个项目分量大，周期长，离竞标有一个半月的间隔，大家辛苦这么久可以喘口气了。

为了犒劳项目组和鼓舞士气，彭昕决定一起聚餐大吃一顿，然后放三天假让大家好好休息一下。

订好餐厅，彭昕去邀请项明章。

项明章有自知之明，他去了员工肯定不自在，便嘱咐彭昕带大家好好玩，他负责报销。

彭昕又去邀请楚识琛，入职以来楚识琛私下和同事交际甚少。他有意参加，但项明章不去，万一有事吩咐他不能不在。

楚识琛只好回绝，准备留下加班。

结果项目组刚走了一刻钟，项明章潇洒地拎包下班了。

楚识琛自认倒霉，去办公室关掉智能系统，收拾东西回家。

他从办公大楼出来，远远望见园区大门被堵得水泄不通。

走近听见争吵，貌似有人在故意闹事。

园区大门外，一辆越野车横停挡在路中间，门卫从劝说到驱赶，车主就是死皮赖脸地不肯走。

司机载项明章下班，被堵在门内，正打算报警，车主突然跳下了车，大喊一声："楚识琛！"

楚识琛经过一旁，不由得停下。

钱桦跑到他面前："可让我逮住你了！"

众目睽睽，楚识琛顾不上尴尬，压低嗓音问："你来这儿干什么？"

"找你啊。"钱桦不满地说，"约你怎么这么费劲？打电话敷衍我，发信息不回，你要跟我绝交啊？"

楚识琛说："那你也不能堵在公司门口。"

钱桦顽劣一笑："我提前发微信了啊，说来找你，你又没说不行。"

这时司机下了车，走过来说："楚秘书，能不能让你朋友把路让开，不然我只能报警了。"

"哟，一个司机这么硬气。"钱桦透过挡风玻璃朝车厢内张望，"后面坐的谁啊，是不是项总？"

车窗降下一截，项明章偏头露出半张脸，神情眼色尽是傲慢。他大伯项琨和钱桦的父亲有点交情，他对这个纨绔子弟也有点印象。

钱桦招了招手："嘿，项总，我接哥们儿去玩儿，一起啊？"

楚识琛个子高，把钱桦吊儿郎当的身体一拎，低声警告："别胡闹了！"

钱桦扭了扭："怎么了？我好客，项总肯不肯赏光啊？"

上次在夜店一夜不归，估计就是和这个钱桦泡在一块，项明章说："不了，别妨碍你们花天酒地。"

楚识琛听出十足的讽刺，抬眸对上项明章的目光，那么轻蔑，仿佛他已经和钱桦不堪地鬼混在一起了。

错过聚餐，被这么个大麻烦找上门，被一众人议论围观，再被项明章鄙视，楚识琛的薄脸皮没经历过这么丰富的考验。

他的心底激起些愠怒，只想赶快离开现场。

索性不管了，为了让钱桦消停，楚识琛大步走到车门前，问："走不走？"

钱桦屁颠屁颠跑来："走着！"

项明章冷眼看楚识琛坐进副驾，轰鸣传来，越野车掉转车头飞驰不见了。他升起车窗，隔绝了大门口未散的尾气。

司机问："项先生，直接回公寓吗？"

项明章忽然想打一场搏击，说："去俱乐部。"

越野车拐出街口，楚识琛抬肘搭在车门上，手掌撑着额角，头疼。

手机响，南京那边的主办方发来通知。

楚识琛看完答复，正事耽误不得，他切到通讯录，脑海中浮现出项明章在车窗内的表情，稍顿按下了通话键。

接通了，楚识琛利落交代："研讨会的时间定下来了，下周一。"

项明章道："订车票和酒店。"

楚识琛不确定项明章是否一个人前往，问："要不要带助手，我发通知。"

刚说完，钱桦靠过来："我今晚给你介绍一个尤物！"

项明章听得一清二楚。人前沉稳端庄，一副翩翩君子的模样，让他差点忘了楚识琛以前是什么操行。

他握着机身，不经意间讥讽脱口而出："憋坏了吧？"

耳边静了须臾，楚识琛说："什么？"

项明章道："在风月场上保存点体力，周一别耽误正事。"

楚识琛顾不上分辩前半句："你的意思是……"

项明章说："这次出差，我带你去。"

第三章

玄武水杉,美满美和

挂掉电话，楚识琛曲起手指按了按太阳穴，十字路口红灯，他趁安静说："我今天还有事。"

钱桦："少糊弄我，你有屁事。"

楚识琛听不惯粗鄙之语，蹙着眉。钱桦来项樾堵他下班，估计没那么容易脱身，他退而求其次道："那先说好，我不去夜店。"

"不是吧你——"

楚识琛斩钉截铁地补充："也不需要什么尤物。"

钱桦大张着嘴，被楚识琛严肃郑重的表情弄得一愣，心里莫名犯怵，把急吼吼的反驳全堵在了嗓子眼。

那表情实在滑稽，楚识琛感觉在吓唬傻子，说："我请你吃晚饭吧。"

钱桦笑起来，又开始嘚瑟："我请吧。我最近投资了一家餐厅，在试营业中，打算正式营业了再告诉你呢。"

悍马半路改道，钱桦载楚识琛到了一家餐厅，极繁华的地段，布置得有格调，气氛足。服务生西装领结，一个个跟模特似的。

餐厅目前不对外开放，今晚没别的客人，他们挑了临窗的好位置，楼下的商业街熙熙攘攘，巨幅的广告屏换了新一季的成衣海报。

楚识琛觉得门店的招牌有些眼熟，朝下望着。

钱桦说："我记得你不爱穿这牌子啊。他们月底办秀，在我这儿订了一周的宴会包场，你要是感兴趣，咱们去秀场凑个热闹呗？"

楚识琛有印象了，问："波曼嘉公寓是不是在附近？"

"对啊，就隔一条街，拿这块位置费劲得很。"钱桦说，"怎么了？你有小情儿住波曼嘉？生活条件够好的啊。"

楚识琛刚舒展三分钟的眉头又拧起来："不是。"

钱桦关心道："那你最近和谁走得近？"

楚识琛得谈点正经的话题缓一缓，问："你为什么会投资餐厅？"

钱桦忽然哑火，支支吾吾说不出个所以然，憋半晌，嘿嘿笑了一声，招手催促餐厅经理快点上菜。

楚识琛心底感到怪异，但没有追问。菜品端上桌，主菜是一道喷香的炙烤牛肉，油脂丰沛，看一眼就七分饱了。

正在醒红酒时，餐厅门口传来一阵喧吵。

经理高声阻拦："先生，餐厅暂不对外开放，您不能进去！"

一个中年男人硬闯进来，衣着整齐，可神情透着一丝孤注一掷的绝望，几名服务生都没能拉住他。

男人直奔到桌边，看见楚识琛后怔了怔："楚先生……"

楚识琛没见过对方，钱桦把刀叉"啪"地一搁，说："你来干吗？你想干什么？"

男人姓齐，是游艇公司的老板，面临破产走投无路，在餐厅附近蹲守了一星期，终于等到钱桦出现。

齐老板弯着腰："钱总，钱先生，你再给我一次机会！"

初春那场爆炸事故令游艇公司名声尽毁，客户几乎全部取消了合作，钱桦原本是投资人，也已经撤资了。

他烦道："省省吧，没救了。"

齐老板说："再给我一点时间，钱公子……"

"我不缺时间，也不缺那几个钱。"钱桦道，"出这么大事故，谁还敢用你们啊？要不是我哥们儿命大，就英年早逝了！"

齐老板转头哀求楚识琛，说："楚先生，这么久我们打理游艇尽心尽力，哪次不是包您满意的，这次真的是意外！"

楚识琛猜到了原委，他无恙地坐在这儿，可真正的"楚识琛"已经……他面无表情地说："那就承担意外的代价。"

齐老板崩溃道："事故原因未必在我们，当初也没有好好调查……"

钱桦气得站起来："废话，游艇都处理了，你怎么说都行！楚家息事宁人是嫌闹大了麻烦，你想闹大也可以啊，看看谁先顶不住！"

餐厅报警，齐老板被赶走了。

楼下警车闪着红蓝色灯光，楚识琛垂眸望了一会儿，心里有股分辨不清的疑虑。

自然没胃口吃东西了，他想就此结束，抬眸发现钱桦在桌对面偷偷瞧他，目光对上则心虚地避开。

楚识琛便直勾勾地盯着对方。

钱桦招架不住："唉，是我对不住你。"

楚识琛问："何出此言？"

钱桦坦白了。他爱玩游艇，所以投资了这家游艇公司，楚识琛为了支持好哥们儿，从买游艇到日常维护，全被这家公司包揽了。

出事后钱桦于心不安，决定撤资，改投资餐厅。他计划借楚识琛失忆永远隐瞒这件事，谁料杀出个齐老板来。

钱桦惋惜道："负责游艇维护的班底绝对是顶尖的，我敢打包票，不明白为什么会马失前蹄。关键我后来查记录，前一天检修没有问题啊。"

楚识琛不了解详情，说："那怎么会起火爆炸？"

"谁知道呢，烦死我了。"钱桦抹了把脸，"识琛，幸亏你没啥事，不然我这辈子都过不好了。"

楚识琛滚动喉结。当初事故是李藏秋处理的，为了尽快平息草草了事，万一真如齐老板所说，事故原因未必在他们⋯⋯

凡事最忌讳瞻前顾后，楚识琛猜忌已生，顺势拜托钱桦，再查一查详细的游艇记录和资料。

今晚小聚跌宕起伏，肉没吃，酒没喝。楚识琛安抚了钱桦一番，从餐厅离开，他想迎着夜风透透气。

转角到另一条街上，楚识琛经过波曼嘉公寓大楼，他驻足看四十层 A 房的落地窗，一片漆黑，住户大概率还没有回家。

他招手叫了一辆出租车，打道回府。

第二天清晨，楚识琛穿了一袭黑衣出门，途中买了一束盛开的白菊。

远思墓园，绿荫下多了一座墓碑，碑上没有刻字、没有照片，楚识琛单膝蹲在墓前，轻轻放下了花束。

他对着墓碑讲话，讲楚太太和楚识绘的近况，讲亦思的形势。

最后提到游艇爆炸，他探手按在墓碑上，说："或许是我多疑，但无论如何我想继续查一查，倘若不是一场纯粹的意外，我一定会给你一个交代的。"

在家里，楚识琛选择了隐瞒这件事，主要是怕楚太太担心。

况且，当初事故是李藏秋处理的，楚家的律师团队、保险经纪和会计师任由差遣，楚识琛需要确认这些人是否可靠。

这件事急不得，需要耗费多少工夫暂时难以估量。

楚识琛表面一如往常，全心准备周一的出差。

天气逐渐热了，楚识琛带了两身薄西装。南京离得不远，走高速一上午足够抵达，开车过去在南京出行也比较便捷。

周一，司机先接上楚识琛，然后去公寓接项明章。

时间尚早，开车是体力活儿，楚识琛让司机去吃一点东西，他上楼帮项明章核对研讨会要带的资料。

上到四十层，楚识琛停在 A 号房门外，项明章那天蔑视的神情再次浮现在脑中，他稍微用力地按下了门铃。

项明章刚洗漱完，打开门，清冽的须后水味道扑面而来，他正在换衣服，上半身还穿着居家的 T 恤。

两个人谁也没有吭声，一个让开，一个进屋，门"嘭"地关上了。

楚识琛上次来是晚上，今天不到八点，阳光照射着大半间客厅。他跟随项明章进卧室，行李箱装好了，公文包在床尾扔着。

他兀自去清点文件，档案袋移开，下面盖着一盒膏药贴和一瓶跌打酒。

楚识琛疑惑道："这些要带吗？"

"不用。"

项明章说着脱下 T 恤，上半身裸露出来，肌肉分明，肤色健康，但是肩膀有几块青紫色难以忽视，后腰两侧更加严重，呈现一片深紫色血瘀。

楚识琛惊讶地问："你怎么受伤了，要不要紧？"

"没事。"项明章语气平淡，拧开药酒倒了一点，在肩膀处揉了揉。

楚识琛装好公文包，看项明章反手向后不太方便，他解开袖口挽起两折，夺过瓶子说："我帮你吧。"

他绕到项明章身后，往手心里倒了些药酒，摩擦焐热，抬起掌心按上项明章腰后的肌肤，慢慢地打圈。

旧时在家，父亲关节不好，跌打师傅经常上门按摩，他见得多了，就学会了一招半式。

瘀血要用力揉散，楚识琛下手加重，说："忍着点。"

项明章道："不疼。"

楚识琛放了心，再加重用了十成力道。项明章不防，竟被推着向前栽了半步，他站稳，侧脸向后，余光捉到楚识琛哼笑的轮廓。

冷不丁地，项明章问："那晚和钱桦做什么了？"

楚识琛没料到项明章会过问，毕竟是他的私事，手上稍停，他回答："吃饭。"

项明章说："只是吃饭？"

"不然呢？"楚识琛又倒了些药酒，"你设想我会做什么？"

项明章反唇相讥："我想象力匮乏，描摹不出你精彩的夜生活。"

楚识琛不断施力，手心麻酥酥的，他忍不住嘀咕了一句："你也不遑多让，那么晚不回家，玩得自己一身青紫。"

话音刚落，项明章乍然转过身，楚识琛来不及收手，一巴掌拍在了项明章的腹肌上。

这次项明章岿然不动，反问道："你怎么知道我没回家？"

楚识琛一脸坦荡："餐厅在隔壁街，我经过时看见黑着灯。"

项明章相信了吃饭这一说法，但不够满意："钱桦花名在外，你以后少跟他接触。"

经过昨晚，楚识琛的想法改变了，说："他是我的朋友。"

项明章道："交朋友要挑人。"

楚识琛不会对旁人交代私事中的千丝万缕，亦不喜欢被掌控。

大家各有城池，最好不要越界。

但这份秘书工作得来不易，他不愿把气氛搞僵，因此没反驳，巧妙地说："我有分寸，看我挑老板的眼光就知道了。"

项明章听惯了糖衣炮弹，早就免疫了，可不知为什么楚识琛的漂亮话听来格外顺耳。

他绷着面孔，不想承认被取悦："你有什么分寸？按得我疼死了。"

掌心药酒淋漓，楚识琛用手背轻揉项明章转过身，他继续揉，稍微放轻了力道，问："怎么弄的，你挨揍了？"

项明章说："搏击，懂吗？"

楚识琛不太懂，听项明章讲了几句，琢磨出八九成。

抹完药酒，楚识琛去卫生间把手洗干净，等他出来，项明章穿好了衣服。

时间刚刚好，司机上来帮忙拎行李。

往外走时，楚识琛嘱咐道："今天开稳一点，项先生身上有伤。"

司机赶忙问："怎么会受伤？"

楚识琛第一次听，没记牢，什么来着……两个人近身互搏，主要是打拳，挺激烈的，厉害的甚至要上擂台打……

他想了想："好像是练了咏春。"

临近中午抵达南京，下榻的酒店离会议中心不远，时间还算充分，办完入住，楚识琛陪项明章一起去房间放行李。

黑白主色调的商务套房，开放式办公区，楚识琛将资料拿出来一一清点。

项明章叫了两份午餐，服务生送来，他洗洗手在沙发坐下，说："过来吃点东西。"

楚识琛拿着平板电脑，坐在另一头的皇后椅中，连盘子边都碰不到，说："项先生，我最后跟你核对一遍。"

项明章道："资料齐了就行。"

楚识琛说："嗯，战略管理报告，盈利能力分析数据，主要是这两个类目。"

研讨会是关于行业的"计费"问题，共三个半小时，分上下两场，中间休息半小时，其中四十分钟自由交流时间放在一开场，让参会人员彼此熟悉。

楚识琛说："按计划是六点钟结束，晚上八点有一场宴会，社交性质，可以携一名助手或舞伴出席。"

项明章经常出差，能应付，何况楚识琛安排得井井有条，他没什么顾虑："知道了，吃饭吧。"

在车厢里闷了一路，楚识琛胃口不佳，他戳着平板电脑，说："我不饿，还有——"

项明章拿起桌边的电话，叫餐厅加一份清爽的沙拉送过来。饭都不吃，他没有剥削下属的爱好。

服务生送来一份蜜瓜杏仁沙拉，可以补充一点糖分和能量。楚识琛不好拒绝，拿起叉子吃起来，香甜可口，很合他的口味。

项明章吃饱了，拿起平板电脑自己看，一解锁，屏幕上是一张研讨会的出席人员名单。

这份名单公开可查，一共二十六人，楚识琛对每个人都做了信息补充，包括公司、职务、衍生出哪些公司和项樾有业务往来、领域重合、竞争或合作意向。

项明章连翻十几张才看完，问："功课做了多久？"

楚识琛咽下最后一块蜜瓜："正好前两天是休息日，不麻烦。"

项明章道："又不是打仗，会不会太知己知彼了？"

楚识琛说："有备无患。"

项明章仍盯着屏幕，藏起了眼底的欣赏之色。当初让楚识琛做秘书，虽不算无奈之举，但有一点将就的成分。

这段日子他不得不改观了。楚识琛的执行力暂且不表，考虑事情的心思绝对成熟，根本不像第一次工作的新人。

项明章有点纳闷儿，楚识琛一直游手好闲，失忆后性格变了，气质变了，怎么连脑子也升级优化了吗？

仿佛失去的不是记忆，是系统BUG。

楚识琛看了看时间，叫司机备车，过了一会儿，项明章出发前往会议中心。

研讨会不能带助手，楚识琛得空喘口气，他回到自己的房间，没那么大，面对一片山景倒是清幽安静。

楚太太打电话来，询问南京冷不冷、热不热，有没有吃鸭子，鸡鸣寺的樱花是不是已经谢光了。

楚识琛就回答个"不冷"，别的全然不知，楚太太不满意，叫他拍点照片。

房间桌上有一本册子，印了南京的风景名胜，楚识琛一边答应着一边翻开，曾经戴过勋章亦留过伤痕的古城，旧貌新颜，要是时间允许，他真的想四处走走。

可惜今天来不及了，研讨会结束就是宴会，又要一番安排。

傍晚，项明章回到酒店，他对宴席之类的场合一向不感冒，把会议内容整理了一下才去洗澡换衣服。

选好衬衫穿上，他给楚识琛发消息：来一下。

楚识琛很快过来，一身黑西装，发丝、瞳孔也是漆黑如墨，他步伐款款，动静之间总是沉着不乱。

桌上摆着两对袖扣，不需项明章言明，楚识琛利落地挑了一对蓝宝石的，走过去帮项明章佩戴。

项明章问："为什么选这对？"

楚识琛说："我喜欢蓝色。"

项明章低下头，伸着手腕让楚识琛摆弄。那双手细长干净，指间的玛瑙戒指和袖扣呈极相近的湛蓝。

戴好，楚识琛说："我拿了胃药和解酒药。"

项明章正一正领带："你揣着吧。"

晚宴在酒店的高尔夫球场举行，露天形式，如茵的草坪宽阔无际，长桌堆满花束和餐点，灯光混合月色照得周围亮似白昼。

楚识琛拿了一杯香槟。四面西装革履，衣香鬓影，每个人面露微笑，凡是擦身而过，都要颔首展示出绅士或淑女的反应来。

这种感觉十分熟悉，旧时的宅邸、商会、钱业馆，宴会举办得像走马灯。楚识琛往往是座上宾，别人赞他显赫光鲜，他费神兼顾八面玲珑，其实厌倦得很。

再艰难的世道也不缺朱门酒肉，甚至要靠纸醉金迷在乱世中寻求一丝安慰，等酒喝醉了，华尔兹跳够了，手一牵，腰一揽，一夜欢纵才正式开始。

"你好，一个人吗？"

有人来搭讪，楚识琛抛却前尘，微微举杯与人应酬起来。

夜色愈浓，灯光不够用了，或是故意为之，昏暗一些更有放松的氛围，音乐跟着换成了一首舞曲。

楚识琛与陌生宾客闲谈不超过五分钟，浅尝辄止，若即若离，对方自然就会离开了。

他没忘记本职，搜寻到项明章的高大身影，想过去问一问有没有要交代的，刚走至一半，一位高挑的女宾率先走到项明章的面前。

楚识琛识相地止步。

两分钟后，女宾笑容飞扬，仍没有离开的意思，楚识琛只能看到项明章的背影,他猜对方的表情应该同样愉快。

舞曲欢畅,女宾大方地伸出手,邀请项明章一起跳舞。项明章摇摇头,女宾耸肩表示没关系,看得出是个性格很好的人。

场中三三两两,凑伴的不在少数。成熟男女,夏夜良辰,眼神一来一回就够了。

楚识琛拒绝了几次暧昧暗示,饮尽杯底香槟。古往今来的名利场有一点相同,一切旖旎皆与他无关。

他自嘲地抿了抿唇角,忽觉好没意思。

手机振动,项明章发来一条信息:我想回房间了。

楚识琛朝项明章和女宾的方向望了一眼,旧时他跟一些公子哥打过交道,这样的夜晚与佳人一拍即合后意味着什么,他心领神会。

楚识琛悄然退场,回套房叫人更换了一套床品,加了一瓶红酒,并挂起一套西装方便明早更换。

他失意地想,居然沦落到打点这种事。尽完秘书职责,怕煞风景以及保险起见,他离开时拿走了茶几上的会议资料。

回到自己房中,楚识琛洗漱完躺在床上看资料,对于计费模式他了解得不多,有些地方不太明白。

楚识琛越看越困,闭上了双眼,脑海里却乱糟糟地无法平静。没有燃香助眠,他辗转了一个钟头都没睡着。

陡地,他忍不住想,套房里是何种情形?会不会耽误明天上午的工作行程?

手机再一次振动,楚识琛抚额接通,没看来电显示:"你好?"

项明章冷漠的声音传来:"我不好。"

楚识琛惊讶地拿开手机,确认是项明章打来的,这个时间怎么会……他把手机重新贴到耳边:"什么事?"

项明章问:"你把会议资料拿走了?"

楚识琛:"是。"

"给我送过来。"项明章说完就挂了。

楚识琛的困意醒来大半,他披了件睡袍去送资料,到套房外敲开门,项明章的冷脸和通话中的语气简直无比贴合。

房间安静,那瓶红酒打开了,只倒了一杯就被放在茶几上,旁边是亮着的笔记本电脑。项明章衣衫整齐,双人床上被褥平坦,显然没人动过。

楚识琛递上资料,无言以对。

项明章接过,更是无语地嗤笑出声。应酬场合不好拂人面子,况且对方是主办方那边的一位女士,所以发消息让楚识琛想个由头来帮他脱身。

谁料楚识琛居然丢下他走了。

项明章权当自己暗示不到位，等他回到房间，面对种种痕迹才意识到——他要去玄武湖，楚识琛理解到秦淮河去了。

空气中弥漫着尴尬，楚识琛试图将功补过："需要帮忙吗？"

"不用。"项明章说，"要不是必须参考，我不会这个时间扰人清梦。"

楚识琛不好意思地说："没关系，那我回去了。"

他后退转身，忽然，项明章在背后挑明："楚秘书，下次不要自作主张，你以为的艳福未必我就有兴趣消受。"

楚识琛会错意，认了："对不起，是我多事了。"

项明章说："以你的生活作风，想歪了倒是也能理解。"

楚识琛转过来："你和那位女士郎才女貌，相谈甚欢，所以我误会了。"

"通过后脑勺就知道我相谈甚欢？就算是，你不懂什么叫逢场作戏？"项明章说，"或者你觉得我很随便，认识几个钟头就想跟对方上床？"

楚识琛的确评判有误，不好辩解。

项明章又问道："还是因为你习惯了这么随便，于是以己度人？"

楚识琛无法推翻这个身份曾经的行为，忍耐道："过去的事我不记得了。"

项明章站起身，迈了一步到楚识琛面前，那张脸透着不屈、不悦，倒像他欺辱人似的。

他最后警告："下一次不要再搞这种乌龙了。"

楚识琛说："没有下一次，我绝不会再多此一举。"

不料，项明章弯腰端起酒杯，将杯底的红酒一饮而尽："那我哪天要是来真的，需要你安排怎么办？"

楚识琛目光轻闪："那希望你能明示我。"

"葡萄酒太甜了，不够助兴，只配提神。"项明章告诉他，带着淡淡的酒气，"要是来真的，我会找你要一杯伏特加。"

楚识琛回到房间更睡不着了。

当秘书以来，这是他第一次办错事，而且办得这么窘。

他不禁想象项明章等他解围，却被一个人丢在宴会上的场景，竟咂出一丝好笑的滋味。

他固然有错，但项明章多次强调自己不是正人君子，那他想偏了也情有可原吧？

楚识琛躺在床上翻来覆去，夜半堪堪睡着，好在第二天的行程不太紧凑，可以多睡一会儿。

楚识琛醒来的第一件事就是检查邮箱，里面有一份项明章凌晨三点发来的文件。他洗漱换衣服，按照要求去酒店的影印室打印了双份。

今天上午在咖啡厅有一场小型交流会，四五家公司参与，都是掌握一定话语权的头部企业，昨天的研讨会等于进行了筛选和铺垫。

楚识琛收拾妥当去房间找项明章，他敲敲门，等候的工夫做了个深呼吸。

人一尴尬就容易扭捏，他保持着挺拔的身姿，门打开，目不斜视地直奔办公区，将电脑包装好拎上。

项明章抱肘斜靠着落地屏风，没穿西服，显得特别放松，问："文件打印了吗？"

"装订好了，都放在包里。"楚识琛看一眼手表，"司机应该在楼下了。"

可能是红酒的缘故，项明章睡得很好，精神饱满地说："走吧。"

他们准时到达临街的一间咖啡厅。咖啡厅被主办方提前包下了整个二楼区域，没有外人在场，大家寒暄过便谈起正事。

楚识琛坐在项明章的右手后侧，作为秘书陪同记录，交流的核心依然是"计费模式"的问题，不过更加深入。

他听得认真，对资料中不明白的地方理解了许多。

这群精英里，有人高谈阔论，有人尖锐驳斥，项明章前二十分钟没开口，仿佛是混在里面喝咖啡的。

直到有人催促，叫了一声"项总"，项明章搁下杯子，极为绅士地笑答了一句"不敢当"。

楚识琛新建一张空白页面准备记录。

项明章微微后仰靠着椅背，姿态舒适又高傲。他平均一天开两场会，最受不了的就是把八百字嘚啵成两千字。

"项樾不久前收购了一家公司，"项明章说，"是医疗领域的。"

楚识琛不禁侧目。以亦思如今的状况，远不够资格和这些公司相提并论，他全神贯注地听项明章说下去。

公司做一个项目，甲方付费，是最基础的盈利模式。亦思主要做客户管理系统，深耕医疗领域，多年来不断积累并掌握了非常庞大的行业数据。

对科技公司来说，数据的价值是不可计算的，利用数据优势，能为客户提供更多价值，可以谋求更深度的合作。

进一步发展，介入垂直领域的供应链，如医疗业、制造业、餐饮业等，在亿万级的市场里分一杯羹，而不只是做一柄精美的汤匙。

项明章以亦思为例，简洁地说了说想法。他交流的原则和做方案一样，避免空中楼阁，做人要打扮，做事还是踏实落地一点比较好。

楚识琛意犹未尽，后半段讨论没怎么听，一直在思索项明章说的话。

关于亦思，倘若没有打烂一手好牌，究竟会发展到哪种程度？

现在的这把烂牌，又是否有机会反败为胜？

从咖啡厅离开，项明章坐得久了，想走一走活动活动双腿。楚识琛亦步亦趋，逐渐与项明章并肩而行。

细碎树影在地面上摇晃，楚识琛踩过，突然道："项先生，下次出差还会带我吗？"

项明章问："你不嫌累吗？"

"不累。"楚识琛说，"跟你出来一趟，受益匪浅。"

项明章道："没记错的话，这是你第一次夸我。献殷勤的人要么心怀不轨，要么心有所求，你是哪一种？"

楚识琛笑了笑："我心无杂念，单纯地夸你一句不行吗？"

项明章站定，侧身和楚识琛面对面，玩味地打量道："楚秘书，你心情不错啊。"

楚识琛便也停下，笑意略收，顶着灿灿阳光问："你拿亦思举例的时候，是可惜，还是期待？"

项明章回答："二者参半。"

既然有一半期待，那情况就不算差。

楚识琛郑重地点了点头："有你这句话，我的期待大于可惜了。"

他们之间话不必说得太明，点到即止已足够，继续朝前走，经过一家卖礼品的商店，楚识琛想进去逛逛。

出差一趟总要买点礼物，楚识琛琢磨了一圈，家里都是女眷，他根据喜好选了云锦；钱桦爱玩，楚识琛给他买了一盒雨花石。

他还买了些茶叶和板鸭，数量太多，直接填地址发快递。

写的是项樾办公大楼，应该是分给同事的，项明章说："全是吃的，回去要开茶话会？"

楚识琛道："销售部出差如家常便饭，每次都带礼物不太现实，买些吃的，大家啃啃鸭子喝喝茶，吃完喝完不会记多久，也就不会有负担。"

这时服务生包好五份礼盒拿来，项明章问："这又是给谁的？"

楚识琛回答："游艇出事那晚项樾一共五名同事，这是送给他们的。"

这份缜密妥帖包含了真心，项明章自愧不如，说："楚秘书，这下没有了吧？"

经过昨晚的乌龙，楚识琛警惕又一次自作主张。

他去项家那次，除了项行昭，见项明章和一众家人并不热络，估计不必惦记。

但母亲就不一样了，不值钱的蜂蜜也要送去分享两瓶。

他问："要不要帮项董和令堂买点礼物？"

出乎意料的是，项明章反应平淡："算了吧，她不稀罕。"

楚识琛没有多事。老板的心思难猜，什么时候该未雨绸缪，什么时候该装聋作哑，做下属的要不断试错。

目前来看，在家人和异性方面，要做的是后者。项明章有手段，懂世故，却好像懒得经营这两种最亲密的关系。

下午，项明章受邀去一家外企参观。

这家公司叫 UT，是专门做硬件的，跟项樾有合作意向。负责接待的是中国区总裁欧文，汉语很流利，全程热情介绍。

他们参观完去欧文的办公室，一片半开放的区域，墙上挂着几十张大大小小的照片。欧文曾先后在四个国家任职，拍了不少留念照。

楚识琛逐一扫过，目光停驻在某一张上——照片中欧文穿着毕业服，背后是一幢历史悠久的红墙建筑。

他目不转睛，辗转在这个时代看到，亲切又神奇。

欧文说："楚秘书，看来你很喜欢这张照片。"

楚识琛神采斐然地问："你是宾大毕业的？"

欧文惊喜地说："难道你也是？"

楚识琛稍怔："不……"他否认了，撇开目光，用恰好的笑意掩盖一切情绪变化，"我不是。"

项明章旁观得一清二楚。楚识琛那一瞬间的失意恍若美梦初醒，此刻的得体仿佛在逞强。

他觉得奇怪，可楚识琛的确跟宾大无关，或者说跟任何名校都八竿子打不着。他岔开话题，说："第一台计算机就是在宾大发明的。"

又聊了半个小时，他们从 UT 离开，为期两天的出差正式结束了。

回酒店办理了退房手续，上路后正是晚高峰，玄武大道堵得看不到尽头。

楚识琛坐在商务车的最后一排，挨着窗，趁机再看一看城市的街景。

司机从后视镜瞧他，说："楚秘书不舍得走啊。"

楚识琛道："正是黄昏，美不胜收。"

"大街一般般吧。"司机说，"玄武湖不远，那边的风景才美呢。"

楚识琛没去过玄武湖，问："只有一个湖？"

"哪能就一个湖，一个大公园。"司机笑道，"可惜你跟项先生太忙了，都没时间逛。"

楚识琛轻叹:"公事要紧,有机会再来吧。"

项明章听出不小的遗憾。他来过南京很多次,不新鲜了,所以忙完没想多待。既然堵得走不动,赶夜路是一定的,那不差耽误上一时三刻。

他扭头问:"你想逛公园?"

司机把他们送过去,停车吃东西去了,项明章和楚识琛进了玄武湖公园。

初夏好天气,人很多,湖面上漂着白色和黄色的鸭子船,凉风阵阵,把大脑中的琐碎杂事都清空了。

楚识琛在湖畔凭栏,目之所及,一池悠远的湖,簇新可爱的船,古地之上到处都是新景象。

公园太大了,来不及遍走一遭,他融入游玩的人潮已经感到满足。

时间有限,楚识琛想起楚太太让他拍照,说:"项先生,你帮我拍一张纪念照吧。"

项明章问:"在哪儿拍?"

湖边风大,小教堂人多,莲花仙子石像太远,楚识琛穿过一片水杉林,一根根杉树笔直、茂盛、高耸参天。

浓绿包裹四面八方,像用生命力织成的一张网。

楚识琛停下,要在这里拍。

项明章举起手机,镜头对焦,四方屏幕框住楚识琛半身,白衫绿树,比波荡的湖水更清洌。

唯独一点不好,他道:"看镜头。"

楚识琛凝眸睨来,在这段时空的第一张相片,用手机拍摄,有忐忑,有迟疑,忘了面带微笑。

项明章说:"茄子。"

楚识琛唇齿微启,疑惑地"啊"了一声。

咔嚓,项明章按下拍摄键,不知道夸自己的技术还是照片,低声说:"好了,拍得很漂亮。"

归程渐至夜深,商务车疾驰进市区,先把项明章送到了波曼嘉公寓楼下。

楚识琛坐在后一排,几个小时的路程没有歪头、跷腿、打瞌睡,始终保持着得体的坐姿,不过他真的困了,握拳挡下一声哈欠。

项明章下了车,说:"今天晚了,明天上午休息半天。"

"好。"楚识琛道,"项先生,晚安。"

司机送楚识琛回家,大门口下车,他拖着行李箱走进花园。知晓他今夜回来,楚太太还没睡,涂着一脸面膜在门廊下等候。

灯光照得面色惨白，吓了楚识琛一跳。

楚太太笑着："美容觉不睡等着你，什么反应呀！"

楚识琛被楚太太挽着手臂进了别墅，唐姨接过行李，不确定他几点到家，怕准备吃的会放凉，问："肚子饿不饿，给你弄点东西吃？"

"别忙了，我不饿。"楚识琛拿出礼物，"街上随便买的，希望你们喜欢。"

楚太太开心得不得了，她不记得上一次从儿子这里收礼物是什么时候了，说："小琛，拍照片了吗？你第一次出差，妈妈要冲印挂起来。"

楚识琛道："会不会太郑重其事了？"

"就是要郑重其事。"楚太太一脸扬眉吐气，"让来做客的人瞧瞧，我儿子也会上班赚钱。"

楚识琛忍俊不禁。照片在手机里，他答应一会儿发给楚太太，先上楼安顿去了。

回房洗完澡，楚识琛换了一身轻薄的丝绸睡衣，四肢彻底放松下来，他倚着软枕，将手机相册中的照片逐张发送。

大多是街景，最后一张是项明章拍完发给他的，在水杉林的留影。

楚识琛久盯不动，发梢潮湿滴下小水珠，沿着修长的脖子滑进了领口，凹陷的颈窝汇聚一片莹润。

他住酒店睡得不够好，今夜燃上迦南香，一觉睡到了天光大明。

夏季衣物定做好送来了，楚识琛挑了件板型挺括的衬衫，英式领口，领尖长度跟他要求的不差毫厘。

从房间出来，楚识琛在楼梯碰上楚识绘。

楚识绘抱着一摞工具书，学校宿舍地方小，她趁上午没课搬回来。

楚识琛上前，单手托底接过书，帮楚识绘放进了书房，说："我在南京给你买了小礼物。"

楚识绘不大相信。这位大哥前几年在国外四处浪，没寄过任何东西给她。

楚识琛把礼物拿来，是一只月白色的云锦香包，他不了解当代小姑娘的审美，说："不算时髦，但做工不错，里面香料是提神的，做功课累了可以闻一闻。"

楚识绘嗅嗅，气味清新，说："不像你的品位。"

楚识琛问："那你喜不喜欢？"

楚识绘嘴硬不答，反手放包里装好，说："后天晚上你要不要加班？"

"不知道，"楚识琛说，"怎么了？"

楚识绘抚摸垂在肩膀的发尾，犹豫了片刻："没什么，再说吧。"

楚识琛猜不透小姑娘的心思。旧时家中，他的胞妹沈梨之性格娴静，偶尔会撒撒娇。楚家小妹不同，倔强有主意，不那么好亲近。

楚识琛没时间探究，司机备好车，送他去公司上班。

快到中午休息，部门同事差不多都饿了，楚识琛在南京买的鸭子正好送到，大家蜂拥而上，一边瓜分一边道谢。

等所有人陆续去餐厅吃饭，部门走光了，楚识琛将一只礼盒放进彭昕的办公室。若是当面送，对方难保要客气地应酬他，徒增压力。

他在每只礼盒里面留了便笺，然后去送给法务部的另外四名同事。

送完项樾的，楚识琛去了十二楼。自从废标那件事发生，他再没来过亦思的销售部。

人多了些，整片区域填补满当，楚识琛彬彬有礼地发零食，大家客客气气地说"谢谢楚秘书"。

楚识琛问："韩组长，你是南京人，我买的正宗吗？"

韩组长没参与那个项目，与楚识琛的接触为零，职位又低，愣了愣说："正宗的，楚秘书知道我是南京人啊？"

楚识琛从容地说："知道的。"

回项樾这阵子虽未踏足，但到底是近水楼台，楚识琛根本没有停止过对亦思的关注，业务、人事，他心里有底。

午休时间不多了，楚识琛要回九楼，等电梯到达，迎面遇见了李藏秋。

他先叫了声"李叔叔"。

"欸，识琛。"李藏秋出来，"过来有事？走，去我办公室说。"

楚识琛道："没事，出差给大家带了点吃的。"

李藏秋有所耳闻，说："你工作没多久，项先生这次带你一起去，说明认可你的办事能力。"

楚识琛抱怨："干的都是伺候人的琐事，怪累的。"

李藏秋笑道："我说过秘书不好做，叔叔没骗你吧？"

"嗯，"楚识琛点头，"走一步看一步吧，我会偷偷懒。"

李藏秋拍拍他的肩膀鼓励，接着问："这次研讨会谈的计费问题，效果怎么样？"

楚识琛茫然地回答："这些我不太感兴趣，没意思，我去玄武湖玩了。"

李藏秋看他不成器的样子，呵呵一笑，忽然想起一件事："对了——"

刚说两字，助理找过来，打断说财务部的会议已经准备好，李藏秋来不及讲完，赶紧开会去了。

楚识琛返回九层，总裁办公室的门开了一道缝隙，他走近推开，项明章刚到，手指钩着车钥匙，司机放假，他自己开车来的。

历信银行的项目进入竞标阶段，出差一遭，要跟项目组一起继续推进，这点不用项明章吩咐，楚识琛已经拟好了今明两天的安排。

他事无巨细地汇报，全无遗漏。

项明章沉默地听着，一只手搭在桌面上，食指轻轻叩击。上一位秘书也好，关助理也罢，任何事情会先向他请示，然后再做规划。

毕竟公事繁忙，要有一定的取舍，取甲舍乙，或是取A舍B，谁也不敢承担风险。

可楚识琛不一样，他会把日常的事项自主地进行筛选、排序、定时间，直接拟订成工作计划给项明章，没问题就按计划实行。

效率翻倍。

为避免越俎代庖，楚识琛会附赠一份详细的表格。

表格中罗列全部事宜，根据业务相关性、急缓程度等因素排列，项明章每每看过，基本没提过相悖意见。

他在想，比起服从，楚识琛更习惯于"示下"。

他还在想，这份与上级不分伯仲的决策力，不该属于一个秘书。

楚识琛静立良久，问："项先生，有问题吗？"

可这样的人恰恰就是自己的秘书。

"公事没问题。"项明章拉开抽屉，拿出一张卡，"要劳烦你一件私事，后天老爷子过寿，去置办一份寿礼。"

项行昭脑退化，大约不记得自己喜欢什么东西了。楚识琛接过卡，说："寿礼有要求吗？"

项明章道："按卡上的预算买，不用剩，贵重就行。"

楚识琛："好的。"

项明章说："再订一家餐厅摆寿宴，清静一点的，大概四五桌。"

楚识琛记下回秘书室。后天晚上过寿，迟了恐怕订不到满意的地方。项家人多，众口难调，选择口碑上佳的老店比较稳妥。

楚太太是社交名媛，最为了解，楚识琛拨通号码，接听后说："妈，打扰你一件事，有没有不错的餐厅推荐？"

楚太太很有经验："多少人去？约会还是办派对？有没有主题呀？"

楚识琛说："四五桌，老人家过寿。"

"那就去美津楼。"楚太太道，"开了三十几年了，预约制，各方面能达到九十分。"

楚识琛上网查了一下，评价的确不错，尤其适合举办家宴。事不宜迟，他马上打电话预订。

订好，他拈起那张卡。项明章孝顺，楚识琛以为他会亲自挑选贺礼。不过项行昭糊涂了，送什么都是一样的。

半天时间，楚识琛办好这两件事。项明章通知静浦大宅，尽快发请柬给客人。

一天后，项明章罕见地提早下班了。正好是星期五，总裁走了，整个部门蠢蠢欲动，卡着下班时间来了个大撤退。

楚识琛也回家了，花园里停着刚洗过的车，司机在车上待命。

进了客厅，楚太太穿着一袭半长礼裙，戴着成套的钻石首饰；楚识绘从楼梯下来，化了淡妆。

楚太太在抉择高跟鞋穿三寸的还是五寸的，偶一分神，催促楚识琛上楼换衣服。

今天是楚识绘和李桁交往一周年的纪念日，李藏秋提议两家一起吃顿饭。

楚识琛记得那天楚识绘问过他今晚忙不忙，本来干脆利落，却支支吾吾，原来要说的是这件事。

是因为害羞吗？是否还有别的原因？

楚识琛换好衣服，一家人出门了。路上，他观察到楚识绘全程塞着耳机，模样有些心不在焉。

餐厅在江岸以东，独栋的西班牙式建筑，挂一四角雕花的方正匾额，中西元素交织和谐。

下了车，楚识琛抬头一看，美津楼。

"怎么是这里？"

楚太太说："是这里呀，我提前来看过，觉得好所以推荐给你。"

那岂不是……

楚识琛稍怔。这时，一辆加长轿车缓缓驶来，在门口停下，服务生拉开门，下来的中年男人是项琨。

紧随其后的，是项明章。

两家人相隔不过三四米，双方俱是恍然。楚太太反应最快，热情地上前打招呼，项家的女眷笑脸相迎。

后面跟着抵达几辆车，陆续下车的人都是来给老爷子贺寿的，项环说："楚太太，咱们进去吧，别堵在门口。"

楚太太道："好的呀，让老爷子先走。"

项明章推着项行昭的轮椅，走在最前面，两家人浩浩荡荡地进了餐厅。

一部电梯先来，项明章推项行昭进去，项琨和项环也进去，空余不少，但其他人自觉退避不前。

项琨客气道:"还能上。"

项环对楚太太招手:"你们三口人都苗条,来呀。"

楚家人进电梯同乘,长辈在前,楚识琛往里走,站在项明章的身旁。

数字跃升,都去五楼。

项家,美满厅。

楚家,美和厅。

楚识琛心有所引,目光先转,继而不动声色地扭过脸去;项明章应势垂眸,分毫不差地捕捉住他的凝望。

四下无人出声,他们闭唇屏息。

相视半晌,项明章轻抬眉峰,仿佛用眉语说:楚秘书,你真会安排。

楚识琛小蹙眉,无奈回应:项先生,纯属意外。

到达五楼,两家人客气地告别,项家往东,楚家往西,分道扬镳进入相对的两间厅室。

美和厅内是大半复古的洋红色,平时多举办小型家宴,团圆喜气,其乐融融。沙发上放着几袋礼物,有名牌包和新版的电子产品,茶几上躺着一大捧蜜桃郁金香。

李藏秋和李桁已经到了,只父子二人。李藏秋的现任妻子很年轻,李桁是他与原配的独子。

楚家三口人进来,李桁率先起身迎接,温柔地叫了一声"小绘",然后向楚太太和楚识琛问候。

楚太太说:"哎哟,这么多礼物呀。"

李桁拉楚识绘去拆包装,李藏秋过来与楚太太站在一块,两个人满脸欣慰,气氛俨然如一家人。

楚识琛挂着不浓不淡的笑意。旧时代兴起"自由恋爱",年轻人谈爱情喜欢躲出门,踏踏青草,逛逛诗社,谈婚论嫁时再与双方父母坐下来。

新世代了,楚识绘和李桁的一周年纪念不去尽情约会,却选择与家人共度。

服务生来询问是否上菜,大家到桌边落座,楚识琛刚拉开椅子,说:"小绘,拆了那么多礼物,去洗洗手吧。"

李桁闻言也要去,不待起身被楚识琛抢了先。厅内有一间独立的小化妆室,兄妹二人进去,并立在镜子前洗手。

水流哗哗响,楚识琛低着头,音也略低:"那天你问我今晚加不加班,如果想让我来会直接邀请,拐弯抹角是不是说明你不希望我来?"

楚识绘最烦跟长辈应酬，她希望楚识琛有事不能来，这桌团圆的饭局被推迟或取消，她回答："你以为我想来吗？"

楚识琛问："那为什么不拒绝？"

楚识绘说："因为这顿饭是李叔叔的意思。"

楚识琛移开手掌，水停了，他抽出一张纸巾敷在手背，说："所以，你认为李藏秋的意思不能违抗？"

楚识绘被他直呼其名弄得一怔，小声说："亦思依靠他，我懂。"

纸巾潮湿，楚识琛捏成一团丢掉。象牙塔里的女孩提早学会审时度势，幸也不幸。

返回餐桌，茶水温度适宜，楚识琛捧杯细细品味，半晌不曾开口。

李藏秋关心道："识琛，怎么这么安静，是不是最近工作太累了？"

楚识琛说："我没关系。"

李桁和他年纪相仿，讲话随意些："对了，你怎么会给项明章当秘书？我思来想去都觉得不可置信。"

"没办法。"楚识琛一笑，"我想像你一样开公司当老板，可没那个本事啊。"

李桁摆一下手："我运气好罢了，渡桁就是家小公司，不值得一提。"

楚识琛握着茶盏，骨感细长的手指在白瓷上轻抚，话也讲得绵如春风："别太谦虚了，亦思不少老客户改换渡桁，还能全是运气？"

李桁勾着嘴角，第一次明面上谈及公司资源，他分辨这话是楚识琛的无心之语，还是绵里藏针。

李藏秋到底老练，先一步给出反应："同一行业竞争不可避免，客户的选择发生变化很正常。识琛，如果你有什么误会，咱们改天好好聊聊。"

楚识琛以玩笑的口吻说："李叔叔言重了，我只是觉得长江后浪推前浪，李桁没准儿青出于蓝而胜于蓝。"

李藏秋端杯笑道："那我得加油了，对我来说，亦思比亲儿子还重要。"

"当然了。"李桁附和，"拿上次的医药项目说吧，我们父子全力要亦思拿下的，可惜……"

表面上，那件事楚识琛负主要责任，李桁说："项橄渔翁得利，后面拿下项目再交给亦思做，对它还要心怀感恩。我看啊，咱们都被项明章摆了一道。"

李藏秋叹道："识琛，别被外人利用了，挑拨了咱们的关系。"

开朗健谈的楚太太始终静坐着，美目流转一遭，抿起红唇终结这段对话："哎呀，你们男人就爱钩心斗角，不要谈公事了，菜都冷掉了。"

大家一笑翻篇，拿起筷子品尝菜肴，吃了会儿，举杯庆祝楚识绘和李桁交往一周年。李桁心情大好，展望明年纪念日怎么过。

楚识绘可以游刃有余地在学术厅面对上百人做报告，在应酬桌上却不自在，红着脸，笑就完事。

李藏秋笑容和蔼："李桁谈起小绘就停不住，感情这么好，是不是该定下来啦？"

楚识琛抬眸问："定下来的意思是？"

李桁表示想和楚识绘进一步发展。他们认识多年，算得上青梅竹马，他从楚识绘念大一时就展开追求了，现在交往一年，感情稳定，可以先订婚。

楚识琛停筷，明白了这顿饭的目的。

楚太太"啊呀"一声，捧脸做小女生状，说的话却四两拨千斤："寡妇当久了，我都不会应对爱情场面了。"

李桁没得到明确表态，转头问："小绘，你愿意吗？"

楚识绘依然在笑，嘴角弧度像做了半永久似的："我，我——"

"你一个丫头片子，这么小就要谈婚事？"

楚识琛截了和，打断道："家里就这一个会念书的，先念完大学再说吧。"

楚太太不着痕迹地望他一眼，点点头："那倒是，楚喆活着的时候，最看重小绘的学业了。"

李桁道："反正明年夏天就毕业了。"

"那就更不必着急了，不差这一年。"楚识琛说，"两情若是久长时，不用在乎这一朝一夕。"

李藏秋笑起来："识琛，怎么突然反对起来了，你以前很支持的。"

楚识琛说："失忆以后感觉这个世界很新鲜，一辈子都探索不尽，让她多自由几年不好吗？"

李藏秋道："这不冲突，说到底是李桁太喜欢小绘了，先成家后立业嘛。"

"这是老观念，现在是新时代了。"楚识琛说，"叔叔，你怎么跟民国穿越来似的，其实那时候思想蛮开放的。"

楚识绘僵硬的笑容不知不觉收了起来，目光炯炯地旁观楚识琛"辩论"，她莫名有了底气，说："我同意大哥的意见。"

李藏秋搅弄着汤羹没有接腔；李桁神色如常，但没了热络的精神劲儿。

貌似水到渠成的一场欢喜宴，被楚识琛搅了局，婚事作罢，他猜那父子二人肯定不痛快，不过他不在乎。

包厢陷入寂静，既然唱了白脸、做了恶人，也没必要再周全礼数，楚识琛撂下筷子，找了个借口离开小厅。

环廊一圈黄铜栏杆，中空的天井上悬挂着高高低低的吊灯，楚识琛倚靠栏杆透气,目光追逐着灯下垂落的玻璃纱。

穿堂风过,纱动,他瞥见对面的美满厅。

项家除了亲属,还邀请了老项樾的一众董事。

项行昭生病前是公司不可撼动的一把手,威望极高,如今虽然认不清人了,但儿女恭谨,孙子孝顺,一群老部下敬重,今天的寿宴是真正的欢聚一堂。

楚识琛想象着,消磨了片刻时间。

他正准备回去,美满厅的大门忽然打开了。

服务宴席的经理匆匆走出来,姿态畏缩,刚关上门,两名服务生来送烹好的长寿面,经理急忙拦下。

服务生说:"总厨叮嘱了,五分钟内必须上桌给客人,不然会影响口感。"

经理推对方往外走远一些,瞪着眼睛呵斥:"我都夹着尾巴出来了,哪有工夫操心口感?!"

服务生犹豫道:"那这面怎么办啊?"

经理说:"端回去,有需要等会儿重新做。"

服务生好奇地问:"里面怎么了?"

经理小声透露:"项先生突然发了脾气,吓死人了。"

两个人一言一语绕了半截回廊,恰好从楚识琛面前经过,按规定要向顾客问好,但还未开口,楚识琛抢先一步,问:"哪位项先生?"

经理不知道具体姓名,说:"陪老爷子坐正位,个子最高,最英俊的那个。"

话音刚落,美满厅大门洞开。

项琨面色铁青地推着轮椅,身边跟着太太和长子项如纲;轮椅上的项行昭不知受了什么刺激,竟然口齿不清地哭叫着。

他们先从厅门出来,紧接着项环拎着皮包也出来了,丈夫陪在一旁,好像在哄她不要动怒。

项如绪慢一点,走到门外回头看了一眼。

短短几分钟,项家的儿女叔伯、子侄兄弟全部鱼贯而出,老项樾的董事们亦纷纷退场。

人走光了,厅内厅外鸦雀无声,徒留两扇雕花门。

唯独不见项明章。

经理满额汗:"这,这……"

楚识琛有些担心,沿着栏杆疾步走到门外。

美满厅内,暗金顶,胭红墙,满桌窖藏珍馐,数十份贵重的贺礼堆了一座山。

此刻筵席散尽,又空又静,剩项明章一个人留在桌上。

没了众星捧月，只有形单影只。

他背对大门坐着，斟了杯白酒一饮而尽。

脚步声慢慢靠近，停在身后，项明章闻见浅淡的迦南香气，说："怎么，来敬酒啊？你迟了一步。"

楚识琛问："那你为什么不走？"

项明章反问："那你为什么离席？"

楚识琛回答："因为我把这顿饭搞砸了。"

"彼此彼此。"项明章拿起酒瓶，"楚秘书，要不要干一杯？"

楚识琛说："你为我斟满，我自然不能拒绝。"

项明章斟满自己的酒盅，站起身转过来，端到半空，楚识琛抬手接过，抵在唇边，一仰头喝了个干净。

楚识琛借口有事，让楚太太和楚识绘先回家。

李桁提前开车回去了，李藏秋落在后面，问："听说项家在另一个厅？"

楚识琛道："嗯，已经结束了。"

今天这顿饭，楚识琛先搞得订婚计划泡汤，接着中途离席，李藏秋放慢脚步，说："识琛，你怠慢我不要紧，不该插手小绘和李桁的事情。"

楚识琛明白李藏秋不高兴，说："我只是在想，如果父亲在世，他今天会支持还是反对？"

"何必假设。"李藏秋趋于严肃，"做人要讲求实际，你爸爸走了。"

楚识琛似有所指："所以许多人和事都变了。"

李藏秋停下来，透过镜片凝视楚识琛片刻，电梯门打开，楚识琛不卑不亢地抬手相送，补了句"叔叔慢走"。

今天着实滑稽。

一边美满，一边美和，竟双双翻车。

楚识琛返回美满厅，项明章依旧坐在桌边，没来得及喝的汤羹彻底冷掉，骨瓷碗沿着碗口裂下一条细纹。

寿宴一开始，亲眷、朋友和董事轮番为项行昭祝寿。

项明章伴在项行昭的身边，耐心介绍每个人是谁，给项行昭展示贺礼，金石玉器、古董字画、虫草山参，厅中充满了项家人最喜欢的钟鸣鼎食氛围。

项琨是长子，投其所好送了一幅名家书法真迹，殷切地说："爸，等你好了，鉴赏一下这幅字写得怎么样。"

项行昭抬手指着，咕哝道："明……明，章。"

项环忍不住笑："大哥，明章会书法，爸以为是明章写的。"

项明章说:"姑姑太抬举我了。"

"你临一幅,叫你爷爷选,没准儿他不要真的要你写的。"项琨一笑置之,"欸,明章,你的贺礼呢?"

姑父说:"咱们都是抛砖引玉,明章的礼物要最后送,他最孝顺老爷子,肯定是精心准备的大礼。"

项明章吩咐齐叔把礼物拿过来。一掌多高的乌木匣子,沿边刻绘蝠纹,打开,里面是一对青玉松椿树雕,松枝细密,椿叶繁盛,玉质晶莹透润,是难得的佳品。

若论价值的确是"大礼",项如纲道:"这物件够贵重,就是缺了点新意。"

大伯母说:"花心思是要时间的,你以为明章和你一样有空?这座玉雕意头吉祥,摆在家里是好看的。"

匣中放着一张素笺,项明章拿起来,纸上两行端正小楷,写的是元好问的一阕词,他读罢攥在手心里,端起酒盏起身。

众人跟着举杯,齐齐望过来。

项明章家主姿态毕现:"'笙歌丛里,欢笑度年华',谢谢各位今日赏光,为项董贺寿。"

说罢,他转身面对项行昭,以宾客为证,以玉雕做引,道出后半句:"爷爷,'看富贵,有儿孙,永祝松椿寿'。"

几位老董事带头叫好,所有人蜂拥起立再次向项行昭道贺,一时人声鼎沸。

项明章一盏酒饮尽,宴席才算正式开始。

经理留厅服务,行政总厨中途来问候菜品是否满意,领了一封大红包。

酒过三巡,宾主尽欢。

大家渐渐喝得慢了,一边吃菜一边闲聊,一道淮杞螺头花胶汤端上桌,是美津楼的招牌。

项明章盛了一碗,说:"爷爷,太烫了,要凉一会儿。"

项琨称赞道:"这里的菜品味道不错。"

"大家吃得惯就好。"项明章说,"大伯,等你生日也来这里,我帮你办。"

大伯母客气道:"他在家摆两桌就够了,哪值当这么大的排场。"

项环颇为可惜:"跟以前相比,这算什么排场?爸这两年身体不好,已经尽量简办了。"

姑父安慰道:"你别难受了,在哪里办、人多人少没关系,最重要的是一家人齐聚一堂陪爸庆祝。"

项如纲不经意地说:"人不齐,婶婶没来。"

项明章端着碗,低头搅动汤羹凉得快一些,仿佛没听见刚才那句话。

106

"是啊。"大伯母遗憾地叹了一口气,"咏缇去年就没来,今年也不来,自从搬进缦庄就没怎么露过面。"

项明章垂着眼睛:"有什么需要露面的场合吗?"

"咏缇个性安静,可以理解。"姑父说,"不过今天是爸的生日,于情于理也该来祝贺一下。"

项明章倏地抬起头,问:"如果姑姑不来,姑父会来吗?大伯不来,大伯母会来吗?"

项琨眉头忽皱:"你这是说的什么话。"

项明章道:"我是说项珑都不知道在哪儿。"

一桌人暗惊,急忙偷看项行昭的反应。

项琨压低嗓音说:"平白无故你提这个名字干什么?他抛下家庭是不对,可爷爷对你们母子还不够好吗?"

大伯母劝道:"老爷子怎么对你们大家有目共睹,我们都视咏缇为一家人。"

项明章没了耐心:"够了,别再提我妈了。"

项琨道:"你是项家的孙子,她要愿意,永远是这个家的儿媳妇。"

项明章大手罩住碗口往桌上重重一搁,"咚"的一声!

薄薄的骨瓷当即碎裂了一道缝,他声音不大,脸色却阴沉至极:"谁稀罕!"

满座皆惊,厅内霎时万籁俱寂。

陡地,项行昭急促地哼喘起来,发出模糊的音节,好像在说"不",带着乍然受惊的哭腔。

项环赶忙跑过去,蹲下身安抚,然后厉声道:"明章,你诚心让大家不痛快是不是?你爷爷欠你的,你这么刺激他?!"

"他疯了!"项琨动了怒,瞪着项明章,"知道你狂,现在敢对着一桌长辈撒野!"

项明章冷冷地说:"那就别让我不舒坦。"

项如纲拍桌而起:"够了!你别太过分!"

一直没插嘴的项如绪紧紧拉住大哥,试图充当和事佬:"爷爷生日大家开开心心的,不要吵了行不行……"

项琨哼了一声:"他项总不开心,别人谁敢开心?!"

董事们沉默旁观,平时站队看权力虚实、看形势利弊,今天的事涉及项家私隐,任何人都不好插手。

不过按照常理,在寿宴上怎么也要忍一忍,先发脾气的不免理亏。

项琨怒火难平,推上轮椅往外走;项行昭一抖一抖地瘫坐着,仍在哑声哭叫。

大伯母和项如纲紧随其后,项环和丈夫也愤然离席,项如绪踌躇片刻,只好跟着一并走了。

见状,其他人陆续离开。

方才汤羹溅在掌心,微烫,项明章拿毛巾擦拭,面不改色地任由旁人从身边经过。

擦干净,走尽了,只剩杯盘狼藉。

项明章丢开毛巾倒了一盅酒,无所谓,自斟自饮反而落个清净。

然后楚识琛来了。

白酒入喉,楚识琛低头咽下一阵热辣,瞥见掉在地毯上的素笺,他弯腰捡起来,不知项明章满不满意他选的礼物。

都没意义了,他可惜道:"好好的一场寿宴,就这么仓促地收场了。"

项明章嗤笑:"办得长一点,难道就能活得久一点?"

楚识琛惊诧于项明章的态度,大概是气昏了,口不择言。

门外,餐厅经理战战兢兢地张望,不敢来打扰。楚识琛无奈,只当临时加班,走过去请服务生稍候,没上的菜和蛋糕不必上了,自行处理即可。

他通知司机来一趟,先将几十份贺礼搬走,安顿完回到桌旁,项明章一个人喝完了整瓶白酒。

楚识琛夺下:"要喝回家去喝。"

项明章站起身,眉心微皱,眼神专注,竟然跟开会时的模样不差多少,他一路步伐平稳,走出厅门忽然停下。

楚识琛问:"怎么了?"

项明章道:"以后别订这两个厅,不吉利。"

餐厅经理:"……"

他们从美津楼出来,司机拉开车门,项明章抬腿上车,许是酒劲儿上来了,坐下的一瞬间有些晕眩。

楚识琛立在一旁,叮嘱道:"送项先生回家吧,把他送上楼。"

司机接送项明章应酬是家常便饭,但项明章喝醉的情况屈指可数,万一没伺候好……他为难地说:"楚秘书,我就会开车,您多担待一下吧。"

这时,项明章不悦地催促:"走不走?"

楚识琛只好送佛送到西,他上了车,司机连连感谢,立刻发动引擎上路。

项明章挨着车门,喉咙不舒服,他想解开扣子,但酒精令手指不听使唤,于是干脆粗暴地扯了扯领口。

楚识琛挪近一点代劳,抬手帮项明章解衬衫纽扣,解了三颗,颈部和胸膛一并暴露，泛着酒醉的淡红。

拧开一小瓶水，他递过去："润润嗓子。"

项明章饮下半瓶，后仰靠着背枕，路边霓虹灯的光彩流泻在车厢里，弄花了楚识琛白皙的面容。

项明章瞧着，没头没尾地问："你饿不饿？"

楚识琛今晚没吃几口东西，腹内早就空空荡荡了，回答："不算很饱。"

项明章对司机说："不回公寓。"

司机了然道："明白，去缦庄。"

楚识琛记得缦庄是项明章母亲居住的地方。夜深，他一个外人不适宜过去打扰，况且是不熟悉的长辈家里。

他想让司机停一下车，把他放在路边，刚要开口，项明章不太温柔地拉了一下他的袖口。

楚识琛不明其意。

项明章半睁着眼睛，眼皮也淡红："今晚辛苦了，我带你去吃顿饭，愿不愿意？"

抵达缦庄，汽车减速驶入北门，在宅院前停下，项明章和楚识琛下了车。

四周光线不太明亮，楚识琛驻足分辨，稀薄的月色下树影婆娑，望不到边际。

他以为缦庄是类似于静浦的公馆，毕竟项明章的母亲一个人住，没想到是这般幽深广袤的庄园。

项明章叫他："跟我来。"

楚识琛跟随项明章踏入宅院，中式建筑的方正结构，偏现代的新式风格，沿开放式回廊走到客厅外，门开着。

里面灯火通明，楚识琛抬手整理头发和衣襟，慢一步进去。

白咏缇坐在沙发上看书，抬起头，见来的不止项明章一个人，不禁感到惊讶。

项明章风轻云淡地说："妈，他是楚识琛，你有没有印象？"

白咏缇记得楚家有一儿一女，不过上次见面是许多年前了，楚识琛还小，她道："印象中还是学生，现在长大成人了。"

楚识琛恭谨地问候道："伯母，深夜叨扰，实在不好意思。"

白咏缇摆了摆手，她早就闻见项明章身上的酒气了，想起项明章上次来，提过楚识琛在项樾上班，便猜到九成："是明章让你加班的吧？"

项明章说："我请他来吃饭，抵加班费。"

楚识琛是客人，去小餐厅显得怠慢，白咏缇安排他们到宽敞的会客室，一整面落地窗外是石山园景，在夜色下别有一番风味。

很快，五道菜上齐，北菇焖萝卜、茉莉什锦绣球、上汤南瓜苗，中间是甜丝丝的梅子鸭和醇香的花雕醉鲍。

总嫌全素不够味，今天破例多了两道荤的，项明章姑且满意，但不妨碍继续挑刺："只有菜，没有汤？"

青姐放下一只小蒸笼，说："有，解酒汤。"

楚识琛不紧不慢地擦着手，心中洞悉出千丝万缕。

这桌佳肴一道比一道精细，没有三五个钟头根本做不完，提前烹调，说明知道项明章会来。

备着解酒汤，也知道项明章会喝酒。

他们来的途中没有联系过，却这样了解，只能是习惯使然。大约每年的这一天，项明章为项行昭庆生后都会来陪母亲。

蒸笼里铺着一片荷叶，上面是三只竹笙素饺，白咏缇说："小楚，吃点面食。"

"谢谢伯母。"楚识琛听话地夹了一只，咬下一口，"清甜鲜香，很美味。"

白咏缇问："你不嫌素吗？"

楚识琛说："我喜欢素一点。"

他并非奉承，平时一直隐藏真正的饮食习惯，不求口腹满足，这一餐是他至今吃到最合胃口的东西。

没多久，餐桌上只余碗筷触碰的声响，项明章避而不谈有关寿宴的事情，也不提项家的亲朋；白咏缇既不嘘寒问暖，对项明章的生活和工作也全无关心。

楚识琛心底纳罕，要是换成楚太太，一定叽叽喳喳聊上许多。

吃完饭，项明章去盥洗室了，青姐带楚识琛到里面的套间休息片刻。

起居室中，高及天花板的书柜占据了一整面墙，楚识琛扫过，书籍品类纷杂，其中有几套佛经颇为惹眼。

对面的墙边有一只长形条架，上面摆着一尊观音像，楚识琛踱近，明白了白咏缇的淡然疏离从何而来。

不知不觉望得久了，怕冒犯神明，他双手合十向观音颔首行礼。

恰好白咏缇进来撞见，好奇地问："小楚，你信佛？"

楚识琛垂下双臂："曾经有长辈希望我信，但我做不到。"

白咏缇不意外，说："年轻人不经风霜，不受苦难，自然不会信。"

楚识琛笑了笑。他经过的风霜、见过的苦难，岂是和平年代的人能懂的？

他道："也许吧，我敬之但不求之，学之却不信之。"

白咏缇说："看来你有自己的见解。"

楚识琛一瞬间目光深远，旧日的艰苦景象浮现在脑海中。倘若求佛有用，他用不屈信念、几世财富，乃至生命争取的东西算什么？千千万万人抛洒的热血又算什么？

"谈不上见解，浅薄的个人意见罢了。"楚识琛道，"如果庇佑存在，人怎么会受苦？如果不存在，又何必奉若神明？"

白咏缇仿佛被戳中痛处，说："正是无路可走，所以抓住一点信仰寻求安慰。"

楚识琛绕回自己的观点："摆在这儿不等于抓得住。观音又叫观自在菩萨，不如学其意，得身心自在，才是解脱。"

白咏缇轻声："哪有那么容易解脱。"

楚识琛从进门就有一种感觉，白咏缇样貌年轻，状态却死气沉沉。

他实在不明白，项明章争强好胜，享受并擅长掌控权力，为什么母亲会寡居在远郊，消极避世。

本不该与长辈争辩，楚识琛最后望一眼观音："玉净瓶的雨露不会洒遍大地，普世凡人，终究要靠自己的。"

白咏缇愁怅无言，似乎在琢磨这句话。

项明章洗了把脸过来，白咏缇回神，忘记要从书柜中拿佛经，空着手离开了。

项明章问："你们在谈什么？"

"是我放肆了，"楚识琛玩笑地说，"我问伯母，能不能让你给我加薪水。"

项明章轻嗤，长腿一屈在沙发上坐下，竭力克制的酒劲儿蠢蠢欲动，太阳穴有些涨，他半躺闭上了眼睛。

今夜的闹剧在眼前翻涌，项行昭的惊愕哭闹，项琨的怒气，项环的疾言厉色，大伯母和姑父的软钉子，堂兄弟的指摘……

一个个装得孝感动天，怕老爷子受刺激，实则联手触他的逆鳞，逼他发作，闹得在董事面前理亏。

项明章头痛，抬头压住额角的青筋。

楚识琛仍立着，已近凌晨，他准备告辞了："项先生，早点睡吧。"

项明章说："如果一觉醒来在没人认识的地方就好了。"

楚识琛愣道："没人认识？"

"嗯。"项明章说，"这儿待烦了，干脆换到另一个世界。"

楚识琛恍惚地说："也许真有人从另一个世界来。"

项明章哼笑："是你醉了还是我醉了？"

楚识琛没接腔，陷在项明章的假设里。荒唐的是他亲身经历过这种幻想，却说不清是一种什么滋味。

半晌，青姐悄悄送来一碗解酒汤。

沙发上呼吸均匀，项明章好像睡着了。

青姐把勺子送到项明章唇边，尝试几次根本喂不进去，担心地说："解酒汤要喝呀，不然酒醒了，胃疼得死去活来，好受罪哟。"

楚识琛干脆道："把他叫醒。"

青姐讪讪地说："项先生的脾气，我不敢哪。"

楚识琛说："我来。"

他上前挨着项明章坐下，伸出左手轻轻托起项明章的脸，五指收拢，掐住线条凌厉的下颌，然后用力地错手一捏。

项明章吃痛醒来。再晚两秒钟，楚识琛就要硬灌了。

他近距离望着对方，声音嘶哑："你在干什么？"

楚识琛说："张嘴。"

项明章："你在命令我？"

楚识琛："我在照顾你。"

项明章反客为主："温柔一点。"

楚识琛松开手，不伺候了，露出大少爷的性子："饮酒伤身，不自爱；长了手让人喂，不自立；过分要求，不自重。"

项明章立刻接了一句："教训上司，不自觉。"

青姐急忙调和："是我要楚先生帮忙的。项先生，趁热喝掉回卧房休息吧，我帮楚先生也收拾一间出来。"

楚识琛拒绝了。他和项明章非亲非友，第一次登门就留宿太没家教，他是万万不肯的。

项明章欠身喝完解酒汤，清醒了些。这是他唯一一次带外人来缦庄，已经是过界，于是叫司机送楚识琛离开。

回到楚家，一、二楼的卧房都黑着，一片安静。

楚识琛倦了，回房洗澡睡觉。

大半宿过去，黎明迟迟不来，天空飘满了乌云。

窗帘拉开，房间里依旧有些昏暗，楚识琛不急着起床，拧开台灯看一本明清小说。

手机振动，是钱桦打来的。

楚识琛迅速接听："喂？"

钱桦的语气不像之前那么吊儿郎当，说："识琛，你拜托我调查的事，我可帮你好好办了。"

楚识琛合上书，问："怎么样？"

钱桦说："嗯……有点眉目。"

有"眉目"而不是有结果，说明还有东西可查，既然需要查，那游艇的事恐怕真的存在问题。

电话说不方便，楚识琛跟钱桦约了个地方，决定见面再谈。

刚挂线，收到一条微信。

打开，是项明章发来的：周一早晨的例会取消。

每周一要去老项樾开会，寿宴上董事们都在场，闹得那么难看，这是要冷处理了。

楚识琛回复：好的，我会通知那边。

按下发送，楚识琛没退出对话页面，思忖片刻编辑了第二条：昨晚谢谢款待。

几乎同时，项明章又发来一句：昨晚多谢照顾。

对仗的两行字结束了聊天内容，项明章揣起手机，从宅院侧门穿过，沿途的照明灯准时关掉了，自然光下的庄园更加葱郁静谧。

酒后睡眠昏沉，项明章趁清晨凉爽走一走。

越往南，园林越茂盛，马场、花房、藏车库全部掩映其中，南区的主建筑群只露出一片屋顶，周围的香樟树密不透风。

项明章中途改道，想看看之前派人送来的黄秋翠怎么样了。

天阴，无风，淡淡的晨雾挥散不去，项明章散步到湖边，游鱼在碧水中摆尾，养得挺精神。

护林部的老张执勤经过，停下打招呼："项先生，早。"

项明章问："今天不休息？"

"习惯了，每天早晨转一圈。"老张指向远处，"对了项先生，湖岸东边停船的小屋拆除了，空了一块地，还盖新的吗？"

项明章道："不盖了，西边一间够用。"

老张建议："那空地不如栽树，挨着湖，水土肥沃。"

项明章点点头："你们看着办吧。"

老张请示："那就种香樟？"

项明章略一沉吟，手机相册里，楚识琛在南京的纪念照忘了删除，他垂眸望着湖面，说："不，种水杉。"

楚识琛收拾妥当出门，前往钱桦的公寓。作为一只夜生活糜烂的夜猫子，钱桦白天一般不离开被窝。

公寓就在他们第一次遇见的商场楼上，楚识琛在一层挑了件礼物，乘电梯上去。

大门是密码锁，楚识琛以前有一只保险柜，德国货，用的是转盘密码，没想到如今房门也可以用密码控制。

钱桦懒得起床，路上把密码发给了他。

楚识琛仔细输入，嘀，门开了，他颇觉神奇，拉开门说："钱桦，我是楚识琛，我进来了。"

房间里，钱桦应道："我在这儿呢！"

公寓一片黑灰底色，不如波曼嘉的房子精致，但差不多宽敞，几面柜子收藏了五彩缤纷的限量手办，楚识琛以为是钱桦小时候的玩具。

他循声进入房间，竟然是浴室，钱桦泡在一个大大的圆形浴缸里，露着胸口和臂膀。

楚识琛立即停下，偏过头："冒犯了，不知道你在洗澡，我去客厅等。"

"这有什么可冒犯的。"钱桦满不在乎，啪啪拍了拍胸膛，"那有椅子，你坐呗，要不你进来，咱俩边泡边说。"

楚识琛正色："不要胡闹。"

钱桦把头发撸向脑后："咱俩这关系，有什么可别扭的？过去我对你放心，现在你正经成这个德行，我更放心啦！"

楚识琛不懂"放心"是什么意思。

袒胸露背成何体统，他待不下去了，扭身离开浴室。

钱桦见状也不泡了，裹上一件浴袍跟出来，去冰箱里拿了两瓶气泡水，然后往沙发上一躺。

楚识琛端坐在扶手椅上，说："谈谈正事吧。"

钱桦拧开瓶盖喝了一口水："我等会儿把游艇的维护记录发给你，近半年的都有，我检查过没问题。"

楚识琛说："好，派对前的也没有问题？"

钱桦回答："派对前一周集中维护过一次，等于给游艇做了全身大检查，就是为了确保出海安全。派对当天的上午，最后做了一次抽检，也全部正常。"

楚识琛说："会不会有故障瞒报了？出事后，记录有没有可能被窜改？"

"哥们儿，这个你放心。"钱桦道，"故障维修要算奖金的，跟薪水挂钩，员工干了活不上报，那不傻吗？维修有时候需要额外的费用，公司为了利润，更不会瞒着客户的。"

楚识琛暗忖。如果游艇一切正常，怎么会起火爆炸？

难道真是一场人为制造的意外？

他问："人员方面，有没有问题？"

钱桦说："给你配的是最有经验的老手，这个团队就负责两艘游艇，一艘你的，一艘我的，没有临时工、兼职生，不会混进任何乱七八糟的人。总之，团队的每个人随便查，没有怕的。"

楚识琛假设有人作梗，既然游艇公司的人查不出问题，那就要查查别人了。

钱桦翻身坐起，絮絮叨叨地说："反正我查了好几遍，确实没什么猫腻，我烦得不行，脑细胞都累死一大半了，就想找个美女安慰安慰我。"

楚识琛："……"

钱桦："我约了个模特去蹦迪，叫蓓蓓，身材特别好。"

楚识琛忍不住制止："能不能说正事？"

钱桦痛心疾首："你要是没失忆还用这么费劲吗？蹦完喝酒我才知道，原来蓓蓓参加了你办的派对。"

钱桦意外得知蓓蓓当晚在游艇上，灵机一动询问还有什么人参加，蓓蓓只记得另外几名模特和网红，还有演奏的摇滚乐队。

这些人勉强算公众人物，日常活跃于社交网络，钱桦在网上挨个搜了搜，只有那支乐队在出事后没有更新过动态。

这种不出名的地下摇滚乐队，资讯不多，成员一个赛一个地难搞，分分合合是常事，可能已经解散了。

钱桦搜罗到一张乐队合照，方便日后找人，然而经蓓蓓辨认，照片上的贝斯手跟参加派对的居然不是同一个人。

"照片是我从官方主页上存的，这个人肯定是贝斯手，叫张彻，不确定是不是真名。"钱桦挠挠头，"但派对上弹贝斯的另有其人，不是他。"

这个发现的确耐人寻味，楚识琛保存了合照，说："钱桦，谢谢你帮忙。"

钱桦问："你打算继续查吗？"

"我会看着办的。"楚识琛叮嘱，"这件事不要跟别人提起。"

"明白。"钱桦下午飞北京约会，"改天约你你不能躲，上次没介绍成的那个尤物，啧啧，绝对是你喜欢的款！"

楚识琛应付不了这种糜烂的话题，匆匆告辞。

一路上，楚识琛考虑清楚。本质上，游艇事故跟他没有任何关系，真正的"楚识琛"不在了，一切尘埃落定，现在息事宁人不必付出任何成本的代价。

可他用着这个名字，占据这个身份，怎么可以置身事外？

人非圣贤，但他希望永存一颗良心。

半路飘起绵绵细雨，大门口下车，楚识琛挡着额头走进花园，楚识绘正在伞下看书，半张小桌被一大捧郁金香占据了。

楚识绘抬起头："哥。"

昨晚在饭桌上当着外人叫，是体面；私下的这第一声"哥"，多半出自真心。

楚识琛踱过去立在伞下，从花束中拈出一枝："好漂亮的品种，要尽快插起来，不然会枯萎的。"

楚识绘昨晚没等到机会，此刻正式地说："谢谢你。"

楚识琛针对的是订婚这件事，就算李家是万里挑一的好对象，他一样要反对。

旧时，他的胞妹沈梨之念的是最好的女校，那些女同学家境优渥，然而不到毕业便订婚、结婚甚至生育，功课不念了，理想抛掉了，"新女性"的口号不好意思再喊了，被迫做起了一个男人身后的小太太。

富家千金如此，穷苦人家的女孩更身不由己。

沈梨之经常在家中宣言，一定不要早早嫁人。时代进步到今天，怎么能越活越倒退？

楚识琛明白楚识绘的顾忌，说："小妹，家人会帮你减轻后顾之忧，你不要担心，感情的事纯粹一点才能长久。"

楚识绘问："你觉得我该怎么做？"

楚识琛回答："掌握决定权很要紧，所以你必须自己决定，谁也不能帮你做主。"

楚识绘说："可我没想好。"

青梅竹马的感情，不是掺了杂质就能轻易割舍的，楚识琛安慰道："慢慢来，没关系。"

楚识绘性格坚强，听楚识琛说完心情开朗了许多，她举起书："那我选备战期末。"

楚识琛不打扰她学习，顺便把碍事的花拿走了，到别墅偏厅，找了一只四四方方的大花瓶。

旧时公馆栽种着成片花圃，每年盛夏时节，母亲就喜欢坐在窗边侍弄花草，楚识琛想着记忆深处的画面，将花束解开了。

绽放正好的郁金香，水蜜桃颜色，娇嫩得仿佛捏一下就会受伤。楚识琛拿起剪刀，不假思索地削枝断叶。

他的母亲张道莹曾经说，一朵花都下不去手修剪干净，做事未免优柔寡断。

他深以为然。

一大束郁金香剪完浸入清水，楚识琛抽了张纸巾擦拭花瓶外壁的水珠，随后掏出手机打给了楚家的律师。

他之前不放心，明里暗里打听过一番，得知律师团队的负责人姓雷，与楚太太是多年旧友，职业操守信得过，办事也很可靠。

电话接通，是一道知性的女声："小楚先生？"

楚识琛直奔主题："雷律师，关于游艇事故的处理善后，麻烦你把相关文件发给我,尤其是赔偿方面的。"

雷律师问:"是有什么问题吗?"

楚识琛不疾不徐地说:"没什么,我想看看。"

"好的。"雷律师答应,"赔偿涉及保险,文件比较多,要回律所整理一下,请给我一点时间。"

今天是休息日,楚识琛说:"让你加班我过意不去,等工作日吧。"

雷律师道:"谢谢楚先生体谅。"

楚识琛将纸巾握成一团:"当初是李总帮忙一起处理的,现在事情过去了,不必再去打扰他。"

雷律师会意:"我的客户只有楚家,该怎么做我明白。"

楚识琛挂了线。要调查这件事不能明着来,倘若真有猫腻,打草惊蛇就不好了,所以只能一点点挖掘。

窗外的细雨有变大之势,断断续续下了整整两天。

气温降低了几摄氏度,项明章穿了西装三件套,换了一辆高底盘的奔驰越野,一路风驰电掣,提早半小时到了公司。

部门没人,项明章自己泡了杯咖啡,到办公室脱掉外套,藏蓝色马甲裁剪合身,勾勒出一张平直的宽肩,钻石领夹中和了深色领带的沉闷。

有人敲门,项明章道:"进来。"

楚识琛推门而入。园区门口下车吹了风,发丝谈不上乱,恰好露出全部额头。

他的眉骨弧度生得极佳,连上一双眼睛一旦没了遮挡,不需任何表情,抬眸间的神采便足够熠熠生辉。

楚识琛单手抱着一摞文件册,放在办公桌上,依照主次码牌似的摆成一排,黑色的需要签名,他问:"项先生,现在签?"

项明章抽出第一本,翻开是财务部的报告:"怎么,要得很急?"

"不急。"楚识琛说,"老项樾的例会取消了,这个时段空下来我怕你不习惯。"

项明章周五那晚虽然醉了,但记得楚家是和李藏秋父子一起吃的饭,楚识琛说自己搞砸了饭局。摘下钢笔盖子,他一边签名一边问:"那天怎么得罪李藏秋了?"

楚识琛当然不会泄露妹妹的感情隐私,回答:"一点家事而已。"

项明章并无兴趣八卦,说:"严重吗?不想见面,我就让关助理去办。"

楚识琛道:"无妨,交给我。"

之前丢标一下子弄走三名管理层和一名组长,堪比一场部门地震,后来项樾派了两名老员工过去。

这两天医药公司的项目收官,除了奖金和假期,项明章的意思是办个午餐会,不用很复杂，一是为项目组庆功，二是让项樾和亦思双方的员工亲近亲近。

三是……让楚识琛操办、参加，趁此机会，可以跟亦思的人名正言顺地接触。

项明章对第三条没有明说，只道："那你办吧，关助理很忙。"

楚识琛说："在公司的餐厅吧，不用外出又宽敞，大家在熟悉的地方会比较放松。"

"可以。"项明章道，"别占用大家的休息时间，中午提前一个半小时下班。"

楚识琛说："好的。"

没别的事了，楚识琛拿上签好的文件，从办公桌前退后了一步，不似平时那么干脆利落地转身。

仅这一秒钟的迟缓，项明章倏地看向他："还有话要说？"

楚识琛道："项董的寿宴不欢而散，例会又缺席，人心风向莫测，那些董事要不要打点一下？"

项明章一个人操心惯了的事情，没想到有人替他考虑到了，毕竟连亲妈都不闻不问，他说："你貌似很为我着想。"

楚识琛顿了顿："为你着想是我的工作之一。"

项明章滑动喉结。那天撕破项家的华美外衣被楚识琛撞见；他从不露于人前的消沉状态被楚识琛看到；酒醉带楚识琛到缦庄，跟避世的母亲同桌吃饭。每一件都超过了工作的范畴。

不论公私，项明章与任何人的交往都喜欢自己掌握节奏，自己控制远近，然而不知不觉间，楚识琛逐渐打破了一些原则。

他不适应，或者说不知道是好是坏。

项明章面无表情："不用了。"

楚识琛感觉到一份疏离。作为下属应该闭嘴服从，落个省事，可他至今没培养出多少下属的自觉，探究道："是不是那天晚上我说错话，惹伯母不高兴了？"

项明章说："没有。"

楚识琛："那就是你不高兴了。"

项明章："我为什么要不高兴？"

楚识琛心说我哪知道，他思来想去："喂解酒汤的时候，把你脸掐疼了？"

项明章瞪他一眼，不算愠怒，但带着几分颜面损失的不悦，严肃否认道："你的猫爪子力气有什么可疼的？出去。"

第四章

陈皮宴好,怀表复回

项樾园区有两个餐厅，一个主餐厅，负责所有员工的早午晚三餐，菜式繁多；另一个小餐厅提供简餐零食，为加班或错过饭点的职工补充能量。

楚识琛给各部门发了通知，亲自去了趟亦思的楼层，既然项明章用意积极，那他得传达得不失诚意才好。

不到十一点钟，午餐会的一切准备妥当，遮光帘全部拉开，浅色调的餐厅通透宽阔，东西两边摆了长长的冷盘台和酒水台。

员工们提前下班都很高兴，没多久便蜂拥而至；中高层的管理人员也陆续过来，气氛越来越热烈。

在研发中心待了一上午，项明章和几名工程师一起来的。他高大英挺本就引人注目，一到场，周围的人纷纷向他投来问候。

项明章微微点头回应，目光在餐厅内巡睃。白色立柱旁，楚识琛正在跟彭昕讲话，遥遥望过来，波澜不惊地锁定他，相隔热闹的人群举了一下香槟杯。

不得不说，楚识琛这副气定神闲的姿态，以及沉着端庄的气质，比彭昕更像一名上司，比在场的绝大多数人都要出众。

这时李藏秋姗姗来迟，挂着亲和的笑容朝项明章走近。两个人私下极少碰面，打了声招呼，站在一处融洽地聊起天来。

李藏秋欣慰道："大家这样凑在一起真不错，项先生有心了。"

项明章客气地说："不嫌我出幺蛾子就好。"

"怎么会？"李藏秋说，"我一直想让双方多接触，但我太过时，怕方式不好适得其反，感谢项先生今天的安排。"

项明章说："我不过一时兴起，是楚秘书落实得到位。"

李藏秋夸奖道："识琛越来越能干了。他以前贪玩，好好培养其实不错的。"

项明章接茬说："项樾调去销售部的人怎么样？要是水土不服，麻烦李总多调教，当成自己人随便使。"

"这话见外了。"李藏秋笑道，"大家不分彼此，怎么会水土不服？"

项明章喝了口威士忌："那我就放心了。"

餐厅里叽叽喳喳。项樾这几年进行过多次收购扩张，不停吸纳新鲜血液，普通员工之间融合得很好。

彭昕被楚识琛不卑不亢地恭维了两句，身心舒畅，四处活跃气氛，部门其他同事纷纷跟着老大行动。

这群销售部的人精最擅长交际，一碰面似乎相见恨晚，三两句好像打小就认识，干一杯仿佛已经成了人生知己。

别的部门受到感染，渐渐都放开了。楚识琛在大厅中慢慢地穿梭、巡视，以防哪里没有打点完美。

无酒精的茶水吧，有个人独自守着吧台喝东西，兴致不高的模样。

楚识琛认出是谁，走过去问："任经理，怎么一个人在这儿？"

任濛，亦思财务部的经理，身材很结实，他抬起头，浑厚的嗓音透着消沉："楚秘书，我没事，就是有点累。"

财务部的工作虽然繁杂量大，不过楚识琛今早刚整理过报告，任濛手头的任务并不是很重，他佯装不知，说："合并过来一定比以前辛苦。"

任濛双手捧着一杯乌龙茶，摩挲着沿口："陪公司风风雨雨这么多年了，苦点累点无所谓。"

楚识琛说："有时候没办法，大家都是趁年轻拼一拼。"

任濛笑着摇摇头："人跟人不一样，李总五十多了还那么有干劲儿，我就差远了，这两年时常觉得力不从心。"

这样的场合，颓丧显得不合时宜，资深的职场人不会不懂。

楚识琛顺着对方的话关心道："怎么了，身体抱恙？"

任濛拽了下领带，指着喉咙说："呼吸道不好，春夏能挨住，天气一冷就难受，车尾气重了能咳嗽大半天。"

楚识琛问："看过医生吗？"

"治标不治本。"任濛回答，"医生建议换个生活环境，气候好一点的。唉……不现实啊。"

楚识琛安慰了一番，拿起陶壶为任濛斟茶，然后不再打扰，半路回头，见任濛仍坐在那儿，与四周格格不入。

楚识琛若有所思，稍做停顿后走开了。

渐至正午，丰盛的餐点上齐，大家正式开始用餐，楚识琛拿了份奶油鲑鱼饭和椰皇布丁。

一转身，凌岂敞着外套拎着包，一边走一边四处张望，跟山顶洞人第一次进城似的。

楚识琛问："你刚到？"

凌岂陪组长去见客户，刚回来，以为开联欢会呢，他快饿死了，拿了份一样的饭，说："咱们坐哪儿啊？"

楚识琛指向不远处："混着坐的，研发中心的人在那边，你可以过去请求加入。"

凌岂一看项如绪在那桌，小声拒绝："我才不跟主管坐一桌，万一打个嗝，影响前途。"

几张长餐桌被全部占领，方桌和卡座满满当当，露台的遮阳伞下也座无虚席，角落剩一张三边小桌，楚识琛和凌岂过去坐下。

见客户要穿西装，凌岂网上买得不太合身，露着一截小臂正好方便看表，说："我有份报告拖着没交呢，一会儿回去写。看我买的新表，怎么样？"

楚识琛瞅了一眼："不错，挺新。"

"那天经理他们讨论手表，说每人至少三块，要搭西装。"凌岂说着瞧楚识琛的手腕，"你西装每天换，表好像没换过。"

楚识琛道："就一块。"

凌岂有些意外："经理说一块太寒酸。"

楚识琛淡淡地说："我不习惯戴腕表，有一块不误时就可以了。"

凌岂疑惑地问："不用腕表用什么？"

楚识琛感觉到了时代的鸿沟，回答："我喜欢用怀表。"

凌岂反应惊讶，刚张开嘴巴要"啊"一声，抬头看见不知什么时候走过来的项明章，吓得改口叫了句"项先生"。

项明章跟亦思的几位高层聊了一会儿，去接了一通国际长途，回来找楚识琛，远远看见这个应届生也在。

拉开椅子，项明章落座空着的第三条桌边。

凌岂避开了工程师主管，没想到迎来了公司总裁，赶紧擦了擦嘴。

项明章觑着桌面，说："吃你的饭。"

桌子局促，楚识琛收了收小臂，问："项先生，办得还可以吗？"

项明章说："挺好的。"

第三人在场，不方便说别的什么，楚识琛与项明章的目光触碰了一瞬，一同沉默下来，他拿起勺子，安静地挖布丁吃。

凌岂毫无察觉，吃完一碗奶油鲑鱼饭，不太饱，打算再拿一碗。回头一瞅，两名主管正在那条餐桌前拿餐说话，他想等一会儿过去。

楚识琛嫌他磨蹭，将自己那碗推过去，说："我没动过，你先吃吧。"

项明章垂着眼皮，握着酒杯晃动杯底的冰块。

凌岂问:"那你吃什么?"

楚识琛说:"没事,我等会儿再拿。"

凌岂笑起来:"那我不客气了,下午请你喝奶茶吧。"

楚识琛婉转地催促:"赶紧吃,吃完回去干活。"

他根本没说是报告,但凌岂心虚:"我都准时干完了,不着急,我们可以一起回去。"

楚识琛一口布丁来不及咽,要是以前他会调笑一句"愚子不可教",如今没那个资格了,于是咬着勺子十分无奈地笑了笑自己。

项明章余光看得分明,一个傻不棱登,一个聪慧玲珑,还能亲热地聊到一块儿去,倒显得他有点多余了。

冰块融化变小,酒水淡了,他一口喝掉,嚼着冰碴起身离开了这片角落。

还是午休时间,项明章离开餐厅,去了项樾的开放式图书馆。

只要在园区内工作,门卫或保洁,全职或兼职,都可以自由进出,分等级的工作证在这里作用为零,哪怕是项明章本人,借阅也要遵守先来后到。

馆内空空荡荡,项明章借了本不薄不厚的小说。

图书馆后门冲着办公大楼,门前有一条梧桐小径,是园区内唯一一块每周仅打扫一次的地方。

项明章出来,落叶堆积的小径中,楚识琛负手而立,轻巧回眸,显然是一路跟来在此等候。

踩过落叶,项明章问:"跟同事吃完饭了?"

楚识琛:"嗯。"

项明章:"没再一起喝杯奶茶?"

楚识琛莫名听出一股……计较?

"吃得太饱容易犯困。"他回答,接着转移话题,"你拿的是什么书?"

项明章借来在飞机上解闷的,说:"明天我要去瑞士出差。"

这么急,大概是突发决定,楚识琛问:"带助手吗?"

"不带。"项明章已经跟彭昕打了招呼,"我不在,你的工作会轻松一点,正好历信银行的项目快开标了,你去帮忙。"

最终参与竞标的公司一共十家,有第三方机构参与评标,程序严格,耗时耗力,之前医药公司的项目完全不能相比。

上一次楚识琛在竞标环节狠跌了一跤,换成旁人,可能"一朝被蛇咬,十年怕井绳",但这位楚秘书的性子,估计更愿意学一学捕蛇。

楚识琛轻轻眨动长睫,视线流连在项明章的领带夹上,钻石闪着银白光辉,缀在墨黑的领带上像夜空衔了一钩月色。

项明章看楚识琛久久不言，说：“你不想参与的话就旁观，了解一下全部流程。”

楚识琛冷不防地问：“这是补偿吗？”

项明章做事一向不会问心有愧，他不肯承认，却也难以否认，僵持间一小片梧桐叶飘下，旋转着落在他的左肩上。

楚识琛伸手到他颈侧，捏住叶茎拿下来，说：“如果是，不够。”

项明章道：“你还要什么？”

楚识琛回答：“再等等，先欠着。”

项明章问：“我要是不答应呢？”

楚识琛想了想，抬起手，把落叶放回了项明章的肩膀。

项明章一阵无话可说，好的坏的脾气顷刻间全堵在胸腔中，以至于心脏跳得有些费力。

听起来……咚咚作响。

下班途中，楚识琛接到雷律师的电话，他要的文件已经派人送到楚家，电子版发送到了私人邮箱。

回到家，楚识琛换了衣服待在书房里，从一沓档案袋中抽出赔偿文件。

第一页是总名单，罗列了所有人的姓名、证件号码和联系方式。

接受赔偿的一共四十二人，包括当夜游艇上的私厨团队、服务人员、船员和全部受邀参加派对的人。

楚识琛对照电子版逐个看了一遍，名单上没有张彻的名字。

赔偿需要核对身份，受偿文件需要本人签名，所以这就验证了钱桦的说法，派对上的贝斯手不是真正的张彻。

那假的张彻，到底是谁？

更耐人寻味的是，除去楚识琛本人，当日游艇上一共四十三人，也就是说还有一个人没有接受赔偿。

这个人叫张凯，是当晚的一名服务生。

文件对此做了解释：出事后张彻和张凯无法联系，且没有家属代为交涉，默认为放弃索赔。

这个张凯和张彻之间有没有关系？是否和张彻一样另有其人？

楚识琛发邮件给雷律师，问她知不知道这件事。

等了片刻，雷律师回复了当时的情况——这两个人的确联系不到，根据其他服务生和乐队成员的反馈，张凯和张彻成功逃生，但去向不知，再也没有出现过。

游艇爆炸前船尾起火,有足够的时间撤离所以无人丧命,大部分人毫发无损。事后为了尽快平息风波,李藏秋选择草草处理,并未深入探究。

楚识琛握着座椅扶手,指节随思绪拢紧。乐队成员掩饰了张彻的身份,那别的服务生有没有掩饰张凯呢?

一波未平一波又起,这件事不能大张旗鼓,他委托雷律师调查一下。

看完文件,楚识琛颇觉荒唐。这个世界上,何年何月都不缺糊里糊涂的事情,更不缺蒙昧其中的人。

正思索着,有人敲了敲门。

楚识琛放好文件,关了电脑,说:"请进。"

楚太太端来一碗汤水,凉得不冷不热,她放在桌边,试探地问:"小琛,一回家就关在书房,老板加你的班哦?"

楚识琛回答:"没有,我看些资料。"

楚太太很担心:"今天雷律师助理送来的那些是什么呀?你在外面惹官司啦?"

"怎么会,我蛮乖的啊。"楚识琛模仿楚太太的语气,自己先笑了,"就是游艇的一些资料,免得遇见熟人关心,我一问三不知。"

楚太太拍拍胸口:"吓死了!看完没有啊,喝汤!"

楚识琛一只手托起碗底,汤水颜色深而不浊,他想到了乌龙茶,问:"妈,你知不知道任濛?"

"亦思的老员工。"楚太太回忆道,"财务部的吧,怎么了?"

楚识琛说:"没什么,他跟李叔叔关系怎么样?"

楚太太道:"不清楚,他蛮低调的,是个高才生,记得你爸爸夸过他做事周密,前途不可限量。"

楚识琛点点头,等楚太太离开,他将一碗汤水慢条斯理地喝下去,脑海中闪过许多。

第二天一早,总裁办公室被打扫完后便锁了门。

楚识琛和B项目组一起开会,竞标在即,到了决胜阶段,每个人都打起了十二分的精神。

项樾的销售部和售前咨询部的协同合作非常默契,团队运行机制很完善,并且职责分明,一切奖惩都有章可循,既顶替不得,也抵赖不得。

通过几次公开和私下的交流,楚识琛熟知历信银行的业务痛点,将其转化成需求,由强烈到一般,为编写标书提供了不可取代的价值。

这两天项目组一直在开会,大家配合顺利,不知不觉一整天就过去了。

开标当日,楚识琛选了上次去医药公司时穿的西装,一路不曾开口,抵达历信银行，开箱上交标书和投标保证金。

一共十家公司参与，上午进行唱标，公开各公司的相关信息，抽签决定讲标顺序。

项樾通信抽中第六号，排在第二天下午。

午后容易犯困，大家入场前聚在银行楼下的咖啡厅，每人一小杯双倍意式浓缩，一起碰杯，然后一口干掉。

彭昕苦得龇牙咧嘴，说："忍着，这叫先苦后甜！"

项目组士气大增。到了银行会议厅外，彭昕将电脑包递给楚识琛，说："楚秘书，帮我拿进去，我去趟洗手间。"

楚识琛猜到对方的用意，问："确定交给我？"

彭昕当初冲进项明章的办公室，质问为什么同意楚识琛进公司，那时候他就明白会有事发生。后来亦思的项目夭折，他心里有数。

通过这段日子的相处共事，彭昕早就对这个派对上的"楚公子"改变想法，改得简直天翻地覆，他道："你不敢拿，那我找别人。"

楚识琛一把接过："有何不敢？"

彭昕充满气魄地笑了："连接投影设备调试，一会儿见。"

会议厅内，历信银行总行的副总裁、总经理、项目选型组组长和三位支行代表全部就位，第三方评审机构也已到场。

厅中安静肃穆，楚识琛准备好讲标文件回乙方区域落座，依旧拿着纸笔。

手机振动，项明章发来一条信息：开标了吗？

楚识琛：马上。

项明章：紧张吗？

楚识琛超乎意料地冷静：不。

格外重视的项目，所有人百般争取，犹如群兽争夺一块肥美的肉，从布线到进攻，生怕落了下风，在最后决定成败的厮杀前，心态放平或许状态才能发挥到最佳。

项明章似有同感，回复了四个字：顺其自然。

楚识琛装好手机，讲标正式开始。彭昕很有个人风格，专业不失幽默，极为擅长调动观众的注意力。

他想起了翟沣。

接着想到项明章，不知道项明章在讲台上是什么样子。

楚识琛又想到他自己。在这个新时代的新行业，会不会有朝一日，他也能站上去口若悬河？

方案，标书，讲演，一切都无懈可击。

这是一场优秀的竞标，也是一次痛快的体验。完美落幕后，大家互相拥抱，银行的决策集团向他们表示了赞赏。

从历信银行出来，正值黄昏，彭昕去一边给项明章打电话汇报。

大家精神抖擞，神经根本无法松弛下来，项目经理一挥手："今天怎么也得庆祝一下吧？我都瘦了。"

售前组长说："让你们彭总监请客！"

售前总监了然道："都打给项先生了，还用得着老彭破费？"

果然，彭昕挂断电话回来，一脸喜色，宣布道："项先生说大家辛苦了，不管这个标是否拿下，今晚好好放松！"

一阵欢呼，经理说："先去吃饭，把公司那几个都叫来，吃贵的！"

主管提议："附近有一家日料店，巨贵。"

"不行，"彭昕立刻否决，"项先生说不要吃日料。"

售前总监不信："项先生怎么可能管这种事？老彭，是不是你不想吃？"

彭昕说："我也不知道啊，项先生真的说了这么一句！"

街边清风吹拂，楚识琛一直静静地听大家七嘴八舌，发丝轻扬，心绪跟着略微飘远，直到同事喊他上车才回过神来。

最终去了另一家巨贵的新式本帮菜，以海鲜为主。楚识琛第一次参加聚餐，心情十分愉悦。

尽兴至夜深，楚识琛回到家。估计是怕招蚊子，花园里没有留灯，不过月色皎洁足够看路了。

那一小杯浓缩咖啡着实强劲，他毫无倦意，趁夜风凉爽坐在树下的秋千椅上，打算听一听蝉鸣来催眠。

手机响，是项明章从瑞士打来的。

楚识琛来不及计算时差，按下通话键，"喂"了一声。

夜深人寂，手机里的声音听得分外清楚，项明章说："这边开会的资料发给你，明天整理出来给研发部的主管。"

楚识琛说："好。"

手机中也静了，如果没有别的事要吩咐，已经可以挂了，楚识琛等候着，隐约听见一串法语。

他问："你在忙？"

项明章说："忙完了，出来随便逛逛。"

楚识琛有些向往地说："我知道瑞士银行。"

项明章道："你听起来心情不错。"

今天的确高兴，楚识琛伸直长腿蹬了下地面，秋千椅荡起一点高度，他将机身贴紧耳朵，低声问："为什么不让大家吃日料？"

项明章回答："我担心有人对日料过敏。"

楚识琛以为上一次在日料店的失态掩饰得很好，不想承认："谁？"

又一句法语传来，这次是项明章对别人说的，没那么流畅，但很好听。

然后不知是真没听清，还是装模作样，项明章延迟地问："你刚才说什么？"

楚识琛反问："你刚才的法语是什么意思？"

项明章道："我夸它漂亮，让我有些心动。"

楚识琛听说欧洲人浪漫，尤其是法国人，男男女女都很多情，出差之余穿插一场异国邂逅并不奇怪。

他有分寸地说："那不打扰了。"

结果项明章紧接着说起正事："我订了后天的航班回去，晚上约了老项樾的董事们。"

寿宴过去近一周，冷处理后双方情绪恢复平静，等面对面就容易谈了，再说下周一总不能继续缺席例会。

项明章这么说，显然时间和地点已经定好，人也通知过，亲力亲为足够诚意。

楚识琛没什么要做的了，他记得美津楼经理诚惶诚恐的样子，说："虽然不知道你的逆鳞是什么，但这次控制好脾气。"

项明章道："万一控制不住，需要有人提醒。"

秋千荡得高了，楚识琛踩住地砖刹停，摇晃间产生一霎的晕眩。

他今晚问了第二次："谁？"

项明章这次听清了，言简意赅，似要求，亦似请求："来接机，陪我去。"

国际机场，苏黎世起飞的航班准时抵达，项明章脱下大衣搭在小臂上，长腿阔步地走出接机通道。

等候区站满了人，司机迎上来，接过行李箱说："项先生，我来拿。"

项明章朝四周扫了一圈，问："楚秘书呢？"

司机回答："楚秘书在车上。"

项明章腹诽，真会摆架子。

航站楼门口，一辆轿车停泊在夕阳下，后面的车窗里，楚识琛低头露着半张侧脸，晚霞覆盖，车边人来人往，方正的窗子像一块影影绰绰的斑斓画屏。

项明章走过去，居高临下地睨向车内。楚识琛感觉到阴影抬起头，将手中的平板电脑放在一边，屏幕上闪过密密麻麻的黑体字。

门打开，楚识琛往里挪了挪，说："项先生。"

项明章长腿一跨坐进去："小说好看吗？"

楚识琛道："消遣罢了。"

项明章把大衣丢到彼此中间，问："来接机很无聊？"

楚识琛回答："还好，肯定不如来机场抓人刺激。"

两个人在大厅对峙的场景浮现脑海，项明章被噎了一下，司机放好行李上车，打断了他们的对话。

车子驶离机场，日暮时分市区堵得厉害，来不及回家，只能直接赶去赴宴。

楚识琛做好预设，提前去了趟公司，将总裁办公室备用的一套西装带来了。瑞士气温低，项明章带的衣服估计不合适。

他问："到酒店的洗手间换一下？"

项明章下飞机就觉得热了，说："就在车上换吧。"

楚识琛拎过副驾上的西装袋，拉开拉链。项明章正好脱掉针织上衣，西裤款式差不多，他不准备换了，但皮带颜色和西装不搭，他解开金属扣抽了出来。

楚识琛以为项明章要脱裤子，非礼勿视地盯着窗户。

项明章套上衬衫，单手系纽扣，另一只手在袋子里拨弄，问："领带？"

楚识琛回头："没有吗？"

项明章想了想，办公室放的这套似乎没准备领带，司机有眼色地问："要不要绕路买一条？"

时间恐怕来不及。楚识琛轻抬下巴，扯开自己颈间的领带拿下来，递过去说："先用我这条。"

项明章靠着座椅系扣子，微微颔首，目光上挑，示意"我腾不出手"。楚识琛愣了一秒，蹙起眉，倾身将领带套上了项明章的脖颈。

光滑的布料带着余温，项明章配合地扬起头，方便楚识琛翻出衣领压下。近在咫尺的这张脸越发严肃，动作也略显粗暴。

楚识琛敷衍地打了个结："好了。"

项明章感觉像给囚犯套枷绳，说："你想勒死我吗？"

楚识琛松开手："那你自救吧。"

转回身坐好，楚识琛几乎挨着车门。他不会承认，此刻的不悦不仅是因为做这种伺候人的细微小事，还因为莫名产生的局促。

项明章穿好衬衫，借着整理褶皱，手掌在胃部压了一下。

到达酒店，楚识琛已经神色无虞，跟随项明章一路进了包厢。

一共两桌，受邀的董事差不多到齐了，比寿宴那天少了七八位，仔细看，有三四张那天没见过的新面孔。

小庙尚有三尊佛，公司派系丛生，暗中的队伍泾渭分明，今天来的想必一大半是项明章的拥趸。

董事们年纪不轻，项明章率先向前面的几位打招呼，笑着叫道："方伯伯，唐伯伯，伦叔。"

见他态度亲近，为首的几位便喊他"明章"。

众人入席，楚识琛坐在项明章的旁边。

行政总厨带服务生来上菜，冷盘有陈皮荔枝冻、陈皮甘梅渍海参、青柠陈皮鸭，热盘有陈皮甜酒炖乳鸽、金盅陈皮南瓜羹、陈皮红豆酥，前前后后上了十几道，满屋浮动着清甜的香气。

今天这一桌"陈皮宴"下了大功夫，项明章道："用的是二十年左右的陈皮，理气，去燥，消肝火。"

这是给寿宴的闹剧一个交代，起码心思可嘉。宴席开始，项明章说："各位尝尝味道怎么样。"

众人动筷，交口称赞滋味不错。楚识琛拿热毛巾净了手，夹起一颗荔枝放进口中，冰凉沁甜，小核挖掉了，填满陈皮熬煮的果冻。

桌上谈起上周的例行公务，项明章虽未露面，但对公司的事情追踪得很紧，显然十分上心。

聊了会儿公事，项明章没有避讳寿宴的难堪，举杯说："上次让各位长辈看笑话，是我的不对，请多担待。"

那位方伯伯道："其实那天是话赶话，不能算明章的错。"

"是啊，"伦叔附和，"家家有本难念的经，我们这些外人没资格置喙，只要项董没事就好。"

项明章承认道："那天是我失态了，不该在爷爷面前提项珑。"

桌上听见这个名字一齐静默几秒，方伯伯问："这两年还是没有消息？"

项明章说："可能走的时候就决定不回来了吧。"

另一桌有人劝道："明章，不必介怀，人生在世有得有失，项董连着两辈的血脉之情都给你了。"

项明章神色落寞："可项珑毕竟是我爸。"

楚识琛保持着缄默，闻言不禁侧目。项明章说话时低垂着眼睑，嗓音沙哑，英俊的面孔透出几分失意。

可他从项明章的眼尾窥探，惊觉目光凉薄，根本没有一丝温情。

伦叔说："你也到成家立业的年纪了，等结了婚就不会纠结上一辈的感情了。"

唐伯伯活跃气氛："是啊，你什么时候娶老婆？"

项明章笑了一声，玩笑道："今年来不及了，明年吧。"

众人一笑置之，寿宴的事情就算翻篇了。项明章敬大家，一饮而尽，酒液流向胃部，额角隐隐泛起青筋。

他松开杯子，环抱双臂，向后挨住椅背。

楚识琛又夹了一颗荔枝，吃完扭脸，见项明章鬓角的碎发有些泛潮，薄唇紧抿，半晌没有说话了。

桌上将要冷场，楚识琛望向一位董事，说："王副总，祝贺您喜添孙女。"

王副总心情大好，笑着说："多谢，你是明章的助理？真是一表人才，性子也很沉稳啊。"

楚识琛回答："您谬赞了，我姓楚，是项先生的秘书。"

伦叔问："你父亲是不是楚喆？"

楚识琛点点头，接着说："项董的寿宴没办好，项先生一直耿耿于怀，下一次一定办得'喜恰祥和'，尽力周到。"

伦叔眼睛一亮："喜恰祥和，难道你听戏？"

楚识琛故意用了这个词。那天寿宴结束清点贺礼，伦叔送的是一本绝版戏谱，项行昭字都不认得了，他送这个恐怕是自己喜欢。

伦叔大名"郝伦"，满族人，据说是八旗后代，"喜恰祥和"是宫廷祝寿的承应戏，他一定知道。

楚识琛顺势请教，桌上的话题再次展开了。

渐渐由闲趣聊回了公事，有人问项樾近况如何，楚识琛提了一下历信银行的项目。

任何公司都不离开和银行合作，老项樾是做贸易的，从渡口海运发家，跟银行打了几辈子交道。

方伯伯资历最老，回忆某一次周转出问题，开玩笑说，当时恨不得去抢银行了。

一阵哄笑，谁说了一句："现在发达了，过去银行没有电子系统，人们是怎么过来的？"

楚识琛轻巧接腔："人工做嘛，现在的系统也是人做的。"

"哦，对。"有人又说，"但那时候没办法转账吧？来回取现金真是麻烦，有转账支票了吗？"

楚识琛道："那时候叫'过账'，本质差不多，两方交易不用现金，在甲银行签票写下数额，甲银行和乙银行核对账户无误，就办成了。"

项明章犹如一头累极的狮子，收敛爪牙安静地待在一旁，听楚识琛替他应酬。

明明是第一次正面接触，可楚识琛清楚每一位董事的名字，了解喜好，甚至知晓谁家刚生了孩子。

他端坐桌边谈笑风生，典故信手拈来，措辞不俗。问候客套，每一句都拿捏有度，态度不卑。数次话锋暗转，始终把控着话题，思路不乱。

项明章本来只是听，而后逐渐侧过脸，视线中楚识琛言笑晏晏，游刃有余，唯一的不足之处是顾不上吃东西。

盘中一小片莹白汁水，陈皮荔枝冻转来，楚识琛拿起筷子，这时旁人问话，他对答之间恰好错过。

项明章用力按在胃部的手掌移开，袭来一阵疼痛，他伸手把水晶盘转了回来。

楚识琛没有察觉，夹走一颗咬了一口，身旁，项明章的嗓音沉沉的，问："你喜欢吃荔枝？"

楚识琛扭头，这是他们进入包厢后的唯一对话，他"嗯"了一声。

一场陈皮宴宾主尽兴，结束后项明章送一众董事离开。等人差不多走尽了，他站在酒店门口，风一吹，涔涔冷汗浸湿了衬衫后背。

楚识琛签完单出来，饭局上就瞧出项明章不对劲，问："你是不是身体不舒服？"

项明章的脸色透出酒后罕有的苍白，但表情很镇定，车来了，说："没事，先上车吧。"

楚识琛绕到另一边坐进车里，空间封闭车厢狭窄，项明章沉重的呼吸声异常分明，连司机都忍不住回过头观察。

项明章惯会伪装，撸了一把头发，扯出个浑不憷的笑容："走啊。"

司机见过类似状况，说："项先生，您是不是胃病犯了？"

项明章从瑞士赶回来，休息不足，时差加上长途飞行，十几个钟头没胃口吃东西，晚上被白酒一灌，胃部的痛感越来越强烈。

他催促道："开车。"

司机问："要不要送您去医院？"

项明章没了耐性："废什么话，回公寓。"

楚识琛一路没吭声，到波曼嘉公寓，他展开大衣给项明章披上，遮住背后的汗湿，问："用不用送你上楼？"

他习惯了礼数周全，但依照项明章逞强的个性，一定会装作云淡风轻地拒绝。

不料，项明章说："用。"

楚识琛："……"

司机挤眉弄眼地求助："楚秘书，麻烦你陪项先生先上去，我去搬行李箱。"

楚识琛跟着项明章下了车，到四十楼，出电梯时项明章晃了一下，楚识琛单手扶住，一边走一边问："门卡在哪儿？"

项明章从大衣口袋里掏卡，不小心带出一只盒子，滚落在地上。

楚识琛弯腰捡起来，拂掉表面的薄尘，是个巴掌大的黑色首饰盒，扁扁的四方形，真皮质地。

嘀嗒，门打开了，项明章进屋打开了玄关的灯。

楚识琛跟进去，递上盒子说："贵重物品还是先放好，别再掉了。"

项明章垂手立在灯下，没有接，颈间一片阴影掩盖了滑动的喉结，问："里面的东西有没有摔坏？"

楚识琛不知道，闻言打开了盒子。

一条纤细的银色绞丝长链倾泻而下，垂落半空，摇晃许久不止；珠扣连着银质圆形表盘，表盖上磨痕浅淡，雕刻着一枚象征佛法的"卍"字纹。

楚识琛整个人动弹不得。

这怎么可能？！

他颤抖地打开表盖，镂空花式指针，双音簧报时，这是他佩戴多年、最终消失于大海的怀表！

表盘中的时间和万年历已然错乱，他一刹那忘了今夕何夕。

项明章暗惊："你怎么了？"

楚识琛怵然抬头，已红了眼眶。

司机拖着行李箱上来，发现门开着，走到门口，撞见项明章和楚识琛面对面地戳在玄关，愣道："项先生，楚秘书？"

楚识琛遽然梦醒，他偏过头去，平息了几秒钟，再抬起头时神色如常，除却一双眼睛润得仿佛蒙了一层雾。

项明章心头疑虑，冲司机说："没你的事了，你走吧。"

司机将行李箱推进门，过意不去地说："不早了，用不用把楚秘书送回家？"

楚识琛道："不用了。"

司机识相地离开，门关上，项明章又问了一遍："你怎么了？"

楚识琛的双手紧紧握着四方盒子，每个字几乎都是咬牙吐出的："这只怀表，你在哪里找到的？"

项明章回答："瑞士。"

楚识琛面露惊诧："怎么会在——"

项明章拧起眉毛"嗤"的一声，硬撑一整晚，此刻胃部剧烈痉挛起来，他弓起后背倒吸了一口气。

楚识琛把项明章扶进卧室，掀开一角薄毯。项明章和衣半躺，用残存的力气扯开领带，解开两枚衬衫扣子。

楚识琛问："药在哪里放着？"

项明章沙哑道："客厅橱柜。"

楚识琛这才舍得松开盒子，放到床头柜上。他去客厅找到胃药，然后泡了一杯蜂蜜水拿进来，坐在床边给项明章喝下。

蜂蜜的甜味遮盖了药苦，项明章说："这个药见效很快，有事我会叫公寓的管家，你回去吧。"

楚识琛沉默一会儿："不行，我必须照顾你。"

项明章没听出一丝关怀之情，反而有股被强制的错觉，他靠着垫子，放松地问："那你打算怎么照顾？"

楚识琛回忆着旧时生病的光景，一般是老管家照顾他，照猫画虎应该不会错。他起身去浴室拧了一条湿毛巾，叠了叠搭在项明章的额头上。

项明章说："我是胃溃疡，不是发烧。"

楚识琛有些窘，拿下毛巾找借口掩饰："我知道。跨国奔波了一天，风尘仆仆，你擦擦脸吧。"

项明章抬手夺过，怕这位大少爷拿擦药酒的劲儿伺候他，把他擦秃噜皮了。

楚识琛腾出了手，心不在焉地伸进毯子里："那我帮你揉一揉胃。"

浸过水的手掌隔着衬衫覆盖上来，依旧冰凉，项明章说："这是肝。"

楚识琛蹙眉摸索，擦桌子似的把项明章的腹肌盘了一遍，找到胃，他下压掌心按住，视线情不自禁地飘向那只盒子。

项明章将一切尽收眼底，他故意打开盒子，拿出怀表，牢牢吸引着楚识琛的注意力，像拿着羽毛棒勾引一只猫。

猫会伸爪子抢，楚识琛太绅士了，掌心加重揉了两下。

项明章终于忍不住："你刻意献殷勤的样子我很不习惯。"

楚识琛抽出手，钩起长链在指尖绕了两圈，明目张胆地从项明章手中抢走了怀表。当时一起坠入大海，他以为再也找不到了。

项明章说："我在苏黎世的一家古董表店买的，老板的曾祖父是一名制造怀表的工匠。"

这只怀表是老板两个月前在港口的杂货市场收的，来源不详，但确定是个老物件。

楚识琛从没见过项明章佩戴怀表，问："你为什么会买下它？"

"那晚通话的时候说了，我觉得它很漂亮。"项明章道，"那么多只表，这一只的花纹最特别。"

楚识琛双手捧着细看，表盘旧了一些，绞丝链的颜色有几分发乌。

这只怀表在制造时费了好些工夫。那时雕刻的纹样流行花卉、图腾和瑞兽，银色本就过分素雅，刻一道"卍"字纹更显得清心寡欲。

他记得父亲远渡重洋带回来送给他时，担心地问他喜不喜欢。

母亲将心爱的绞丝项链摘下来，请工匠衔了珠扣与怀表相连，就是她与父亲共同的心意了。

他明白，家中世代与钱财打交道，等他长大进入复华银行，金条头寸，法币债券，强烈的诱惑下人会麻痹，或者迷失，最不济也要沾染一身铜臭。

所以表盖上刻的是神佛胸口的"卍"字纹，既是洗涤，亦作保佑。

这只在瑞士制造的怀表陪他度过千万日夜，一起历经浪涛，改写生死，今朝时空翻覆，竟然再一次从瑞士回到他的手上。

是单纯的巧合，还是冥冥中的安排？

故梦浮沉，意义深重，楚识琛赧然张口："我有个不情之请，你愿不愿意开个价格，把它让给我？"

项明章问："你喜欢？"

楚识琛说："是。"

项明章回味楚识琛刚看到怀表时的反应，那副神情绝对不只是喜欢，似乎有什么渊源，他猜测："你是不是见过这块表？"

楚识琛忍下心头的慌张，否认道："没有……合眼缘罢了。"

项明章没那么容易被骗，故意问："我不让呢？"

楚识琛嘴角紧绷，尽量冷静地说："求求你。"

项明章微怔，楚识琛居然会求他。

他可以肯定这只怀表非同寻常。

考虑片刻，项明章说："抱歉，我不想割爱。"

楚识琛陷入巨大的失落，一动不动，双眼一眨不眨。

他不知所措地静默着，于情，他舍不得心爱之物，可是于理，张口索要已经足够失礼，项明章有权利拒绝。

良久，楚识琛恋恋不舍地双手奉还，不死心地说："如果哪天你不喜欢了，我愿意买下来。"

项明章接住："好。"

楚识琛失魂落魄地站起来："你好好休息吧，我走了。"

项明章不太放心，等楚识琛出了门，他打给公寓前台安排了一辆专车。

项明章摩挲盒子的尖角，不明白楚识琛为什么会这般魂不守舍，其中究竟藏着什么隐情。

出差前在公司餐厅，他听到楚识琛和凌岂聊天，说喜欢佩戴怀表。
这份从瑞士带回的礼物，本就是……
但楚识琛的反应超乎他的意料，他违心地改了主意。
狡猾也好，自私也罢，讨一时欢心不难，项明章留下这只表，他想要楚识琛为它牵肠挂肚。
回到家，楚识琛洗完澡只觉身心俱疲，他伏在枕上，累极了却睡不着，劝自己想开一点。
无论如何，怀表找到了。
项明章是他在这段时空第一个见到的人，旧物又被项明章找到，何尝不是一种缘分？
楚识琛埋在枕头上点点头，闷闷地说："孽缘。"

周一上班，总裁办公室锁着，项明章去老项樾开会了。
楚识琛在秘书室伏案工作，办公区乍然响起一阵欢呼声，貌似发生了大喜事。
彭昕门也没敲，风风火火地冲进来："楚秘书！"
楚识琛吓了一跳："彭总监，什么事？"
彭昕满脸振奋："项樾中标了！五分钟前公布的消息，历信银行的项目咱们拿下了！"
楚识琛眉头轻展，这么久的努力总算没有白费，接下来准备拟定签约合同，需要和法务部开会讨论。
事不宜迟，楚识琛安排了会议室给项目组。
法务部在四楼，楚识琛亲自过去一趟，跟主管敲定负责的具体人选。这个项目公司极其重视，各部门都很配合。
楼下是人事部，等签约完成，项目组的同事肯定会休假，还有奖金、升职等嘉赏，楚识琛顺道去拿些申请表格备着。
来往数次，他和人事部的主管已经熟稔，每次都会多聊几句。
桌上文件纷杂，楚识琛说："江主管，今天很忙？"
"反正永远不缺乱七八糟的事。"江主管笑着抱怨，"我们跟亦思的系统做了整合，研发部时不时就要优化一次，什么也干不了，只能等他们搞完。"
楚识琛敏锐地问："亦思有人事变动？"
江主管说："财务部有个经理辞职。"
楚识琛一半直觉，一半预感："是不是任濛？"
江主管点点头："嗯，是这个名字。"

一瞬间种种猜测萦绕心头，楚识琛不敢妄下论断，走之前说："离职面谈做了吗？"

江主管道："没呢，等系统恢复再说吧。"

楚识琛拿着一沓表格回到销售部，欢庆气氛平息，凌岂冲他指了指总裁办公室，很像通风报信"班主任来了"的热心同学。

但总裁办公室并没有人。

楚识琛回自己的秘书室，推开门，项明章不知什么时候进来的，西装笔挺地站在办公桌边，手指正在把玩摆在桌角的兰草。

休息了两日，项明章满血复活，一早去老项樾参加例会，刚回来不久，说："你的平板电脑落在车上，我给你拿上来了。"

楚识琛道："谢谢。"

页面停留在接机那天的浏览内容，原来不是小说，项明章问："就为了一场饭局，每位董事的个人资料你都查了一遍？"

楚识琛回答："答应陪你去，总要忠君之事。斟酒夹菜我做不来，投其所好聊聊天还是可以的。"

项明章亲眼领略过，他朝桌上巨大的购物袋抬抬下巴，说："你的领带洗过了，放在里面。"

楚识琛走近，将厚厚的一沓表格放在桌沿上，最下层是任濛辞职报告的复印件，附带一份呼吸道疾病的诊断证明。

他问："我刚才去了趟人事部，今天系统优化，最快需要多长时间？"

项明章说："项樾和亦思原本是两个自有系统，设计的侧重点不太一样，交互后不稳定，所以会麻烦一点，怎么也要一到两天搞定。"

楚识琛心里有了数，话题一转："身体好些了吗？胃还疼不疼？"

项明章以为楚识琛会关心那只怀表，没想到却关心他的身体，回答："没有大碍，那天晚上谢谢你的照顾。"

楚识琛话题又一转："算不算加班？"

项明章愣了愣："……算。"

楚识琛说："那我工作时间外的加班太多了，我要请两天假。"

项明章："……"

从秘书室出来，项明章后知后觉被楚识琛的"关怀"摆了一道，他本来要进办公室，脚步一顿转身去了茶水间，自己给自己泡了咖啡。

楚识琛多了两天假，绕到桌后收拾东西，那只袋子放在桌面上十分碍事。

他早觉得奇怪，一条领带用得着这么大的袋子吗？低头一看，袋子底下藏着一个密封的隔热箱。

楚识琛依稀闻见一股熟悉的清甜，他打开箱子，里面竟然盛满了荔枝。

楚识琛晌午回到家，楚太太惊讶道："小琛，怎么这个时间回来了呀？"

他说："有点累，回来偷偷懒。"

唐姨在花园剪了一把迷迭香进来，说："自从当了秘书，总是隔三岔五地加班，啧啧，这个世界上不存在心肠软的老板。"

楚太太嘴巴一撇："我可没有压榨你啊。"

楚识琛被逗笑了，进餐厅放下一整箱荔枝，颗颗饱满新鲜，还好家里的冰箱够大。

他装了一盘端上楼，径直钻进书房，将西装领带一脱，衬衫扣子解开露出手腕和脖颈，一身轻松地坐进高大的转椅。

楚识琛看了一遍任濛的辞职报告，内容简练、诚恳，主要是身体原因，和任濛在午餐会上的说法基本一致。

他打开电脑，临时文件夹里有一份任濛的个人资料，是这段日子陆续整理的——任濛硕士毕业，在亦思财务部工作近十五年，入职第二年升主管，第四年升为部门经理。

有翟沣为例，楚识琛忍不住深思。

任濛的辞职仅仅是身体原因？

楚识琛登录工作邮箱，项樾每周会抽调亦思的历史旧档进行核查，部门随机，他的秘书身份很好用，跟财务部要了一些资料过来。

这些都是存档，不涉及任何公司机密，在楚识琛查询的权限以内。

数据庞大琐碎，楚识琛摊开一张白纸，时间紧迫，用的是旧时的速记符号。

窗外的天空变幻成灰色，一片阴暗，叫人分不清时间。楚识琛埋头几个小时，放下钢笔揉了揉太阳穴。

他查阅了任濛过手的大部分文件，涉及各部门，出错率极低；发现这十几年中，财务部总监换了五六茬，其他经理、主管、职员升升降降、来来去去，只有任濛岿然不动，就跟定海神针似的。

楚识琛还发现，凡是李藏秋拿下的项目，财务文件都有任濛的签名。

这些年李藏秋不必亲自带项目，他的爱将，前销售总监等人，就成了任濛的主要负责对象。

会不会有点太巧了？

就算这些是光明正大的工作，那任濛在背后有没有为李藏秋做过什么？

楚识琛马上查了一下任濛的薪资待遇，多年来工资和奖金完全符合职位要求，没有任何额外的福利。

假如任濛是李藏秋的得力助手,这个职位和薪资,回报未免太少。

楚识琛陷在椅中旋转半圈,正对着窗,拿起一颗荔枝剥开,莹白果肉,饱含甘甜汁水。他吃完咬着核儿,操心地想,二十一世纪的荔枝多少钱一斤?

旧时果贩走街串巷,每两天到公馆送一次水果,按季度结算。

厨房的管事偷拿回扣,短短两年攒够了置地的钞票,娶了个外宅,要不是发妻找上门,他们一家仍被蒙在鼓里。

只是一份果子钱罢了,可见想要牟利,指缝都能搜刮到,并且积少成多不容小觑。

一户人家尚且如此,何况是一家公司。

楚识琛一边琢磨一边吃,剥了半盘红壳子,他擦擦手,又给项樾的财务部主管打了通电话,要他权限以内可以查看的所有资料,多琐碎的都不放过。

原以为要费一番口舌,结果比想象中顺利。

亦思的合作公司很多,除了业务方面的厂商,采办办公设施、日用品、员工福利等,合作的公司大大小小有几十个。

楚识琛一项一项地查,熬红了眼睛,想起复华银行月底盘头寸的日子,那时法币剧烈贬值,天文数字却形同泡沫。

终于,他发现某一项支出少了近两个月的数据。

天空滚过一道闷雷,楚识琛从中午到凌晨一直在书房,他伸了个懒腰,小腿有些酸,索性挪到书柜旁的摇椅上。

毯子搭在小腹上,楚识琛身躯微蜷,晃晃悠悠地睡着了。

第二天异常闷热,浓云低垂似乎挡着一场暴雨,楚识琛却没空耽搁,他洗澡更衣,带着那份诊断报告出了门。

他在路上打给凌岂。

很快接通,凌岂估计没在工位上,嗓门不小地问:"你请假了吗?项先生都来了,你怎么还没到?"

楚识琛找了个借口:"今天不太舒服,你能不能帮我个忙?"

凌岂说:"没问题,什么事啊?"

楚识琛说:"你懂计算机,帮我去人事部问问,系统恢复了没有,进度怎么样了。"

凌岂在茶水间,刚萃好一杯咖啡,这时项明章捏着车钥匙走了进来。

"哦……人事部。"凌岂语速变快,"行,交给我吧,问完给你发微信。"

说完挂断,凌岂恭敬道:"项先生,泡咖啡吗,我帮你?"

"不用。"项明章打开冷饮柜拿了一瓶纯净水,"刚才是楚识琛打给你的?"

凌岂最近在学察言观色，看项明章表情冷淡，以为是嫌楚识琛请假了，他解释道："嗯，楚秘书生病了。"

项明章拧开瓶盖喝了一口，说："不用去人事部问了，最快下午六点搞定。"

他说完就走了，没理会凌岂一头雾水的傻样儿。

区会展中心有一场鸡尾酒沙龙，探讨"数据增值"的问题，项明章收到邀请函，但兴趣不高，打算过去随便待一会儿。

保时捷驶出园区，项明章的车速比司机快一倍，不过还是迟了，会展中心内济济一堂，司仪正在努力把控流程。

项明章逛了一圈，开车不喝酒，两手空空倒是自在。不时有人迎上来寒暄吹捧，他轻笑应对，其实根本不清楚来者何人。

要是楚识琛陪他来，一定把姓名、地位搞得一清二楚。

项明章早已察觉，楚识琛性子沉稳偏冷，绝对算不上开朗，可是擅长交际，并且喜欢做主导的一方。

这不仅是能力，更是一种潜意识的驱动。楚识琛每一次事前做的调查或许不是功课，而是摸底。

他作为秘书，本能里却没有几分服从，更多的是不露声色的征服。

项明章失神地想着，在一块电子屏前立了许久，回神更觉周遭无趣，挨到快结束，他提前离场，天空好像又开始打雷了。

掏出手机，项明章看了眼天气预报，然后切到通讯录拨通了号码。

响了七八声，楚识琛接听了。

项明章问："休息得怎么样？"

楚识琛没有正面回答："是不是有事情？"

项明章翻开在会展中心拿的册子，念道："数据增值场景……的会议，刚开完，要做整理。"

楚识琛似懂非懂："项先生，等我上班再说。"

手机里一阵纷乱杂音，项明章问："你在哪儿？"

楚识琛说："医院。"

项明章问："真的生病了？"

轰隆巨响，闷了一整夜的雨倾盆而下，手机内外一齐透着哗啦啦的水声，楚识琛自言自语道："糟了，我没带伞。"

项明章说："把医院地址发给我。"

挂断电话，项明章踩下油门。

医院附近永远在堵车，因为突如其来的大雨，门诊楼外的遮檐下站满了人。

楚识琛高高的个子鹤立鸡群，拎着一袋X光片。

项明章下车撑开雨伞，大步流星，楚识琛走下台阶，他以为项明章只是随口一问，没想到真的来了。

迈入伞下，他玩笑道："不会抓我去上班吧？"

大概站在外面久了，项明章感觉到楚识琛周身沾着水汽，说："先上车。"

楚识琛自觉坐进副驾，上面扔着项明章的西装，他拿在手里，正好挡一挡空调冷风。

项明章上了车，语气轻描淡写："你哪儿不舒服？"

楚识琛回答："呼吸道。"

项明章联想到游艇爆炸，起火时有可能吸入烟雾，后来又溺水，难道落下病根了？

不料，楚识琛又说："可能荔枝吃得太多，上火了。"

项明章莫名其妙："你这是在怨我？"

楚识琛说："谁让你送了一大箱。"

项明章无语道："上火嗓子疼，关呼吸道什么事？"

大雨噼里啪啦地敲在车顶，楚识琛笑起来，庆幸不用在医院门口跟别人抢出租车。

人难免贪心，他问："反正你不急着回公司，能不能载我去一个地方？"

项明章反问："你知道我不急？"

楚识琛说："急的话怎么会来接我？"

项明章不假思索："你又怎么知道我不会？"

楚识琛怔了一下，回避般看向窗外，可惜雨刷和除雾关了一会儿，玻璃上凝着一片水珠雾气，什么都看不到。

项明章也没再吭声，打着方向盘滑出医院大门，雨天路况难行，半小时堪堪走了两条街。

两个人久久无言，项明章按下音响。他平时喜欢听古典乐，楚识琛失忆了，不知道听音乐的口味有没有变。

他打破沉默："你想听哪首？"

楚识琛说："这首就很好，柴可夫斯基的《悲歌》。"

钢琴曲伴着雨声，一路驶向另一片街区，地段不那么繁华，街边经营着一排招牌陈旧的店铺。

目的地是一家4S店。

店面占据了两家底商，有两个门，分别连通售车展厅和后院的维修区，装潢简陋，总体面积很小，有点"麻雀虽小五脏俱全"的意思。

　　这种规模的4S店，客户主要是个人车主，价格亲民，服务一般，提供不了太高端的选择。

　　项明章瞟了一眼："别告诉我你要在这儿买车。"

　　"你觉得不好？"楚识琛说，"这里虽然没有你开的豪车，但公司那种商务车应该有吧？"

　　项明章轻哂："可能有平衡车吧。"

　　楚识琛听出讥讽，反驳道："平衡车难道不高级？"

　　项明章纳罕，大街上小孩人手一台的东西有什么高级的？

　　楚识琛却不恼，说："这家4S店和亦思合作了八年，亦思所有车辆的维修、保养、更换配件和买卖换新，都是这里一手包办的。"

　　项明章惊讶了一瞬，反应极快："这家店的老板是谁？"

　　"姓胡，是一位已退休的老太太。"楚识琛说，"她外孙，是亦思财务部的任濛。"

　　项明章早就猜到，楚识琛突然请假一定另有原因，说："你果然是为了查他。"

　　楚识琛问："你知道他？"

　　项明章本来没注意，昨天楚识琛没头没脑地问系统优化需要多长时间，他觉得奇怪，一问人事部，知道了这位任经理要辞职。

　　一个亦思的部门经理，职位不高，存在感不强，去留都闹不出动静，但楚识琛不会无缘无故地关注。

　　好巧不巧，这次优化是项如绪出马，昨天晚上就能搞定，于是项明章打了招呼，让延迟到今天下班之前。

　　楚识琛马上领悟："财务部给资料那么痛快，是你开了绿灯？"

　　项明章说："我以为你会要点权限以外的东西。"

　　"我不会冒险。"楚识琛极为谨慎，"万一被抓到小辫子，你趁机开除我怎么办？"

　　一朝理亏，项明章关掉汽车引擎："我们订了君子协议。"

　　楚识琛的记性太好了，反问道："你是君子吗？"

　　项明章下了车，撑伞绕到副驾驶门外，潇洒地说："我是大款，给你买高级的平衡车当加班费，你觉得怎么样？"

　　售车展厅空荡荡的，仅有一辆颜色冷门的小轿车，两名工作人员坐在沙发上玩手机，看了楚识琛和项明章一眼，却没有招待顾客的意思。

　　楚识琛耐着性子在车前参观，好一会儿，4S店的经理从小办公间出来，问："您好，有什么需要吗？"

　　楚识琛走近车身，说："我想买车，只有这一辆吗？"

经理说："目前店里就这一辆，落地价十万左右。"

楚识琛拉开车门看了看，经理只好陪着，有一搭没一搭地介绍汽车性能。他听出几分敷衍，问："能调一辆黑色的吗？"

"呃，调不了。"经理看他衣着光鲜，抱歉道，"外面停的保时捷是你们的吗？我们店可能满足不了你们的需求。"

作为销售，对待客户要努力争取，遇见贵客会加倍殷勤，没有主动拒绝的道理。这位经理和那两名服务生的态度表明，这家店习惯了做熟不做生。

楚识琛说："保时捷是朋友的车，反正来了，能做内饰保养吗？"

经理回道："维护项目做不了了，后院维修部的门都没开。"

楚识琛问："为什么，是关了吗？"

经理含糊道："生意不好做。"

项明章闲逛到店内另一边，竟然真有几台平衡车，他回过头，换了个掩饰身份的称呼："识琛。"

楚识琛没反应过来："……嗯？"

项明章说："挑一个吧。"

楚识琛轻挑眉峰，无声地询问："你来真的？"

项明章似笑非笑，故意说："都挺高级的，哪个颜色好？"

经理说就剩这几台了，正在打折，买的话送安全头盔。

楚识琛挑了一台深灰色的。从4S店出来，隔壁是一家便利店，他们从屋檐下走过去买了两瓶矿泉水。

结账时，项明章让老板拿一盒最贵的茶叶。

老板高兴地搭话："刚才在隔壁看车啊。"

"是啊，"项明章有些嫌弃，"不过没什么好车。"

老板小声道："都快关门了。我们这里的店铺租金按年交，我看隔壁撑不到年底，修车部的工人都被解雇掉了。"

怪不得消极怠工，楚识琛问："是不是生意不好？"

老板透露："这条街上数4S店生意好，别看门面寒酸，但人家长年跟大公司合作，不缺客户的，谁知道为什么不做了。"

楚识琛和项明章返回车里，这一会儿工夫，四面的玻璃窗挂满了雨滴，车厢内封闭又朦胧。

项明章道："实地考察完了，你有什么想法？"

楚识琛说："亦思的车辆保养支出截止到两个月前，4S店要关门，双方已经终止了合作。"

说明任濛早就在做准备，先切割这家店和亦思的联系，然后在公司铺垫身体原因，让辞职看起来顺理成章。

楚识琛上午拿诊断书去医院咨询过，任濛的呼吸道问题是小毛病，稍加注意就能得到控制，并没有所描述的那么严重。

项明章说："加上4S店的收益，任濛的收入远超部门总监，这么多年来安安稳稳，为什么忽然非走不可？"

"不是忽然。"楚识琛道，"你忘了几个月前发生过什么？"

医药公司的项目废标，一下撸掉了三名管理层，都是李藏秋的人马。项明章沉吟道："你的意思是，任濛害怕了？"

楚识琛分析："你之前说得没错，那件事是开一道口子，后续的反应这不就来了？有人被抓，无关的人只会看热闹，而同伙一定会感到紧张，所以任濛心虚了。"

项明章轻嗤："李藏秋麾下何止他一个，跑这么快，未免太沉不住气。"

"不，反而是因为他太谨慎。"楚识琛总结这两天查过的所有资料，"任濛过手的明账全部干干净净，他本职能力够好，李藏秋才会用他。这家店就算查出与他有关系，从亦思赚取的利润也不会超出合理范围，没猜错的话，他真正的大客户是渡桁，那才是李藏秋犒劳他的真正渠道。"

任濛这么多年甘愿只做一名部门经理，倘若亦思发生什么，有层层上级顶着，这个职位抽身也不会惊动太多人。

废标那件事是一场震动，这阵子项樾对亦思的部门业务几乎没有干预，就是震动后的维稳，项明章说："所以任濛选择在这个宽松的时机脱身。"

楚识琛道："但对李藏秋来说，这不是一个好时机。本就损兵折将，他一定不愿意让任濛离开，不过任濛这些年掌握的东西，应该足够让李藏秋妥协。"

项明章说："他们是互相牵制，一旦拆伙，任濛很可能会离开这个行业，甚至是国内，否则李藏秋不会放心。"

楚识琛拿出一张名片。平时跟项明章交际应酬，收到的名片多如牛毛，他筛选后保存着，说："这是一家有名的猎头公司，我想查一下任濛最近接触过谁。"

"你默默做了这么多，现在才跟我开口，恐怕不只想查这个吧。"项明章问，"你还想查什么？"

楚识琛说："查账。"

谁也不是傻子，有问题的账目一定做过"美容"，但世界上没有完美无瑕的账目，动过手脚必有破绽。要想查清楚，需要更多的时间，更加深入。

楚识琛需要更大的权限。

每周的例行文件摆成一行，第一个永远来自财务部，项明章早已明白其中的暗示，问："你早盯上了财务部，所以任濛辞职才会引起你的注意？"

"这只是原因之一。"楚识琛跑去医院，又跑来这里，生怕遗漏一丝真相，"我担心出现一个翟沣2.0。"

眼看又有翻旧账的风险，项明章记得在梧桐小径那天，楚识琛说他给的补偿不够，先欠着。

大概是时候了，项明章答应道："你去办吧。"

雨滴密密麻麻地砸在车窗上，削减了一半音量，楚识琛沉声说："谢谢。"

项明章道："不客气。"

楚识琛便不客气地补充："我是指平衡车。"

项明章："……"

假期还剩半天，项明章把楚识琛送回家。

下车的时候，楚识琛拎上装X光片的袋子，项明章忍不住说："咨询就算了，自己还要拍一张？"

楚识琛一时兴起，想体验下现代医学和旧时代的区别，借口懒得换了："上火。"

项明章半信半疑："别吃荔枝了，多喝热水。"

大雨转中雨下了一整天，幸亏城市的排水系统良好，积水不严重，气温一夜之间降了八摄氏度，好像加速过完了夏天。

楚太太觉得楚识琛定做的西装太正统，逛街买了几件成衣，楚识琛挑了件深蓝色衬衫，外穿的宽松版式，与裁剪相对合身的长裤很搭。

他将额前的发丝弄了一下，眉目尽展，比雨后花园里的柳枝还清爽。

一早到公司，楚识琛跟项樾的财务部商议，成立一个临时专组。主管的敏感度很高，这两天频繁要文件就料到会有动作，已经提前做了准备。

刚定好人手，人事部就传来消息，亦思上级批准了任濛的辞职报告。

楚识琛开完会，用系统内的工作账号约任濛见面。

二十分钟后，园区的天台咖啡馆，楚识琛提前到了，叫了一杯白水和一杯温热的乌龙茶。

任濛露面，许是要走了，穿着一身不太商务的运动装，他拉开椅子坐下，对楚识琛的约见有些疑惑。

喝了一口热茶，任濛说："楚秘书，你约我有事要谈？"

楚识琛关怀道："身体还好吗？"

任濛回答："慢性病，不好不坏的。"

楚识琛忽然挑明："听说因为身体的事，你要辞职？"

任濛打算只字不提的，这下懂了："没想到我一个小经理，离开还能惊动项先生。"

"任经理何必妄自菲薄。"楚识琛说,"项先生很关心亦思的职员,尤其是效力多年的老员工。任经理,我爸爸在的时候你就在财务部了吧?"

任濛点点头,揣测道:"如果是挽留我就不必了,天下无不散之筵席,亦思也不是缺我不可,我只能谢谢你和项先生的美意。"

楚识琛否认道:"不,人有离心,挽留不住。"

任濛愣了一下。

楚识琛说:"我是来跟你进行离职面谈的。"

任濛望向远处的园区风景:"没有别的原因,就是工作这么多年身体有点累了,一家老小要靠我,中年人不敢垮啊。"

楚识琛问:"那辞职以后有什么打算?"

任濛说:"休养一阵子吧,忙了这么多年,陪家人四处走走。"

"我记得你说怕冬天的湿冷天气,那可以去气候暖和的地方。"楚识琛顿了两秒,"新加坡挺不错的。"

任濛"唰"地回过头,僵硬地抿了下嘴角。

楚识琛推测任濛不会留在国内,呼吸道的问题加上父母年纪大了,不方便走得太远,叫猎头公司一查,得知任濛最近和新加坡的一家公司接触过。

他说:"那里环境和气候都蛮好的,适合老人家,可以把胡阿婆一起接过去。"

任濛冷下脸来:"楚秘书,你查我。"

楚识琛说:"我怕你在亦思受委屈,然后查到了4S店,看来亦思没有亏待你。"

任濛:"4S店和公司是正常合作,每笔利润都干干净净。"

楚识琛假设道:"这是你的一面之词,项樾认为有问题,要提出控告,取证调查打官司。一套程序走完一年半载,就算结果证明4S店是清白的,这个过程你外婆一把年纪受得了吗?"

任濛压着愤怒:"这算什么,拿老人开刀?威胁我?"

楚识琛说:"那你利用亲外婆牟利,就没想过有这一天?"

任濛攥紧的拳头猛地一松。事已至此,退路走不通了,但楚识琛特意见他一面,或许还有转圜的余地:"你想让我怎么样?"

楚识琛说:"你知道很多事,是被动等待结果,还是主动配合,自己想一想吧。"

离开天台,楚识琛在电梯里盯着下降的数字,他想,消息很快就会传到亦思高层那边,一定会有人坐不住。

这一上午,楚识琛说了太多话,煞费口舌,中午休息连饭都懒得吃,便没去餐厅凑热闹。

他独自走到了景观湖旁边的小广场。

虽然称不上殚精竭虑，但这两日消耗了不少精神，他想放放风。

趁四周没人，楚识琛启动平衡车站上去，心情好比小时候学自行车，他伸展双臂维持稳定，折腾半天总算不乱晃了。

突然背后一声轻扬的口哨。

楚识琛回头，项明章站在不远处，单手揣着兜，另一只手钩着前端工作站的门禁卡。

从研发中心回办公大楼，这里是必经之地，项明章停下围观，发出骚扰指令："愣着干什么？掉头。"

楚识琛掉转一百八十度朝项明章的方向靠近，距离不到半米时刹停，项明章抬手挡在他的手臂外侧，没碰到，等他停稳了又揣回兜里。

楚识琛郑重其事地发表意见："我觉得比骑自行车难。"

项明章说："不是送了头盔，怎么不戴上？"

楚识琛道："不习惯。"

项明章失笑："那你悠着点，别窜湖里。"

楚识琛说："怕我砸死几条鱼吗？"

项明章漫不经心道："怕你沉鱼落雁，把鱼嫉妒得不想活了。"

楚识琛含笑睥睨："你是诚心在夸我英俊，还是在嘲讽我？"

项明章微昂着头，反唇相讥："你先给我下来，居高临下地跟老板说话很爽是不是？"

楚识琛开始倒车："罢了，那我不说了。"

项明章眼疾手快地伸出手，一把攥住了楚识琛的手腕。

肌肤相触，带着夏末的余温，他陡然觉出不合适，一下子又松开了手。

拉扯之间楚识琛失去了平衡，摇晃着跳下踏板，站稳后有点不知所措。

项明章佯装无事发生，收敛起玩闹神色，说："自己玩儿吧，我回办公室了。"

"好。"楚识琛往反方向退后，还顾得上讲礼貌，"……那你慢走。"

面谈后的第三天，任濛松了口。

倒是意料之中。任濛辞职就像在一汪浑水里悄然退场，却不小心踩了雷，要么泥足深陷，要么断腿求生，全身而退是不可能的。

任濛断断续续地交代了一些事，顺藤摸瓜，调查就有了针对性。亦思这一池表面清澈的湖水被稍微一搅弄，湖底的污垢就会浮现一些。

这么多年积弊已久，暴露的不单是一个部门的问题，回扣、贿赂、项目操作不规范……粉饰之下大大小小的问题千丝万缕。

有些责任人早已离职，追溯需要人力和时间，会议室内，楚识琛握着钢笔沉思。任濛咬了不少人出来，有中层、有上级，两年前的一单项目直接牵涉副总裁。

　　但任濛只字未提李藏秋。

　　双方关联甚深，相互掣肘，这一定是拉扯后的结果。

　　门推开，江主管进来，放下一沓档案："楚秘书，你要的资料。"

　　楚识琛点头道谢。他要了亦思五年内的全部人事档案，看一眼手表，快下班了，说："这几天大家辛苦，早点回去休息吧。"

　　偌大的会议室徒留满桌文件，白纸黑字像一页页谜语，楚识琛留下继续翻查，半个钟头后，手机响了一声。

　　楚识绘发来消息，问他几点下班到家。

　　这段时间楚识绘忙于期末考试，住在学校宿舍，算算日期估计是考完了。楚识琛不好拂了妹妹的美意，收拾资料下班。

　　楚家的花园里停着一辆敞篷跑车，似乎有客人来。

　　别墅餐厅，餐桌上摆着四五盒外卖小龙虾，楚识绘去洗手了，楚太太和秀姐在厨房争论汤水要不要再炖一会儿。

　　桌旁，李桁正在帮忙摆碗筷。

　　上次在美津楼不欢而散，有一阵子没碰面了，楚识琛打招呼："怎么让客人干活儿？"

　　李桁笑道："没事，才下班啊。"

　　楚识琛"嗯"一声："李叔叔怎么没一起过来？"

　　李桁说："他有应酬。"

　　楚识琛上楼放东西，顺道洗了把脸，下来后人齐开饭，满桌小龙虾红红火火，香辣呛人，他懒得弄脏手，便盛了一碗汤。

　　"哥，"楚识绘叫他，"我考完了。"

　　楚识琛问："考得怎么样？"

　　楚识绘胸有成竹道："问题不大。"

　　楚太太问："这就放假啦？"

　　"假期你想怎么安排？"李桁说，"这个季节适合去海岛，爱琴海米克诺斯怎么样？住一两个月，好好放松一下。"

　　楚识琛发觉李桁对楚识绘很"体贴"，礼物不断，吃喝玩乐考虑周到，如果意志不够坚定，很难拒绝这份充满诱惑的物质享受。

　　他见过太多深陷玩乐、荒废人生的公子哥和娇小姐，问："大三读完是不是该实习了？"

楚识绘说："嗯，我想去公司体验一下。"

李桁道："公司放在那儿又不会跑，你别让自己太辛苦了。"

楚识琛喝了半碗汤，擦擦嘴说："让她自己决定吧，大姑娘了。"

别墅里飘满了浓郁的辛香，楚识琛从偏厅出来，门廊下几盆夜来香盛开了，吸引来一只飞舞的白蝶。

他矮身坐进半圆形的吊椅，拿出手机。

没多久，李桁握着一罐黑啤酒走出来，踱步到立柱旁倚靠着。

楚识琛在手机屏幕上戳了戳，结合公司最近的波动，李桁今天过来，恐怕不只是为了对女朋友献殷勤。

果然，李桁状似不经意地开口："听说你在项樾干得不错。"

楚识琛摸了摸吊椅的铁链，弯曲的麻花形状，而他不打算绕弯子："既然李叔叔派你来打听，有话就直说吧。"

李桁被他的态度弄得一愣，认为没有委婉的必要了："不是打听，是提醒你，有些事情还是不要插手的好。"

楚识琛："现在提醒会不会有点迟了？"

李桁说："你进公司时间不长，对很多事不了解，当心弄巧成拙。"

楚识琛道："时间再短曾经也是楚家的公司，我能作乱不成？有的人资历够深，但行事不正，才要当心惹火烧身。"

李桁面露不悦："你在说谁？"

楚识琛不疾不徐："任濛啊，不就是他牵扯出来的事情吗？"

李桁灌了一大口啤酒："任经理这件事——"

"没有商量的余地。"楚识琛打断，干脆挑明，"你不必为任濛操心，他眼界高，打算到新加坡下南洋去，不像曾经有些人愿意跳槽到渡桁帮你创业。"

李桁被戳到痛处，带了几分怒意："你什么意思？"

楚识琛说："我的意思是这次会好好查一查，任濛交代了多少，想必李叔叔比我清楚。告诉他不必担心，任濛没吐出来的东西，我不会硬撬他的嘴，但他交代的，绝不会含混了事。"

李桁说："你是执意要闹出点动静？"

"难道要大事化小？"楚识琛道，"这么多年任濛也够本了，跟错了人当马前卒，就要做好有朝一日被杀鸡儆猴的觉悟，不管他是谁的棋子，走错路就要接受变成废子一颗。"

李桁瞠目。他认识"楚识琛"多年，这个败家子何时摇身一变有了厉害手段？

与李藏秋一样，他不可避免地怀疑到楚识琛背后，说："你有几分能耐？现在抱上了项明章的大腿，就以为能做主了？"

楚识琛不屑一顾地扬起嘴角，语气却冷下来："抱大腿？那渡桁这些年对亦思啖肉吸血，算什么？"

李桁嚷道："你少胡说八道！我爸撑着亦思，处处帮衬楚家，又怎么算？！"

楚识琛说："人力、技术、客户，渡桁应该有底可查，你找你的员工去算，不要扯着嗓子在别人家撒野。"

李桁满脸怒气，却无力反驳，用力捏扁了空啤酒罐："识琛，你不要被项明章耍了，被他当枪使！他巴不得我们翻脸！"

楚识琛摩挲着手机侧缘："你还以为这是项明章的意思？"

李桁愣了须臾，终于醒悟过来，这件事是楚识琛主导的。

根本不是项明章利用楚识琛，而是楚识琛反借了项明章的力。

"你为什么要这么做？"李桁难以置信，"你搞这些事情有什么意义？我和小绘……咱们以后是一家人！"

就是这片门廊下，楚识琛目睹李藏秋大摇大摆地坐车离开。

他从吊椅中起身，逼近到李桁面前："一家人是要相互尊重的，而不是在我家里作威作福。你喝了酒，我会派司机送你，但你不能擅自使唤楚家的人、登楚家的车！"

李桁当惯了座上宾，何曾被这样劈头盖脸地指摘过，加上上次在美津楼的不痛快，他怒火攻心，气急败坏地揪住了楚识琛的衣领。

楚识琛反手一扣，握过左轮的虎口用了十成力道："我奉陪。"

李桁腕间剧痛，面孔有些扭曲，偏偏楚识琛沉稳得一丝不乱，只有目光冷峭藏锋。

手腕被捏着甩到一边，李桁晃了晃，怔忡地说："游艇事故后，你好像变化很大。"

楚识琛扯平衣襟："历经生死再不改变，那真是朽木不可雕，只等着腐烂了。"

恰好，楚太太找出来："你们在外面喂蚊子吗？"

楚识琛绕开李桁，利落地返回别墅，对楚太太道："他夸你种的夜来香漂亮。"

说罢，楚识琛上楼去了，拿起手机，屏幕显示正在通话中。

进卧房"咔嗒"关上门，他把手机贴在耳边，项明章一声低笑，听完全程说："楚少爷好大的威风。"

楚识琛缓步走向柜子，故意道："抱项总的大腿，狐假虎威而已。"

项明章申明："那话可不是我说的。"

楚识琛让项明章听他对李桁的态度，不是为了表忠，他们暂时同一阵营，项明章放权给他，他回赠一份放心。

楼下跑车发动，楚识琛走到露台上，道："走了。"
"气跑了。"项明章说，"针锋相对，不像你的个性。"
楚识琛通过这番调查感触良多，他无意揣摩逝去的人，但楚喆在世的时候公司已有许多弊病，说明经营的手腕不够强硬。
为人处世，软弱就会受人摆布，李桁敢找上门警告，说明楚家已经被拿捏得太久了。
今天他哑忍，日后楚识绘没准儿也会受委屈。
楚识琛说："都查到他们头上了，还有必要扮客套吗？"
事情处理完了，但项明章还不想挂，听着他轻轻的呼吸声问："你在干什么？"
楚识琛信口回答："我在看星星。"
通话太久，他刚说完手机就没电了，猝不及防地关了机。
楚识琛抬头望向缥缈夜空，他觉得很奇妙，旧日今朝，星移斗转，共此一片苍穹。
任濛辞职一事在亦思的高层中掀起不小风波，辞职变成被开除，昔日在亦思明里暗里得到的好处，走的时候一一清算，几乎被扒掉了一层皮。
查出的问题庞杂交错，亦思内部的几支派系因此显露出脉络来。
楚识琛雷厉风行地查完，毫不恋战地收尾，免得消息扩散传播影响到普通同事的心态。冰冻三尺非一日之寒，要纠要改不可以一蹴而就。
至于后续，楚识琛交给项樾去折腾。这一次借力打力，打完利落归还，下一次才好商量。
当秘书以来，大家对"楚喆的儿子"有过嘲讽、怀疑和惊讶，刮目相看后多了尊重、认可和欣赏，经此一遭，又增添了许多注目。
楚识琛不惧议论，旧时在银行和商会担任要职，一项举措、一句发言时常被刊登见报，他已然能从容应对。
不过最近操心过度，他着实有些乏了。
秘书室的桌上积攒了一堆待处理的文件，那盆娇贵的兰草更夸张，几天没管就变得半死不活。
楚识琛稍做整理，拿上需要签名的文件去总裁办公室。
他敲敲门，里面说："进来。"
楚识琛推开门，一位女士坐在项明章的办公桌对面，回过头来，是一张容貌姣好的陌生面孔。
他道："抱歉，不知道项先生在见客。"
项明章说："进来吧，这位是秦溪总监。"

项樾在重庆的分公司谈了个项目，出于技术原因转到总部来做，秦溪是西南大区的售前总监，也是项目负责人，会过来跟进到项目结束。

楚识琛问候道："秦总监，幸会，我姓楚，是项先生的秘书。"

秦溪起身，去年来出差的时候秘书另有其人，说："楚秘书，你好，怎么这么帅啊？"

楚识琛见识过销售精英们的巧嘴，笑了一下："全靠衣装撑撑样子，我把文件放下，不打扰了。"

秦溪下周才正式上班，今天下飞机过来专程问候老板和同事，她拎上包："我差不多也该走了。"

楚识琛想也许需要帮忙打点什么，说："秦总监，那我送你出去。"

秦溪："好。"

项明章咳嗽了一声。

秦溪说："项先生喉咙不舒服？我带了一大箱麻辣兔头和火锅底料，都不好意思送了。楚秘书，你爱不爱吃？"

楚识琛不太能吃辣，绅士地抬手让秦溪先出门，转身前望向办公桌后，项明章面无表情，签完一本文件"啪"地撂回了桌上。

楚识琛心里"啧"了一声，清秀的眉目间多了几分戏谑的风流气。

茶水间外一片休闲区，同事们正在边吃边聊，楚识琛送走秦溪过来，大家热情地招呼他落座。

王组长伸长脖子："秦总监走了？"

楚识琛拿一次性纸杯倒了点麦茶："走了。"

有人起哄："王组长陷入爱情了。"

"陷得低调一点。"主管提醒，"楼上的KA徐经理是重庆调回来的，秦总监的前任。"

业务部门出差如家常便饭，难免跟另一半因频繁的工作而聚少离多，分分合合与内部消化是常事。

楚识琛极少探听私人八卦，喝茶不语。

忽然，旁边的项目经理问："楚秘书，你应该不是单身吧？你喜欢什么类型的？"

彭昕坐在角落啃兔头，作为近距离跟"楚识琛"接触过的人，派对那晚的大尺度画面深深地印在了他的脑海里，说："楚秘书跟普通人不是一个层次，别瞎打听。"

楚识琛："……"

经理不死心，又问："楚秘书，那项总私下有女朋友吗？"

楚识琛咽下一口茶，如实说："我不知道。"

第五章

恋爱自由,黑窗不行

项明章在公司里一向冷淡严肃,亲和力为零,他不参加职员的任何聚会,也极少和同事们说笑聊天。

公司内部不干涉职员交往,有些人气高的,在三四个部门都有爱情传说。销售部是重灾区,大家出差多、业务忙、工作压力大,好像没有余力去认真经营感情。

这帮职场老油条,追甲方比追伴侣要紧,跟男女朋友可以分分合合,但对项目必须穷追猛打。

在这个不缺八卦的部门,项明章身为老板从未有过桃色绯闻。

主管一脸八卦:"以项先生的条件,谈恋爱不是手到擒来的事吗?我入职两年多了,从没听说过项先生有女朋友,不觉得特别奇怪吗?"

销售助理猜测:"会不会是项先生搞地下情,不想公开?"

有人发表意见:"那也不能一点风吹草动都没有吧?是个人谈恋爱都忍不住秀一下。"

主管说:"所以换个思路,会不会是其他原因?"

楚识琛严肃地说:"不要乱开玩笑。"

有同事也加入进来:"我真的不想努力了,你们说我有机会吗?"

"你可以表白试试啊!"彭昕缺德地说,"以防万一,备上辞职信!"

大家嘻嘻哈哈地笑成一片,楚识琛脊背僵硬,把一次性纸杯捏出了一道褶痕。

这顿下午茶愉快散场,楚识琛走进茶水间,心绪暗自起伏,无法平静。

他以为,钱桦那样的花花公子喜欢谈论风流韵事就罢了,怎么同事们也光明正大地聊这些?

新世纪新时代,许多事情和观念大不相同。

楚识琛犹疑不决,掏出手机编辑了几个关键字在网页搜索,关联的一条条标题直白大胆,五花八门。

不知看了多久,电水壶烧开了,楚识琛放下手机去沏茶。

沸水倒入杯中形成漩涡,楚识琛失神地盯着。

门口的垫子消弭了脚步声,项明章握着空杯子走进来,不禁一顿。他一向灵光敏锐的秘书，此刻正在罕见地发呆，茶包忘了放，端着一杯白水抵在唇边。

电水壶闪着"高温"的警示灯，项明章瞥见，立刻出声阻止："楚识琛！"

可惜来不及了，滚烫的白水碰到嘴唇，剧痛无比，楚识琛凄惨地闷哼了一声，"咣当"将水杯丢进了池子。

项明章大步冲过去，十足的教训口气："你在干什么？"

楚识琛痛得张着嘴巴支吾。

项明章从冰箱里拿出一瓶冰水，在池边帮楚识琛冲洗。

一瓶水用完，楚识琛好些了。他一米八的个子伏在池边颇觉狼狈，便直起身。

项明章仔细端详他，伸出手："很疼？"

楚识琛偏头躲开，说："没事。"

指尖蓦然落空，项明章收回手，拿起茶包丢进自己的杯子，扔在一旁的手机亮着屏幕，标题赫然四个大字：恋爱必看。

项明章问："你就是看这玩意儿，把嘴烫了？"

楚识琛第一次这么惊慌，他一把抓起手机，嘴又疼，伶俐口齿仿佛得了急性结巴症："不是，它，它自己。"

项明章格局很大地说："你怎么玩手机是你的自由，不用跟我解释。"

可楚识琛想辩解："不是，我……"

项明章难得抓住楚识琛拙舌的时候，又说："项樾的园区这么大，大家恋爱自由，不是什么不好意思的事儿。"

项明章继续道："有些人也没瞒着掖着，不过公司内虽然恋爱自由，但禁止乱搞。"

楚识琛顿了顿，含糊道："这几天积攒了很多事没办，我先回秘书室了。"

人去匆匆，项明章低头泡茶。他对败家富二代的圈子关心不多，但楚识琛过去太高调，一些传闻在熟人间并不是秘密。

可刚才楚识琛回避的反应不像装的。

而且一个饱经风月场的人，用得着上网查询情感问题吗？

人失忆了，天生的、本能的渴望也感知不到吗？

又或者，楚识琛真的脱胎换骨，浪子回头？

项明章脑中闪过楚识琛的百般模样，端庄的、出众的、游刃有余的，连强硬和猜忌的时候都缱绻着书卷气。

他无可奈何地意识到，这个"纨绔子弟"在他的心里已经印象颠覆。

秘书室里，楚识琛借工作获取平静，幸好项明章没再吩咐什么，下班时他松了口气。

说来也怪,听同事谈论那些话题,他会愕然,而听项明章讲,他没来由地多了一分紧张。

晚上回到家,别墅里静悄悄的,楚识绘拒绝了跟李桁去旅行,拉上楚太太和唐姨、秀姐露营去了。

楚识琛嘴巴痛,省掉晚饭,窝在床上看近代浙东贸易发展史。

第二天上午,趁四朵金花不在,楚识琛请雷律师和助手来家里见面。

他之前委托雷律师调查张凯,成果不算明朗。

富二代举办派对不会亲力亲为,一般找一家专业的团队操办,由团队筛选派对需要的全部工作人员,包括服务生、私厨、清洁工等。

这个团队就像甲方和乙方之间的中介,它熟悉大量零散的乙方资源,合作灵活,但没有太大的权力去约束。

说白了,这是一种短暂的、临时的雇佣关系。

因此,中介也好,其他服务生也罢,对张凯的底细并不十分清楚,查来查去没别的线索,大概率是一个假名字和假身份。

还有那个冒名顶替的张彻,楚识琛越发觉得这两个姓张的存在关系。

雷律师说:"要不要再查一查乐队?不过听说他们解散了。"

楚识琛猜想,参加派对的模特、网红和摇滚乐队,应该属于真正的"楚识琛"的社交圈子。

雷律师和助手离开后,楚识琛上二楼,走到一直没住人的卧房门外。

来到楚家的第一天,他草草参观了一次,如今拧开门,房中一切摆设不变,墙上巨大的摇滚青年画像依旧夺人眼球。

真正的"楚识琛"喜欢摇滚音乐,当日的乐队很可能是他自己邀请的,如果有联系记录,也许能找到一些蛛丝马迹。

但手机号码和所有账户都被换掉了,楚太太希望儿子斩断过去,一定不愿意告知,没准儿还会平添疑心。

楚识琛不由得想到了钱桦。

两个人的交际圈子有重合,秉性相近,钱桦很了解兄弟的爱好。

楚识琛拨通钱桦的号码,没人接,第二通响了七八声才接听。

钱桦打着哈欠:"有没有搞错,刚十点……"

"抱歉,"楚识琛忘了对方是夜猫子,"最近有空吗?"

钱桦说:"真是心有灵犀,我打算下午打给你呢,你倒先找我了。今天晚上咱们出去吧!"

上次帮忙还没道谢,楚识琛说:"好,去哪里?"

钱桦贼兮兮地说:"前两次都没意思,这次必须我来定,绝对让你舒舒服服的,就去黑窗酒吧。"

楚识琛上次被项明章带到酒吧,环境安适,连音乐都是淡淡的,的确挺舒服,他答应道:"好,晚上见。"

楚识琛出门前洗澡更衣,晚上八点半,他在陵州路下了车。

路边一座单层的红墙建筑,窗扉是黑色,很像旧时的西餐厅,楚识琛由服务生带领穿过一道走廊,从楼梯下去。

真正的酒吧在地下负二层,明暗不一的灯光疯狂闪烁,强烈冲击着虹膜,半人多高的T型舞台上摆着巨大的音箱,表演还没开始,四周已经挤满了相贴扭动的人。

服务生将楚识琛领到预订的VIP卡座,问:"先生,钱先生订的酒现在开吗?"

钱桦发消息说堵车,会晚一点,楚识琛先要了一杯白水。

卡座的位置上佳,正对舞台,周围突然爆发了一片尖叫,四名舞者登场开始预热表演。

楚识琛从前看过京戏,留洋时看过几场歌剧和芭蕾,他安坐在沙发上,西装严密包裹着身躯,强劲的灯光扫过,只暴露了雪白的双手和面目。

不消十分钟,服务生端来一杯鸡尾酒,是三号卡座的客人请的。

楚识琛扭头望了一眼,灯影变幻看不清楚。

很快,东边一位客人请服务生送来一杯樱桃酸啤,西边的送来一杯威士忌,南边的送来一杯葡萄酒。

楚识琛一杯白水没喝完,茶几上凭空多了五六杯陌生人的示好。

楚识琛掏出手机想打给钱桦,翻到两通未接来电,都是项明章打来的。

音乐太吵了,楚识琛避开人群去洗手间,刚关上门,项明章就打来了第三通。

楚识琛接听:"项先生,你找我?"

狂浪的音乐从门缝钻来,飘进手机,项明章听了片刻,问:"SDR的报告你是不是没给我?"

楚识琛想了想:"因为缺了份附件。"

这时一个年轻人从隔间出来,一边洗手一边从镜子里打量楚识琛,然后走过来搭讪:"一个人吗?我们一起出去喝酒?"

手机里,项明章问:"是谁?"

楚识琛只觉烦乱,冷面拒绝道:"我没兴趣。"

楚识琛拉开门,直接把对方一推,一瞬间外面的喧嚣闯进来,等门关上,他举着手机忘记说到哪儿了:"挂了吗?"

项明章的嗓音压得很低："你在哪儿？"

楚识琛说："酒吧。"

项明章又问："你一个人？"

"目前是。"楚识琛犹豫了一下，"这里和你带我去的酒吧不太一样。"

项明章耐着性子："在什么地方？"

楚识琛说："黑窗酒吧。"

钢笔尖扎在纸上，洇出一块乌黑墨迹。项明章在办公室面对满桌文件加了一天班，没说过话，没有表情。

此时他冷笑了一声，丢了笔，拉开抽屉拿车钥匙，一边说："楚识琛，昨天读了恋爱科普，今天就去酒吧，你效率够高的。"

楚识琛似懂非懂："你说什么？"

项明章没有闲情重复，说："祝你玩得愉快。"

耳边变成忙音，通话被挂断了，楚识琛心烦意乱地离开洗手间，一路避开人群朝楼梯的方向走去。

恰巧钱桦赶来，迎面和楚识琛遇上，他扯着嗓子说："气死我了！车半路出了点故障，不然我早到了！"

楚识琛不在公共场合高声，冲天花板指了指，作势上楼，钱桦拦着他："别啊，等烦了？我这不是来了嘛。"

预热表演结束，音乐陡然舒缓下来，舞台周围的人群作鸟兽散，楚识琛趁安静说道："我们换个地方。"

钱桦不同意："为什么要换地方？你上次答应了让我决定，不带反悔的，再说都这个点了，好场子预约不上了。"

楚识琛说："这里太热闹，我有事情想跟你谈。"

"我也有事，一会儿你就知道了！"钱桦钩住楚识琛的肩膀，"我怎么感觉你比以前高了，还是我缩水了？"

楚识琛自然无法解释，一路被钱桦揽着回到卡座。君子不能言而无信，他拗不过钱桦，只能既来之则安之。

茶几上一片花花绿绿的酒水，钱桦说："这么多！那走什么走，你喝哪个？"

楚识琛连白水都没胃口喝了，视线正对舞台。

舞者动作夸张，他被腻得头昏脑涨，发自内心地问："这究竟算什么性质的场所？"

钱桦说："你一点印象都没有吗？这是最火的酒吧之一，你以前很喜欢来的。"

楚识琛隐有一种预感，组织语言准备问得得体一些，结果钱桦直接道："哥们儿，你不会连这些都忘了吧？！"

楚识琛恍惚了一刹那，没注意到一个四十多岁的男人走过来，拎着一瓶酒，他是这家酒吧的投资人之一。

老板专程来打招呼，见楚识琛西装革履，沉静从容，惊讶地说："楚公子，好久没来，我都认不出了。"

楚识琛知道"自己"是熟客，一派闲定地点了下头。

老板坐下来倒酒："正式表演马上就开始了，楚公子看完给点意见。"

钱桦嬉笑着晃动酒杯："一会儿有惊喜。"

楚识琛对所谓的"表演"一点都不感兴趣，外人在场，不方便跟钱桦谈正事，他闭唇不言，面无表情地看着舞台。

音乐越来越激烈，几十支强劲的光束快把人闪瞎了，两个人出现在舞台上，其中一个好像是混血儿，留着一头浅金色半长发。

舞台周围的人像全都疯了一样，尖叫，扭动。

楚识琛本就处于一种惊愕状态，情绪层层推高，犹如在海上遇到了一场风暴，浪潮间歇不断地击打着他的神经。

这时，台上两个人竟然当众接起吻来。

啪！仿佛一面巨浪横扫直下，楚识琛绷紧的神经终于被拍断了。

他再也忍受不了，"唰"地离开位子，一转身，混乱癫狂的人潮外，项明章高大的身影分外惹眼，衬衫马甲，襟前一截银色细链，好像匆匆而来忘记了拿外套。

项明章冷冷皱着眉心，环顾半遭看见了楚识琛，他顿了一下，随后阔步走了过去。

钱桦脸色一变，浮夸地说："哎哟，我没看错吧？项总怎么会大驾光临？"

项明章直直地盯着楚识琛，连余光都没给旁人一分，他捏着跑车钥匙，说："在附近兜风有点渴了，进来讨杯水喝。怎么，不欢迎？"

老板立刻腾位子，笑着说："当然欢迎，项先生请坐，我叫人去准备。"

钱桦有些不爽，一山不容二虎，一酒吧容不下俩贵宾，作为一个没什么个人建树的富二代，他最看不惯项明章这种社会精英、公司总裁，既想挑衅，又有点犯怵。

不过在花天酒地这方面，钱桦还没怕过谁，他一副主人姿态地说："坐啊项总，平时你给识琛开工资，今晚我们来请你。"

楚识琛仍立着，项明章绕过茶几走到他面前，他很想问一句"你为什么会来"，可是音乐声太大了。

两个人相距半臂坐下，没有交流，但楚识琛的内心安定了些。

老板送来一杯冰柠檬水,附带三瓶珍藏的洋酒,项明章扫过茶几上的各式酒杯,说:"看来战利品颇丰。"

钱桦道:"我先郑重澄清啊,跟我没关系,都是冲识琛来的,这魅力根本挡不住。"

楚识琛面容严肃:"别开玩笑。"

"哪开玩笑啦?"钱桦反驳道,"你以前瞧上谁都是主动出击,现在居然矜持了,那人家就主动请你。怎么样,有喜欢的吗?"

项明章端起冰柠檬水喝了一口,很酸。

钱桦来劲道:"我必须声明一下,本人不是来玩儿的,我今天带识琛来享受享受,是为了帮他找回昔日的热辣记忆。"

项明章扭头看楚识琛,一脸淡漠:"找回了吗?"

"哪有那么快。"钱桦抢先说,"这么久没来,人都换了一大拨了,再说了,现在只是开胃小菜。"

楚识琛差点脱口而出一句"有辱斯文",他强忍着:"你不要再胡言乱语了。"

钱桦一拍大腿:"详细的我还没说呢!你每次完事都跟我吐槽,我义薄云天,哪次没有耐心听?!"

楚识琛咬牙否认:"没有。"

钱桦体贴地说:"我都帮你记着呢。"

楚识琛的脸都白了,手心在玻璃杯上压出一层水雾。他在旧时听闻过一些二世祖的腌臜秘辛,向来嗤之以鼻,此时此刻变身"主人公",根本不知道该作何反应。

钱桦得意扬扬地朝楚识琛眨了眨眼,在他们过往的世界观里,这是值得吹嘘炫耀的事。

他一心给兄弟撑面子,说:"你记得那个外国人吗?咱们在国外混日子的时候,你不是被那个混血迷死了,还在大腿内侧刺青嘛。"

楚识琛忽然好想重返旧社会:"……不记得。"

"没关系。"钱桦眼睛一亮,朝舞台上招手,"我之前说给你介绍一个尤物,绝对合你的口味!"

那名金发美人从台上下来,近看脸上还带着浓妆,美人坐到楚识琛的另一侧,几乎挨着,用蹩脚的中文说:"你好,楚。"

钱桦又被自己感动了:"中意混血。你虽然失忆了,审美应该没变吧?"

鼻息间充斥着脂粉和香水的甜腻味道,楚识琛只觉恶寒,他往旁边挪动,碰到了项明章的手臂。

项明章朝他觑来,目光幽深难测。

钱桦还有话说："识琛，来感觉了吗？"

一杯柠檬水剩下杯底最酸的一口，项明章仰头饮尽，淋漓酸汁滚入喉咙，他嚼碎冰块，说："正好休息日，楚秘书可以尽兴地玩一晚。"

钱桦问："项总好像不排斥这里，要不要帮你介绍一个？"

项明章说："我心领了，可惜还要回公司加班。"

楚识琛只想尽快逃离这个鬼地方，也想急于证明自己的清白："项先生，你不是要文件吗，我回公司帮你找。"

钱桦一愣："你开什么玩笑？！"

场内陷入第二轮狂热，项明章抓起车钥匙站起来，向楚识琛确认道："想好了，留在这儿还是跟我走？"

楚识琛刚起身，钱桦就骂骂咧咧地冲过来："你怎么能跟他走？！不行！"

项明章扬手将钱桦撂倒在沙发上。

混乱中，项明章抓住楚识琛的手腕，一前一后拉扯着，大步穿过这片糜烂的灯红酒绿。

从黑窗酒吧出来，楚识琛微喘，咽下一大口夜风，街边停着一辆充满机械感的雷文顿，项明章松开他，说："上车。"

超跑内部逼仄，足以听见彼此的气息，虽然项明章一言不发，但车速惊心，仿佛在无声地发火。

星期六无人办公，项樾通信的园区内黑着大片。

项明章把车扔在楼下，从储物箱里拿出工作证，楚识琛跟在后面，到九楼销售部，他打破沉默："我去找一下那份报告。"

项明章没吭声，径直进了办公室。

楚识琛在秘书室找到报告，送进总裁办公室，宽大的桌上纸张凌乱，钢笔没盖笔帽，项明章走的时候一定很急。

递上报告，楚识琛说："现在太晚了，我明早联系 SDR 补一份附件。"

"随你。"项明章头也不抬，将洇了一块墨迹的白纸揉成一团，不耐烦地丢在了地毯上。

重要文件需要碎掉，楚识琛绕过去捡起来，展开，写的是对亦思财务内控的一些意见，条理分明，入木三分，可惜被一块乌黑毁了。

他说："我誊抄一份吧。"

项明章道："录入电脑里。"

桌上的电脑开着，楚识琛立在座椅旁边微微弯下腰打字。他高估了自己的专心程度，不禁分神，项明章会不会在一侧审视他。

接连打错了几个字，楚识琛有些焦躁，将领带扯开了一点。

项明章端坐椅中，余光被楚识琛的侧影填补，黑白分明的西服套装，乌发素颜，在令人目眩的酒吧里不知道多打眼。

他道："穿得这么商务去寻欢作乐，不嫌拘谨吗，还是说是一种情趣？"

指尖悬停在键盘上，楚识琛说："我只是约了朋友谈事情。"

项明章道："连你床上的风流事都如数家珍，的确是不可多得的好朋友，恐怕以前经常'谈'吧？"

楚识琛下意识地反驳："不……我没有。"

"也对，"项明章说，"处处留情的叫风流，你这种单纯宣泄欲望的行为叫下流。"

楚识琛披着这层身份，否认也是枉然，可他认为项明章没有立场教训他，生气地说："对，我曾经年少轻浮。"

项明章看他连遮掩都省去了，声调冷下来："那你跟我离开干什么？不怕耽误你的好事？"

楚识琛转过身，反问道："那你为什么去找我？连钢笔盖子都来不及扣？"

项明章站起来，由仰视变成俯视，犹如在施压："你以前什么德行我略有耳闻，我以为你变了，所以我要去看一看，这段日子你是不是在装模作样。"

"那你看到了，"楚识琛说，"我衣服没脱，一个人没碰，现在伏在桌边给你打字，你满意了吗？"

项明章道："不满意。"

楚识琛："那你还想怎么样？开除我？！"

项明章厉声："我根本不会再开除你！"

楚识琛愣了愣，他以为项明章是去抓他现行的，难道他误解了？

那项明章在不高兴什么？

楚识琛今晚已经够烦了，从懂事起就循规蹈矩，生怕所作所为有违家教，何曾受过这般指摘。

他气不动了，也想不明白，简直委屈："钱桦说是酒吧，我以为就像你带我去的那个一样。"

项明章的语调变低、变轻："那你不应该找他，应该找我。"

楚识琛疲惫地将键盘一推，难得任性地说："找你喝酒吗，还是加班？"

"我的酒不比黑窗的差。"

项明章走向墙边的恒温酒柜，里面摆着几十瓶洋酒，年份和口味不尽相同，有的用来待客，有的是收藏装饰。

玻璃柜门映出楚识琛望来的影子，极好看的眉眼没了神采，冷冷的，垂着手，兴味阑珊到有一些伤怀，仿若酒柜顶层的水晶杯，漂亮易碎，适合束之高阁，谁也触碰不到。

项明章拉开柜子，拿了一瓶酒和一对酒杯。

瓶身玻璃厚重，写满了花体洋文，楚识琛酒量欠佳，问道："这是什么酒？"

项明章走到他面前，低声说："伏特加。"

楚识琛怔了一下，说："我没喝过。"

项明章把两只酒杯放在桌上，一边拧开盖子一边问："敢不敢喝？"

酒液从瓶口泼洒而出，倒满杯中，楚识琛端起一杯，沉甸甸的，散发着浓烈又霸道的香气。

项明章端起另一杯，与楚识琛碰了一下。

今夜正事未办，却见识了十足的荒唐，楚识琛仰颈饮了一大口，伏特加滚入喉咙，有些呛人的痛快。

半杯喝下去，手心都出汗了，楚识琛说："这下真没办法打字了。"

项明章道："你偶尔罢工，我不会把你怎么样。"

刚才那句"不会开除"犹在耳边，楚识琛半信半疑："要是我办坏了事呢？"

项明章说："扣薪水。"

楚识琛加码："办得坏透了。"

项明章说："薪水扣光。"

楚识琛轻噫一声，将剩下的半杯酒一饮而尽，神情掠过一丝潇洒，问："等会儿要是喝醉了，在你的办公室吐了呢？"

项明章转过椅子坐下："别假设那么恶心的事。"

"有什么所谓。"楚识琛回想酒吧里的画面，无数扭动的身体，鄙俗的言辞，今晚的一切已经够恶心了。

他又倒了一杯酒，一口接一口地咽下去，浇熄胃部翻涌的不适。

项明章想着钱桦说的，同感不堪，可那是楚识琛曾经沉迷并引以为乐的生活，过往的龌龊是真，如今楚识琛的厌恶似乎也是真。

一人两心，项明章的思绪有些乱。他失神的工夫，楚识琛斟满了第三杯，却不再说话了，恢复伤怀的模样默默啜饮。

喝完，楚识琛放下酒杯，手不太稳，不小心把瓶盖扫到了地上。

楚识琛稍一低头，顿觉天旋地转，他不信这酒的威力如此强劲，等视野清明，他弯腰寻找，摇晃间项明章扶住他，说："别跌倒了。"

瓶盖滚到了办公桌下，楚识琛缓缓蹲下去，抽出手掌在地毯上摸索。

这时一道靴子踩在地板上的脚步声从外面传来，然后有人敲了敲门。

项明章神情自若地说:"进来。"

门被推开,是执勤的保安进行夜间巡逻,说:"项先生,我看办公室亮着灯,过来看一下。"

宽大的办公桌遮挡住楚识琛的身躯,他终于摸到了瓶盖,捡起却未动,屏息仰首,含醉的眼光透着些迟疑。

项明章垂眸瞧着膝旁的这张面容。

他对保安吩咐:"我今晚留下加班,这一层不用巡了。"

保安说:"好的,打扰了,项先生。"

门关上,人走远,项明章扣住楚识琛的小臂,将他拉起来。

楚识琛盯着项明章襟前摇晃的绞丝长链,抬手抓住,拽出口袋里的怀表。

他紧紧攥着,说:"我的。"

长链另一头别在项明章的衬衫纽扣上,楚识琛一拽,项明章被牵引着:"你只要怀表?"

楚识琛只觉晕得厉害,整个人脱力倒了下去。

纽扣拉扯绷开,项明章顾不上去捡,眼疾手快地托住楚识琛的后脑。

片片纸张压在背后,喳喳的,楚识琛仰躺在办公桌上,身底白纸黑字,更衬得他面色如霞。

手机从口袋中滑出来,响起铃音,是钱桦打来的。

楚识琛没有理会。繁复如花的吊灯太亮了,照得他眼前一片白光,他举起怀表遮一遮,表盖弹开,经年旧梦如水底浮萍在半梦半醒间展开。

记得那是个春日,四处烂漫光景,他刚刚十六岁,即将只身赴海外念书,走之前一家人去骑马踏青。

他不小心摔了一跤,擦破手臂和膝盖,父亲幸灾乐祸地说:"幸亏没有蹭到脸,万一破相就讨不到老婆了。"

母亲不以为然:"我儿是成大事的,儿女私情有什么要紧。"

父亲说:"成家又不耽误成大事,你我当初要是这般想法,还会有儿有女吗?我觉得王家的小囡不错,性格开朗活泼,我们两家还是世交。"

母亲道:"你不要干涉,现在讲究自由恋爱。"

沈若臻嫌烦,去树下的吊床上假寐,实际心思飘忽。

他不知道该怎么办,更不能言明,父亲和母亲仍旧在讨论婚嫁之事,有几个与他年纪相仿的同学,在留洋前先定了亲。

母亲胸襟远大,说:"急什么,趁若臻去念书,你这个做父亲的多攒些聘礼给他预备着,还怕闲着不成?"

父亲笑道:"区区聘礼,我们沈家还要特意去攒吗?"

母亲有一把心爱的紫檀琵琶,是明末传下的古董,她说:"只有金银钱财好俗气,届时我将琵琶给他作聘,文雅一点,寓意琴瑟和鸣。"

父亲说:"会弹的人是他,应该对方送给他才对。"

母亲不服:"虽是这个道理,但谁送的能比得上我那一把?"

吊床晃动,一只绿眼睛的波斯猫跳上来,钻进沈若臻的臂弯,尖尖的牙齿抵着他的手背,毫不留情地咬了一口。

他乍然清醒,喘着气,看清身处何方。

手背的痛意是碰到了钢笔尖,他在办公室……

他忘记了当时的反应,一定很窘迫……

他不敢想,不敢提,大概永远不会恋爱,不会成家,不会自由地去爱一个人。成年以后,他社交广泛,见过万千旖旎却从不沾身,追求者众多他却只当落花随水,苦苦自抑没尝过丁点情与爱的甜头,直到葬身大海。

偏偏他没死,来到这个世界。

琴瑟不曾和鸣,楚识琛脑中的弦却不堪拉扯,终于崩断了。他醉得厉害,无力再举着怀表,手一软落下,手背压在额头上,恨不能继续梦一场。

可项明章把他拉回现实,沉声叫他:"楚识琛。"

铃声响了几遭,停了,楚识琛眼皮半睁。

夜深人寂的高楼上,他醉卧满纸公文间,西装领带,酒气熏染,绞丝细链逶迤横落在他高挺的鼻梁上,闪着一线银光。

楚识琛做了很多梦,意识苏醒,昏沉了几分钟,然后慢慢睁开了眼睛。

他躺在一张床上,房间很大、很陌生,落地窗的结构和总裁办公室里的一样。

记忆回溯,断断续续的不够连贯,楚识琛头昏脑涨,记得他和项明章一起喝酒,在办公室喝醉后睡了过去……

忽然,房门打开了。

项明章压着脚步走进来。

这一间是项明章的私人休息室,在大楼顶层。他体力优越,平时懒得上来,通宵工作的时候才来休息一会儿。

项明章停在床畔,发现楚识琛睁着眼睛,乌黑发丝凌乱,酒气消退后皮肤过分苍白,残存的倦意显得整个人既冷清又脆弱。

两个人对视片刻,项明章说:"醒了?我有一件备用的外套,可能不太合身。"

楚识琛开口拒绝,声音沙哑:"不用了。"

他站起身,尽量保持笔挺,沉默了漫长的十几秒,说:"昨晚我们不该在公司喝酒，我很失态，请你就当昨晚喝酒的事情没发生过。"

陈述的语调听起来笃定得像命令，项明章重复了一遍："没发生过？"

楚识琛强打着精神："是，我认为这样对彼此都好。"

项明章的腮骨紧绷了一瞬，满不在乎地说："那样最好。"

楚识琛穿上鞋，从房间离开了，门在背后闭合，他颓唐地撸了一把头发。

二十分钟后，司机敲门进来，说："项先生，按您吩咐带了一身套装，还有一份燕窝粥。"

项明章冷淡地说："不用了，扔了吧。"

楚识琛回到家，幸好家里人去露营了，不会发现他一夜未归。

楚识琛进浴室放了满满一池温水，头痛地想，他居然在办公室和项明章喝起了伏特加，除了上司和下属这层身份，他甚至不确定他们算不算朋友。

亦思的情况刚好转，他却昏了头，实在是糊涂。

况且，他是冒牌的楚识琛，是一个来自上个世纪的人，假如用这个身份与项明章产生纠葛，万一被发现该如何自处？

他会被当成骗子，还是疯子？

一池温水早已变冷，楚识琛打了个寒噤，他抹把脸，带着水迹裹上睡袍，钻进被子里，浑浑噩噩地睡着了。

这一觉不知道睡了多久，楚识琛是被痛醒的。

头痛，喉咙痛，哪里都痛，然后迷迷糊糊听见楚太太的声音。

他醒过来，四朵金花露营回来了，一字排开守在床边，楚识绘的遮阳帽还戴在头上。

楚太太担心地问："小琛，你怎么还在睡觉，是不是生病了呀？"

耳畔"嘀"的一声，唐姨拿着测温仪，惊吓道："快烧到三十九度了！老天爷，好不容易变聪明，烧回原来的智商要出事的。"

楚识绘曾经在病床边说"回光返照"，现在可怜巴巴的："哥，你别死啊。"

"呸呸呸！"楚太太说，"你哥被游艇炸过都没死，福大命大！"

楚识琛被吵得脑壳嗡鸣，疲倦地问："几点钟了？"

秀姐回答："快十一点了，星期一。"

楚识琛揉了揉眉心，他竟然昏睡了一天一夜，四肢无力，他实在不想去医院，楚太太便跑去给他找退烧药。

手机没电了，楚识琛插上充电器，开机后打开微信，对着聊天列表凝滞了一会儿，顶端正是"项明章"三个字。

心虚似的，他把项明章取消了置顶。

吃完退烧药，楚识琛喝了小半碗白粥，身体舒服一些，他不困了，靠着枕头发呆。

楚太太拿来几张露营的拍立得，守着他讲这两天的趣事，说："下次等你放假，我们全家人一起去。"

楚识琛答应："好。"

楚太太眼波一转："工作这么辛苦，适当消遣一下是应该的，劳逸结合嘛，但是不能过度，事后生病要受罪的。"

楚识琛听懂了："我没有。"

"别蒙我。"楚太太道，"小琛，你失忆了，我不想让你知道曾经你有多过分，因为都过去了，你变得很乖。"

楚识琛倍感惭愧。

"成年人有需求是正常的，你这么年轻。"楚太太说，"但你答应妈妈，不要乱来，找一个固定的伴侣对精神和身体都好。"

楚识琛愣住，楚太太居然这样心平气和地与他谈论？

楚识绘来找楚太太帮忙拆行李，不知道什么时候立在门口："妈说得对。"

楚识琛又是一惊。

楚太太和楚识绘走了，门关上，楚识琛倚着床头呆坐了许久，他掀被下床，从柜子里抱出琴盒。

里面的琵琶一直不见天日，他取出来细细地擦拭了一遍。

当初挑中这把不是因为多贵重，是因为跟母亲的那把有几成相似。

他深知自己没有与人琴瑟和鸣的福分，所以父亲死后，他吩咐老管家将琵琶带回宁波，作为纪念与父亲一同安葬。

楚识琛轻巧拨弦，心中荡然，父亲母亲绝对想不到，真有人送了一把琵琶给他。

那张君子协议别在弦上，笔墨仍旧。不准陷害他，项明章已经补偿过；不准随意开除他，项明章昨晚说根本不会再开除他；不准让他削苹果，的确没有，反倒为他斟过酒。

指腹钩在弦上，掩盖掉楚识琛的一声低叹。

项樾园区，商务车在大楼门口停稳。

项明章开完例会回来，快中午了，办公区的气氛有些放松，他一出现，所有人重新打起了精神。

经过秘书室，门窗紧闭着，里面空无一人。

项明章进了办公室,边边角角都已经清理干净。办公桌上,弄皱的文件全部作废了,钢笔滚落磕坏了笔尖,剩下的半瓶伏特加洒在地毯上,撤掉地毯换了一块新的。

关助理敲门进来,送上一份文件,说:"项先生,这是SDR补的附件。"

项明章接过,神情淡淡的:"怎么不是楚秘书来送?"

关助理说:"楚秘书请病假了。"

项明章捻着页脚,没抬眼:"他怎么了?"

"好像是着凉了,发高烧,"关助理说,"电话里嗓子都哑了,楚秘书没告诉您吗?"

项明章道:"我上午开会,哪有时间管谁请假。"

关助理愣了愣,直觉项明章心里憋着不痛快,她有眼色地说:"那我先出去了,您有吩咐就叫我。"

刚转身,项明章又问:"楚识琛请了几天假?"

关助理懂了,老板是在不满意秘书请假,她停下回答:"请了一天。"

项明章皱一下眉头,发高烧就休息一天,还不够时间输液的,说:"多给他批两天,告诉他养好了再来。"

关助理又不懂了:"好,您有需要转告的吗?"

"没有。"桌面上有一块没擦掉的酒渍,项明章抚上去说,"不必对他提我。"

楚识琛在家休养了三天,烧退了,有点咳嗽。

他挑了件布料挺括的衬衫,平时极少佩戴首饰,今天额外添了一只镀金嵌祖母绿的领带夹,再将头发稍微抓向脑后,显得精神。

从楼上下来,楚识绘正扯着透明胶打包裹,她网购的户外椅在露营第一天就瘸了一条腿,要退货给商家。

唐姨说:"我的大小姐,你还寄回去干什么,直接扔掉好了呀。"

楚识绘道:"我要让商家看看他卖的破椅子。"

楚识琛一直觉得网购很神奇,双方不必见面就做了交易,不满意还能退掉,他问:"小绘,商家会退钱给你吗?"

"当然了。"楚识绘说,"质量问题是对方的责任,不退钱的话生意也太好做了。"

楚识琛思索着点点头,车备好了,他出门上班。

江岸大道的车流望不到尽头,四处响着焦躁的喇叭声,楚识琛却希望多堵一会儿,他逃避地想,要是项明章今天出差就好了。

可惜司机太敬业,后半程车速起飞,准时抵达了项樾园区的大门口。

正值早高峰，办公大楼的电梯间外站满了人，楚识琛两天没来，销售部的同事关心他身体怎么样了。

这时有个眼尖的咳嗽了一声，聊天戛然而止，大家齐声冲着同一方向说："项先生，早。"

楚识琛微微僵硬，落枕似的，身体和视线没有扭转半分。

项明章走过来，正好电梯到了，他虽然总裁架子重，但不屑于占员工的便宜，说："我不喜欢插队。"

大家便按顺序进入电梯。楚识琛最后一个，站在最外面，垂眸祈祷电梯门快点关闭。

还有余量，彭昕说："项先生，您上来吧。"

项明章无动于衷："我等另一部，免得挤到别人。"

彭昕说："挤挤也没事啊。"

项明章道："你不介意，有的人会介意。"

人一旦心虚，就会此地无银三百两，楚识琛怕别人怀疑到自己头上，一侧身，让出旁边的位置。

项明章这才进来，确实有点挤，与楚识琛相距寸步，古龙水和迦南香的味道都淡淡的，不着痕迹地融合。

从一楼到九楼，楚识琛全程没抬过眼睛。

秘书室关了两三天没通风，那盆兰草彻底枯萎了，楚识琛简单收拾了一下，开始处理系统积攒的消息。

十分钟后，他到总裁办公室门外，抬手敲了敲。

里面，项明章说："进来。"

楚识琛吸了一口气，推开门，目不斜视地走到办公桌前，放下一本文件夹："项先生，这是要用的会议文件，内容核对过了。"

项明章翻开看了一遍，拿上新换的一支钢笔，说："过去吧。"

第一会议室，椭圆形的长桌可以容纳三十人，项明章坐在顶头的位子上，楚识琛在一旁负责记录。

这场会议是关于亦思的财务内控，项明章拟定的几条建议经过推敲、细化，今天要做一次正式的讨论。

参会人员陆续到齐，包含各部门的主管负责人，还有几名高层决策者。楚识琛许久没见李藏秋了，经过任濛那件事，再加上和李桁的冲突，双方的关系变化已经心照不宣。

但表面功夫还是要做的，楚识琛主动叫了声"叔叔"。

李藏秋应了一声，冲项明章道："项先生，人来齐了，咱们开始吧。"

项明章拿着投影仪的遥控。会议开始，气氛比平常的项目会议要严肃得多。财务部震荡刚过，正是心有戚戚的时候，所有人都在等待接下来的整顿。

财务内控的要义就是加强内部的财务管控，项明章既是项樾通信的决策人，也是老项樾的董事之一，对一家公司的运作进行调整和把控可以说是驾轻就熟。

几条大方向讲完，项明章放下遥控问："各位怎么看？"

会议室内一片沉寂。亦思被收购以来销售部和财务部先后被开刀，谁也不敢当出头鸟，听吩咐办事是最保险的。

项明章料到了，说："李总？"

李藏秋敲了敲太阳穴："我认为没什么问题，不过大方向下面要继续划分，再设立机制，这个粗细怎么把握？太细的话效率不高，人事成本增加，粗的话影响效果。"

项明章道："凡事分轻重，可以先从一个侧重点入手，比如预算，然后再匀速推进。毛病不是一天造成的，也不能指望一下子改好。"

李藏秋说："财务内控牵动其他各部门，项先生想从哪个入手？"

项明章道："亦思这些年最大的问题就是客户流失，是研发的产品不够好，还是业务运行有问题？"

销售和售前已经被开过刀，李藏秋绝口不提："效益不好，研发投入就要削减，然后影响产品，这也是没办法的事。"

项明章又问了一遍："各位怎么看？"

身旁，始终专心记录的楚识琛停下来，打破第二轮沉默："项先生，我有一点想法。"

项明章道："你虽然是我的秘书，但毕竟曾是亦思的一分子，可以说说看。"

楚识琛之前负责查账，除了积弊的人为问题，还发现了一些解释不清的"烂账"。

他抬起头，说："我觉得可以增设一条退款机制。"

一潭死水的会议室隐有骚动，财务部总监问："哪一方退款？"

楚识琛说："亦思退款给客户。"

项明章觑着桌面："说下去。"

楚识琛道："今年初，石清医药停止续费，等于和亦思终止了合作关系，原因是定制的CRM系统不满足预期。销售部谈这个项目的时候给了十二分的承诺，但研发部的满分是十分，而甲方给的价格只有八分。"

市场总监说："客户的需求是八分，我们要尽十二分的努力去满足，这没有什么问题。"

"不，这有很大的问题。"楚识琛反驳，"销售为了拿下项目过度承诺，后续研发部门无法交工，如果加大投入，又产生预算紧张的问题。最终客户拿到不符合承诺的产品，导致不满，也就不会再跟亦思继续合作。"

研发部主任频频点头，附和道："我同意。"

楚识琛说："客户购买亦思的系统，后续要维护、优化，进行续费。一个需要续费的项目，代表这不是一锤子买卖，必须考虑后面的风险。"

在客户流失前，会经历很长一段时间的拉扯，甲方和亦思互相推诿，业务部门和研发部门互相抱怨，既损害公司的对外形象，又造成内部矛盾。

其间产生的预算追加、违约金等，就形成了所谓的"烂账"。

李藏秋问："你的意思是，客户不满意就退款？"

楚识琛回答："是产品有问题就退款，表面看来是为了保障客户权益，实际上是为了约束自我。产品A就是A，B就是B，项目的每个环节必须严谨，不能开空头支票，不能为后期留下隐患。"

楚识琛一口气说罢，问："各位意下如何？"

项明章道："其实国外部分公司在推行退款制度，效果还不错。"

研发部主任用玩笑的口吻表明立场："那可以试试嘛！"

李藏秋说："推行一个机制不容易，尤其跟员工的薪资绩效挂钩，很多成本是看不见的。"

楚识琛道："客户不满，亦思口碑下滑，这种隐性损失才是看不见的。借财务内控这个机会，把机制设立得足够公开、透明，相信成本可以把控。"

李藏秋说："识琛，我怕你是纸上谈兵。"

项明章合上文件夹："是纸上谈兵还是一击得胜，那就要看大家有没有改变的决心了。"

这话几乎表明了态度，楚识琛跟着说："穷则变，变则通，一次尝试而已，又不是背水一战，对不对？"

众人观察着风向，有真心赞同的，也有含混不详的，总之没有人提出异议。

会议结束，大家很快就走光了，偌大的会议室只剩项明章和楚识琛两个人，投影仪关闭，悬垂的幕布变成了空白。

楚识琛关上电脑，说："退款这件事是我早上偶然想到的，会上直接提出来，仓促了些，下次我会先打报告。"

项明章倒没追究，说："李藏秋刚才有句话很对，推行一个机制不容易。口头的东西不算数，你这周做一份详细的计划书交给我。"

计划书相当于开启一项提案的钥匙，由楚识琛来做，意味着他会跟进亦思之后的"整改"。

"好，我会尽力去做的。"楚识琛礼貌得有些疏远，"谢谢项先生支持。"

项明章说："我是否支持只取决于符不符合公司的利益，跟谁提出的没有关系，你大可放心。"

楚识琛离开椅子，把东西摞起来单手拿着，声调比幕布上的虚影还淡："当然和我没关系，我没有不放心。"

项明章说："那样最好。"

两个人一言一语，自始至终谁也没看过谁。

中午佰易的CEO段昊约了项明章吃午餐，差不多该出发了。

一路上，楚识琛坐在商务车的尾部没抬过头，他捧着平板电脑看佰易的资料，以防等会儿用餐的时候不够熟谙。

餐厅在一家会员制俱乐部里，商务车驶入地库，停在项明章的专用车位上。

这种应酬时间不会太短，楚识琛下了车，对司机说："你去吃点东西喝杯咖啡，走之前我通知你。"

司机打开后备箱，里面放着一个独立的小冰箱，说："我带了个汉堡，今天我太太过生日，留点肚子晚上去大吃一顿。"

冰箱旁边还有一个四方礼盒，磨砂黑色，烫金的字母标，楚识琛说："这一定是送给你太太的礼物。"

司机连忙摆手："不，不，这是……这是项先生的。"

项明章接到段昊的信息，问他有没有忌口的食物，回复完走到车尾听见一耳朵，问："什么我的？"

司机说："周日那天早晨，您让我送一套衣服到公司去——"

项明章打断："没印象。"

那天时间太早，哪家商场都没开门，司机不得已找了一家定做西服的老店，花三倍价格买了一套给其他顾客定做的成衣，并且不能退换。

结果项明章让扔掉。

司机没舍得，就暂时在车上放着，他怕老板误会他私吞，赶紧道："您忘了？还有一份燕窝粥。粥我喝了，不能浪费粮食，但这身西装我就是想穿也穿不上，所以先搁在这儿了。"

楚识琛后知后觉地反应过来，在一旁沉默。

项明章烦道："那你搁着吧。"

司机不明就里，以为项明章不要是因为尺寸不合适，越描越黑地解释："都怪我那天没睡醒，记错了您在电话里说的尺寸，买得不合身。"

项明章只想让对方住口："行了，你自己看着办吧。"

司机抹把汗，习惯性地找楚秘书救场，还自以为急中生智："我感觉楚秘书穿挺合适的，要不送给楚秘书吧？"

项明章："……"

楚识琛本欲装聋作哑，偏偏躲不开，他不好意思让司机为难，也怕啰唆下去惹人怀疑，说："好，今天下班我带走。"

司机如蒙大赦："太好了，楚秘书穿绝对英俊潇洒！"

项明章懒得再废话，直接走了，楚识琛跟上去，到电梯间外，四下无人，只有光滑的梯门映着他们两个。

这一上午，两个人除了工作全无交流，互相不闻不看，就差把"公事公办，私下不熟"刻在脑门儿上了。

楚识琛秉承"毫无瓜葛"的原则，说："衣服应该有收据，我会把钱转给你。"

项明章不屑道："不用，不过是要扔的东西。"

楚识琛说："是扔是留我无所谓，我刚才答应收下来，只是不想让无关的人难做，没有别的意思。"

"彼此彼此。"项明章说，"那天让人送衣服也没有别的意思，顶多算关怀。"

楚识琛内心不悦："钱是一定要给你的。"

"好啊。"项明章被他生硬的态度气笑了，"钱你尽管转给我，这个月我会私下给你发一笔奖金，毕竟是我招你喝的酒，就当补偿吧。"

楚识琛有点绷不住了："我不要。"

电梯到了，他先一步进去，面上含着愠恼："请你坐另一部。"

项明章抬手按住梯门："楚秘书，别太有恃无恐了。"

楚识琛反问："我恃什么？"

项明章朝电梯右上角抬眸："监控拍着，你不怕被人看到？"

楚识琛用力按了下关门键，说："反正我不是这里的会员，没人认识我。"

项明章的手背绷着青筋，不动如山，声音却陡然低下来："那晚醉酒，从办公室上顶层休息，你说公司监控室的人认不认得你？"

楚识琛遽然一惊。

项明章趁机迈进去，梯门在背后缓缓闭合。这场争论他赢了，楚识琛终于肯拿正眼瞧他，不，瞪他。

然后，他风轻云淡地改口："骗你的。"

楚识琛败下阵来，喉结一滚咽了句"浑蛋"。

西餐厅在二楼，明亮的地中海风格，环窗之外是一片绿草如茵的高尔夫球场。

段昊和太太一起来的，夫妻俩既是伴侣也是合伙人，年少时一起创办了佰易，无论公事还是私事都形影不离。

项明章和楚识琛"吵架"后一起露面，电梯门一开，万千情绪压进肺腑深处，表面只剩下风度和沉稳。

项明章与段昊相识多年，年纪差不多，直呼其名地打了声招呼。

楚识琛做了自我介绍，落座项明章一旁。桌布雪白，成套的杯碟之间燃着香氛蜡烛，能闻见清爽的薄荷香气。

这种熟人间的饭局并不轻松，闲聊穿插，一旦分心容易混淆了正事，楚识琛沉静地听着桌上的每一句话。

寒暄过后，头盘端上来，段昊说："经理极力推荐今天的鱼子酱，我们尝尝。"

项明章道："你在欧洲还没吃够？"

佰易主营旅游产业，在国内建了上百家度假区，近两年的发展重心转移到国外，段昊和太太不久前刚从北欧考察回国。

段昊玩笑道："对比一下嘛，不过在国外晃荡了这么久，还挺想家的，再过一阵缦庄的秋叶该红了。"

项明章说："你想的原来是我家。"

段太太拆穿道："他觊觎缦庄也不是一天两天了。"

段昊心向往之："那么好的一块地皮，连接周围的山水打造成一整个度假网络，会有大发展，现在孤零零一个庄园，太可惜了。"

项明章道："有什么可惜，我又不需要它赚钱。"

"好好好，你讲品位，我俗。"段昊笑得一脸无奈。

段太太说："你不要惦记啦，缦庄是明章送给咏缇阿姨的孝心，清静一点才好。"

段昊反驳："缦庄分南区和北区，本来是两块地，他送给阿姨的是北区；南区几乎空置着，是给他自己留的。"

楚识琛去过缦庄一次，当时夜深，印象模糊，只记得那一片清幽的院落。至于南区，他未曾窥见一二，听段昊的形容感觉更广袤、幽深，建筑群也更加完备。

段昊问："你会不会哪一天用来归隐山林啊？"

项明章似是玩笑："我打算用来金屋藏娇。"

桌上一直在聊游乐休闲之事，主菜端上来，是一道烤得微焦的羊排，楚识琛生病吃了两天无盐无油的素餐，嫌腻，便拿刀叉装装样子。

项明章道："怎么样，回国以后忙不忙？"

段太太说："还好，忙的事情在后头呢。上周刚在市里开完会，要大力搞旅游业多区域整合。"

项明章问:"侧重点?"

段昊回答:"'文旅',文化旅游。"

楚识琛明白谈到了正题,果然和旅游业相关。他有些意外,因为项橄的主要领域在银行业和金融业,项目体量都比较"大"。

就拿最常见的客户资源管理系统来说,大部分旅游公司的需求难度、价格预算和收益效果都在市场的中间波段,属于肚子大、两头小的"橄榄型"。

而项橄的目标大多集中在头部,显然和旅游行业不那么适配。

楚识琛听得认真。生意的兴衰受方方面面因素的影响,无论是颠沛乱世或是和平年代,能够短期内决定一个行业的前景是光明还是晦暗的,唯有"政策"二字。

他知道项明章抱有同样的看法,敬而远之,抑或分一杯羹,凡事早做打算才能赢得先机。

围绕会议聊了许久,段昊切下一大块羊排放进口中,他瞥见楚识琛的盘子,说:"楚秘书怎么不吃,东西不合胃口吗?"

楚识琛用刀尖划拉了一下,说:"光顾着听段先生讲话了,受益匪浅。"

吃过饭,一行四人从餐厅露台的旋转楼梯下去,在草坪上边走边聊。项明章经常来攀岩和搏击,很少打高尔夫。

不远处驶过来一辆巡场车,走下一男一女,楚识琛认出是项明章伯父家的堂兄。

项如纲看到他们,牵着未婚妻走过来,说:"这么巧。"

项明章回道:"这么有空。"

"我比不上你贵人事忙。"项如纲冲段昊和段太太点一下头,也算认识,"这是我未婚妻,姓秦。"

段太太看秦小姐孕肚明显,得有五个月了,说:"打球要小心点,有时候草地很滑的。"

秦小姐温柔道:"我们来看看场地,打算办户外婚礼,不过这里好像单调了一点。"

项明章对别人结婚还是离婚没兴趣,看了眼手表,但记不清下午的会议是几点钟了,扭脸要问,发现楚识琛更不关心旁人家事,正专心致志地端详那辆巡场车。

项明章压低音量:"平衡车还没驾驭好,这么快就喜新厌旧了。"

楚识琛听见,被拆穿有点没面子,说:"谁规定喜欢了一个,就不能喜欢另一个?"

项明章给他定性:"朝三暮四。"

楚识琛至少见项明章换过三辆车,不服道:"那你算什么,朝秦暮楚?"

项明章问:"哪个楚?"

楚识琛微怔,改口道:"只许州官放火,不许百姓点灯。"

"不要颠倒黑白。"项明章说,"我放了一次火,你点过满天灯。"

楚识琛凝眉,终于咂出不对劲儿来:"我说的是车,你在说什么?"

项明章亦作停顿,却不肯回答自己把话锋拐到了哪儿去,然而楚识琛不好糊弄,回避了大半天,此刻直直地盯着他用眼神质问。

正僵持着,项如纲忽然说:"明章,婚礼那天给我当伴郎吧。"

众人投来目光,楚识琛转向别处作罢,项明章拒绝道:"我贵人事忙,你还是找如绪吧。"

"再忙,难道我结婚你不出席?"项如纲说,"重要的是,我想把伴娘介绍给你认识。"

项明章满不在乎地笑了一下:"你怎么那么土。"

秦小姐说:"就当交个朋友嘛,伴娘是我从小认识的闺密,人既能干又漂亮,性格大大咧咧的特别可爱。"

项明章余光轻纵,楚识琛游离在话题之外,似乎没在听,他道:"那恐怕没缘分,我不太喜欢开朗的。"

秦小姐有些尴尬。

项如纲给未婚妻撑腰,笑着说:"你一向捂得严实,全家人谁也不清楚你喜欢什么样的。"

楚识琛打断道:"项先生,你们慢聊,我去下洗手间。"

项明章不动声色地说:"你去吧。"

楚识琛借口离开,背后的聊天声渐渐听不到了。

俱乐部的一楼有咖啡馆和游戏室,只接待会员,楚识琛在大厅里闲逛了一遭,发现角落有一间手工巧克力屋,他在橱窗前停下。

琳琅满目的巧克力一格一格地整齐摆放着,楚识琛却思绪错位——

项明章有没有乱说话?

那一晚监控有没有拍到?

不喜欢开朗的,是真的还是揶揄?

……

服务生见楚识琛立了许久,过来招待:"先生,您想要巧克力吗?"

楚识琛乍然回神,不好意思拒绝,问:"哪种口味比较推荐?"

服务生介绍道:"这几种口味广受好评,您可以尝尝,或者您喜欢任何口味,我们可以帮您定做,留个会员账号就可以了。"

楚识琛反应过来："我不是会员。"

服务生说："没关系，您有需要再叫我。"

楚识琛不好继续戳在这儿煞风景，正要转身，玻璃窗上映出另一道身影。项明章送走了段昊和段太太，打发了堂兄和堂嫂，进来找了他一大圈。

两个人一齐戳在橱窗前，较劲似的谁也不开口。

服务生望来好几次："……"

总是脸皮偏薄的先认输，楚识琛在众多猜疑中挑了一个，并且拐了个弯，问："你答应当伴郎了吗？"

项明章反问："你想让我答应吗？"

楚识琛说："你答不答应与我无关。"

项明章："那你问什么？"

楚识琛："我要帮你记下日程，这是我的工作。"

"用不着你记，当不当伴郎我都要参加婚礼。"项明章从橱窗上的卡片盒里抽了一张小卡，"就像伴娘活泼与否，我都没兴趣认识。"

楚识琛张了张口，只能生硬地履行职责："下午的会议快开始了，我去找司机把车开到门口。"

回到园区，项明章直接去研发中心开会。

楚识琛在秘书室待了一下午，傍晚下起小雨，冷风吹进来，刺激得喉咙又干又痒。

已经过了下班时间，项明章冒雨回来，办公区没人了，秘书室里传出断断续续的咳嗽声。

项明章没理会，进办公室拿了包，出来后好像咳得更厉害了。

他脚步停顿，推开门仿佛兴师问罪："为什么还不下班？"

楚识琛顺了顺气，回答："我在做计划书。"

项明章道："如果一晚上做不完，你准备在公司通宵？"

计划书涉及一些细节的技术问题，楚识琛拿不准，平时可以请教凌岂，但"退款"这项提议尚未公开，不能泄露信息。

他握拳挡下咳嗽声，说："不太顺利，有点卡住了。"

项明章道："做多少都发给我，我看完明天给你反馈，现在下班。"

楚识琛收拾东西，那身套装估计有好几件，很沉，他拎在手里和项明章一起离开。

进电梯后，楚识琛朝右上角的摄像头看了一眼。

项明章佯装不知，他怎么可能傻到让监控拍下来？

地面积了一层浅浅的雨水。从办公大楼出来,项明章没开车,司机提前下班陪太太过生日去了。

楚家的司机来接楚识琛,热心地问:"项先生怎么走?"

项明章装惨:"不知道。"

楚识琛记得去医院的那个下雨天,坐进车里对司机说了句话。

"项先生,"司机对项明章说:"叫车还要很久,送您一程吧。"

项明章倒是不客气,坐进车厢另一边,与楚识琛之间相隔那只套装盒子,一路无话,各自凭窗听雨。

中途,楚识琛的肚子"咕噜"叫了一声。

司机笑道:"饿啦?"

楚识琛午餐几乎没吃,说:"有点。"

司机后半程加速,先把项明章送到了波曼嘉公寓。

项明章撑开雨伞下车,连句"再见"也没讲。车门一关,车厢陡然安静,楚识琛全程对着副驾的椅背。

正要发动,项明章绕到另一侧车门外,敲了敲窗户。

楚识琛降下车窗抬头。

伞沿遮挡,这一方空间的雨好像停了,项明章从外套口袋里掏了一下,往窗户里一扔,然后转身走了。

楚识琛来不及接,东西砸在腿上,眨眼间项明章长腿阔步地进了旋转大门。

雨滴斜洒进来,凉冰冰的,楚识琛捡起来,那一包巧克力上带着项明章的余温。

公寓白天刚做过清洁,纤尘不染,项明章只感到冷清。他换了衣服,进厨房泡了一杯蜂蜜水。

不知不觉已经是最后一瓶,只剩瓶底黄澄澄的,不知道还够不够再泡一杯。

项明章端着杯子去书房,文件和资料太多,他不在家的时候清洁工会避开这一间,绕到桌后,他打开电脑和落地台灯。

邮箱里躺着一封未读邮件,是楚识琛发过来的计划书。

项明章兀自叹了口气,心说这是什么世道,老板居然要给秘书加班。

莫非这个世界真的是一报还一报?

当初楚识琛主动向他示好,请他同意进公司,后来被他开除,成为秘书又被他各种使唤。

再瞧瞧现在,哪里分得清河东河西。

楚识琛和想象中大相径庭,项明章不止一次思考过,失忆,真的能让一个人改变得如此巨大?

假如有朝一日楚识琛恢复记忆，会不会故态复萌？

手机响了一声，项明章的思绪被拉回。

打开微信，楚识琛向他发起一笔转账。

项明章端起蜂蜜水灌下一大口，蜂蜜仿佛没化开，积淀在喉间，叫他闷住了一口气。

别墅二楼的卧房里，楚识琛刚洗完澡，坐在床尾凳上拿出那身衣服。

一共三件，衬衫、西裤加一件外套，薄呢料子，应该是定做的一身秋装，楚识琛拎高一看，正合他的尺寸。

他把衣服匆匆塞回盒子，盖好，不计形象地从床尾爬到了床头，转眼又瞥见床头柜上的巧克力。

丝质布包装着，鼓鼓囊囊的，楚识琛抽开绳结一倒，五颜六色正好十颗，十种口味。

他剥开一颗吃下，苦得要了半条命，赶紧换一颗，巧克力里面夹着杏仁，味道很香。

楚识琛不知道项明章会不会收款。那身衣裳算得清，这包巧克力又该怎么算？

他在心里开银行，只有项明章这一个客户，存了几笔，取了几笔，谁又欠了谁，到头来烂账难消。

剥下的巧克力纸落在床边，香甜味盖过了迦南香，楚识琛伏在枕上睡着了。

第二天早晨，后花园里盛开了一丛绿蔷薇。

楚识琛想到什么，拜托唐姨帮他订了一只花篮。

每逢下过雨，天一冷，公司的茶水间就跟通胀时期的银行大厅似的，买金券的、贷头寸的、兑支票的，一早上没个消停。

楚识琛来了三趟终于泡好一杯咖啡，送到总裁办公室。项明章刚到，衬衫外面穿着件长风衣，没系领带，鼻梁上架着那副银边眼镜。

咖啡微烫，项明章等不及，一饮而尽。秦总监负责的项目进入方案交付阶段，研发中心做了产品蓝图和场景搭建，他要过去看一下最终效果。

楚识琛惦记着计划书，但只能等，他把手头的事情忙完，又找了些文旅部门近期的新闻资料。

一上午过去，项明章午休才回来，进办公室还没来得及坐下，楚识琛就敲开了门。

手里拿着笔记本，目的明显，项明章暗道楚少爷真会心疼人，生怕他休息超过五分钟，说："进来吧。"

楚识琛把纸笔放在茶几上，问："你吃午餐了吗？"

看来良心未泯，项明章说："没有，马上饿死。"

"……"楚识琛过意不去，"先别死，我去餐厅拿回来一起吃。"

项明章怕办公室留下味道，开了换风系统。他到沙发上坐下，茶几上的笔记本对着出风口，封皮用久了有些翘，被吹得轻轻弹动。

三番五次后，封皮被吹翻，扉页里滑出了一张纸。

项明章拾起来，是公司发的日程便笺，楚识琛写的简体字，为首第一条笔迹异常遒劲，表现出十足的决心。

就俩字——戒酒。

项明章忍俊不禁，不难猜到是哪一天之后写的。

第二条，小妹暑期实习，留意公司岗位。

第三条，心形巧克力最甜。

就三行字，项明章意犹未尽，翻到背面，脸色骤然冷下来，纸上写着：周五晚上，钱桦餐厅开业派对。

周五，不就是今天？

这才过去多久，这种狐朋狗友除了造成精神污染还有什么用处？就这么割舍不下？

十分钟后，楚识琛带了两份便当回来，不料项明章坐在办公桌后一副有事要忙的样子。

楚识琛问："项先生，在哪儿吃？"

项明章头都不抬，说："分公司有一场视频会议，你先出去吧。"

楚识琛说不清哪里异样，放下便当，拿起笔记本："好，你先忙。"

整个下午，秘书室的内线电话没响过，关助理倒是来来回回进出了几次，楚识琛不明所以，感觉他被项明章晾在了一边。

难道计划书做得太差了？

到了下班时间，楚识琛不再等了，他还有别的事情要办。

上周在黑窗酒吧临阵脱逃，钱桦估计是生了气，这段时间打电话不听，发消息不回。

昨晚把项明章送到公寓，楚识琛让司机绕到隔壁街，发现钱桦投资的餐厅试营业结束，今晚举行开业派对。

楚识琛打车过去，远远望见街上的巨屏换成了餐厅的宣传片。

餐厅门口铺着长毯，貌似邀请了几位明星助阵；楚识琛订的花篮已经送来，被摆在门边的最佳位置。

门口迎来送往，钱桦穿着一身暗绿色高定西装，缀着金纽扣，奢华中透出一些不着调的时尚感。

楚识琛避开人潮走来，叫道："钱桦。"

"你来干什么？"钱桦高贵冷艳。

花篮位置的远近取决于宾客的亲疏，楚识琛猜对方没那么气了，主动求和："来祝贺你开业大吉。"

钱桦冷哼一声，扭头走了。楚识琛不急不躁地跟上去，长腿三两步便追上，仗着个子高，搭上钱桦的肩膀轻松把人控制住。

这是一截装饰走廊，直通办公室，没有闲杂人等经过，楚识琛问："你还在生气？"

钱桦挣脱："我不该生气？我怎么对你，你怎么对我？我好心带你去黑窗，你居然把我一个人扔在酒吧跑了。"

楚识琛态度良好："那天是我欠缺考虑。"

"你简直欠抽！"钱桦说，"你跟谁跑不行？居然跟项明章跑了！那天在姓项的面前，我多给你撑面子，啊？你倒好，你这是赤裸裸的背叛。"

楚识琛认了："是我不对，抱歉。"

钱桦瞪着他："抱歉没用，你说，那晚你跟项明章干什么去了？"

楚识琛只能撒谎："公司加班。"

钱桦："你骗鬼啊！"

楚识琛没想到要交代行程，说："真的回公司了。"他停了一下，"我跟项明章的关系，还能做什么？"

钱桦一想也对，再一想差点吐血："混血模特送到你面前你不要，你跟老板回公司加班，你是不是人啊？"

楚识琛掩饰道："有份文件急着用。"

"变态，你们大变态！"钱桦情绪爆发，"楚识琛，我早想说了，你炸坏脑子以后就变了！"

楚识琛不禁有些紧张："你先冷静一点，好不好？"

"我没法冷静！"钱桦嚷道，"你瞧瞧你现在的德行，不泡吧，不攒局，吃喝玩乐你哪样都不干！你不在国内潇洒，也不去国外作乐，你都干了些什么破事？上班！你就知道上班！我服了，为什么爆炸能炸得人爱上班啊？我们这样的人有必要上班吗？！"

楚识琛只感到两个字：震撼。

虽然每次见面钱桦都带给他震撼，但刚才这番话对他格外冲击。他不懂，大丈夫立足于世，天天混日子与苟活何异？

讲道理大概没用，楚识琛说："因为我和项樾签了劳动合同。"

"给项明章打工你还有脸说？"钱桦气道，"项明章给你灌什么迷魂汤了？"

楚识琛否认："没有……"

钱桦委屈地说："我觉得我和你越来越远了，你到底什么时候恢复记忆啊？老子受不了了！"

楚识琛按住钱桦的肩膀，趁势说出来此的目的。

出事后，楚太太换了"楚识琛"的手机号码，等于切断了他过去的社交圈子，他需要找回来。

钱桦跟楚识琛过从甚密，手机号、邮箱、信用卡、国内外各种软件的账号他都知道，他们在国外念书的时候四处玩乐，曾经还共享过一个订房账户。

楚识琛对大部分软件闻所未闻，他一一记下来。

钱桦帮他下载了几个，哪个他天天登录，哪个只点赞，还有哪些朋友是共同认识的。交代清楚，钱桦希冀地问："你真能想起来吗？"

楚识琛有些不忍心，移开话题："我不记得密码了。"

"你试试找回，有的填身份证号就能改。"钱桦说，"实在不行，找你们公司弄计算机的，应该能搞定吧。"

楚识琛点点头。某种意义上来说，钱桦是他在这里的第一个朋友。

他们在走廊上立了不短时间，开业派对晾着宾客不合适，钱桦说："去楼上吧，我给你开个包间。"

楚识琛不想添乱："你忙吧，我不需要你招待，改天我再来找你。"

钱桦说："那你带项明章一起来，我要狠狠宰他一顿！"

天色已经黑透了，楚识琛离开餐厅，街上熙熙攘攘，热闹依旧。

他还没打到出租车，手机就响了，来电显示"项明章"。

这个时间怎么会打过来？楚识琛被无缘无故晾了一下午，摸不清这位总裁的心思，他按下接听："喂？"

手机里，项明章说："我现在有空。"

楚识琛没反应过来："什么？"

项明章命令道："来波曼嘉找我，讲计划书。"

电话挂断，楚识琛沿着人行道往前走，钱桦的一番话振聋发聩，然而"上班"的哲思还未参悟，他又要加班了。

别的事情也就罢了，偏偏是计划书，关乎亦思，就算项明章是姜太公钓鱼，他也愿者上钩。

不到十分钟，楚识琛步行到波曼嘉公寓。

他来过不止一次，熟门熟路。

楚识琛进了门，项明章并不惊讶他来得这么快，直接说："去书房。"

公寓的书房很大，三面书墙环绕，空白的一面竖着一张白板，上面笔迹湿润，写着计划书的补充内容和修改建议。

项明章问："你记不记得李藏秋在会上提过，要把握机制的'粗细'？"

楚识琛说："记得。"

项明章又道："你提出退款是为了规范亦思的业务操作，我选择支持，其实还有更诱惑的一个原因。这项机制一旦设立，亦思的成交量会明显增加。"

表面来看退款机制会压缩业务部门的话语权，从而增大签约难度，但跳出这个小范围，亦思和客户的交互曲线一定是上升的。

楚识琛脑子一转："好比两家店，一个问题商品保证退款，一个条例空白，消费者大概率会选择前者。"

"是这个道理。"项明章说，"内部规范，外部增益，达到一定积累后实现良性循环。"

楚识琛立刻道："那天只有研发部明确表态，业务部门一声不吭，如果他们明白退款对自己更有利，应该会支持。"

项明章说："所以这份计划书需要达到这个效果，因为一项制度再完美，执行的人不认可，都是白费。"

楚识琛点点头："那'粗细'怎么界定？"

项明章拿水笔在白板上画了一道，左边写上"粗粒度"，右边写上"细粒度"，将计划书涉及的方方面面进行划分。

凡是与员工相关的内容必须明确，薪水绩效、操作程序、违规后果，不能有一丝一毫的模棱两可。

至于产品问题的刻画，则更需严谨。公司要保障客户的权益，但要杜绝漏洞防止客户钻空子。项明章做了详细的补充，打印出来放在书桌上，说："你坐那儿看。"

楚识琛拉开椅子坐下，满满一页纸，包含许多计算机方面的专业术语，项明章在创办项樾的初期应该是偏重技术方面的。

计划书是开一个头，开得好了才能调动各部门去具体制订，这是楚识琛第一次做，不能留下任何瑕疵。

楚识琛边听边记，他经常在公司向同事请教，暗暗对比，觉得项明章讲得尤为精练，一针见血没有花里胡哨的幽默，严苛但是耐心。

其实项明章自认没什么耐性，公司的大小站会、例会、讨论会上，他数不清摆过多少次脸色，不过是楚识琛一点即通，令他无法不满罢了。

直到讲完，项明章在白板上写写画画填满了空白，把水笔一丢，说："没了。"

楚识琛整理资料："好。"

项明章看了眼挂钟，刚十一点，说："你可以在这儿做完，有问题直接问我。"

楚识琛道："这么晚了，我不想打扰你。"

项明章不客气地说："我昨晚已经为你的计划书熬了一个通宵，你尽快完成就不会再打扰我了。"

楚识琛："……"

书房里的办公设备一应俱全，电脑显示器尺寸巨大，项明章站在椅子一侧盯着楚识琛写完开头。

桌上手机响，是楚太太打来的。

楚识琛打过招呼会晚一点回家，现在超过了预计时间，他接通："妈？"

楚太太说："小琛，快凌晨了，你还不回来呀？"

楚识琛道："别等我了，你早点休息。"

"哎呀，发烧才好。"楚太太试探，"你和朋友在一起吗？"

楚识琛解释："没有，我在加班。"

楚太太不大相信，项明章侧身弯下腰来，一只手搭在楚识琛身后的椅背上，冲手机说："伯母，我是项明章，不好意思，是我在奴役他。"

楚太太这下放了心："明章啊，那你们做正事，我挂掉啦。"

楚识琛继续打字。刚才项明章的气息拂在指背，有些痒，让他不小心打错了一串英文字母，他撵人："你挡着我的光了。"

台灯明明在另一侧，项明章没拆穿这个蹩脚的借口，去沙发上看书了。

楚识琛专心致志，夜深人静只余偶尔的翻书声，渐渐频率降低，停了，他越过显示屏望过去，项明章保持坐姿闭上了眼睛。

楚识琛轻敲键盘，要把第一份计划书做得尽善尽美，技术内容以后还用得上，他额外整理成一份笔记。

敲下最后一行字，窗外已经天色泛白，楚识琛活动酸麻的四肢，捏了捏后颈。

沙发上，项明章单手撑着额角，呼吸均匀。

鼻梁上的眼镜架了一天一夜，也不嫌辛苦，楚识琛踱近伸出双手，把项明章的眼镜轻轻摘了下来。

放好，楚识琛悄悄离开，到玄关换好鞋子，项明章从书房追了出来，说："不吭不响就跑了？"

楚识琛道："怕吵醒你也有错？"

项明章说："公寓的专车七点才有，我送你回家。"

楚识琛："不用，我打车。"

项明章扬手给门锁加了一道，理直气壮得像去走亲戚："蜂蜜吃完了，我要去你家拿几瓶。"

楚识琛打不开门，大脑劳动一宿也懒得跟人对辩，只能等项明章洗脸刷牙后再走。

清晨的马路畅通无阻，项明章一向车速凶险，今天却开得四平八稳。

楚识琛没撑住，在副驾上眯了一觉。

到了楚家，项明章大大方方地跟楚识琛一道进门，楚太太刚起床，惊讶得面膜都掉了："小琛，你们忙了一整晚啊？"

项明章终于有一点良心难安，说："伯母抱歉，是我过分了。"

楚太太捂着胸口，十分感动："我儿子小时候通宵打游戏，长大了通宵泡夜店，现在真是一心扑在工作上。"

唐姨端着一筐橙子准备榨果汁，说："这么努力，丧失记忆也挺好的。"

"哎呀，造孽，快点去煮早餐，多煮一点。"楚太太说，"明章，不忙的话，留下一起吃？"

项明章说："不忙，谢谢伯母。"

楚识琛洗漱完从楼上下来，换了件薄薄的针织衫和家居裤，都是素色，他平常在公司穿得一丝不苟，鲜少打扮得这样放松。

项明章不由得多看了几眼，然后极度自觉地跟着楚识琛进餐厅，上次做客他是贵宾，今天纯粹是蹭饭。

满满一桌丰盛的早餐，中西结合，楚太太关心道："明章，小琛在项樾怎么样啊？"

项明章说："办事得力，帮了我很多。"

楚太太心满意足："你们多吃点，做事那么辛苦。"

项明章对早餐赞不绝口，哄得唐姨和秀姐都很高兴；楚识琛默默地吃一碗汤面，知道项明章从进门就切换成了绅士模式。

四朵金花只有楚识绘反应平淡，受李桁影响，她对这位项先生的印象不算太好。

忽然，项明章问："楚小姐放假了？"

楚太太说："叫她识绘就好，是放假了。"

项明章夹了一个蒸饺，说："暑假有没有实习计划？可以考虑去公司。"

楚识绘抬起头："可以吗？"

"你是亦思的股东，当然可以，岗位挑选也有很大的自由。"项明章道，"不过想真正得到锻炼的话，还是找人带一带。"

楚识绘说:"我想锻炼自己。"

项明章看向楚识琛:"你觉得秦溪怎么样？"

秦总监在重庆分公司带的团队大部分是女职员，业绩辉煌，号称山城娘子军，这次过来人手不太充足，尤其缺少什么都干的小基层。

楚识琛说:"秦总监愿意的话，当然好。"

项明章道:"可以试试，有其兄必有其妹，应该不会错的。"

这下连楚识绘都开心了。

楚识琛咽下一口热汤，神思微动。

吃完早餐，楚识琛把项明章带进一楼的会客室。楚喆去世后，门庭冷落，这间会客室少有人来，吊灯坏了一盏也迟迟未修。

从亦思搬回来的雕像摆在柜子里，项明章负手欣赏，似乎蛮喜欢。

楚识琛关上门，盯着那道高大背影，说:"巧克力很好吃，尤其是圆球的那种，特别甜。"

项明章不假思索:"不是心形的最甜？"

刚说完，项明章倏地回过头，楚识琛在故意试探他。

"提到小妹实习我就觉得奇怪，怎么会这么巧。"楚识琛说，"昨天中午笔记本放在你的办公室，你看过里面的便笺。"

项明章敢作敢当:"对，我看过。"

楚识琛恍然领悟:"那你一定知道昨晚钱桦的餐厅开业。"

怪不得叫他去公寓改计划书，原来项明章知道他在附近，早就算好了时间。

还要他留下完成，是怕开业派对没结束，他出了门又去找钱桦"鬼混"？

项明章被拆穿，却不惭愧，反正扣住人的目的已经达到，还登堂入室饱餐一顿，楚识琛要发脾气他愿意受着。

不料，楚识琛只是冷下了脸，从包里拿出所有资料，说:"我找钱桦是为了这些。"

项明章问:"这是什么？"

楚识琛说:"我在查游艇爆炸的真正原因。"

项明章一愣:"游艇爆炸？"

整件事故早已盖棺论定，楚识琛说:"我觉得有可能不是一场意外。"

他把目前获取的信息告诉了项明章，那支解散的乐队，假冒的贝斯手张彻，服务生张凯，几处不寻常的地方索性都坦白了。

项明章翻看一遍:"你一直在偷偷调查？"

"是。"楚识琛说，"钱桦帮了我不少，我几次找他都是为了这件事。"

项明章沉吟："为什么突然告诉我？"

楚识琛自下而上地挑起目光，审视得淋漓尽致："这下你放心了吧？"

项明章反问："我为什么要不放心？"

楚识琛拾掇散乱的资料："那我见什么人、办什么事，希望你不要再干预我。"

项明章沉下脸色："在黑窗酒吧想走就任由我拉着，现在不需要了，就成了干预？"

"那晚不跟你走也不会发生什么。"楚识琛仰起脸，"我做事心里有数。"

项明章一下子哑口无言。从进门到现在不超过十分钟，楚识琛对他拆穿、解释、警告，一整套逻辑有理有据，一张一弛端着君子态度。

项明章看楚识琛眼下泛青，放下身段问："生气了？"

楚识琛摇头。计划书改得太用心，一顿早餐哄得全家人高兴，项明章管教他的手段何尝不是投他所好？

他没那么不识好歹，说："这些事不要告诉我家里人。"

"我明白。"项明章看了眼时间，"我走了，你好好睡一觉。"

装了十瓶蜂蜜，楚识琛送项明章出门，汽车驶远，他舒了一口气。

游艇派对有项樾的人参加，假如另有真相，告诉项明章既是证明楚家的清白，也算是一个交代。

他要继续找过去的线索，尽早解释清楚免得项明章每次都误会。

从什么时候开始，他不愿意被项明章误会了？

江岸大道的十字路口，项明章拐弯换了方向。

半小时后，汽车刹停在云窖酒吧门前。

非营业时间，酒吧里一个顾客也没有，项明章兀自推门进去。

没多久，一个四十多岁的男人从楼上下来，高大结实，神情有些匪气，看站姿应该当过兵，是云窖的老板许辽。

"项先生。"

项明章转过身："什么时候回来的？"

前一阵子许辽在美国，两天前刚回来，他道："周四。"

项明章说："倒够了时差，帮我查点事情。"

第六章

天安门下，正大光明

许辽绕进吧台，调了两杯青柠水，问："查什么？"

项明章想了想："一支地下摇滚乐队。"

许辽说："怎么会跟乐队扯上关系？"

"别管那么多。"项明章端起杯子，"叫无置乐队，貌似已经解散了，查一下那些人都在哪儿，尤其是一个叫张彻的。"

许辽记下来，静了片刻，问："你妈最近怎么样？"

项明章道："老样子。"

许辽点点头，又过了一会儿，说："你不打算问问我在美国办的事？"

项明章口气轻蔑，眼底尽是凉薄："项珑要是病了死了，你早就越洋跟我汇报了，既然没有，我关心他干什么。"

许辽说："我会继续叫人看住他。"

未成熟的青柠酸得厉害，项明章吃到一粒籽，皱起眉："真难喝，给我换一杯。"

"换什么，威士忌？"许辽意有所指，"听说你之前带了朋友来喝酒？"

项明章实际上是云窖的出资人，他和许辽的关系鲜为人知，因此这里就像一处秘密基地，他偶尔来放松一下，从没带任何外人来过。

项明章瞥向卡座的位置，回答："算不上朋友。"

许辽挑眉："那是什么人？"

"好奇啊？"项明章是生意人，绝不肯吃亏，"你尽快查出线索，到时候我带他来谢你。"

楚识琛不知道自己遭人议论，他困倦至极，回房睡了一整天。

窗帘忘记拉，黄昏时分，余晖照耀着半张床。

楚识琛醒过来，摸出手机打开微信，最新一条朋友圈是钱桦发的餐厅广告。

他点了个赞，爬起来整理那些资料。

钱桦给的软件账号有三十多个，涵盖吃喝玩乐各方面。"楚识琛"曾经使用最多的社交软件有四个，除了微信，另外三个都是外国软件。

旧手机号和微信号一起注销了，就算找回来，上面的数据记录也没办法再恢复。

楚识琛埋头鼓捣了两个钟头，成功登录了一个邮箱，再通过邮箱验证，重新设置了软件密码。

打开前，他在心里对真正的"楚识琛"说了句"见谅"。

这个软件可以在全球范围内使用，主要用于分享照片和视频。

他浏览"楚识琛"发布过的内容，每一张照片皆是与他酷似的面孔，展示着他永远不会做的表情——吐舌、皱鼻子、用力嘟着嘴唇……他生出一股难以言喻的感觉，怪异又奇妙。

最新一张照片发布于出事前的一个月，灯光昏暗，拍的是一支麦克风，配文关联了一个叫"xx"的账号。

楚识琛点进去，发现"xx"是摇滚乐队的成员之一，名字叫星宇。

星宇和"楚识琛"互相关注，发布的照片会互相评论、点赞，私信聊天的记录里，"楚识琛"主动问星宇要过联系方式。

踏破铁鞋无觅处，楚识琛立刻保存号码打过去，结果已成空号。

他不死心，在私信里给星宇发了一个"你好"。

苦等了一天，楚识琛不记得登录过软件几百次，然而没等到回复，星宇换掉了头像、清空了照片，并且把他拉黑了。

楚识琛："……"

周一上班，楚识琛暂时搁下私事。计划书完成，一早项明章通知他，让他和项樾的总经理商讨退款机制的推进。

总经理有协调各部门的权限，楚识琛负责主导具体的程序。

如他们所料，计划书的条例给出来，业务部门的抵触情绪消退了大半。

项明章有应酬，一整天没露面。那天和段昊夫妇吃饭，谈到文旅产业的政策动向，楚识琛猜测项樾大概要有新项目了。

两个人各忙各的，一个在公司里案牍劳形，一个在外面风雨奔波。

几次通话都默契地只论公事，叫彼此放心。

眨眼到了周三，清洁大姐中午来打扫，抱怨总裁办公室的桌上堆得太满，不敢乱动，桌子脏了都没办法擦干净。

楚识琛把人打发了，独自走进项明章的办公室。

宽大的办公桌上积攒了几十本文件，楚识琛绕到桌后一一整理，腾出一块写字的地方。

那支新换的钢笔估计不太合意，项明章上次用完随手一丢，滚到键盘上，笔尖的墨水已经干涸。

楚识琛把钢笔清洗干净，拉开左边的第一只抽屉，里面用来放常备物品，胃药、车钥匙、薄荷糖、备用手机，他把钢笔放下，不可避免地看见抽屉里多了一颗纽扣。

是那晚他拉扯表链，从项明章衬衫上崩掉的一颗。

楚识琛伸出食指点了点，估计衬衫都扔掉了，还留着这颗扣子有什么意义？

正忖着，手机振动起来，楚识琛拿出一看来电显示，心虚般将抽屉关上。

他按下接听："项先生？"

项明章问："吃完午饭了吗？"

"还没。"楚识琛下意识地望向窗外，"你回公司了？"

项明章说："我在图书馆，吃饱了来找我。"

午休时间图书馆人迹寥寥，楚识琛刷工作证进去，按图索骥，直奔第三层文旅相关的书架。

项明章正在翻阅一本书，低着头，脚步声停在他身后的书架前。楚识琛与他背对背，相距咫尺。

项明章压低音量："你怎么知道我在这边？"

楚识琛拂过一排书脊，说："我查了监控。"

项明章道："那你当初不应该选秘书，应该选门卫。"

楚识琛说："门卫的制服我不喜欢。"

项明章借了两本书，和楚识琛一起从图书馆的后门离开。那条梧桐小径三天未扫，铺满了秋叶，一片金黄。

楚识琛不忍心踩踏，在台阶上立着，如果谈公事不必来这里，他静候着项明章开口。

项明章亦不喜欢拖泥带水，直接问："乐队查得怎么样了？"

通过三四个软件上的遗留痕迹，楚识琛说："我好像认识乐队主唱，叫星宇，以前跟他频繁互动过。"

"什么程度？"项明章追问，"你们的联系仅限于网络？"

楚识琛这两天查了曾经的银行记录，回答："不止，还有资金往来，最后一笔应该是派对的演出费，高达七位数。"

这种名不见经传的地下乐队，一场私人表演居然要上百万，项明章道："你还真是喜欢这帮人。"

楚识琛虽然出身富贵，但见够疾苦，过去不曾在梨园豪掷千金捧花旦，现在也不赞同挥霍百万请乐队，他自我揶揄道："可能我欣赏他们的音乐素养吧。"

项明章说："一帮年少辍学的混混，弹个吉他，唱点要死要活的空话，有什么音乐素养？"

楚识琛哪知道，故作好奇："你借了什么书？"

"别转移话题。"项明章不上当，"找到账号联系了没有？遇上你这种傻大款，他们应该缠着不放才对。"

楚识琛有点尴尬："他把我拉黑了。"

项明章幸灾乐祸地笑了一声，迈下一阶，转身和楚识琛面对面，说："我认识个朋友有点门路，能帮你找人。"

楚识琛揣摩"门路"二字。任何时代都不缺地头蛇，背景复杂，招数厉害，旧时每个商帮都会结交一二来保障生意。

可他告诉项明章是为了避免误会，不是要让对方牵扯进来，他说："不用了，这件事与你无关，你不要插手。"

项明章反问："那跟钱桦有什么关系，你怎么麻烦他？"

楚识琛说："他是游艇公司的投资人。"

"他是什么不重要，"项明章不容反驳地说，"重要的是你该意识到，找我比找任何人都有用。"

楚识琛听出十足的傲慢："难道你——"

项明章终于暴露来意："我找到星宇了。"

无置乐队解散后，五名成员各奔东西，大多没了音信，只有主唱星宇还算活跃。

不过本来就没混出名堂，现在星宇单枪匹马，换了个艺名在国内四处跑线下演出。

这周六市里举办音乐节，星宇会参加。

楚识琛问："音乐节是唱歌的？"

一片落叶飘下，项明章接住："废话。我把举办的时间和地点发给你，星期六我和你一起去。"

这个世界太新鲜、太陌生，有人陪伴就多一分安定，可楚识琛认为不该承受，他拒绝道："谢谢你帮我调查，但这件事跟你没关系，我怕你牵连进来会惹上麻烦。"

项明章说："假如事故不是意外，是人为，你可能会有危险。"

楚识琛掐着叶茎，因为他是假的，所以不曾考虑过这个层面。

项明章明明白白地说："我不想你再出事。楚识琛，这个理由够不够？"

干燥的叶茎很脆，轻易就断了，梧桐叶从楚识琛的手中旋转落下，被聒噪的秋蝉掩盖了坠地的响声。

午休时间结束了，项明章后退一阶，转身踏过秋叶，阳光透过梧桐树的缝隙洒下来，楚识琛落后一步踩着项明章的影子。

他的确出过事，却非爆炸，而是一九四五年春夜里的一场海上风暴。

项明章有朝一日会知晓吗？

到时回首今日的担心，会不会觉得错付和可笑？

忽然，项明章停下提醒："对了，去音乐节不要穿正装。"

楚识琛心不在焉地点点头，又有树叶不断掉下来，这次他后知后觉地听清了。原来叶落无声，咚咚响的，是他的胸膛。

星期六上午，楚识琛一早就起床了，进出衣帽间三次愣是挑不出一身衣服。

项明章说不要穿正装，可他一水的西服，上网查了下音乐节怎么打扮，那些现代服饰太新潮，简直不像正常人穿的。

犹豫半晌，楚识琛从衣柜里翻出一只购物袋，里面是楚太太给他买的一身秋季新款，剪掉标牌，他狠狠心换上了。

经过隔壁卧室，楚识绘眼睛一亮："哥，你穿成这样去哪儿啊？"

楚识琛无法解释，说："我约了同事办点事情。"

楚识绘问："哪个同事，帅不帅啊？"

楚识琛回答："帅。"

项樾的人楚识绘只见过一个，问："能有项明章帅吗？"

楚识琛抬手把房门给她关上了。

音乐节在城南的霖湖湿地公园举办。那里说是公园，其实是一片浩大的自然风景区，开发早，占地广，是市内最受游客欢迎的景区之一。

客流量达到饱和后，景区近几年顺应潮流，偶尔承办大型线下活动。

公园入口，项明章提前到了。他个子高，在拥挤的人潮中气定神闲，塞着耳机，一边等人一边跟段昊讲电话。

楚家的车子驶过来，项明章道："你忙吧，挂了。"

楚识琛开门下车，生平第一次穿牛仔裤，微白的蓝色，裤腿不够长，走动间露出一双骨感的脚踝；上身的薄毛衣倒是宽松，袖子挽到手肘总会滑下一截。

唯一舒服的就是球鞋了，楚识琛朝项明章走过去："我是不是迟到了？"

项明章目光灼灼。楚识琛每天在他眼前晃，肩平臂展，腰细腿长，包裹严密的身段他欣赏过了。

但头一回见楚识琛这样打扮，少了些规矩，平添几分青春。

项明章说："不迟，走吧。"

他们随着人潮入园，一路有指向标通往音乐节会场。还没开始，演出人员被安排在景区内的休闲中心候场。

整个霖湖景区是佰易的产业，项明章跟段昊打过招呼，到了休闲中心，有工作人员带他们去星宇的休息室。

敲开门，楚识琛率先露面。

星宇"噌"地从沙发上站起来，他刚化过妆，戴着项链、耳环，颈侧爬着一条蜥蜴刺青，头发是浅灰色，蓝色美瞳，因为吃惊大大地瞪着眼。

项明章心想，这是什么哈士奇。

门碰上，星宇回了神："楚，楚哥……你怎么会来这儿？"

楚识琛翻过聊天记录，"他"对星宇的态度称得上殷勤，既然要谈事情，和气一点才好说话，他应道："我来找你，好久不见。"

星宇跌回沙发，依旧瞪着眼睛："你不是失忆了吗？"

楚识琛说："没错，我确实失忆了。"

星宇仰靠住垫子，好像一瞬间放松下来，说："那你找我干什么？你记得我是谁啊？我跟你没什么关系，就算有也两清了。"

楚识琛微微蹙眉，问："你们乐队为什么解散了？"

"不想在一块了呗。结婚还能离呢，乐队能维持一辈子啊？"星宇说，"你找我也没用，我跟别人没联系，他们去哪儿混我也不知道，大家相忘于江湖了。"

楚识琛不过问了一句，对方急于撇清的反应有些过度。

这时项明章说："游艇派对的演出费上百万，你们身价还挺高，解散了不觉得可惜？"

"什么意思？"星宇冲楚识琛说，"上百万是你自愿给的，你说欣赏我们的表演，现在失忆不记得了，后悔了？我不负责！"

楚识琛被他吵得头疼，说："我没别的意思。我当初确实欣赏你们，除了你，还有那个贝斯手张彻，你知道他去哪儿发展了吗？"

星宇答非所问："演出费你要不回去，就算你告我，法律也规定特殊含义的数字算赠予，不支持追回！"

项明章只知道上百万，问："什么特殊数字？"

星宇说："1314520！"

项明章没想到是这么个七位数。

只有楚识琛不明所以，因此一点不含糊："演出费这么高，你们却作假骗我，协议上写的是张彻，派对当晚另有其人，我可以告你们违约。"

星宇刚二十出头，有些慌了："楚识琛，一百多万图的是什么你心里清楚，你别翻脸不认账！"

楚识琛猝不及防："什么？"

星宇说："张彻还是李彻你在乎吗？少来了！那一百多万零头给他们，大头是我的，钱我都花了，你去告我吧！"

项明章全都明白了。楚识琛欣赏乐队是幌子，欣赏主唱是真，派对当晚根本醉翁之意不在酒。

贝斯手张彻临时换了人，乐队等于违约，但楚识琛当时并不在乎。

结果游艇出事，楚识琛失忆了。

星宇怕楚家反过来追究，于是解散乐队，拉黑了楚识琛的账号。他刚才口口声声一直在强调演出费，害怕他们是来索赔的。

楚识琛缓过神，说："那一百多万我不会要回来，我要知道张彻在哪儿，假冒的又是谁。"

星宇耍赖道："我忘了。"

"那就认真想一想。"楚识琛说，"你既然来演出，说明想在这一行干下去，如果你的违约行为曝光了，以后还会不会有人请你？"

星宇紧张道："你少仗势欺人……"

项明章忍无可忍："叫主办方的人过来。"

"……别！"

星宇没办法了，终于承认。乐队本来的贝斯手叫张彻，音乐学院没毕业，退学跟他们一起驻唱演出。派对前一周，张彻被一辆摩托车撞了，手臂骨折，根本拿不起贝斯。

他们驻唱的酒吧里有个人叫 Alan，贝斯弹得不错，主动提出愿意替张彻表演。

楚识琛问："大名是什么？"

星宇说："不知道，我们好多都用艺名，也不在乎来历。他不要钱，只想上游艇体验一次，我们就同意了。"

楚识琛说："出事后你见过他吗？"

"没有。"星宇回答，"当晚大家被送到医院，我就没见到他。"

乐队成员以为 Alan 遇难了，怕楚家知道他们违约，所以没人敢告诉警方，这也是乐队决定解散的重要原因。

后来张彻的父母找来，把人带回老家去了。事情逐渐平息，他们没听说派对有人丧命，但也再没见过那个 Alan。

楚识琛说："那个人长什么样子？"

星宇回忆道："皮肤晒得特别黑，深眼窝，肌肉挺结实的，会说英语，不过普通话不太好。"

项明章问："哪里口音？"

星宇抓抓头发："听不出来。"

见完星宇，楚识琛和项明章离开休闲中心，原以为找到一丝线索，没想到更渺茫了。

一个姓名不知、来历不详的人，要去哪儿找？

楚识琛抱着双臂走了一截，停下来："你说会不会是我多虑了，一切只是意外？"

项明章在脑中复盘了一遍，说："我反而更笃定，骨折、顶替、出事、消失，环环相扣绝不是巧合，况且不是还有一个张凯吗？"

楚识琛有些烦："别人是花钱消灾，这一百多万花出去是图什么？"

项明章冷哼一声，一步横挡在他面前："星宇没有价值了，你不许再跟他联系。"

楚识琛动了动嘴唇，突然，不远处的草坪上爆发出震耳欲聋的音乐声，他吓了一跳："什么事？"

音乐节开始了，项明章说："反正都来了，过去看看。"

楚识琛在二十一世纪接触了不少新事物，参加的现代活动却屈指可数，此时走到舞台周围的草坪上，人头攒动，大片大片呼喊尖叫的年轻人。

强劲的光束巡回闪烁，音响震天。楚识琛不认识台上的歌手，听不懂歌词的含义，但一步步越走越往前，他许多、许多年没见过这般朝气蓬勃的景象了。

振臂呐喊，不为申诉求索，只有恣意。

高声呼喝，不求觉醒振奋，只因快活。

楚识琛挤在人群中，乐声如狂潮席卷过每个人的头顶，他短暂地忘记了一切烦忧。

舞台上的歌手吼得撕心裂肺，楚识琛一句也听不清，他拍一下项明章的手臂，问："什么曲子？"

喧嚣如沸，项明章没听到，倾身附在他耳畔，反过来问："会不会唱？"

身旁的陌生人吱哇乱叫，楚识琛顾不得所谓的规矩和教养，大声说："不会。"

项明章觉得好玩，又问："你不是喜欢摇滚吗？"

楚识琛痛快地喊："忘了！"

灯光扫过，楚识琛额上的薄汗晶亮，双眸更亮，台下观众都在疯狂地拍照片，他掏出手机对准舞台。

周围有人挤了一下，项明章的一半肩膀闯入镜头。

楚识琛后退半步，不够，又退了一步，白色球鞋踏着绿茵，直至手机画面框住所有他想记录下来的东西——

钢架高台，绚烂荧屏，一角晴空，以及晴空之下、人海之中的项明章。

倏地，项明章回首寻找他，逆光的轮廓多了一层不真实的虚影。

楚识琛按下快门，将这一刻定格。

项明章朝他走过来,揩了一把额角的汗珠,随口问:"拍了什么?"

"舞台。"楚识琛装起手机,莫名地撒了谎。

项明章道:"热死了,去买点东西喝。"

景区有音乐节主题的秋日集市,热闹非凡,除了各式各样的饮料和小吃,很多摊位都在售卖演出纪念品。

楚识琛肚子不饿,也不馋,纯粹是图新鲜买了一些吃的。上一次这般消遣是二十啷当岁的留学光景,他与同窗好友一起逛旧金山的唐人街。

项明章拎着两瓶水,说:"你那点胃口,能吃得完?"

楚识琛说:"有你的份。"

项明章道:"给别人豪掷百万,给我吃小地摊儿?"

楚识琛在公司学了个词,画大饼,一般用于上司对下属,他反方向活学活用:"你放心,等我以后签了大项目,帮你赚千万。"

项明章觉不出一丝欣慰,从楚识琛手里拿过麻团、鱼蛋、桂花糕,塞上一瓶水,说:"小心喝多了。"

两个人闲逛一圈,到处都是人,遮阳伞下的座位需要等,草坪上一撮一撮的家庭在席地野餐。

小孩子们四处奔跑,楚识琛感慨道:"真羡慕他们无忧无虑。"

项明章只觉得吵闹,说:"我恐孩症犯了。"

楚识琛:"……走吧。"

他们实在没找到合适的地方,干脆回车上休息。楚家的司机回去了,项明章的车停在景区内的露天停车场。

一片树荫下围满了人,排着队跟停在树下的汽车合影。

是一辆巨大的改装吉普,两米多高,炭黑色车身,看上去无坚不摧,四十英寸的龙爪胎凸出在外,能坐上去一个成年人。

这辆庞然大物太吸睛,源源不断地有人跑过去拍照。

项明章停在两米之外,不耐烦地掏出车钥匙,一按,车头灯猛闪,把围在旁边的路人吓得散开了。

项明章走过去,穿着基本款的T恤和运动裤,亦是一身黑,衣架子身材显得格外利落。

还有人徘徊在周围拍照,项明章眼锋扫过去,对方悻悻然地走了。

在旁人感觉车主比这辆车更不好惹的时候,项明章看向楚识琛,漫不经心地泄露了一点温柔:"不是累了吗?上车。"

楚识琛绕过霸气的车头,理解了项明章对平衡车的不屑,他坐进副驾驶位,车厢宽敞,两边的车门一关,陡然静了下来。

手机响,收到景区管理处的短信,提醒游客保管好贵重物品。

楚识琛咬一口桂花糕,问:"对了,1314520是什么意思?"

项明章都把这茬忘了,说:"自己查。"

楚识琛一搜,明白了,余光往驾驶位上游移,半晌没动静,他从袋子里拿出一个汉堡递过去:"你吃不吃?"

项明章没理会,拽下安全带将楚识琛牢牢地捆绑在椅背上,说:"坐好,准备走了。"

楚识琛大脑空白,怵然不动。

项明章坐回驾驶位,发动引擎,胎噪声轰炸着整片停车场。

上了路,他打开音乐,找了一首舒缓的钢琴曲,安抚一下楚识琛的神经。

项明章把楚识琛送回家,停在离别墅几十米远的位置。这辆车太吵,免得吵醒家里人午睡。

一路无言,熄了火,项明章道:"我会继续让人查一查那个Alan,拐这么多弯,倒是勾起了我的兴趣。"

楚识琛解开安全带,闭着嘴不吭声。

项明章细长的手指沿着方向盘滑动,又说:"你先别管这些事了,接下来公司会很忙,工作要紧。"

"公事"是楚识琛的七寸,最容易被拿捏,他之前已经预料到,开了口:"有新项目?"

项明章说:"下周上班会正式公布。"

楚识琛把一袋吃的留下,下车走了。近百米的距离说长不长,说短不短,身后安静无声,他知道吉普车停在原地没有离开。

一直走到别墅,楚识琛都没回头。

正要开门进去,手机响了,楚识琛拿起来接听:"什么事?"

楚识琛回头,那辆吉普车蛮横地停在路中,阳光强烈,看不清车厢里的人是何种表情,只听见耳边一声满意的笑声。

楚识琛愣了会儿,挂断电话跨进别墅大门。

汽车引擎得逞一般响起,渐渐远了,骄阳照得人有些神志不清,楚识琛走进别墅,慢腾腾地上了楼。

楚识绘午觉刚醒,抱着笔记本电脑去书房,说:"哥,你回来了。"

楚识琛没有灵魂地说:"嗯,回来了。"

楚识绘问:"玩得怎么样啊?"

见星宇，音乐节，在车上……楚识琛麻木但中肯地评价："每个环节都挺意想不到的。"

"那不就是惊喜连连。"楚大小姐没什么眼力见儿。

回到房间，楚识琛进浴室洗手，一边洗一边抬头看向镜子，穿着一身新衣服，混在人群中快活一场，以至于忘乎其形。

他走了神，溅出一片水迹。

湿痕在乳白色的大理石台面上洇开，楚识琛觑着，弯下腰，捧了一大把冷水泼在脸上。

星期一早晨，项明章起床后去天幕泳池游了几圈，他推掉了老项樾的例会，换好衣服出门，直接开车去了公司。

办公大楼的电梯间外人满为患，项明章一来，大家让路的让路，问候的问候，对总裁来这么早感到一些小紧张。

几部电梯同时到了，项明章不喜欢挤在里面，最后一个上去。

梯门正要闭合，挨着墙角的凌岂朝外面瞥了一眼，说："楚秘书！"

项明章抬手按住梯门，几秒钟后，楚识琛出现在视野里，牛仔裤换掉了，暗色西装妥帖地包裹在身上。

楚识琛脚步一顿，对上项明章的眼睛，说："项先生，早。"

项明章："还有地方，上来吧。"

到了九楼销售部，楚识琛随项明章一路走进总裁办公室，他打开智能系统，问："要不要咖啡？"

项明章绕到桌后，说："不用了，把各部门的例行文件拿给我，签完开会。"

楚识琛立刻去办。项明章一早过来说明时间紧迫，等会儿开会，十有八九是要宣布新项目。

他迅速整理了文件送进办公室，站在桌前等项明章签名。

办公桌收拾过，项明章没找到钢笔。

楚识琛说："左边抽屉。"

项明章把钢笔拿出来，下笔时顿了两次，的确用得不习惯。整个周末办公室都是关闭的，有些闷，地毯散发着淡淡的皮革味道。

签完一本，项明章抬了下头："会议通知发了吗？"

"发了。"楚识琛看了下手表，"还有五分钟，第一会议室。"

项明章一口气签完，从椅中起身，说："走吧。"

会议室内，业务部门的主管都到了，研发中心来了三名工程师，每个人面前都放着一本会议资料。

楚识琛随手关了一盏灯，投影变得清晰。

项明章立在幕布一侧，省去铺垫，直奔主题："大家看过资料了吧，文旅部出台新政策，全国要大力发展旅游经济，目标是进行全区域资源整合，这就需要一个强大、稳健并且精细的系统来支持。"

售前总监孟焘说："项樾对旅游行业接触得不深。"

项明章道："没错，旅游市场我们占的份额很低，但这个项目的性质不同，它是官方坐庄，量级大、前景好，一旦拿下来，公司的影响力就会实现进阶。"

项如绪是搞技术的，问："这个全区域的资源，都包括什么？"

"拿一个城市的旅游业为例。"项明章伸出一根食指，讲道，"我们要增加收益，首先要充分了解——全市哪个景区最赚钱，这个景区哪个季节的客流量最大，一天内的峰值是多少，消费高的游客集中在哪个年龄段，这些游客还喜欢去哪儿消费。"

围绕一个景区，可以辐射出多维度的信息。一个城市有多少个景区，景区之间的信息再发生重合和联结，形成新的数据库。

范围接着扩大到东南、华北、珠三角，乃至覆盖全国，这份数据会是什么体量？

项明章说："现在就是要打造一个这样的系统，游客资源管理、计费、盈亏、ROI[①]、拓展潜力分布等，能掌握和运行多方面的数据。"

项如绪道："多模块运行？"

"对。"项明章说，"功能要清晰，模块衔接要丝滑，而且整个系统必须稳固。"

他说完停顿了一下，感觉忘记了某个点，朝秘书位子投去目光，楚识琛暂停打字的手，用唇形提示："文旅。"

项明章恍然。这次的侧重点是"文旅"，除了自然景区，还会包含博物馆、文化馆、艺术馆这一类，会有专门的弘扬文化的宣传标签。

文旅包含文化和旅游，其实管理上是两条线，这次整合到什么程度，还没有明确的定义。

明天上午在北京召开动员会，这个招标项目会正式公布。

项明章说："具体的细则明天就会分晓，项樾接下来要全力争取这个项目，我对各位有信心。"

这一切只是提前做的准备工作，楚识琛充分认同项明章的理念，不打无准备之仗，并且作为上级，鼓励大于施压，精神上要带头争先，过程中要稳扎稳打。

---

① 投资回报率，指通过投资而应返回的价值，即企业从一项投资活动中得到的经济回报，它涵盖了企业的获利目标。

项明章说:"孟焘,你跟我去北京。"

孟焘说:"好。"

因为甲方的特殊性,程序会更复杂、严谨,历时也更长,项明章点名彭昕,吩咐道:"开完会我就给你消息,定好团队名单,把销售打法拟出来。"

彭昕点点头:"明白!"

会议结束,项明章一步从台上迈下,他讲得口干舌燥,拧开矿泉水灌了一大口。

楚识琛做好记录,和项明章率先走出会议室,边走边道:"北京的会议在明天上午八点半举行,今天出发时间会宽裕点。"

项明章说:"订今晚的机票,三张。"

楚识琛问:"除了孟总监,还带谁?"

项明章回答:"还有你,楚秘书。"

傍晚下班,楚识琛抓紧时间回了趟家。突然要出差,全家人挤在房间里帮他收拾行李。

楚太太拿来一套护肤品,说:"北京秋天很干燥的,你先水后乳再精华,洗完脸一定要抹。"

楚识琛根本分不清这些瓶瓶罐罐,说:"去两三天就回来了,不用担心。"

楚识绘说:"你忙的话就不用给我买礼物了。"

"少卖乖。"楚识琛叮嘱道,"过两天就去公司实习了,机灵一点。我拜托过秦总监,让她随便使唤你,你表现好就有礼物。"

楚识绘笑道:"你当我小孩啊。"

唐姨查了天气预报,说:"这两天可能大风降温,给你带了一件呢大衣,常用药放在夹层里面了。"

楚识琛装好电子设备,时间差不多了,司机已经在花园备好车,他拉着行李箱下楼,楚太太和楚识绘送他到大门口。

天黑了,光线晦暗不明,楚识琛回首说再见,一刹那仿佛看见了他的母亲与胞妹。

初任复华银行经理的那一年,他去北平探访一位政客,走的时候,家眷就像这般立在公馆花园里目送他出门。

那一趟远行他永远不会忘记。

正当的诉求被拒绝,遭受一番羞辱,归来后他对当局心灰意冷。

上了车,窗外夜景飞掠而过,楚识琛陷在旧忆里,如同嚼一块老姜,辛辣干涩,唇舌刺痛,要呛出眼泪来。

他只闭了闭眼睛,等滋味过去再睁开,清明似水,把千头万绪都吞进了肚子。

到了机场，楚识琛在咖啡厅和项明章会合，等孟总监也来了，过完安检一起进入贵宾候机室。

孟总监肚子饿了，去自助餐区拿东西吃。

项明章和楚识琛留在沙发上，各玩各的手机。今天一天忙得像打仗，两个人没说过一句多余的话。

距离登机还有半小时，项明章拿出一盒软糖倒了两粒，把手一伸。

楚识琛说："谢谢，我不吃。"

项明章道："这是你在音乐节买的，不尝尝吗？"

楚识琛在项明章的掌心里拿了一粒，没别的味道，就是甜，还有点粘牙，他含在嘴里，说："能不能把明天的会议资料发给我，下飞机到了酒店，我查一查做些补充。"

项明章握着手机挨近，打开传输功能，问："订了几间房？"

楚识琛光顾着看屏幕，没仔细听："什么？"

项明章刚要开口，手机响了起来，来电显示是"项如纲"。

他不接，调成了振动模式，一分钟后对方挂断了。

紧接着第二通打过来，楚识琛问："是不是通知你婚礼的事？"

项明章说："谁有空管他，那就更不用听了。"

一份文件没传完，第三通打来了，这次是项琨。

手机不知疲倦地振动着，项明章咀嚼着软糖，丝毫没有接听的意思。

电话再度挂断，楚识琛瞧出来了，项明章的确不把亲戚长辈放在眼里，伯父堂兄都不如一个项目重要。

然而刚过去五分钟，换成楚识琛的手机响起来，是老项樾那边的一个工作助理打来的，估计是联系不到项明章所以找到了他。

恰好孟总监吃完饭回来，在对面的沙发上坐下。

楚识琛起身走到一边，接通电话："你好？"

手机里说了几句，楚识琛随之严肃，问："情况严不严重？"

又讲了几句，他说："好，你稍等。"

楚识琛没有擅自答复，挂了电话疾步走到项明章身边。别的事就算了，这件事不敢耽搁，他道："项董身体不适，住院了。"

项如纲和项琨接连打来，是通知项明章立刻赶去医院。

公事重要，但项家上下，项明章唯独对项行昭一片孝心。

楚识琛说："项家那边在等你的消息，你要不要回去？还来得及。"

项明章不惊讶、不忧虑，将手机关了，淡淡道："你去打发他们，就说我上飞机了。"

楚识琛压下心头的诧异，去给项琨的助理回电话，还没讲完，手机里变成项如绪的声音，估计项家的小辈都赶到医院了。

项如绪音量克制："楚秘书，我身边没人，你实话告诉我，大哥在哪儿？"

楚识琛说："项先生已经上飞机了。"

"别骗我。"项如绪道，"我知道你也去北京，那你怎么没跟他一起上飞机？"

楚识琛沉吟道："项工，那你应该知道这个项目对公司的重要性，我们耽误不起。"

项如绪生气地说："现在是老爷子生病了！我不想为难你，明章呢，你叫他听电话！"

楚识琛朝沙发上看了一眼，项明章在和孟焘谈事情，他履行职责，听命办事，说："不好意思，项先生不方便。"

挂断电话，楚识琛感觉到一丝异样。

项行昭过寿的时候，项明章不亲自挑选礼物，而是让他这个秘书去操办。寿宴当晚项明章忍不住发脾气，惹得项行昭哭闹伤心。今天项行昭突发急症住院，项明章毫不犹豫地选择了出差。

项行昭得了脑退化症，喜怒无常，送什么礼物无所谓，所以项明章一时敷衍。寿宴被触动逆鳞，所以项明章失控。这次的项目至关重要，所以项明章难以割舍。

可事不过三，如果每一次都有借口，就等于没有借口。

但楚识琛那一次在项家大宅亲眼见过，项明章对项行昭百依百顺，老人家也唯独对项明章重视依赖。

难道是假的？

到时间登机了，项明章朝他招了下手，说："走吧。"

楚识琛想不通个中缘由。罢了，家事私隐不是外人该操心的，他跟上去，将手机调成了飞行模式。

头等舱环境舒服，项明章带了两本诗集。夜间飞行不适合看长篇巨作，这种一行几个字的护眼文学最适合。

他问楚识琛："还有一本，你看吗？"

旁边的座位上没反应。

项明章扭头去瞧——楚识琛坐相端正，神情肃穆中透着憧憬，一双雪亮的眼睛缓缓扫过整个机舱。

这是楚识琛第一次乘坐现代飞机，倍感新鲜。机身内的结构和设施哪里都好，噪声也小，只可惜舷窗外黑漆漆的，看不到浩瀚云层。

两个小时后，飞机在北京安全降落。

酒店的专车在机场等候，一路上，楚识琛静默地望着窗外。

万家灯火中依稀辨得出皇城旧貌，行经繁华市区，他才恍觉昔日的北平大改了模样，变成了首都北京。

虽然是晚上，但预订的酒店离会议中心不远，门口车辆络绎不绝，今夜赶来下榻的人不在少数。

大厅前台，排着几支队伍办理入住手续，楚识琛拿着证件站在末尾。

孟总监有些晕车，去洗手间了。项明章把箱子交给了行李员，在队伍外侧无所事事地晃荡。

晃到楚识琛旁边，项明章貌似不经意地问："给我订的什么房间？"

这两天房间紧俏，订的时候选择不多了，楚识琛说："行政套房。"

项明章又问："你和孟焘呢？"

楚识琛说："我们在普通贵宾房。"

项明章："你们？"

楚识琛脸颊半侧："反正差旅费充足，我们当然是一人一间，项先生以为呢？"

项明章说："充足就好，超过预算从你们薪水里扣。"

"原来你担心的是价钱。"楚识琛拿起手机，"双人标间便宜，可以改订。"

项明章反口："不许改。孟总监晕车需要好好休息，你打呼噜影响了人家睡觉怎么办？"

楚识琛垂手钩住隔离队伍的丝绒绳子，无视项明章的造谣，他不聊了："你能不能离远一点，别人以为你插队。"

三个人的房间在同一层，办完入住手续上楼，楚识琛先给家里打电话报了声平安。

北京的气温略低，洗完澡，楚识琛抱着电脑转了一圈，干脆上床钻进被窝里查阅资料。天花板上的灯光直射屏幕，看得久了眼角酸痛。

将近凌晨时，手机收到一条微信，项明章料到他没睡，发来：明早七点半出发，早点休息。

楚识琛回复：好，晚安。

第二天黎明时分，走廊上的脚步声陆陆续续地没有停过。

楚识琛收拾妥当去对面房间找项明章，孟焘休息一晚恢复了精神，他们简单吃了个早餐，出发前往会议中心。

礼堂的接待大厅里，来来往往聚满了参加会议的公司代表，除了业内有名的大公司和集成商，还有许多专门研发单一组件的厂商。

好比生产一台汽车，核心驱动由甲公司负责，轮胎由专门制造轮胎的乙公司负责，一个复杂的系统也需要这样分工来降低成本。

签了到，楚识琛与项明章并肩朝前走，说："假如整个系统由项樾负责，其中一个硬件要单独找一家厂商来做，这个厂商需要甲方决定吗？"

"不一定。"项明章解释，"一般大公司都有友好合作的厂商，只要这家厂商的资质、报价都符合招标规范，甲方不会耗费时间去干预。"

他们正说着话，迎面走过来一个男人，说："项先生，幸会啊。"

打招呼的男人是"智天创想"的CEO，商复生，年近五十，穿着一身低调的深灰色西装，走近了，他朝项明章伸出右手。

项明章回握，笑道："商总，我刚才还在想会不会遇见你。"

"我就是来凑个热闹，瞎溜达。"商复生矮一头，笑容亲切，"昨天到北京的？"

项明章说："昨晚。"

商复生道："开完会我做东，一起吃顿饭，难得来北京一次，让我尽一下地主之谊。"

项明章答应："那我却之不恭。"

楚识琛昨晚看过资料，智天创想是业内排得上号的大公司，总部设在北京，业务主要覆盖北方市场。

项明章大二开始创业，那个时候商复生已经威名在外，等项樾进入初期发展阶段，人力和技术还不够稳定，被智天创想撬走过不止一个大项目。

以项明章的个性，必然是加倍讨过债的。之后项樾不断做大，近些年占据的市场份额超过了智天创想。

双方占据一南一北，还算相安无事，一旦遇上这值得过招的大项目，谁也不肯落了下风。

等商复生走开，楚识琛说："这位商总好像很有信心。"

项明章道："竞争对手见面，没底也要装出十二分的自信。"

楚识琛问："晚上真的要跟他一起吃饭？"

"他愿意破费，我们就赏个光。"项明章道，"你不是说北平的烤鸭很香吗，晚上多吃一点。"

楚识琛表情凝固，迟了半拍："是北京。"

该入场了，会议大厅能容纳上百人，气氛庄重，这个万众期待的文旅项目正式拉开序幕。

官方讲话一向高大上，会议进行三十分钟后终于谈到了重点，然而专业性的东西表达得很模糊。

最重要的需求缺少细节，不够具体。

对乙方的标准不太明确，针对性弱。

这算是官方会议的通病，叙事太宏大。项明章料到了，挑着重点记了记。

楚识琛翻阅公开文件，习惯性地查数字。这个项目初步投入有几十亿元，各地财政分摊。

会议前半场鸦雀无声，后半程终于有了点动静。因为项目体量大，官方有意分拆成两个标，由两家公司负责。

众人虎视眈眈，却要一块蛋糕分两半？

这无疑是个变数，孟焘凑来问："项先生，您有确切的消息吗？"

项明章摇摇头，安慰道："这只是官方的一种倾向，只要没签约盖章，就有任何操作的可能。"

会议持续到中午，结束后，人群四散，各怀心事。

商复生的助理追上来，邀请他们共进午餐。项明章既然答应就不会反悔，正好聊一聊，探探对方的态度。

餐厅在一家酒店内，国宴水平，午间只接待两桌。

上百平方米的包间幽雅清静，偌大的圆桌中央装饰着一只青瓷瓶，细瓶口，几株初绽的黄梅羞怯招展。

商复生带着助手和智天创想的总经理，也是三个人，开玩笑说像是双方谈判。

冷盘端上来，每人斟了一盏茅台酒，项明章说："感谢商总做东。"

商复生一饮而尽："是我的荣幸，各位随意。"

楚识琛这段时间滴酒不沾，今天破了戒，不过白酒没有想象中辛辣，入喉留下一片淡淡的灼热。

这时，服务生推着一辆餐车进来，车上的白瓷盘里是一只色泽金黄的烤鸭。

隔着桌面，楚识琛正对餐车方向，他越过黄梅盯着厨师娴熟的动作，一片片焦脆流油的烤鸭被切下来，摆列整齐。

他上一次坐在北平的高级餐厅里看人片鸭子，是一九四一年。

当时一笔救济物资去向不明，各界爱国人士要求公开账目，银行焦头烂额，他辗转调查到物资被扣留在北平，立刻带了一名襄理来京谈判。

主事的官员叫丘局长，位高权重，却无视银行的诉求和民众的声讨，一味打太极，几番交谈没有取得丝毫进展。

他在北平逗留了整整七日。

前三日是他不肯放弃地一次次登门上诉；后四日是警局出动，名为保护，实为控制他的人身自由。

最后一夜，他被带到一家餐厅里，连日的磋磨令他消瘦几分，但锐气不减，丘局长打量他半晌，说："沈经理，请坐。"

沈若臻正一正衣襟，坐下来。

一道片好的烤鸭端上桌，丘局长说："沈经理是南方人，恐怕不会吃，可以让这里的伙计教一教。"

沈若臻面无表情，看服务生将鸭肉蘸了酱，加上葱丝裹入饼中，卷好的烤鸭放进他的碟子里，他开了口："这是不是我在北平的最后一餐？"

丘局长道："是走是留，是践行还是别的什么，要看沈经理怎么选了。"

沈若臻拿起筷子，夹起烤鸭囫囵地吃进口中，一滴酱汁掉在了雪白的盘子上。

丘局长摇摇头："要拿起来吃才地道。"

沈若臻眉梢轻纵，露出一丝意味深长的嫌恶："我怕脏了我的手。"

丘局长一顿，随后兴味盎然地笑起来，晃动着酒杯说："那可如何是好，在下馋得很，能否劳烦沈经理帮我卷一块？"

窗外覆雪的街上，一辆汽车急急刹停，复华银行的襄理被人扭着双手丢了下来。

沈若臻脸色晦暗，一声不吭地从椅中起身，学着服务生的做法卷了一块烤鸭，放进丘局长的餐碟。

丘局长咬了一口，说："脆皮太少，不够香。"

沈若臻卷了第二块，丘局长说："葱丝放多了，喧宾夺主。"

沈若臻卷了第三块。

丘局长吃完咽下，道："沈经理真是能屈能伸，我很欣赏，可惜物资你带不回去。"

沈若臻说："我以为物归原主乃天经地义，是我天真了。"

"没办法。"丘局长言辞恳切，实则句句威胁，"当下的时局，北平也很紧张，饿狼咬了肉怎么肯松嘴？不但物资你带不走，如果再不依不饶，你也未必走得出皇城根儿。"

沈若臻洗净了满手油腻，从餐厅出来，正是隆冬时节，寒风吹干手心手背的水珠，刺骨地疼。

高官如无赖，在里面佳肴美酒，外面凄风残雪，不知道多少条人命因为一笔被扣押侵吞的物资成了冻死骨。

襄理蜷缩着肩膀迎上来，心酸地问："总经理，我们怎么办？"

沈若臻说："回吧。"

襄理担心道："回去怎么交代啊……"

沈若臻呼出一口白气，转身踏雪而行，心灰意冷间隐隐萌生了新的念头："我会再想办法。此路不通，那就另寻出路。"

酒香扑鼻，楚识琛回过神，服务生走来帮他斟满了一盅。

片好的烤鸭被送上桌，他关于北平的记忆，抛却不愉快的，便只剩那口香喷喷的烤鸭。

楚识琛端起酒盅，喝了个精光。

这顿饭吃了很久，双方就会议内容交换看法，各有保留，互相试探。

下午没有其他安排，吃完就回酒店了。项明章在席间就注意到楚识琛有些不集中，加上一路不寻常的沉默，他以为是喝了酒的缘故。

孟总监在一边，项明章说："睡个午觉，休息一下吧。"

楚识琛点点头，进了房间。

他胸口发闷，摘掉领带，解开四颗衬衫纽扣。被子铺得一丝不乱，他仰面倒在床上压出了一片凹痕。

手机从兜里滑出来，响了一声。

项明章不放心，发来消息问：你怎么了？

慰藉之余，楚识琛却想不到周全的借口，感觉胸口更闷了，他挑了个毛病，回复：我眼睛疼。

按下发送，他又后悔了。一个大男人，好像在跟项明章诉苦似的，纠结着错过了撤回的时限。

幸好，项明章没有继续回复，大概没有在意。

楚识琛放下手机，躺平翻了个身，刚合上眼，房间的门铃就响了。

心中隐有预感，楚识琛下床迅速走到门边，一打开，项明章立在门口，手里拿着一小瓶眼药水。

"滴两滴再睡觉。"

楚识琛伸出手："谢谢。"

项明章却没给他："我大老远过来给你雪中送炭，不让我进门？"

楚识琛受人恩惠，不好意思拆穿，从对面房间过来有多远啊？

普通贵宾房没有独立客厅，一眼望得到头。窗帘大敞着，阳光照得被褥雪白，项明章朝床边走，说："你躺下，我帮你滴。"

楚识琛骨子里被伺候惯了，闻言上床躺平，乌黑发丝散在浅色的枕头上。

项明章坐在床畔，俯身笼罩在他上方，他顿时有些不自在，连续眨了几下眼睛。

"这让我怎么滴？"项明章牢骚着，一只手托住楚识琛的头，拇指指腹按着眼尾，"别动，睁着。"

楚识琛全身凝固，一滴冰凉的液体坠入眼眶。

双眼滴完，项明章说："闭上吧。"

楚识琛闭上眼睛，问："这样就好了？"

项明章揉过那一丛细密的头发，收回手，说："好了，睡吧。"

楚识琛闭着清润的眼眶没有睁开，黑暗中思绪沉浮，睫毛湿漉漉地低垂在眼下。

项明章静坐不语，等呼吸匀了些，拽过被子给楚识琛盖上，然后伸出手，把楚识琛额前的头发扫到一边，以防扎着薄薄的眼皮。

笔记本电脑搁在床头柜上充电，项明章自言自语道："怪不得眼睛疼，昨晚查资料熬夜了吧。"

楚识琛半梦半醒，意识混乱地接腔："嗯。"

项明章失笑，嗯什么嗯，又问："现在呢，还疼不疼？"

没动静，项明章不肯走："问你呢，楚识琛？"

"不……"

"不什么？"项明章道，"不疼了？"

枕上的人已入旧梦，全无防备，忘记了一切伪装。

他喃喃道："不是楚识琛。"

项明章一愣。不是楚识琛？

没头没脑的这么一句，是什么意思？

他琢磨着这句话，觉得奇怪，听起来不像是自我否定，而是以另一个人的角度进行否认。

项明章微微俯近，叫道："楚识琛？"

枕头上的面容安稳无虞，胸膛起伏着，绵长的呼吸拂出淡淡的酒气，楚识琛已经睡熟了。

项明章没有得到回答，一句无意识的梦话而已，何必想那么多。他给楚识琛掖了掖被子，把眼药水留在了床头柜上。

返回对面的行政套房，项明章跟销售部开了个视频会议，远程处理了一些公务。开完会，他给许辽打了通电话。

今天一整天家里没人打来，大概都在恼火他这头白眼狼，等电话接通，他道："老爷子住院了，你去查查到底什么情况。"

许辽一向寡言，说："知道了。"

挂断前，项明章突然说："还有，再帮我办一件事。"

北京的秋天免不了一场大风，楚识琛半夜被风声吵醒，房间里一片漆黑，让他短暂地分不清身处何地。

这一觉做了好几个梦，全是当年旧事，仿佛怕他会忘了。

楚识琛睡不着了，也懒得动弹，躺在床上直到天色将明。

他爬起来，身上的衬衫西裤睡了一夜皱巴巴的，便洗完澡换了一套。

今天继续开会，他们约在酒店一楼的咖啡厅吃早餐。

楚识琛最后一个到，拿了一份报纸，拉开椅子坐在项明章旁边，孟泰说："楚秘书，没帮你点餐，项先生说你喜欢喝热咖啡，怕凉了。"

"没事，我自己来。"楚识琛打开经济版面，目光沿着版头从左向右，一路扫到了旁边的位子。

项明章穿了一身黑色西服，领带是暗色花呢的，不那么沉闷，说："休息够了吗？"

楚识琛回答："嗯。"

项明章道："别让自己太累了。"

昨日的疲态并非劳累使然，楚识琛掩饰道："没关系，是茅台的酒劲儿太大了。"

项明章问："这次破戒了，以后还喝不喝？"

楚识琛决定看情况，应酬场合在所难免。报纸翻过一张，抬眸间他注意到两个男人拉着行李箱走进咖啡厅。

一个是李桁，另一个应该是他的助手。

项明章也看到了，搅动着咖啡说："他也来北京出差？"

这场动员会备受业内关注，遇见同行并不稀奇，但会议昨天就开始了，没道理错过第一天的重要内容，第二天才来凑热闹。

可这个节点来北京，着实有点太巧了。毕竟北京本地拥有成熟的企业资源，以渡桁的规模，不足以跑到别人的地盘分一杯羹。

项明章问："你们最近见过面吗？"

无须讲得太明白，楚识琛懂了，说："大家都忙，偶然遇见也算见面。"

楚识琛搁下咖啡，离开椅子朝李桁走过去。他的长相和身段都显眼，李桁很快就瞧见他，"哟"了一声。

虽然上次争吵一番，还稍微动了手，但成年人不会幼稚地"闹掰"，惯会装模作样，楚识琛说："看着像你，我刚才在那边的桌子。"

李桁望见了项明章，说："这么巧，公司出差吗？"

"来开会。"楚识琛大方地说，"昨天到的，明天走，你呢？"

李桁笼统道："我也是出差。"

楚识琛主动说："都住在这个酒店就方便了，晚上有空的话一起吃顿饭吧。"

李桁说："好啊，没问题。"

打过招呼，差不多该出发了，酒店专车送他们前往会议中心。

会议一共召开两天，政策由文旅部发起，联合各省市的文旅局等部门响应，各部门派代表来参加，多多少少都要上台讲几句话。

涉及项目的核心内容昨天讲过了，今天的会议相对轻松。

会场内保持安静，讲话的领导语速缓慢，一句一歇，三张稿子讲了快一个钟头，四壁折射着回音，听久了感觉头皮发麻。

楚识琛专心致志，倒不是他意念强大，主要是从小跟着父亲听会，头上胎毛都没褪尽呢，哪听得懂，一打盹儿就被掐脸蛋、弹耳朵，回家还要罚抄一篇文章，这般耐性都是硬生生磨炼出来的。

手机调成了静音，屏幕一亮。

楚识琛瞥了一眼，是老项樾的那位助理，这两天发了十几条信息过来，他除了打太极也没别的法子。

项家一定闹了不小的意见，如果项如绪告诉长辈实情，项明章的罪过恐怕更加严重。

楚识琛一面担忧，一面不平衡。公事他可以任劳任怨，但上司的家事他不太喜欢代为处理。

他是项樾的秘书，又不是项明章的管家。

如此忖着，楚识琛觑向一旁的当事人——项明章略微懒散地靠着椅背，右手臂搭在桌上，正握笔疾书，指关节因为用力而泛白。

楚识琛凝神听，台上正在讲大搞区域整合的决心，感觉没有必要做笔记。

他环顾周遭，孟总监托着下巴一动不动，场内其他人皆是老僧入定的姿势。

可项明章的专业度一向可靠，楚识琛怀着虚心靠近了些，垂眸一看，纸上笔走龙蛇，居然默写了一首诗。

楚识琛将稿纸抽走，上面写着《赞须菩提》——伎俩全无始解空，雨花动地泄机锋。欲求静坐无方所，独步寥寥宇宙中。

这大会活活把人开出禅意了。

楚识琛把稿纸归还原位，悄声说："项先生，你很闲啊。"

项明章一点不尴尬，写完诗，在空白处画了个几何图形，开始给项樾设计新LOGO，说："楚秘书，我很无聊。"

本就成绩拔尖，预修做得足够充分，现阶段该掌握的都掌握了，今天来像是在混学分。

楚识琛想起公司书画展厅里的辛弃疾词，问："那幅《破阵子》是什么时候写的？"

"两年前，"项明章停笔，"老爷子中风之后。"

楚识琛颇感意外。那幅书法笔触愤慨，写的人心中似是有滔天的意难平，可项行昭生病，为什么项明章会产生这样的情绪？

还是他鉴赏力不够，领悟错了？

楚识琛不解，自认也没有权利过问，如无意外明天就回去了，他说："老项樾那边一直在发信息，回去以后你打算怎么应付？"

项明章很沉得住气："回去再说。"

楚识琛道："项工知道你上飞机是撒谎，要是坦白，你家里人一定很生气。"

项明章心里清楚："担心我啊？"

楚识琛的声音掩在弥散的回音下："对。"

项明章倏地停顿笔尖，扎在白纸上。

"哦，"项明章得寸进尺，"有多担心？"

楚识琛说："一颗纽扣那么多。"

项明章无语道："这算什么计量方式？纽扣那么小，掉在地上都找不到。"

明明不单找到了，还收在抽屉里不肯丢。楚识琛没有拆穿项明章，抿着唇齿无奈地笑了一下。

下午开完会，回到酒店，楚识琛晚上约了李桁。

两个人在酒店的中餐厅见面，以家事开场，聊到楚识绘去公司实习，李桁不太清楚，他最近和楚识绘联系得不太多。

之前的矛盾或多或少会有些影响。感情是私事，楚识琛没多问，将话题引到了工作上面。

"会开完了，我们明天早晨回去。"

李桁说："我还得再待几天。"

楚识琛夹了一根青菜，问："在忙新项目？"

"我就是瞎忙，跟你们项樾可比不了。"李桁笑起来，"大老远来一趟，顺便逛逛呗，给小绘和伯母买点礼物带回去。"

楚识琛说："我还没得空给她买呢。"

李桁玩笑道："哎呀，那你还是别买了，把我买的比下去怎么办。"

两个人对之前的龃龉闭口不谈，当作没发生过，真释怀也好，装大度也罢，总之桌上的气氛还算愉快。

吃过饭，楚识琛去酒店大堂溜达了一圈，当作消食，上楼后没回房间，按响了对面套房的门铃。

项明章刚和孟焘谈过事情，茶几上散着几张草稿，他泡了一杯热茶递给楚识琛，说："见过李桁了？"

楚识琛道："他嘴很严，谈到公事就绕弯子。"

如果是普通的出差，不至于遮遮掩掩，项明章说："其实就算跟这个项目有关也没什么，这么多家公司竞争，渡桁还排不上号。"

楚识琛想到了这一层，可两天的会议李桁都没参加，他说："我去前台打听了一下，李桁白天用了酒店的专车，去了中关村。那是什么地方？"

项明章说："很多科技公司都在中关村，他要办事或者谈业务，去那儿倒也正常。"

楚识琛暗忖片刻，问："智天创想也在吗？"

项明章说："在。"

两人的目光交会于灯下，熠熠灼灼。谈到这儿，谁也没有继续深入假设，毕竟证据不够，但心里对于可能发生的一切情况，已经提前有了底。

楚识琛喝完那杯茶，滋润了两日来的干燥，说："没别的事，我回房间了。"

项明章一并起身，问："明早几点出发？"

"八点出发去机场。"楚识琛说，"都安排好了，早点休息，晚安。"

项明章自认不算细致体贴，但察觉到楚识琛这一趟来北京不太对劲儿，若有似无间，沉稳得像有心事，说得肤浅一些好像不开心。

他把人送到门口，试探道："去南京的时候恋恋不舍，来了北京不想逛逛？"

旧忆难堪，楚识琛没有太强烈的憧憬，唯独向往一个地方，可惜时间太晚了，他说："算了，以后有机会再说吧。"

项明章问："你想去哪儿？"

楚识琛几乎一字一顿，回答："天安门。"

项明章说："那不难办，只要你起得来，明天早晨我可以陪你去看升旗。"

楚识琛眼眸一亮："真的？"

项明章心说又不是什么大事，好笑道："反正搞旅游项目，顺便去逛一圈倒也合情合理。"

楚识琛回到房间，期待得睡不着。他从报纸和网络上翻阅过大量天安门的记录，终于能有机会亲眼看看了。

凌晨三点钟，楚识琛收拾妥当。半夜刮大风，气温降了七八摄氏度，他穿上了唐姨给他带的大衣。

走廊静悄悄的，楚识琛和项明章一同出门，叫了辆出租车，司机操着一口京片子唠叨了一路。

建国门，长安街。

楚识琛反复低哝了三四遍，到目的地下了车，他感觉自己在出洋相，像不太机灵的动物初次下山，迷失在斑斓广阔的大道上。

幸好有人陪他，项明章说："跟着我。"

▶ 214

楚识琛听话地一路跟随，下台阶，过安检，穿过一条长长的地下通道，等再度踏上地面，秋风猎猎，他已站在天安门广场上。

前方聚集了好多人，楚识琛疾步追上去附在人群之外。他个子高，足以看得清楚，正前方竖立着一支高耸的旗杆。

项明章停在他身侧，悄声道："准备升旗了。"

所有人的目光汇集向一处，楚识琛却抬起头，遥遥望向长街对面的天安门。

正中的照片栩栩如生，楚识琛不敢眨眼，站在原地浑身动弹不得，唯有心头翻江倒海。

陡地，国歌奏响。

楚识琛脑中轰鸣，什么丘局长，什么申诉无门，什么折辱威胁……

红旗抛向高空！昏暗时代的腌臜秽事，凶年乱世的滔滔憾恨，随之一并抛却了！

狂风一荡，呼啸声震耳欲聋，恰如当年街头巷尾、港口家门、战场堡垒上的呐喊！

旗帜招展，映在楚识琛眼中一片血色，烫得他颤抖。

他的眼睛又痛起来，此刻没有眼药水能缓解，他下意识地寻找送给他眼药水的救星。

项明章亦严肃庄重，忽然被拉了一下手臂，他转过头，楚识琛双目赤红，眼眶里润得要浸出泪来。

项明章低声问："激动吗？"

楚识琛点头，字句铿锵地说："是，万分激动。"

项明章又道："要哭吗？"

黎明已至，天安门上空露出一线晨光，楚识琛极尽克制，依旧有些哽咽："在这里哭，在此时哭，不算失态。"

他正大光明。

说着，一滴眼泪从他的眼角流下，烫得灼人，落在这片大地上。

他怔忡地挺立在秋风里，人潮四散仍不肯离去。

项明章叫他："楚识琛？"

不，他在心里回答。长安街，红旗下，天地可鉴，朝阳可闻——

我是沈若臻。

楚识琛是被项明章拖走的。

上了车，楚识琛不舍地望着天安门的方向。到机场上了飞机，起飞腾升，他殷殷地望着舷窗之外。

高空云海奔涌，亦如他无法平复的心潮，在天安门目睹的一切对他而言终生难以忘怀。

项明章没料到楚识琛会有如此强烈的反应，问："还在激动？"

楚识琛觉得但凡遮掩一分都算亵渎，回答："嗯，非常激动。"

项明章的脑海中闪过天安门广场上的黎明，旭日东升，楚识琛在早霞和秋风里落泪。

那般模样，那副神情，真挚与悲切交织，不像失忆后的空茫无状，更像万端千绪齐发，在肉体凡胎的躯壳里静默地崩溃。

亦不似芸芸观光的旅客，仿若过尽千帆的归人。

项明章陡地想起那一句呓语……不是楚识琛。

转念又觉得荒唐，他命令大脑"终止程序"，拿出没读完的诗集翻开。

楚识琛久久对着缥缈云层，脖颈都酸了，忽然想起还没跟项明章道谢，扭头一瞧，项明章颔首闭目睡着了，小桌上平摊着诗集，一只手压在书页正中。

航班太早，机舱内俱是或沉或浅的眠息。楚识琛轻轻捉住项明章的手腕，提起来，然后将桌上的诗集抽走。

突然，项明章反手抓住他，睡梦中仍保持警觉。

楚识琛进退维谷。过道另一边，孟总监动了一下朝这边看过来，楚识琛条件反射，"唰"地抽回了手。

项明章手臂垂落，醒了，惺忪地问："怎么了？"

楚识琛拿着书，说："没事……借我看看。"

还剩一个多钟头的归程，楚识琛安静地看书。人在万尺高空浮游，伴随虚虚实实的抒情句子别有一番意境。

快读完时，他从大衣口袋里摸出几张便笺，每逢外出都会随身带着。比起手机备忘录，他更喜欢用笔记下来。

空乘提醒，飞机准备降落。

项明章补了一觉恢复精神，问："看完了？"

"嗯，"楚识琛说，"直接装包里吧。"

飞机安全着陆，从航站楼出来，阴着天，空气比北京潮湿许多。

今天不必赶去公司，各回各家休息调整，项明章朝街边扫了一眼，说："孟焘，你先打车走吧。"

孟总监招手叫车，说："项先生、楚秘书，那我先回了。"

街边停着一辆号牌吉利的豪车，是静浦项家大宅的车，司机等候已久，说：

"项先生,总经理派我接您去医院。"

总经理是项环。车门拉开,项明章问楚识琛:"累不累?"

楚识琛摇摇头,陪项明章一起上了车。

项行昭住在一家高级私立医院,一整层病房没有其他病人,几位董事过来探望,在病房隔壁的会客室里喝茶。

助理来通知:"项副总出差回来了。"

大家纷纷等在走廊上,项明章带着楚识琛一起出现,没跟任何人打招呼,不知是理亏无言,还是倨傲得不需要跟谁交代。

项明章径直进了病房,客厅里项琨和项环都在,项如绪背着包,估计是请了假从公司过来的。

楚识琛关上了门。

项明章叫道:"姑姑,大伯。"

项环描着淡妆,遮不住沉郁的脸色,问:"刚下飞机?"

"嗯,"项明章说,"我先去看爷爷。"

"你爷爷在睡觉。"项琨在沙发上坐着,眉宇一团黑云,"你爷爷不会一直睁着眼等你,你要是等不及,可以走人。"

项明章姿态挺拔,说:"我等爷爷睡醒。"

项琨道:"那真是辛苦你了。你独立操持一家公司不容易,那么忙,忙得什么都顾不上,顾不上听电话,顾不上取消出差,大概哪天还会顾不上你爷爷的命。"

项明章说:"大伯,这话会不会太严重了?"

项环问:"你爷爷在里面躺着,你觉得不严重?"

项琨一下子从沙发上站起来:"老爷子多大年纪了?中风,脑退化,每天靠中药西药一起养着,你不当回事的小病小灾,对他来说都是可能挺不过去的危险。"

项如绪一向当和事佬,这次也不帮忙了,说:"明章,爷爷万一有什么不测,就算你挣到天大的项目又怎么样,你后半辈子都会后悔。"

项琨质问:"项明章,你会后悔吗?"

项明章没有正面回答,说:"我不会让爷爷有事。"

项琨一声嗤笑:"你爷爷在睡觉,听不见你的好听话,既然自诩孝顺就装得像一点,不要人前扮贤孙,人后原形毕露!"

"行了。"项环说,"错了就认,都别吵了!"

项明章说:"那要看大伯肯不肯。"

"你还记得我是你大伯?"项琨怒道,"你是我亲侄子,平时张狂我懒得跟你计较,这儿不是公司,不是你能拿权势说话的地方,你叫我一声大伯,我就替他们管教管教你！"

项明章轻昂下巴："他们是谁？"

项琨说："你爸妈。"

楚识琛冷眼旁观，大户人家里的龃龉并不罕见，项明章稳重成熟，该怎么承受不需要外人操心。

但这一瞬，项明章沉下脸，额角青筋跳动，仿佛浑身的肌肉都绷紧了。

隔着玻璃门的治疗室里是项行昭，一墙之隔的走廊上是各位董事，项明章来迟是事实，如果控制不住跟长辈吵起来，里外惊动只会更加理亏。

楚识琛一步上前，抬手按在项明章的脊背上，说："项董好像醒了。"

大家立刻看向治疗室。项明章后脊微麻，压着他的手掌用了些力，他紧绷的身体渐渐松弛下来，犹如一块掀起的逆鳞被抚平。

项明章换了副神色，说："我去看看爷爷。"

病床上，项行昭平躺着，鼻腔发出粗重的呼吸声。他一天要睡很久，但睡不踏实，轻易就会被惊扰醒来。

项行昭睁开浑浊的双眼，不像平时那么空洞，反而异常专注，定定地看着项明章。

"爷爷。"项明章弯下腰，又叫了一声，"爷爷，我来了。"

项行昭凝视着他，良久，沙哑地"啊……啊……"，努力地抬起一只手。项明章双手握住，问："爷爷，你哪儿不舒服？"

项行昭说不清："明章，回，回来。"

项明章温声道："我回来了，今晚留在医院陪你。"

楚识琛说不清什么感觉。项琨有些话骂得没错，项明章背地里的确薄情，可此时祖孙情深，究竟哪个是真的，哪个是假的？

项行昭很快又睡着了，大家从治疗室退出来，项环说："老爷子需要多休息，病房有齐叔和护士照顾，都先回去吧。"

项如绪担心再吵起来，说："爸，你去不去公司，我送你。"

虽然项琨发作了一场，但没提项明章撒谎上飞机的事，估计项如绪瞒下来了。项琨一走，外面的董事也一并离开了。

天色灰沉，快要落下一场雨。

从医院出来，楚识琛招手叫了一辆出租车，医院距离楚家很远，他对项明章说："先送你吧。"

上了车，项明章报上地址，但不是波曼嘉公寓。

半小时后，出租车停在路边，一排茂密的老树掩映着一片洋式建筑，楚识琛颇觉熟悉，然后看到了一面招牌，云窖。

是项明章带他来过的酒吧。

楚识琛没点破。项明章今天够狼狈了，这么大个人被长辈责骂一顿，还差点失态，八成是来借酒消愁的。

下车前，项明章说："谢谢你陪我去医院。"

楚识琛说："没事，不用谢我。"

项明章道："回家好好休息。"

楚识琛"嗯"了一声，门关上，对司机道："走吧。"

项明章进了云窖，零星有几桌客人在喝酒聊天，他走到专用卡座，没一会儿，许辽拎着一瓶酒和两只酒杯过来，在对面的长沙发上坐下。

项明章拨开袖口看了眼手表，说："不喝酒了，下午还要整理文件。"

许辽问："去过医院了？"

"嗯，直接从医院过来的。"项明章靠着软垫，放松地搭起一条腿，手指蹭到裤兜感觉少了点什么，"怎么样？"

许辽拿出一份报告单，说："肠胃毛病，不严重。"

项明章展开看完，捏皱了丢回茶几上。他在机场就猜到了，要是项行昭真的突发恶疾，静浦大宅里的老仆会第一时间联系他，还轮得着项如纲来通知？

许辽问："被你大伯借题发挥了？"

项明章左耳进右耳出，无所谓，不过当着楚识琛的面被项琨教训，多少有些难堪。

抓起桌上的冷水杯，这次不是青柠，改成了薄荷，项明章喝了一口："对了，让你办的事怎么样了？"

许辽说："你最近让我办了那么多事，你指的哪一件？"

项明章烦道："星宇。"

许辽的右眼尾缝过针，平时总垂着眼，说："办妥了。"

项明章点点头："那就好，让他别再跟楚识琛见面，别再有任何联系。"

说完，他仍嫌不够："再查一查还有谁曾经和楚识琛牵扯不清，全都打发了。"

许辽早就感到好奇，问："楚识琛是什么人？"

项明章说："我秘书。"

"你秘书？"许辽没说别的，笑道，"你还有什么吩咐？"

项明章将薄荷水一饮而尽。人真是矛盾，白水不够凉要加冰块，可是薄荷泡多了又觉得太清凉。

他对楚识琛的感觉也是如此。

现在的楚识琛和过去大相径庭，能力、谈吐、爱好都天翻地覆。项明章忍不住疑虑，一个活生生的人，就算丧失记忆，真的能和曾经分割开来变得完全不同吗？

他想了解楚识琛更多，越多越好。

项明章沉吟着，说："我想知道几件事，楚识琛以前喜不喜欢玩表，尤其是怀表；他喜欢去什么样的地方旅行，都去过哪些地方；他在国外留过学，念的好像是艺术，那有没有学过别的专业，比如经济。"

许辽忍不住想调侃一句，抬起眼睛，目光却定住了。

项明章道："怎么了？"

许辽问："那位楚秘书是不是一表人才？"

项明章一顿，顺着许辽的视线回过头去。

卡座背后的几步之外，楚识琛面若冰霜，手里拿着项明章掉在出租车上的证件夹，不知站了多久。

项明章"噌"地站起来，不知道该说什么，他刚才的每一句话都已经说得明明白白。

楚识琛看了他几秒，扬手一扔，把证件夹抛过沙发靠背，说："你东西掉了。"

说完，楚识琛转身就走。

项明章追出云窖，天空浓云密布，那辆出租车停在路边，楚识琛头也不回地上了车。

项明章大步绕到另一边，打开车门坐了进去。

司机有点蒙，目光在两个人之间巡睃，然后识趣地选择了沉默。

楚识琛正襟危坐着，车厢里晦暗的光线虚罩在脸上，将他的眉骨和鼻梁描出一道浅灰色的细线，陡峭锋利。

他以为音乐节结束了，星宇的事也随之告一段落，万万没想到，项明章不只是口头警告他不许和星宇联系，还在背后把人"打发"了。

"楚识琛"过去和哪些人牵扯不清，他从来没兴趣了解，更不会去挖掘一二，项明章却高瞻远瞩，以防他跟谁有瓜葛。

楚识琛觉得荒唐，冷冷地问："项先生，你这样大费周章是什么意思？"

既然被撞破了，与其冠冕堂皇地矫饰，不妨坦荡一点，项明章说："重视你的意思。"

楚识琛道："那我不值得你重视，我也接受不了这种重视。"

"哪种？"项明章不悦地说，"你失忆了，什么都不记得，我让曾经那些乱七八糟的人离你远一点，有什么问题？"

楚识琛回道："既然我不记得，你何必多此一举？是担心我被人骗，还是你打心眼里觉得我轻浮难改，不信任我？"

项明章问："你现在是为了那些无所谓的人跟我生气？"

"难道我应该谢谢你？"楚识琛说，"谢谢你搞定那些无所谓的人，然后呢？下一步就该调查我了。"

项明章解释道："我也想直接问你，但你什么都不记得，所以我只能找人帮忙。"

楚识琛忍不住抬高音量："那你为什么非要知道？"

项明章回答："我想多了解你一点。"

楚识琛的眼底闪过一丝慌乱。怀表、经历、学识，项明章企图了解的每一桩都与过去的"楚识琛"相悖。

他紧攥着拳，指尖扎在手心切断了丝缕掌纹，说："我不想被你了解。"

项明章怔住，脸色顿时难看至极："楚识琛，你说什么？"

车厢中的气氛急转直下，两个人的表情几乎凝结成冰，司机一动不动地贴着椅背，连气儿都不敢喘了。

楚识琛滑动喉结，每个字都艰难地从喉间吐出，再包装得斩钉截铁，他重复道："我不想被你了解，希望你不要过界了。"

项明章隐有愠色："过界？现在才警告我会不会太迟了？"

楚识琛沉声说："那就到此为止。"

项明章强压着火气："怎么，要跟我划清界限？"

楚识琛说："是。"

"好啊。"项明章傲慢地笑了一声，"那就划一道楚河汉界，看看我会退思补过，还是会飞象过河。"

楚识琛说："你别太霸道了。"

项明章点点头："既然你这样判定我，我认了，该怎么做我自有主张。"

"那就试试看，不是任何事你都能做主的。"楚识琛被激起一股火，在心底蔓延，"比如，这是我叫的车，你下去。"

项明章胸膛起伏，一步跨下车，"嘭"地将门甩上。

司机吓得一激灵，害怕从吵架变成打架，赶紧把车门落了锁。

楚识琛道："开车。"

出租车发动迅速驶离，还没到路口，轰隆一声闷雷在天空炸开，顷刻间噼里啪啦，雨滴落下来砸了满窗。

司机瞥了眼车身外的倒车镜，路边的人影在雨幕中越缩越小，但分毫未动。后视镜里，楚识琛疲惫地垂下头，看不清脸色。

大雨倾盆，雷电交织，回到家，楚太太撑着雨伞站在大门外。

楚识琛下了车："妈，这么大的雨怎么待在外面？小心着凉。"

楚太太迎上来："没事的呀。倒是你，怎么回来得这么晚，航班延误了吗？"

楚识琛一手拖着行李，另一只手接过伞柄，将伞沿倾斜到楚太太那一边，说："下飞机办了点事情，耽误了。"

楚太太默认是公事，但觉着儿子情绪低落，问："没关系吧？"

"小事情。"楚识琛强颜欢笑，"抱歉啊妈妈，我没有买礼物。"

楚太太哄道："那有什么要紧的，我儿子出差辛苦了，肯定也没空在北京逛一逛。"

楚识琛没吭声。他逛了，并且很高兴，明明就是今早才发生的事。

进别墅收了雨伞，楚识琛的右肩被淋湿了，水迹滴滴答答地掉在楼梯上，他回房进了衣帽间，换掉身上的衣服。

穿好，楚识琛立在镜子前抚平衣襟，眼睛盯着镜子里的面孔。

只有他自己清楚，在云窖听到项明章那些话的时候，在车上和项明章争执的时候，心慌最甚。

项明章说想要了解他，那一瞬间他感到奔涌而至的恐慌，他怕项明章会查到蛛丝马迹，更怕项明章已经心生怀疑。

楚识琛后悔了，一次又一次忘记分寸，不受控制地和项明章越走越近，他同样过了界。

项明章缜密、精明，难保不会意识到他的"怪异"之处，是否在细枝末节的地方察觉了什么？

假如项明章发现他并非"楚识琛"，他又该如何阐明自己的身份来历？

楚识琛无法设想会有什么后果，身形晃动，他抬手撑在了镜子上。玄武湖、音乐节、天安门，他在新世纪里，每个憧憬的地方都有项明章作陪。

到此为止。

楚识琛放下手，镜面留下潮湿的掌印。一块没有生机的玻璃，片刻就会留痕，那人心该怎么算？

该怎样到此为止？

这场雨来得匆忙，浇湿了整座城市后见好就收，夜半停了。

第二天预报多云转晴，楚识琛起床拉开窗帘。

温度一降，项樾的保安换上了秋冬制服，一大早，茶水间里沏茶、煮咖啡的袅袅热气没断过。

楚识琛懒得凑热闹，把公务办好，一直待在秘书室里。

总裁办公室的门锁着，项明章没来上班。

十点钟开会，九点五十五分，楚识琛坐不住了，他查看系统没有取消或延迟会议的通知，从秘书室出来，迎面遇见彭昕。

楚识琛道："彭总监，原定的会议……"

彭昕说："我就是来叫你开会的，走吧。"

楚识琛问："人来齐了？"

"没听说谁请假。"彭昕风风火火地往外走，"项先生直接去会议室了，让我叫人，我还纳闷儿怎么不让你叫。"

楚识琛亦步亦趋到会议室，项明章果然到了，正在看文件，等桌边的座位陆续被填满，他不紧不慢地抬起了头。

楚识琛的位子在项明章手边，比平时远了半臂。

会议开始，众人敏锐地感觉到不太对劲。

项先生和楚秘书，各自顶着上佳的五官，项明章更英气，楚识琛更清雅，但同时摆着一张难分伯仲的扑克脸。

二人之间零交流、零接触，余光似乎都自动拐了弯。

凑巧的是，两个人衣冠楚楚，都穿着灰色系的薄呢西装，项明章的黑色缎面领带赢在光泽，楚识琛的衬衫更胜几分雪白。

不禁令人怀疑，他们因为撞衫生了嫌隙。

今天要讨论新项目，谁都不敢懈怠，这下简直惴惴不安，刚开始五分钟彭昕就喝掉了半瓶水压惊。

项明章的嗓子有些哑，字句言简意赅。

会议主要讨论三个内容，首先，项目选型组的成员确定了，由文旅部带头，加上地方部门的代表。

选型组的评估决定项目的走向和结果，从经办人到每个组员，必须了解透彻，确定重点接触的对象。

其次，项目的人力分工。

彭昕拟了一份项目组的团队名单。销售部有一条死规定，任何项目至少有一名基层方案销售参与。这样做一是把业务培养渗透到日常当中，靠积累提升；二是避免销售团队在经验、业绩和能力各方面出现"人才断层"。

最后一点，目前是业务部门冲锋的阶段，研发中心打配合，随时根据方案的调整进行模拟试错。

会议有条不紊地开完，中午了，项明章对着选型组的名单若有所思，勾画了几笔，说："散会吧。"

但总裁没起身，大家都不敢动。

正不知所措的时候，楚识琛合上电脑，兀自从一旁离席。

彭昕跟上，说："楚秘书，有空吗，一起去餐厅吃午饭吧。"

楚识琛答应："好，我先放下东西。"

项明章抬眸，会议室的内墙是一面巨大的长虹玻璃，楚识琛拐出去了，身影变得朦胧，直至消失。

项明章独自待了一会儿，他没胃口吃午餐，也不想回办公室，从包里翻出一级机房的门禁卡，打算去研发中心泡一下午。

那本诗集还在包里装着，项明章掏出来，先去了趟图书馆。

工作人员在清点自助机旁的转运书柜，殷勤地说："项先生要还书吗？交给我吧。"

项明章递上去，转身走了。

刚走出三四米，那名员工追上来，说："项先生，书里夹着一张纸，您还要吗？"

项明章接过，是一张长方形便笺，笔迹俊逸——谢谢你带我看天安门，这是我最高兴的一天。

项明章愣住，最高兴的一天……

在飞机上写下这行字的楚识琛，从云窖离开的时候变成了什么心情？

今天对他视而不见的时候，还记不记得这句"谢谢"？

项明章攥着字条离开，经过景观湖看见熟悉的身影。湖边，楚识琛掰着一块面包正在喂黄秋翠。

长椅上搁着一份烹好的三文鱼，只吃了两口，楚识琛把面包掰碎丢完，一回身看见项明章站在几步外的树影下。

刚翻了脸，心有灵犀就成了冤家路窄。

会上彭昕汇报了团队名单，但项明章脸色太差，所以彭昕没底，找楚识琛打听一下老板的态度。

聊了几句，楚识琛嫌餐厅吵闹，就拿着午餐来湖边躲清静。

此刻遇见最想躲的人，楚识琛不欲多留，径自去收拾长椅上的餐盒。

这时"喵"的一声，一只野猫从草丛里窜出来，跳上了椅子。

楚识琛动作急收。偌大的园区里有不少野猫，这一只是纯白色，个头不大胆子不小，明目张胆地偷饭吃。

从前家里养着一只波斯猫，碧色眼珠，名字叫灵团儿，楚识琛一边想着一边弯下腰，忍不住伸手去摸。

不料野猫厉害，猛地挠了他一爪子。

"咝……"

楚识琛还没直起身，项明章疾步走来捉住他的手腕，严肃道："我看看。"

大半手掌被项明章的大手握着，楚识琛越挣，项明章握得越紧，说："被野猫抓破要打针，别乱动。"

楚识琛手背的痕迹没有出血，微微红肿，说："需要打针我自己会去打。"

可项明章仍不松手，顿了两秒，用蛮力把楚识琛拽近了一步，挑明道："我们几岁了，要这样幼稚地冷战吗？"

楚识琛说："疏远一点可能对彼此都好。"

项明章问："你说过界就过界，你说疏远就疏远，到底谁霸道？"

楚识琛不肯松口："我说了，不是任何事你都能做主的。"

"好，楚公子有本事。"项明章说着，抖出那张便笺，"所以你就是这么谢我的，嗯？"

楚识琛抬眸，白纸黑字由他写下，项明章微喘着，仿佛拿着一张欠条来跟他讨债。

他该赖账不认，还是两相抵消？

不料，项明章却没有逼问他，而是哑着嗓子说："过去我们不熟，我看重的是现在。

"我没有不信任你，我是不信任你过去认识的那些人，不然为什么要费时间和力气去调查、打发他们？他们跟我又不相干，我直接管你不是简单多了？这有错吗？"

"如果有错，这张字条上的话还有什么意义？"

项明章不知对方能不能听见他的咬牙切齿："你现在再说一次我们划清界限，我马上放开你。"

老天爷真公平，先服软的不是他，但认输就成了他。楚识琛无奈地问："你到底想让我怎么样？"

确认他没说那句话，项明章松了一口气："该我问你才对，你当着陌生人的面把我赶下车，扔在大街上，那么大的雨，还不够消气吗？"

楚识琛的掌心一层热汗："淋湿了没有？"

项明章道："湿透了。"

楚识琛说："为什么不躲起来？"

项明章道："我想看看你会不会停车。"

楚识琛说："没有。"

"真够狠心的。"项明章说。

猫吃完了三文鱼，鱼在湖水里吐泡泡。泡泡在多云转晴后的秋光下破裂，仿佛炸在耳边，震得心头轰响。

第七章

冰城秋夜，各释心结

午休时间快结束了，项明章退开一大步，问："还要躲我吗？"

楚识琛回答："我如果躲你就不会来上班。"

项明章说："来了又怎样，还不是拿我当空气。"

楚识琛弯腰收拾长椅上的空餐盒，反驳道："你不也对我视而不见？上午来了直接去开会，下午打算待在研发中心。怎么，不敢回办公室吗？"

"是有点，"项明章道，"怕你楚公子记仇，找我签名的时候在文件里藏一把刀。"

楚识琛笑意中带着挑衅，眉目张扬，看上去生动极了："何必那么麻烦，我要是做荆轲，泡咖啡的时候给你下一点砒霜就行了。"

项明章闻言："你不如下在伏特加里，我喝下去的概率会比较大。"

项明章强压着嘴角，说："先带你去打针。"

楚识琛抬起手背，他肤色白，红肿的抓痕成了一道血印子，不过这点小伤他无所谓："我下班再去打吧。"

项明章道："等你下班，打针的地方也下班了。"

楚识琛在园区门口等，项明章开车出来，一起去医院注射了狂犬疫苗。

放晴的午后温度上升，楚识琛打针脱了外套和领带，懒得穿了，西装搭在手肘上，领带缠绕着另一只手腕，摆荡之间恰好遮住手背的伤痕。

从医院出来，两个人都有些饿了，项明章打着方向盘更改了路线。

半小时后，阑心文化产业园。

停好车，项明章和楚识琛买了两张票。虽然是工作日，但园区内的客流量还可以，楚识琛第一次来，问："这是什么地方？"

项明章说："算是一个游玩景点。"

楚识琛知道项明章不会无缘无故跑来逛街，猜道："跟这次的文旅项目有关？"

"嗯。"项明章承认，"走，先去吃东西。"

文化园的面积非常大，根据不同时代划分了几大区域，从古代到近代，再到千禧年，最大限度地还原了历史街景和风貌。

除却人工建设，园区还设有资料馆、艺术馆、文化体验中心等场所，平时有各种类型的演出，消费方面包括主题餐厅、酒店和购物中心。

项明章和楚识琛进了一家餐厅，纯中式，一桌一椅都古色古香。过了饭点，大厅人不多，他们挑了窗边的位置。

菜品有还原的古籍餐单，也有新式改良菜。点完餐，桌上煎茶的袖珍炉火冒着热气，楚识琛稀罕道："这里蛮有意思的。"

项明章说："当初市里要打造一个东方的、中式的乐园，集合吃喝玩乐购，并且要有文化立意，然后就建立了这个阆心产业园。"

楚识琛问："项樾也参与了吗？"

项明章道："具体的设计提案是佰易做的，段昊找到我，算是双方的第一次合作。"

其实阆心的项目对项樾来说并不大，但需求非常精细，整个系统的完成度很高，兼具强壮性和全面性。

楚识琛联系上午的会议内容，第二点和第三点都是内部问题，只有第一点"项目选型"是外部问题，说："那和这次的选型组有没有关系？"

茶煎好了，项明章一边斟茶一边说："阆心项目的总经办人姓佘，当时是运营支撑中心的主任，这次的文旅项目他是选型组的技术组长。"

这无疑是个好消息，楚识琛分析道："有阆心作为案例，佘主任对项樾有一定的认可度，属于正向合作，那项樾就同时具备了经验优势和人脉条件。"

项明章点点头："还有一点，在同一个城市，我们近水楼台。"

菜品上齐，每一道都很精致。楚识琛拿起筷子尝了一口，味道上佳，刚吃到一半，大厅里只剩下他们这一桌了。

两扇屏风截断一方空间，只有杯箸声，忽然传来一阵客气的说笑，一听就是公务应酬结束后的道别。

楚识琛颇觉耳熟，回头从屏风的缝隙中望了一眼。包厢方向，李藏秋和一个男人吃完饭出来，笑容满面地走出去了。

他回过头，说："这么巧，来这里都能遇见李藏秋。"

项明章也看到了，收回视线："还有更巧的。"

楚识琛敏锐地问："什么意思？"

项明章说："另一个男的就是佘主任。"

楚识琛愣了一下："李藏秋和佘主任认识？"

项明章不清楚："也许吧。"

手机响起来打断了思路，项明章拿起接听，是齐叔在医院打来的，说项行昭今天要做几项检查，不太配合。

挂了线，项明章道："我等会儿要去医院，不回公司了。"

楚识琛已经吃饱了，说："项董要紧，现在就走吧，我打车。"

两个人从阑心出来，项明章开车走了。

产业园距离项樾很远，回公司一趟差不多就该下班了，楚识琛招手叫了一辆出租车，直接打道回府。

今天没来得及细逛，一路上楚识琛拿着一本阑心的游玩指南，他来回翻阅，想的却是李藏秋和佘主任的见面意味着什么。

既然约在产业园内，八成是李藏秋主动登门。工作日的工作时间，排除私交，李藏秋有什么公务需要接触佘主任吗？

到了家，花园的地砖上有两道车辙印子，楚识琛记得，有一次李藏秋来家里开的李桁的吉普，就是这种宽轮胎。

偏厅的门敞着，楚太太露头："小琛，今天下班早呀。"

楚识琛应了一声走进去，厅里的茶几上堆着几只礼盒，包装过度精美，他问："这些是什么东西？"

楚太太道："李桁出差买的礼物，原来他前几天也去北京了。"

楚识琛说："他回来了吗？"

"还没，今晚回来。"楚太太指向其中一个礼盒，"他买了烤鸭，派助手先带回来的，怕时间久了不好吃。"

楚识琛道："他有心了，人没到，鸭子先到了。"

楚太太笑着说："等小绘下班我们再吃，说是国宴级别，味道应该蛮好的。"

楚识琛神思微动，将礼盒顶上的丝带拨开，抽出压在下面的餐厅卡片，楚太太惊呼道："小琛，你的手怎么受伤了？"

"没事，"楚识琛说，"被公司的野猫抓了一下，我打过针了。"

楚太太说："我最害怕猫猫狗狗了，你小心一点。"

楚识琛上楼换了衣服，等楚识绘回来，晚餐一起吃了烤鸭，虽然路途颠簸比不上刚出炉的，但味道差得不远。

晚上洗了澡，楚识琛待在一楼的会客室里看书，偶一抬头，正对上那座楚喆最心爱的雕像。

台灯微暗，雕像的半张脸隐没在虚影里，楚识琛断断续续地拼凑着思绪。

项目动员大会，李桁没参加，但在北京出差。

选型组人员刚确定，李藏秋就和佘主任见面。

这中间缺少的一环……中关村，国宴餐厅，智天创想的CEO，商复生。

压着页脚的手一松，书合上了。楚识琛摩挲戒指上的雄鹰，良久，冰凉的玛瑙变得温热，他拿起手机拨通了项明章的号码。

响了四五声，项明章接通了："什么事？"

楚识琛问："你还在医院吗？"

项明章说："在，刚陪老爷子做完检查。"

楚识琛道："我有事想跟你说。"

"着不着急？"项明章道，"我今晚要待在医院，爷爷闹着要回家，明天上午办手续回静浦，下午才有空。"

今晚李桁就回来了，明天正好是休息日，楚识琛说："那我去医院找你，方便吗？"

项明章想了想："好，我等你。"

挂断电话，楚识琛披了件外套出门。

到达医院，住院大楼比白天更安静，楚识琛一出电梯，项行昭的助手齐叔就站在外面等他。

楚识琛跟着齐叔进了病房，客厅没人，项明章正在治疗室里喂项行昭喝粥。

齐叔拉开门："项先生，楚秘书到了。"

项明章坐在床边，大手托着瓷碗，喂两勺停一下，用手帕给项行昭擦擦嘴，罕有地耐心。

楚识琛停在床尾，轻声开口："会不会打扰项董休息？"

"没事，他不肯睡觉，"项明章无奈地说，"不记得自己吃过饭，非要再吃一顿。"

这时医生过来，下午的检查报告出结果了，齐叔出去沟通，顺便问一下明天出院后的注意事项。

项明章怕老爷子撑坏肚子，说："爷爷，不吃了。"

项行昭哼哼起来，听着像抗议，见项明章不再喂他，伸手抓住碗沿儿硬抢。

白粥洒出来一些弄了项明章满手，他端着碗离开床边，说："帮我照看一下，我去洗洗手。"

治疗室没有别人了，楚识琛踱到床边，安抚地说："项董，少安毋躁，项先生和齐叔马上就回来了。"

项行昭的气色比之前好了很多，手悬在半空，挥了挥。

楚识琛不太会照顾人，慢半拍地反应过来，抽了张纸巾，帮项行昭擦干净手指上沾的粥渍。

项行昭望着他，倒是不闹腾了，忽然问："你是谁？"

楚识琛回答："我是项先生的秘书。"

项行昭费力道："楚……楚……"

听说脑退化的病人一阵糊涂一阵清醒，楚识琛不知道项行昭是不是记得他，说:"项董,我姓楚,叫楚识琛。"

项行昭抽回了手,"啪嗒"落在被子上,否认道:"你不,不是。"

楚识琛微怔,抬眸对上项行昭的一双浊目。

未生病时,这双眼睛一定锐利非常,可惜四射的精光如今蒙上了一层阴霾。

项行昭盯着他,细纹密布的嘴唇颤了颤,艰难地问:"你是……什么人?"

楚识琛直视着项行昭的眼睛,镇定自若地说:"项董,我是楚喆的儿子,楚识琛,您记得吗?"

项行昭眯了眯眼,似乎在努力辨认。

这时项明章洗完手回来,打断了治疗室里隐约凝固的氛围,问楚识琛:"老爷子没闹腾吧?"

"没有,"楚识琛从床边退开,语气云淡风轻,"项董刚才问我是谁。"

项明章给项行昭盖好被子,说:"他中风后记忆混乱,这些年又没怎么见过你,印象里你年纪还小,跟现在对不上号。"

关掉台灯,项明章俯身说:"爷爷,睡觉吧,明天咱们回家。"

项行昭呆呆地闭上眼,正好齐叔来了,项明章和楚识琛轻手轻脚地离开。

治疗室的玻璃门关上了,楚识琛暗自呼出一口气。他回过头,望了一眼病床上苍老的面孔。

项行昭的质疑和否认,究竟是有意还是无心?

当真是因为记忆混乱,还是看出了什么端倪?

楚识琛庆幸自己是清醒的,能保持从容,否则一慌就会生错,万一被项明章听见,可就没那么好解释了。

项明章带楚识琛到病房隔壁的会客室,没开灯,洒进来的月光一片皎白,两个人走到窗前并肩立着,正好透透气。

项明章先开口:"这么晚跑一趟,什么事?"

楚识琛问:"商复生请我们吃饭的餐厅很高级,谁都可以去吗?"

项明章说:"会员制,一天只接待四桌,中午两桌,晚上两桌。"

楚识琛从兜里掏出一张卡片,递过去:"那非会员应该不可以打包外带吧?"

项明章接住,问:"哪来的卡片?"

楚识琛只回答了两个字:"李桁。"

项明章微弯下腰,手肘搭着窗台,双手悬在高空外把玩着这张卡片。

夜阑人寂,楚识琛的音色愈显清亮:"这次的项目你提前做了准备,商复生也未必闲着,毕竟动员大会在北京召开,智天创想就是北京本土的公司,对方获得信息的时间不会比别人晚。"

项明章说:"选型组名单是北京那边公布的,商复生也可能早一步知道。"

楚识琛推断:"智天确定了佘主任是技术组长,但离得远不方便,于是找一家这里的公司合作,这样可以少走一些弯路。"

项明章道:"所以找了名不见经传的渡桁?"

"项先生,别太傲慢了。"楚识琛说,"渡桁的确一般,但背后有李藏秋。运营总裁,业内浸淫多年,经验和人脉都具备了。上阵父子兵,李桁还没回来,李藏秋已经帮儿子搭上了佘主任。"

项明章说:"项樾收购了亦思,商复生不会不知道。"

风有些冷,楚识琛侧过身子,说:"我认为智天恰恰看重这一点。客观上,李藏秋算是在项樾内部,又是高层,那总比不相干的第三方要了解项樾。"

项明章说:"那他未免太肆无忌惮了。"

"因为这种事不好拿到实证。"楚识琛道,"况且,亦思几番整顿革新,李藏秋与其死守着渐渐不受自己控制的旧城池,不如抓紧建设他的退路,也就是渡桁。"

项明章问:"李桁什么时候回来?"

"今晚。"楚识琛回答,"明天是周六,他可能会趁热打铁约佘主任见面。"

竞标不只是最终的定夺,实则前期的每一步都是在竞争追逐,一通电话、一场饭局都可能改变形势,今夜占据上风,也许黎明未至就落了下乘。

所以楚识琛不愿意耽误,一定要尽快来告知,说:"项樾的动作要抓紧了。"

约见甲方起码要提前一天联系,项明章当机立断:"明早我亲自给佘主任打电话,他会给我一个面子。"

楚识琛放下心:"好。"

办妥这一遭,楚识琛忽然有点困了,也累了。他倚靠住墙,身形高挑清瘦,像挺拔的修竹,连随风弯折也是不俗的姿态。

寒风吹进窗口,楚识琛敞着的外套在昏暗中摆荡,项明章关上窗户,说:"辛苦你来,我让司机送你回家。"

楚识琛轻声:"我想再待五分钟。"

项明章问:"再待五分钟要做什么?"

楚识琛没回答。

项明章道:"那我帮你倒计时,过去三十秒了。"

楚识琛靠在墙角,他的后脑一并挨住了墙面,索性枕着,问:"你一个人去见佘主任吗?"

月光斑斑,楚识琛的睫毛密茸茸的,低垂下来遮挡住眼底的野心。项明章盯着这样一张清澈的脸,自愿上当,说:"你想一起去?"

楚识琛道:"听项先生安排。"

项明章亦装模作样:"那我考虑一下。"

楚识琛静静等候,一动不动。

项明章松了口:"见面的时间确定了,我发给你。"

楚识琛达到目的,说:"我该走了。"

项明章道:"五分钟结束了?"

"还剩两秒。"楚识琛走之前说,"别的事不够,正好跟你说晚安。"

司机送楚识琛回家,街上畅行无阻,有点冷。楚识琛环抱双臂,掌心压着肋骨,零星痒意在皮肤上蔓延。

车厢里放着一条毯子,是给项行昭用的。楚识琛回想治疗室的那一幕,无论如何,以后他还是少见对方为妙。

项明章在病房陪了一夜,第二天早晨给项行昭办理出院手续,一起回了静浦大宅。

洗澡换了衣服,项明章联系佘主任见面。

地点约在高尔夫球场,楚识琛收到消息,让楚太太陪着现买了一套打球穿的衣服,下午准时赴约。

白色的POLO衫妥帖地收入腰际,楚识琛窄腰长腿,步伐款款,像绿茵上的一株白杨。

佘主任与他是初见,夸赞道:"楚秘书真是俊,经常有公众人物来这边消遣,我刚才以为你是哪个明星呢。"

楚识琛笑容矜持:"我第一次打高尔夫,希望不会出丑。"

在发球台打了几杆,他们沿着草坡边走边聊,到果岭上又打了一会儿,项明章好胜地占着鳌头。

佘主任玩笑道:"项先生,我爽别人的约来见你,你准备一直让我输吗?"

这话证明他们截和成功,项明章说:"看来有人的动作比我快。"

佘主任明白打球不过是幌子,说:"这个文旅项目很火,我也沾光跟着成了香饽饽。"

项明章切入正题:"北京的会上需求不明确,宣介会前大家必定要加把劲儿,谁都想多一点把握。"

佘主任不偏不倚地说:"我们代表官方办事,一视同仁,该透露的都会透露,就像考试范围和评分标准一样,要看大家各自发挥的水平了。"

项明章道:"会上曾提出拆成两个标,官方的这个意向强烈吗?"

"怎么讲,你们大公司肯定不满足只拿一半,但官方必须考虑的问题就是

'稳'。"佘主任说，"不过凡事要看思考的角度，有人觉得只是口头提出来，不算数；有人觉得会落实，已经根据这个意向改变策略了。"

项明章和楚识琛对视了一眼，问："佘主任，怎么说？"

佘主任道："这么解释吧，如果拆成两个标，官方要找 A 和 B 两个公司。现在 A 公司自己找了个 C，以附属公司或者合作公司的名义去操作，试图拿下这两个标。表面看还是两个公司，但真正落实的时候，A 只分一点给 C，比和 B 平分要占便宜多了。"

项明章代入智天和渡桁，一切就都明晰了。原来商复生还打着这个主意，他通俗地说："C 等于 A 的小跟班，恐怕资质够不上官方的标准。"

佘主任道："关键官方只有意向，没有明确要求。现在 A 比别的公司多带个 C，好比多了一张牌。"

项明章握着球杆。智天的这一步棋进可攻、退可守，项樾只防御是赢不了的，必须拆解。

看项明章不吭声，佘主任误会了，安慰道："项先生不用气馁，项目刚开始，所有环节都是未知数。"

楚识琛始终沉默着，终于出声："如果我是官方，我会杜绝这个策略。"

佘主任感兴趣地问："为什么？"

楚识琛干脆地说："这一招无非是'大带小'，大公司挑跟班，看重的是配合能力，不是业务水平，毕竟能者多得，它的策略目的就是自己拿大头。

"假如双方是第一次合作，这个项目就要经历他们的磨合期，低效率，高风险。

"两个公司在同一个城市还好，万一分隔两地，双方所处的圈子不一样，存在信息误差，将来沟通不便，技术交互不好做，引发的矛盾由谁买单？"

楚识琛一字不提智天和渡桁，却句句直指二者。

佘主任听完，沉思道："楚秘书言之有理，确实有可能产生这些弊端。"

楚识琛问："那官方还会认可吗？"

佘主任代表官方，严谨地说："这需要详细研究，但大方向上，有个帮手总觉得稳妥一点。"

辩证一个观点最重要的是客观，对劣势条分缕析，对优势也不能任意抹杀，楚识琛点点头："我同意，1+0.3 总归是大于 1 的。"

佘主任惊讶道："楚秘书不是反对吗？"

楚识琛蓦然一笑，无比丝滑地逆转话锋："因为有的公司避免了以上全部劣势，还拥有一个熟悉的、可控的帮手。"

佘主任问："哪家公司？"

楚识琛说："项樾。"

佘主任又问："那帮手是？"

楚识琛回答："亦思。"

果岭上空阳光强烈，项明章明白了楚识琛为什么要一起来。昨晚找他的时候，或是推断出渡桁和智天的关系时，楚识琛大概就想到了这一步。

表面上，楚识琛只汇报发生了什么，尽的是职员责任。

实际上，楚识琛一并计划了解决之道，之所以不直接言明，是因为他清楚这个办法超过了秘书的权限。

今天从踏足球场开始，楚识琛一路谦逊作陪，聆听谈话形势，然后抓住机会主导话题。

先拆台竞争对手公司，再建议官方，最后达成献计的目的。

为项樾是真，为项目也是真，这份真心里藏的几分心术，是为了亦思。

昨夜的野心被墙角阴影和朦胧月光遮盖了，此时此刻，楚识琛身姿笔挺，只有沉着和坚定。

佘主任听罢，赞许地笑了："这样的话，项樾确实周全。"

项明章目光幽深，说："多亏楚秘书灵醒。"

楚识琛知道自己先斩后奏不合规，他越过佘主任望着项明章，终于滋生出一点擅作主张的心虚。

当着外人，万事该等应酬结束。

可楚识琛没忍住，试探道："项先生，能不能教我打一杆？"

项明章喜怒难辨，说："你的能力可以自学。"

楚识琛抿了抿嘴唇，又争取了一下："就一杆，不行吗？"

项明章顿了片刻，评判不出项樾和智天谁更有优势，也猜不到官方的主观偏爱，只知道，自己比从前少了些出息。

他微冷着脸，改口道："那还不过来。"

楚识琛蹚到项明章面前，他用的球杆是俱乐部提供的，不称手，总是忍不住在手心掂掇半圈。

项明章问："你想在哪儿打？"

周围有长草区、有坡道，不远处的前方还有水障碍，像一片小湖泊，楚识琛来的路上恶补了打高尔夫的视频，说："我想让球飞过水面，然后进洞。"

项明章道："第一次打球就要过水，难度太高了。"

楚识琛低声问："还是你不会教？"

项明章不中激将法，反而笑了，意味深长地回答："理想和现实是不一样的，你以为是《远大前程》，实际面临的可能是《悲惨世界》。"

有佘主任在一旁看着，楚识琛放弃了争辩，他跟在项明章身后打了几球，走走停停地聊了一些选型的问题。

一下午过得很快，后来佘主任累了，先走了，分别的时候又一次对楚识琛的策略表示了肯定。

等另一辆巡场车过来，项明章和楚识琛坐在最后一排，司机问路线，项明章说："随便绕一圈。"

楚识琛拧开一瓶矿泉水，提前润了润嗓子。

清凉的液体还没淌进肚子里，项明章已经先声夺人："我不同意。"

楚识琛拧紧瓶盖："什么意思？"

项明章明确地说："这个项目，公司不会让亦思参与。"

楚识琛对项明章的态度有预感，但没想到会这么强硬，他仍抱有希望，说："先斩后奏是我不对，我任由你惩罚。"

项明章冷静地说："我没打算惩罚你，我只是否认这个意见。"

"为什么？"楚识琛道，"我承认对亦思有私心，可目前的形势，这个方法一样有利于项樾，是双赢。"

项明章说："我不这么认为。"

楚识琛分析道："李藏秋是亦思的运营总裁，所以佘主任才肯见他，说明亦思强过渡桁。智天带渡桁搞A加C，那项樾加上亦思就是优化升级版，师夷长技以制夷，显然利大于弊。"

项明章否决道："为什么要被智天牵着走？我们给甲方做的是方案，方案的根基是技术，只要技术过硬，项樾自己就能扛下来。"

楚识琛明白这个道理，说："技术应对的是需求，要了解需求必须先满足甲方的口味，我们前期不就是忙这些吗？刚才佘主任已经透露了官方的态度，要稳，要帮手。"

项明章缄默了一瞬，楚识琛趁机道："再说项樾是亦思的大股东，本质是有区别的。亦思不是要分享，更不是争夺，是实实在在的帮手。"

项明章一句话挑明："我不信任这个帮手，这个理由够不够？"

楚识琛顷刻间哑火了。越是简单粗暴，威力越强，他竟然想不出该怎样继续反驳。

或者是他百密一疏，考虑了全部的客观因素，却忽略了项明章的主观意识。

楚识琛感到一点挫败，望着沿路的草坪自我消化，一边权衡该争取还是放弃。

他和项明章的关系刚缓和不久，如果又弄僵，得不偿失，不待他纠结出答案，项明章忽然问："我提前订了巧克力，还有没有胃口吃？"

楚识琛动了下嘴角，反问："是不是最甜的？"

巡场车抵达终点，项明章掏出会员黑卡，说："自己去取就知道了，我去开车。"

一样的丝绒布包，装满了心形巧克力。楚识琛等项明章开车到门口，他坐进副驾，打开先吃了一颗。

日暮黄昏，离开俱乐部就堵在了路上。巧克力在楚识琛的口中融化，浓醇甜腻，他的思路却清晰起来。

项樾收购亦思近半年了，经过合并、审查和整顿，兼容了系统、部门和制度，不能说不上心，但至今没有任何业务上的合作。

堵得无聊，项明章说："怎么不吭声？"

楚识琛咽下巧克力，他在以项明章的角度思考，回答道："亦思的人事问题积弊已久，跟项樾合作恐怕有泄露机密的风险，所以你拒绝，这也是收购以来双方业务保持界限的原因，对吗？"

项明章承认道："对，亦思参与后一旦发生类似问题，项目就砸了，公司的口碑和员工的心理都会受创，作为老板我不能冒这个风险。"

楚识琛说："万事开头难，可总要有个开始。亦思经历了人员洗牌、财务内控、机制改革，已经和以前不一样了。"

"但是还不够。"项明章直切要点，"你昨晚说过，李藏秋也算项樾内部的人，提防还来不及，带上亦思难保更方便他吃里爬外。"

楚识琛解释道："我斟酌过这一点，但想法恰恰相反。渡桁参与，亦思也参与，那就名正言顺地让李藏秋避嫌。医药公司的项目就是如此，如果他反对，等于做事前后不一。"

项明章摇摇头："别太天真，李藏秋避嫌了，他手底下的人呢，你能保证干净？"

车流松动，项明章单手把着方向盘驾驶，楚识琛说："要约束，签保密协议，派项樾的人带队主导。"

任职以来，楚识琛深刻感受到，项樾的许多强大之处是看不见的。

程序的规范性和灵活性怎么平衡，团队的协调力，变幻的销售打法，研发部的高水准……他不在乎亦思能否分得利益，他迫切希望亦思能学到一二。

"派谁？"项明章理据分明，"位置高的身担重任，孟焘、彭昕，谁有精力兼顾？位置低的派过去做不了主，束手束脚能改变什么？"

项明章连超了几辆车："你的策略很全面、很高级，可惜没有一个合格的执行人。"

人是最难掌握的。

空有时机和谋划，却没点兵的良将，所以宁愿不做，也不得马虎。

楚识琛抹了把脸，抹不掉眉间的失落，也抹不掉照在双颊的艳丽霞光。半小时后，项明章把车停在了江岸大道的路边。

熄了火，项明章的手仍扶在方向盘上，争论貌似终结，但楚识琛的话已经在他脑海里掀起了波澜。

没错，任何事情总要有个开始。

项樾收购亦思的本质就是为了获得辅助，从而进一步壮大。

项明章盯着快速流动的车河，天暗下来，一排霓虹灯刹那间全部亮起，混合的灯光镶嵌了整条大道。

万花筒似的，项明章的心思跟着变幻，最终他犹豫地开口："你提到了医药公司的项目，还没忘了那件事吗？"

楚识琛平和地说："能得到教训的事，我永远都不会忘。"

项明章在这一刻定下心，说："其实也不是没办法。"

楚识琛倏地看来："什么？"

项明章说："有一个人可用，如果他能回来带队，我就同意让亦思参与这个项目。"

楚识琛以为尘埃落定，没想到出现了转机，他恳切地问："什么人？"

项明章说："周恪森。"

天彻底黑了，楚识琛下车往别墅区走，步伐沉重又缓慢。

周恪森和楚喆是大学同学，毕业后楚喆决定创业，周恪森选择了留校，亦思在发展初期需要人才支撑，楚喆希望周恪森能辞职和他一起打拼。

后来，周恪森一路做到亦思的技术副总，他和楚喆并肩作战的年头，是亦思风头最盛的时期。

周恪森为人正直，甚至有点死板，脾气也比较火暴。他跟楚喆一样喜欢钻研技术，不擅长搞公司政治；而李藏秋是做业务的，办事活络讲手段，因此两个人一直理念不合。

尤其楚喆死后，周恪森和李藏秋各掌管半壁江山，谁也不服谁，最终李藏秋棋高一着也好，周恪森吃了性格的亏也罢，胜负已分。

在离开亦思前，周恪森经历了降职和处分，他拼尽全力阻止亦思走下坡路，却又在无端的内耗中一步步被夺权。

四年前，周恪森负责的一个项目出了事。

开标当天，标书发生重大失误，亦思被当场废标。

这件事是压死骆驼的最后一根稻草，周恪森彻底爆发，愤然离开了亦思。

然而业内没有公司再请他，他的年纪和心性也不适合独自创业，消沉了大半年，他远走哈尔滨再也没有露过面。

周恪森走后，亦思的研发部就散了。

研发部经理成了一名普通销售，就是周恪森的徒弟，翟沣。

楚识琛的大脑混乱又清晰，一些由远及近的往事交错着、缠绕着，裹挟出背后的一些因果真相。

走到家，楚识琛没有上楼，敲开了楚太太的卧房。

今天没有活动，楚太太半躺在床上翻杂志，抬起头："回来了呀，怎么蔫蔫的，打高尔夫累不累？"

楚识琛走到床尾坐下，说："妈，你认识周恪森吗？"

杂志"哗啦"合上了，楚太太静了半分钟，轻声说："你都不记得过去的事了，怎么会提到老周？"

楚识琛请求："能不能跟我讲讲？"

楚太太不知从何讲起，支吾了半晌，讲述的内容和项明章说的差不多，不过更详细一点。

说到周恪森的辞职事件，楚太太忽然顾左右而言他。

楚识琛追问才得知，周恪森早就身心疲惫，在亦思苦苦支撑不为别的，因为楚喆曾对他托孤。

楚太太说："当时你妹妹太小，你又顽劣，老周比我这个当妈的更希望你能成器，不然以他的脾气早就不奉陪了。"

楚识琛问："标书那件事，他忍无可忍了吗？"

楚太太这一次静了几分钟之久，满是愧疚地说："小琛，标书出事调查你周叔叔，是你指证了他。"

楚识琛惊愕回头："……什么？"

周恪森把"楚识琛"当自己的孩子，严加管教，整个项目带着"楚识琛"学习，但"楚识琛"并不领情，只想摆脱对方的约束。

标书出事后，"楚识琛"亲口指证是周恪森动了手脚。

那件事令周恪森彻底死心，离开亦思当天，他关在会议中心跟那座雕像说话，也就是跟楚喆说话，说完走了再没有回来。

楚识琛听罢，恨不能痛骂一声，可是他该去骂谁？

项明章说，收购亦思后他联系过周恪森不止一次，但都被拒绝了。

解铃还须系铃人，虽然他是假的。

楚识琛决定道："我要去一趟哈尔滨。"

做好决定，楚识琛没有多解释什么，闭门在房里关了一整夜。

为了亦思，为了楚喆，又或者为了替这个身份弥补罪过，他必须跑一趟才能安心。

第二天早晨，楚识琛去了项樾园区。因为是周日，办公大楼里空荡荡的，销售部只有零星几个同事在加班赶工。

楚识琛提前处理完下周的例行公务，把系统内该通知的、该答复的一一办好，然后将秘书室收拾了一下。

锁上门，楚识琛利落地走了，但没有直接离开，下楼后转弯去了湖边。

早餐的干煎鱼排很香，楚识琛查了查可以给猫吃，就装了一小盒。他把盒子打开，冲着草丛吹了一声口哨。

没多久，那只纯白野猫窜了出来，好像在附近蹲守他似的。

楚识琛守在长椅旁边看野猫大快朵颐，不死心地伸出手，猫居然没躲，两顿饭就肯让他摸了。

"好吃吗？"楚识琛问，"灵团儿？"

野猫心说，我叫咪咪。

楚识琛又叫了一遍："你怎么来到这里的，你是灵团儿吗？"

猫没答应，背后不远处却有人接腔："你叫它什么？"

楚识琛转过身。湖心桥上，项明章钩着车钥匙走过来，身上的休闲装没换。昨天在江岸大道分开后，他来研发中心忙了整个通宵。

黎明时分眯了一会儿，醒来看到楚识琛发的消息，项明章走近，说："真的要去哈尔滨？"

"嗯。"楚识琛郑重地说，"谢谢你告诉我关于周恪森的事，我一定要去一趟。"

项明章领略过周恪森的倔脾气，数次抛出橄榄枝被拒绝，连翟沣当说客都失败了，何况楚识琛是让周恪森离开的始作俑者。

项明章道："你要请他回来，恐怕没那么容易。"

楚识琛做好了心理准备，楚太太告诉他，周恪森离开后就断绝了和楚家的一切联系。

天下道理是这样的，仁至义尽的人被伤透了，老死不相往来是最好的疗伤方式。

楚识琛看得透彻，意志坚决："事在人为，我尽力吧。"

项明章心情复杂。当初得知了周恪森的经历始末，他替良才不值，认为亦思没落纯属活该。如果他是周恪森，不报复已经是网开一面，绝不会再管楚识琛的死活。

可如今楚识琛要去哈尔滨了，项明章又希望能顺利一些。是他变得是非不分，还是怪楚识琛迷惑人的本事太厉害？

项明章问："递请假申请了吗？"

"递了。"楚识琛说，"我叮嘱过家里人保密，就说这一趟是朋友从国外回来，我出门玩几天。"

　　只有他自己清楚，他不是那个辜负了周恪森的"楚识琛"，对他来说这是去找一个素未谋面的陌生人。

　　比起负荆请罪，他怀的心思更倾向于三顾茅庐。

　　楚识琛不愿太悲观，鼓起信心说："我需要再明确一下，只要我请回了周恪森，你就会同意亦思参与这个项目？"

　　项明章道："君子一言，驷马难追。"

　　楚识琛不给面子地蹙起眉心："你又不是君子。"

　　项明章似笑非笑："所以驷马没用，你楚公子追吧。"

　　苍天有浮云飘过，楚识琛向上瞥，端庄地翻了个白眼。

　　这两天过得忙忙碌碌，楚识琛和项明章吵架冷战又破冰，气儿没喘匀，项目就有了新情况。

　　夜奔了医院，截和了甲方，一边默契配合一边意见不合，两个人之间的氛围变幻莫测，一天一个模式。

　　楚识琛能厘清公事上的弯弯绕，却不敢断定他和项明章私下的相处……本分占了几成，情分又占了几成。

　　"喵……"

　　那只野猫吃饱没走，跳下椅子，贴着楚识琛的小腿乱蹭。楚识琛单膝蹲下，不嫌脏地抚摸猫头，说："项先生，我不在的时候，你能不能替我喂它？"

　　项明章的字典里没有"婉拒"二字，说："没空。"

　　楚识琛也不会强求："那算了，我找凌岂帮忙吧。"

　　项明章质疑道："你妹妹在公司实习，找直系亲属是不是更好？"

　　楚识琛说："小绘和我妈都怕猫，不然我想把它抱回家，它跟我挺投缘的。"

　　项明章心说，第一次见面就把你挠了也算有缘？

　　项明章没豢养过任何宠物，他垂眸觑着这只白猫，如同审视一只诱饵合不合格，说："在公司没准儿哪天又抓了谁，养起来的确对猫、对人都安全。"

　　楚识琛道："可是在哪儿养？"

　　项明章说："缦庄。"

　　楚识琛动作一顿。缦庄地方大、环境好，平时还有人照顾，他抬起头："但那是你的地盘，算你养的还是我养的？"

　　"一起养的。"项明章说，"怎么，委屈它还是委屈你？"

　　商量好，楚识琛脱下外套把猫裹起来，等项明章开了车，一起把猫"绑架"出了园区。

先找了一家宠物医院，猫莫名其妙地被洗澡打针，做了身体检查。两位主人挺富裕，也大方，又买了一大堆养猫用的东西。

后来去了缦庄，楚识琛有幸在白天看一看庄园的景色，深绿渐消，秋意正浓，庭院墙头弥漫着桂花的香味。

项明章有日子没来了，白咏缇虽然没主动联系，但心里牵挂，听见引擎声响主动出来看，样子也比上一次高兴。

楚识琛每次都不邀自来，惭愧得很，问候道："伯母，我又来打扰了。"

白咏缇和蔼地说："明章又让你加班了？"

楚识琛道："没有，是我劳烦项先生照顾这只猫。"

白咏缇信佛，讲究对万物生灵心存善意，让楚识琛不用不好意思。进了会客室，项明章说："妈，先让它在这儿玩，你烦了就放南区养着。"

白咏缇看他挂着黑眼圈，问："最近公事很忙？"

项明章是喜忧都懒得报的个性，天没塌下来就不会跟人诉苦，塌了下来就更不必浪费口舌。

不过他昨夜通宵，又开车近两个钟头，实在有点饿了："没打招呼就过来，有我们的饭吗？"

青姐端来茶水点心，笑道："当然了，白小姐每天都叫后厨预备着呢。"

白咏缇问："小楚，你爱吃甜的吗？"

楚识琛回答："爱吃。"

项明章说："他喜欢吃荔枝和甜品。"

白咏缇惊讶地笑了笑，她从没见过项明章关心哪个人细枝末节的喜好，对朋友没有，对下属更没有。

楚识琛误以为白咏缇在笑他，补充了一句："我不挑食。"

结果项明章又道："芝麻大的胃口，没等挑已经饱了。"

楚识琛："……"

小餐厅里，后厨提前来布菜，一道八宝冬瓜盅，一道黄杏雪花鸡片，一道纯素菜秋末晚菘，每人一盏时令甜品桂花蜜梨。

上次楚识琛夸了蒸饺好吃，白咏缇叫厨房添了一份鳕蟹小笼包，稍微换一下口味。

项明章说："这一餐就当给你出发饯行。"

楚识琛吃了十二分饱："嗯，那我必定马到成功。"

饭后，项明章带楚识琛在西庭院散步，几棵山楂树掩着一间透明的休闲室，四方落地玻璃投映着半熟果实的青红。

两个人在沙发上坐下来，项明章掏出手机，把掌握的周恪森的资料发给了楚识琛。

这些年，周恪森在一家规模不大的私企工作，和老板是高中同学。楚识琛看了看公司的各项资质，说："实在屈才，他不该沦落至此。"

项明章道："李藏秋在业内的人脉很广，而且周恪森是被诬陷走的，根本没有大公司愿意请他，逼不得已才跑到那么远。"

楚识琛联想到任濛，从一开始任濛就决定辞职后去国外，因为他见识过得罪李藏秋的下场，明白留在国内不会有好出路。

楚识琛浏览到最后，看到一张周恪森的照片，不确定是哪一年拍的，身形高大，微胖，一张坚毅的国字脸。

不同于李藏秋的清瘦儒雅，只看外表，不了解的人会以为李藏秋是秀才，周恪森是兵。

昨天争论时，项明章有句话楚识琛记在了心里——方案的根基是技术。

这些年亦思的研发部门太伤了，退款机制是第一步，找回主心骨实行大改革才能重新振作。

周恪森有过硬的技术、丰富的经验，还有一班被公司蹉跎的忠臣旧部，请他回来，对亦思意义重大，也是对楚喆的一个交代。

楚识琛将资料全部保存，一抬眼，项明章撑着额角犯困。忙了整夜一定很疲倦，他轻咳一声，说："项先生，我该走了，你去休息吧。"

项明章打起一点精神，问："明天什么时候出发？"

楚识琛说："上午九点的飞机。"

项明章道："那最晚七点半就要出门了。"

楚识琛"嗯"了一声，心底莫名有种预感，他静候了片刻，然而项明章并没有多余的反应。

楚识琛暗自尴尬，转移话题道："对了，小猫的名字叫灵团儿。"

项明章："姓凌？"

楚识琛说："灵巧的灵。"

吃饱喝足，久留太没礼貌，楚识琛跟白咏缇告别后就回家了。

明天一大早出发，行李还没收拾，四朵金花又来帮忙。

楚识琛说的是出差，唐姨道："南京、北京、哈尔滨，一次比一次远，你们公司的业务蛮广阔的，下次要去莫斯科了。"

秀姐在衣帽间一通翻找："羽绒服只有薄款，不够穿的吧？"

"到了先买，"唐姨叮嘱道，"还有棉鞋。脚冻伤了，后半辈子都要遭罪。"

楚识琛说："没到冬天，不会那么冷。"

"你懂什么。"唐姨说，"降温就一晚上的事，你落过海，千万不能着凉，记住！"

楚识琛听她们唠叨，一点不觉得烦，只觉贴心，楚太太期期艾艾的，他道："妈，别担心。"

楚太太说："是楚家亏欠了老周，可他的脾气，我又怕他为难你。"

楚识琛道："再为难也抵消不了对方当初的委屈。"

楚识绘说："妈，你别闹了，哥早该去给森叔道歉了。"

楚识琛点点头："小绘，别告诉李桁我去了哈尔滨。"

楚识绘说："放心，帮我向森叔问好。"

行李打点妥当，晚上楚识琛早早上床休息，入睡前他打开微信，聊天列表翻了许久，终于找到翟沣。

标书那件事之后，他们再没联系，也没互相删除。

当时翟沣面对他、关照他的时候，怀着什么样的心情？

楚识琛叹口气，暂时不去想了，踏实地睡了一觉。第二天早晨全家人一起吃了早餐，楚太太和楚识绘要陪他去机场。

昨天司机把车送去保养，答应今早准时来接，楚太太在玄关喷完香水，说："怎么还不来？别是睡过了头。"

话音刚落，司机打过来，说已经到了，但是别墅大门被一辆车挡着。

大家立刻出去看。花园的大门一开，门口果然横停着一辆商务轿车，车门拉开，里面竟然是项明章。

楚识琛有些惊讶，楚太太更惊讶，楚识绘最惊讶。她现在算是项樾的临时工，总裁大早晨堵在家门口简直吓死人了。

项明章十分自然："正好路过，可以顺道接楚秘书去机场。"

楚太太说："那多不好意思呀。"

项明章道："没关系，反正座位多，伯母和楚小姐一起吧。"

再不出发就该迟到了，楚识琛上车和项明章坐在一排，用恰到好处的音量问："这个时间你应该在开例会，请问是打哪儿路过？"

项明章说："江边欣赏风景路过。"

楚识琛无言地笑了，母亲、妹妹都在，他静默了一路。项明章也不吭声，偶尔颠簸一下蹭到彼此的衣袖。

抵达机场，楚识琛换了登机牌，走之前拥抱了楚太太和楚识绘。

项明章立在一旁，楚识琛挪了两步，问："项先生，还有什么要嘱咐的吗？"

项明章说："有情况就打给我，不管是好消息还是坏消息。"

楚识琛道:"没消息的话能打吗?"

项明章装蒜地说:"秘书不在,我会很忙,恐怕没时间闲聊。"

楚识琛:"哦,那好吧。"

项明章怕他当真:"你知道我开玩笑的。"

楚识琛后退一步,挥了挥手,转身走了。

航站大厅人来人往,快走到安检区域时,楚识琛忽然停了下来。

项明章越过人群望着楚识琛的背影。是不是出了什么问题?证件忘带了?还是记错了航班时间?

只见楚识琛拿起手机,站在原地不知道打给了谁。

口袋里嗡嗡振动,项明章反应几秒才把手机掏出来,按下接听:"怎么了?"

空中广播回荡,楚识琛握着机身回过头,熙熙攘攘,他认真到天真,仿佛贴在项明章的耳边:"我还没跟你说再见。"

哈尔滨的秋天已经满是凉意,下飞机后,楚识琛按照唐姨的叮嘱加了条羊绒围巾。

这是楚识琛第一次来这座北方城市,四处充满了陌生,他打车到酒店放下行李,便轻装出发去找周恪森。

哈尔滨地界广阔,周恪森就职的公司去年搬到了道外区,名字叫盈安科技公司。

楚识琛在一座写字楼前下了车,楼下一排底商,大多是面向白领的快餐厅和便利店。

写字楼的管理不算严格,电梯不需要刷卡,墙壁上挂着楼层索引,盈安科技公司在第十一楼和十二楼,只占了两层。

楚识琛对着梯门正了正领口,到十一楼出来,公司的门面就在正前方,他走到前台接待处,询问道:"您好,请问周恪森先生是在这里工作吗?"

前台小哥说:"周经理啊,对,在这儿。"

"那周经理今天在公司吗?"楚识琛表明来意,"我想见他。"

前台小哥看楚识琛衣着讲究,以为是公司客户:"您稍等,我帮您问一下。"

楚识琛点一下头,稍微退开了,避免对方问他姓甚名谁,万一报上去,估计他根本进不了公司的门。

前台小哥打了通内线电话,很快,一名业务助理过来,先打量了楚识琛一圈,说:"您好,您找周经理是吗,跟我来吧。"

楚识琛在心中打分,这家公司的接访制度不够规范。经过办公区,因为去年刚装修过,环境蛮漂亮,但人不多,公司规模比他预想的还要小一点。

经理办公室门口，名牌上刻着周恪森的名字，助理敲开门："周经理，有位先生找您。"

门一下子开了，办公室里仅容纳着一张办公桌和一只小沙发，茶几被迫挪到了墙角，空出的地方摆了一面黑板。

周恪森穿着件藏蓝色的旧毛衣，估计一直在忙，这会儿刚吃上午饭，塑料餐盒上印着楼下快餐店的店名。

看见门口的楚识琛，周恪森明显愣住了，几秒后，他猛地从办公桌后站起来，椅子碰到了背后的白墙。

楚识琛虚握着拳，记着地址的字条在手心里折皱。周恪森比照片上老了许多，国字脸的轮廓不那么明显了，眼尾嘴角、额头眉心，全都盖上了一层沧桑。

楚识琛叫了一声："森叔。"

周恪森难以置信地瞪着他，仿佛在确认这个突然出现的青年是谁，半晌，他缓过劲来，浑厚的嗓音里带着刺："真是稀客，你来哈尔滨干什么？"

楚识琛迈入办公室，说："森叔，我是来找你的。"

周恪森撂下筷子："那就更稀罕了。找我，你来东北旅游找我招待？恕本人没那个闲工夫。"

楚识琛道："我来是为了亦思。"

周恪森说："亦思怎么了，要来东北开分公司？"

项明章不止一次抛出橄榄枝，周恪森早就知道亦思被项樾收购了，这话分明在讥讽楚识琛卖了股权。

"不。"楚识琛说，"森叔，我现在是项明章的秘书，在项樾工作。"

周恪森又愣了一下，然后伸出手抵挡在半空："你不用跟我说。你跟着谁干，干成什么样，是你楚大少爷的能耐，用不着跟我扯淡。"

办公室的门大敞着，助理见形势不对没敢走远，其他员工听见动静都在悄悄地看热闹。楚识琛忍得了难堪，但在别人的公司里，他不能明目张胆地说要请周恪森回去。

楚识琛问："森叔，我们能不能好好谈一谈？"

周恪森只觉得楚识琛在装腔作势，并且装得挺像样，说："我跟你没有任何好谈的，你赶紧走吧！"

楚识琛说："我会等你。"

周恪森没了半点胃口，"啪"地合上饭盒，抓起来丢进垃圾桶，桶底在地板上晃荡出刺耳的噪声，他下了逐客令："你小子少来这套，滚出去！"

楚识琛维持着风度，不急不恼地离开了。从写字楼出来，他在附近的超市买了些新鲜水果，然后等在公司楼下。

东北的天黑得早，周恪森下班出来，见楚识琛竟然没走，但他一个字都懒得说了，只觉得厌恶。

周恪森住得离公司不远，每天步行上下班当锻炼身体，沿着街走了一会儿，经过菜市场，进去买了点熟食。

楚识琛跟在周恪森后面，保持不超过三米的距离，最后跟到了附近一处小区。

周恪森就是土生土长的黑龙江人，出生在普通双职工家庭，条件有限，全靠努力学习拼出了一条路。

现实却是兜转一遭，成就过又跌落，满腔愤懑地回到了年少筑梦的家乡。

楚太太说周恪森是工作狂，能在机房待得胡子拉碴才出来，毕业后结过婚，因为太忙又离了，没有孩子，听说这些年一直是孤家寡人。

小区不大，房子看得出年头久远，应该是周恪森父母的家。

走到单元门口，周恪森停下来，说："你再跟着我，别怪我动手揍你。把你打坏了大不了拘几天，你妈受得了吗？"

楚识琛原地站定，目睹周恪森甩下他进了单元楼，他仰起脸等了一会儿，三楼卫生间的小窗口亮起了灯。

周恪森洗洗手准备开饭，家里雇着保姆照顾老人，减轻了不少压力，每天晚上能腾出空学习两个小时。

刚摆好碗筷，门铃响了。

周恪森骂了句"阴魂不散"，怒气冲冲地打开防盗门，楼道里却没有人在，地上放着一袋水果。

楚识琛回酒店了，冰冻三尺非一日之寒，不能操之过急。

其实他拟了几种对策，比如找盈安合作，通过公司和周恪森建立联系，或者找翟沣、找亦思的老人先铺垫一下，以及付出一些实质的经济补偿。

但思来想去，楚识琛全部推翻了。

这件事不是想方法和论技巧就能解决的，也不应该。要收起一切心思，唯有真心实意地先求得原谅。

楚识琛又查了一些盈安科技的资料，这家公司主要做 HR 系统，以东北地区为主，面临的市场需求较小，所以发展注定有限。

如果一个人的才能得不到施展，消磨久了难免会磨灭斗志，但楚识琛今天特意观察过，周恪森办公室里的书比文件还多，那张黑板上密密麻麻写满了研发方案，说明周恪森还保留着当年的心性。

欲望无论好坏，都是弱点。

手机响了一声，楚识琛没来得及汇报，项明章先发了消息过来，问：见到周恪森了吗？

楚识琛：见到了。

项明章：情况怎么样？

着实不怎么样，楚识琛回复：仍需努力。

第二天上午，楚识琛又去了盈安，周恪森没说一句废话，直接叫几个年轻力壮的销售员把楚识琛轰了出去。

晚上下班，楚识琛跟着周恪森回到小区，他没有追近一点，甚至没开口，主动在单元门前停了下来。

周恪森头也不回地上楼了，每家每户的窗子都亮着，过了十点钟，整栋楼的灯火一盏盏地陆续熄灭。

夜晚气温低至零下，风冷得像刀，楚识琛在楼下站着。古有程门立雪，可惜还没到下雪的时候，他只能周门饮风了。

三楼的灯全部黑了，阳台上似乎有人影晃过。

楚识琛还算满意，好歹周恪森没报警撵他。又一阵西北风吹来，他侧过身用后背抵挡，稍一动弹，觉出双腿冻得发麻。

路灯照射出一小圈昏黄范围，楚识琛待在里面，踱步跺脚，辗转了一夜。

早晨，天还黑着，有个大叔披着羽绒服出来买早餐，看见楚识琛惊呼道："小伙子，天不亮搁这儿干啥呢？"

楚识琛连唇齿都冷，抿着，张口呼出一片白气："我找人。"

"找谁啊？"大叔热心道，"叫啥名儿，我帮你喊一嗓子不完事儿了吗？你这样等不得冻坏了啊！"

正说着，三楼的窗户猛地拉开，周恪森在阳台上说："老刘，少管闲事儿。"

"原来找你的啊！"老刘道，"这你大侄子？咋不让人上楼呢？"

没过多久，周恪森从单元楼出来，拎着一只户外用的大包，瞥了楚识琛一眼，二话没说开上车走了。

楚识琛赶紧叫了一辆出租车，天光大亮，一路跟着周恪森出了市区。

到了地方，是一片自然生态的河滩。周恪森约了客户一起钓鱼，沿着河边走了一段，河道变窄变深，不少人一大早来野钓。

楚识琛待在十几米之外，静心等着。周恪森跟客户谈了一会儿，双方陷入沉默，看样子不太顺利。

过去几分钟，周恪森放下鱼竿，向客户开始第二轮进攻。

楚识琛暗自摇摇头，太急了。谈话的技巧之一是节奏，节奏不对，说得又多又快只能让对方感到压迫。

　　果然，两个人没谈拢，客户先走了，周恪森没有挽留，一个人立在原地抽烟。

　　楚识琛走过来，叫了声"森叔"。

　　周恪森烦闷地哼了一声。当初一页资料都看不完的败家子，他以为骂两句铁定就跑了，结果变得这么有耐心，跟着不放就算了，竟然在楼下等了一夜。

　　从嘴里拿下烟，周恪森问："你到底想怎么着？"

　　楚识琛表明目的："森叔，我想请你回亦思。"

　　周恪森的手颤了一下，抖掉一截烟灰："你说这话不觉得可笑？大老远跑来，就是为了跟我逗闷子？"

　　楚识琛说："亦思这大半年发生了很多变动——"

　　周恪森打断他："跟我没关系。亦思变成什么样，是李藏秋该操心的，是你楚大少爷该操心的。哦，对，我忘了，你把股权卖了。"

　　楚识琛道："是我糊涂了。"

　　周恪森重重地吐出一口烟，话也说得很重："你蠢笨还是聪明，卑鄙还是老实，你打算攀附哪个，又背叛哪个，用不着跟我掰扯，我也不想伺候。"

　　楚识琛面色青白，说："森叔，过去是我做错了，我欠你一个道歉。"

　　"不用，我承受不起。"

　　周恪森将渔具粗暴地塞进包里，拎上就走，楚识琛长腿一迈挡在他面前："森叔，能不能给我一次机会？"

　　周恪森抬起头，不知是因为火气还是寒风，脸颊涨成了红色："楚识琛，你不学无术的时候我给过你机会，手把手教你；你撒泼捣乱的时候我给过你机会，力排众议把你留在公司；你跟李藏秋一起害我的时候，我还给过你机会，甚至没打你一巴掌！"

　　当下的楚识琛根本未经历过，空白之下只感受到周恪森汹涌的怨恨，怨往事欺人，恨纨绔不争。

　　周恪森推开他，拐上了桥，楚识琛大步追上桥头，豁出去喊道："森叔，我真的知道错了！"

　　周恪森停下，回头已是满腔怒火："你楚识琛有多浑蛋我清楚，少在这儿演大戏！"

　　楚识琛道："我会改，我全都改了！"

　　"太迟了！你被李藏秋当枪使，把你爸辛苦创办的公司拱手让人，事到如今又卖了股权。"周恪森冷哼一声，"说你败家，倒也卖对了。与其给姓李的做嫁衣，不如给项樾当帮手。"

　　楚识琛急切地说："亦思的一切还没有结束，它需要你，需要一个新的开始；

你也需要它，你的抱负从来不是在荒郊野外陪客户钓鱼。"

周恪森被戳疼了心窝子："我如今就剩这点本事，就值这点行情，让你楚少爷见笑了！"

"我不是那个意思！"楚识琛近乎恳求，只有挺拔的姿态维持着体面，"森叔，我要怎么做你才能原谅我？"

周恪森粗眉拧紧，吐字如钉："原谅？你配合李藏秋诬陷我，侵害亦思的利益，凭什么要我原谅？！"

楚识琛求道："过去是我浑蛋，看在我父亲的情分上，森叔，再原谅我一次。"

周恪森好像累了，沙哑地说："不用把你爸搬出来，对亦思、对你，我问心无愧，同样的话到楚喆的坟前我也敢说。"

楚识琛不肯放弃："是我有愧，是我欠了你，森叔，求求你给我一个弥补的机会。"

"弥补……"周恪森忽然扭开脸，"你看看这条河。"

楚识琛向下望。这一段河面很窄，河心结了一层薄薄的冰，在阳光下晶莹剔透。

周恪森说："是不是瞧着挺干净，其实水里漂着好多杂草和浮尘，掉进去才知道有多脏。"

楚识琛："森叔……"

周恪森从牙缝里挤出最后一句："所以，只有脏水泼在自己身上，才知道有多难受、多刺骨！"

彻骨寒心，没有感同身受，说弥补只会显得虚伪。

楚识琛捏紧了拳头。这个身份被他偷来，那曾经做的孽由他偿还，很公平。

周恪森比他预料中的更倔、更强势，这倒令他佩服，他认为周恪森不会瞧得起一个只会乞求的孬种。

天高路远，他来此一趟绝不会铩羽而归。

拳头一松，楚识琛抬手抚上栏杆，说："森叔，被诬陷的滋味儿我尝过了，如果不够，我跳下去再尝一次。"

周恪森遽然一惊。

楚识琛长腿跨过栏杆，毫不犹豫地纵身一跃！

"嘭！"

碎冰飞溅，河面激起万重涟漪，转瞬间楚识琛坠入了幽深水中。

周恪森吓得愣住，手里的包"哐当"落地，奔下桥头的时候险些栽倒，他冲到河边大喊："楚识琛！混账！"

四周跑过来一堆人围观："有人跳河了！"

楚识琛身躯下沉，冰冷到极点的河水一刹那渗透了层层衣服，淹没他，涌入四肢百骸，像千万根针扎得他体无完肤。

他好冷，太冷了，比沉入大海冷一百倍、一万倍。

他觉得头皮发麻，浑身丧失了知觉，只有无穷无尽的寒冷。

岸上传来阵阵呼喊，楚识琛睁开眼睛，清澈的薄冰被他砸碎了，水中细尘飞扬，模糊不已。

他奋力挣出水面，哗啦，周遭一片惊叫，周恪森伏在一米多高的岸上已经目眦欲裂："楚识琛！你疯了！"

楚识琛气息紊乱，唇齿不受控制地发抖，一张脸冻得惨白，像瓷像玉，在阳光下淌着一道道粼粼的水痕。

他疯子似的说："有多难受、多刺骨，我知道了。"

周恪森竭力伸着右手："抓住我！上来！你给我上来！"

楚识琛抬起胳膊，握住了周恪森的手。

这只手温暖、粗糙，像老管家的手，像暗中与他会面的同志的手，像安全转移那天在码头上，与他交握告别的战友的手。

他被拽上了岸，周恪森一脑袋汗珠，慌张地脱下外套给他披上，骂得比在桥上更凶："你这个王八犊子！万一出了事儿，我怎么跟你妈交代？怎么跟楚喆交代？！"

楚识琛只剩虚弱："森叔……对不起。"

周恪森哽着喉咙，一口白气缓缓地吐出来。

四年憾恨，终于释怀。

楚识琛意识不到身体在剧烈地发抖，被河边的风一吹，头皮、脖颈、手背，裸露在外的皮肉一寸寸发紧，像被人拧着、掐着。

鬓边的发梢冻住了，变得尖硬，扎得耳郭充血般鲜红。楚识琛顾头难顾脚，皮鞋浸满了水，踩在地上又湿又滑。

周恪森急得满头大汗，蹲下去说："上来！"

楚识琛问："森叔，你干什么？"

周恪森催促道："你这样怎么走？！上来，我背着你！"

楚识琛有些动容，他弯腰把周恪森扶起来，没撒手，捉着周恪森的胳膊借力，说："森叔，我都多大了。"

周恪森是土生土长的东北人，知道这季节的河水有多冷，但他不知道楚识琛什么时候变得如此坚强，无奈地说："你小子真是……"

每走一步，楚识琛都感觉脚掌踩着刀刃，岸边很多碎石，他咬牙道："这条路有点难走。"

周恪森问:"能坚持吗?"

"能。"楚识琛一语双关,"路再难行,我也会坚持走下去。"

周恪森拍了拍他的手背,互相支撑着走到了停车场。

楚识琛钻进车厢的后面,坐下的一瞬间,衣裤挤压,滴滴答答地渗出水来,他难堪地说:"森叔,我把车弄湿了。"

周恪森气道:"你还顾得上管车!"

羊毛大衣的表面凝结了一层冰碴,楚识琛微缩着肩膀,靠向车门,许是他的脸颊太冰,贴着玻璃竟然感觉到了温暖。

周恪森迅速发动车子,把暖气开到最大,时不时从后视镜里看楚识琛的状态。

昨晚在楼下戳了一夜没合眼,恐怕都冻透了,刚才又跳河,简直是嫌命太长,周恪森说:"别睡觉,你这样不能睡。"

楚识琛静静睁着眼眶:"嗯。"

周恪森问:"你在哪儿住?要不去我那儿?"

楚识琛怎么好意思这副模样去别人家里,况且周恪森有父母在,再吓坏了老人家,他回答:"我回酒店,行李都在房间里。"

周恪森一路濒临超速,猛踩油门找到酒店,也不管会不会被开罚单,随便把车停在了门前的道牙子上。

楚识琛的样子太引人注目,惊呆了门口的迎宾。

房间在十五层,不算高,楚识琛在电梯里盯着跳升的数字,感觉前所未有地漫长。

到了房间,周恪森说:"赶紧把湿衣服换了。"

楚识琛脱掉周恪森给他披上的外套,已经沾湿了,他从行李箱拿了一件:"森叔,你先凑合穿我的。"

周恪森一早晨连生气带着急,哪怕光膀子都冒汗,正好手机响了,他摆摆手,走到房间的另一边去接听。

"喂,张总?"

楚识琛不可避免地听见一二。这位"张总"貌似是盈安科技的老板,打来问周恪森约见客户的成果,谈了几句,周恪森没有明说跟客户不欢而散。

挂了电话,周恪森习惯性地掏出烟盒,忽然想起在酒店,只好又塞回裤兜。

这时,楚识琛说:"再试试吧。"

周恪森没反应过来:"什么?"

楚识琛的最终目的是请周恪森回亦思,但为人办事要讲道义,必须处理好当下的麻烦,他说:"再约那个客户见一面。"

周恪森道:"那不是你该操心的,话谈不拢,见两面也没用。"

"那为什么不能谈拢呢?"楚识琛道,"森叔,你不能急,先让客户说需求,哪怕心里全盘否定,嘴上至少要赞许三分。然后,无论反驳还是争取,都从他最在乎的利益点下手,这样一定会引起他的注意。赞同或质疑都正常,重要的是他会琢磨你的观点,那你们接下来就可以往深层次聊了。"

周恪森听完看着楚识琛,几分诧异,几分陌生。四年时间,这个不成器的楚少爷似乎大变了样。

楚识琛被看得心里打鼓,担心说多了露出马脚。他努力掩饰方才的沉稳,继续脱衣服,却连龇牙咧嘴都不会,只憋出一句干巴巴的抱怨:"真是冻死我了。"

周恪森回过神:"用热水泡泡,赶紧上床盖上被子!"

楚识琛说:"森叔,你不用担心我,去忙吧。"

周恪森道:"你这个德行我怎么走?"

"我能照顾自己。"楚识琛保证,"而且这是酒店,服务生随叫随到,放心吧。"

周恪森千叮万嘱,公司又有电话打来催,他没办法先走了。

房间一下子静了,楚识琛挪到洗手间,湿透的衣服层层粘在身上,他一件件脱得精疲力竭。

捂了太久,皮肤呈现出不正常的青白,楚识琛打开淋浴,热水喷洒下来啃噬着他,全身遍布细密的痛痒。

他洗了很久,确保从头到脚都干净了,刷完牙反复漱口,不愿再回想起河水的滋味。

趁身体残存热水的余温,楚识琛上床盖好被子,拿起脱衣服时掉出来的手机,按了按没反应,已经坏了。

楚识琛心疼得不得了。这么先进神奇的东西,远隔千万里能通话,能一秒钟接到消息,能办到那么多事情……居然不能泡水吗?

这是什么道理?

他甚至打算百年归老一起带进坟墓的。

楚识琛为手机默哀了十分钟。昨天没给家里打电话,他用床头柜上的座机打给楚太太,讲了三五句,耗费掉最后一点精神。

通话结束,楚识琛握着听筒却没搁下,回忆着另一串数字拨出第二通。

只响了一声就接了,楚识琛说:"项先生,是我,这是酒店的号码。"

座机的音质不算好,项明章的声音听起来沙沙的,一点也不温柔:"你手机为什么打不通?"

楚识琛说:"坏了。"

项明章问："没出什么事吧？"

楚识琛一边回答"没有"，一边支撑不住滑进被子里。小时候外祖母教育他，睡觉的时候不能歪三拧四，要躺得平，气才顺。

可他太冷了，侧身蜷缩着，将听筒捂在脸庞："周先生肯原谅我了。"

项明章说："比我预计的要快，怎么办到的？"

楚识琛牙齿打战，断断续续地撒谎："我买了水果……去求他。"

项明章没有丝毫开心的反应，也没耐心继续装聋作哑，严肃道："楚识琛，你听着非常不精神，告诉我你怎么了？"

楚识琛紧紧蜷缩着，将被子裹得盖住耳朵："没事，我只是有点冷。"

"你不是在酒店吗？"项明章说，"房间里怎么会冷，是不是着凉了？"

楚识琛没吹头发，五指插进潮湿的发丝里，昏沉间理解错项明章的意思："……真的好冷，我不骗你。"

项明章焦躁地解释："我没有说你骗我，你是不是感冒了？吃药了没有？"

楚识琛神志不清地想，吃药就不冷了吗？

他迫切地想让身体暖和起来，在脑中拼命搜刮着方法，每次喝酒都会发热，他说："我想喝一口酒。"

项明章："什么酒？"

床头柜上竖着一张酒店的点餐牌，正面是中餐厅，对着床的背面是一间俄式餐厅，楚识琛望着图片里五彩斑斓的酒瓶，喃喃道："我想喝……伏特加。"

眼前一黑，楚识琛终于撑不住了，听筒从松开的手里滚到了枕边。

"……喂？"

"楚识琛？"

"楚识琛！"

项明章叫了十几声，没得到任何回应，挂断后却再也无法打通。

楚识琛睡着了，更像是昏厥了，半张脸埋在枕上，皮肤苍白渐消，又来势汹汹地透出红晕。

他梦见自己在水中沉浮，是一片深不可测的大海，无边无际望不到尽头。

他拼命挣扎，一次次伸出淋漓的手，可是没有人来拉住他。他丧失力气，不停地下沉，下沉，肺部抽空，咸涩的海水一股一股地呛入口鼻。

等风暴骤停，雷雨方歇，他窒息地仰落于深海，再不为人知。

"不……"

楚识琛猝然惊醒，已近傍晚，他窒闷的呼吸在昏暗中格外刺耳。

原来他很怕，跳进水里的那一刻他才知道。他害怕冷水，害怕漂浮不定，害怕什么都抓不住的绝望。

楚识琛按着额头缓了一会儿，拧开灯，看见听筒。通话莫名结束，项明章在那边会不会担心？

可他今天打回去，明天呢？他不会一直待在酒店，这个新世纪没有手机简直寸步难行。

楚识琛权衡了一下，他抹把脸，下床穿好衣服，换了一双备用的球鞋。

从酒店出来，楚识琛以为会很冷，但寒气扑在脸上反而舒服了一点。

地处繁华商圈，街尾就有一家购物中心。楚识琛裹紧围巾步行过去，速战速决买了一部手机，跟坏的那部型号一样。

万幸的是电话卡还能用。楚识琛的手指冻得浮肿，动作笨拙，导购员帮他安装好，说："先生，可以了。"

楚识琛迷糊地点点头："谢谢。"

他攥着手机走出商场大门，一开机，蹦出十几通未接来电，有昨晚的，有今天的，差不多全是项明章打来的。

最近一通是半个小时前，楚识琛拨过去，同时往回走。

几乎是立刻接通了，楚识琛说："抱歉，我不小心睡着了。"

不同于上通电话中的急切，项明章这次的语气很平静："你到底出什么事了？"

楚识琛走得不快，每一步都像历经颠簸，然后引起一阵晕眩。他听见汽车鸣笛，混沌得分不清是来自街上还是手机里面。

"我睡了一觉。"他答非所问地重复。

项明章叫他："楚识琛。"

"嗯？"楚识琛努力接腔，"你下班了？"

项明章说："回答我的问题。"

酒店就在不远的前方，但楚识琛走不动了，他停下，戳在人行道上为难。相隔两千多公里，他究竟要怎么回答才妥帖？

他想继续伪装，奈何实在不好。他头痛，手脚都痛，怪不得寒风吹着舒服，因为他浑身烧得滚烫。

可他对家里说一切顺利，难道要对项明章诉苦吗？

所以算了，应该算了。

楚识琛动了动嘴唇，还没发出声，一阵天旋地转就袭来。他站不稳蹲下去，一只手撑住了冰凉的路面。

项明章听见闷哼和衣服混乱的摩擦声，还有汽车驶过的声响，冷静陡然破灭："楚识琛，你在哪儿？"

楚识琛说："街上。"

项明章道："身体不舒服你乱跑什么？"

楚识琛回答："我买手机。"

项明章凶道："手机什么时候不能买，有那么重要？"

楚识琛虚弱地说："我怕。"

"我就不该放你一个人去哈尔滨。"

楚识琛蹲在地上，手脏了，浑身冷热交加抖个不停。为什么教训他，为什么会这么狼狈，明明不是他造的孽。

他延迟地感到一分委屈，强忍着说："我没关系。"

手机中静了片刻。

项明章问："那你为什么不起来？"

楚识琛愣了一下，仓皇地抬起头，街边一辆出租车刹停，车门打开，项明章握着手机下了车。

来得多匆忙，上班穿的西装、领带都没有换掉，直接套了一件黑色的长款羽绒服，项明章风尘仆仆，就这样出现在了哈尔滨的街头。

楚识琛怀疑是幻觉，摇晃着站起身。

他腿脚酸麻，还没来得及跌撞栽倒，项明章就已经朝他大步奔来。

通话尚未结束，项明章碰到楚识琛的额头，那么烫，他不悦地皱眉，最后一句面对面地说："不用怕，在哪儿我都能找到你。"

楚识琛薄唇张合，轻呼出渺渺的白气，却说不出一个字。从抬头看见项明章开始，思绪万千归结于零，他空白了，断片了。

"怎么搞成这样？"项明章又忍不住教训，"你就是这么办事的？"

楚识琛一天一夜没吃东西，疲惫地说："办得不够漂亮，让你见笑了。"

他一贯风度翩翩，可惜配上这副虚弱模样就成了乖顺，项明章道："你觉得我大老远跑来，是为了看你的笑话？"

楚识琛感动地说："不管是什么，谢谢你。"

寒风萧瑟，项明章把楚识琛弄上车："口头不算，有你谢我的时候。"

楚识琛跌坐在车厢中，晕乎乎地望着挡风玻璃。

一辆越野车驶到前方熄了火，周恪森从驾驶位下来，见完客户，他去给楚识琛买了羽绒服和雪地靴。

拎着东西一转身，周恪森看见楚识琛坐在出租车里，车门旁边站着一个高大的陌生男人，他快步走过去："你……"

项明章猜到是谁，主动说："周先生吧？我是项明章。"

周恪森惊讶道："你就是项明章？"

"如假包换。"项明章说，"这一趟不算公务，没带名片夹，不过带了身份证。"

周恪森摆手："项先生说笑了，你怎么会来哈尔滨？"

项明章诚实又圆滑："如果前两天来，那就是为了周先生；今天来，是为了楚秘书。"

周恪森弯腰看楚识琛，急道："脸都红了，肯定是发烧了。"

项明章不想再耽误时间，说："麻烦周先生带个路，直接去医院吧。"

周恪森返回去开车。新买的衣服包装严实，项明章坐进车里，脱下自己的羽绒服罩在楚识琛身上，然后把人拢在身边。

楚识琛任由摆置，难受得半合着眼睛。窗外是哈尔滨的夜色，他在飞掠的璀璨斑驳中瞥见一道细微的银光。

项明章穿着西装三件套，衣襟内的马甲口袋上悬着长链，楚识琛侧目睨着，说："你戴怀表了。"

项明章"嗯"一声："走得急，忘了摘下来。"

楚识琛问："有多急？"

中午通话突然没了声音，怎么叫都没反应，项明章立刻订了最近的航班，没收拾行李，没交代工作，回公寓拿了件羽绒服，撂下一摊事情就过来了。

下了飞机，项明章在路上查询客房的电话号码，确定了酒店，正要联系前台，楚识琛先打给了他。

至于有多急，项明章回道："急得顾不上给你带一瓶伏特加。"

楚识琛差点忘了，是他口出狂言在先，现在觉得有点丢人，他将羽绒服拉高遮住半张面目，闻见了衣领沾染的古龙水味道。

他悄悄嗅着，河水的污浊与大海的咸涩，一并在他的记忆中稀释。

到了医院急诊，发烧感冒的患者占了一大半，项明章揽着楚识琛进了诊室，一测体温已经三十九点五摄氏度。

医生说："烧得这么厉害，在家吃药了吗？"

楚识琛回答："没有。"

"南方人吧？"医生经验之谈，"来哈尔滨玩儿可得穿厚点，每天都有冻出毛病的。"

周恪森担心地问："严不严重？这孩子昨晚在外面站了一宿。"

医生吃惊道："胡闹，不要命了？"

项明章变了脸色，当着人不好发作，扣着楚识琛的肩头重重地捏了一下。

楚识琛倒吸一口气，不知道找补给谁听："我穿得挺厚的，没什么大碍。"

"那也不行。"医生问，"白天怎么样，什么时候感觉难受的？"

周恪森说："早晨那会儿，他——"

"森叔。"楚识琛连忙阻止，否则一会儿还要去骨科看肩膀。

项明章冷冷道："早晨还干什么了？"

周恪森把话说完，一半气楚识琛，一半气自个儿，合起来中气十足："……他跳河里了！"

医生把圆珠笔拍在了桌上，"啪"的一声："不想活啦？跑我们黑龙江寻死来啦？！年纪轻轻的，珍爱生命懂不懂？！"

楚识琛吓了一跳："懂……"

项明章的脸色冷过河面的浮冰，开口低了八度："医生，先帮他退烧吧，明天安排他做详细的全身检查。"

楚识琛说："我——"

项明章直接打断："你暂时没有话语权了，听话就行。"

晚上要留院观察，医院给开了一间单人病房，很整洁。楚识琛去卫生间换了病号服，浅色布料一衬，他的皮肤透着灼热的高温。

等输上液，楚识琛平躺在病床上，一点精神都没有了。

周恪森道："坐飞机挺累人的，项先生，你去酒店休息吧，我陪着他。"

项明章完全不是商量的语气，说："不用，我留在这儿看着他，周先生请自便。"

周恪森本来觉得，他看着楚识琛长大，总比老板和下属的关系亲近，但项明章专程飞来，并且肉眼可见地上心，恐怕和楚识琛之间还有更深的交情。

重点是，项明章一看就做惯了主，哪怕在陌生的地界，也不会跟谁讲究"客随主便"那一套。

大晚上的，拉扯浪费时间，周恪森答应了项明章的安排。

病房里只剩滴答的输液声，项明章脱掉西装，抽了领带，把衬衫袖口挽起两折，去卫生间拧湿了一条毛巾。

他坐在床边给楚识琛擦脸、两颊、双腮，本就是骨相立体的薄脸皮，三天不到又瘦了一圈。

深夜气温降至零摄氏度以下，项明章无法想象在外面站一宿会是什么滋味。

盛夏时节，楚识琛依旧一身正装，连胳膊都没露过，永远要喝热咖啡，可是为了达到目的，居然敢在哈尔滨跳河。

真是勇敢，真是精彩，真是一条好汉。

项明章在内心严厉批驳，擦拭的动作却很轻。擦完脸，他捉起楚识琛的一只手，路上没注意，这才发现细长的手指又红又肿，手背连血管都看不见了。

刚一碰，楚识琛疼得睫毛轻颤，醒了。

项明章俯身问："要什么？"

楚识琛烧得嗓子疼，缓慢道："我听见你骂我了。"

项明章挑眉："我又没出声，你会读心术啊？"

楚识琛说："我诈你一下，你真的骂我了？"

"你不该骂？"项明章道，"让你找周恪森，负荆请罪也只是抽几下，你怎么干的？"

楚识琛说："我不敢自比廉颇。"

项明章道："廉颇老矣，尚能一顿三碗饭，等你老了，得风湿病关节炎。"

楚识琛："……"

"我没跟你开玩笑。"项明章说，"万一周恪森的心肠够硬，扔下你不管，你可能就冻死在河里了，会出人命的你懂不懂？"

楚识琛还没退烧，迷糊中透着一丝高深："我没那么容易死。"

项明章莫名听出一股优越感，这楚识琛好像会什么绝世武功似的。

过了会儿，楚识琛又睡着了，这次一觉睡到了天亮。

他退了烧，立刻安排做了全身检查，至少需要一天出结果，下午又输了两瓶液，整个人被折腾得异常憔悴。

周恪森从家里带了清粥小菜，楚识琛两天没吃东西，勉强喝了小半碗粥，嘴里发苦实在难以下咽。

他想吃口甜的。

病床太硬，他想睡厚床垫；医院里飘浮着药味，他想要迦南香助眠。

人果然贪心，独自昏厥在酒店也爬起来了，有人照顾就犯了少爷病。

项明章一直陪着，忙前忙后，楚识琛心里的银行跟着盘账。花销算得清，可情谊太多，像个无底洞。

在病房度过了两个晚上，检查结果显示没有大碍，楚识琛第三天输完液回了酒店，他的房间被项明章退掉了，重新订了一间高级套房。

楚识琛确认："一间房？"

项明章说："滑雪季，没什么空房了。"

楚识琛道："还没下雪呢。"

"等下雪就只订得到西北风了，"项明章捏着房卡，占据了道德制高点，"而且这样方便我照顾你。我还没嫌累，你有意见吗？"

楚识琛哪还敢有。

高级套房多了客厅和餐厅。

楚识琛洗了个舒服的热水澡，湿着头发出来，项明章正在沙发上和部门总监打电话，瞥了一眼，起身把楚识琛押回了浴室。

通话结束，项明章命令："把头发吹干。"

楚识琛道："我从来不吹。"

项明章说："那就从今天开始改正，湿着头发容易感冒。"

楚识琛有板有眼地说："没发明吹风机的时候，大家都像我这样，不也过来了？"

项明章噎了一下，感觉哪里怪怪的，他懒得废话，直接打开了吹风机，声音一响，楚识琛仰着身子向后躲。

项明章没了耐性，推楚识琛坐在洗手台上。

楚识琛没有防备，碰翻了香氛瓶子才反应过来。他个子高，双腿一踩就要落地，可项明章快了半步，挡在面前打开了吹风机。

烘热的风，潮湿的水汽，倾洒弥漫的薰衣草味……混乱的物质扑面而来。

楚识琛不动了，手掌扣着大理石台。

头发吹干了，吹风机一关，啪嗒，楚识琛的拖鞋滑落到地上。

项明章低头看楚识琛的脚背，瘦瘦窄窄的，很白净，说："手脚的红肿已经好了。"

楚识琛："嗯。"

项明章说："身上冻伤没有？"

楚识琛回答："没有。"

项明章又说："头还晕不晕？"

楚识琛道："不晕了。"

逐一确认后，项明章忽然问："晚上怎么睡？"

楚识琛微侧着脸："都行。"

"什么叫都行？"项明章似笑非笑，"我说梦话也行？磨牙也行？占的地方太多也行？"

楚识琛呼吸放轻，迁就道："没关系。"

双手扣不住大理石台沿，陡地一松，楚识琛胡乱地在周围摸索，碰到了项明章拆下来的宝石袖扣。

菱形的，楚识琛一把抓在手里，袖扣的尖角扎着掌心，很疼。

项明章笑容渐收："在想什么？"

楚识琛说："我没有想什么，我只想先完成该做的事情……"

项明章道："还是你在顾虑什么？"

楚识琛否认："没有。"

这两个字单薄得缺乏分量，他冒着说多错多的风险，解释道："我的生活变化太大了，我仍然在适应。"

项明章退开，微躬的脊背挺直，仅此一步，他们的距离仿佛一下子拉开了。

楚识琛缓缓松开手，踩住地面趿拉上拖鞋。他从浴室离开，厚重的门在身后关闭，砰的一声。

没多久，浴室里响起水声，项明章脱掉衣服进了淋浴间，花洒开到最大，水温微凉，他扬着头被强力冲刷至心绪冷静。

在医院磋磨了两天，项明章的下巴冒出一层胡茬，洗完澡，他打上剃须泡沫，用酒店的一次性刮胡刀刮干净。

来的时候只揣了一小瓶须后水，新买的没用过，项明章拧开拍了一点，沉香木加薄荷的味道。

洗手台上香氛瓶子倒着，插在里面的藤条滚出来两根，袖扣只剩一颗，另一颗别是掉进了下水道里。

项明章低笑。

楚识琛在害怕什么？

项明章从浴室出来，偌大的套房静悄悄的，楚识琛已经上床了，占据一边，留白了三分之二。

项明章拿着手机走到另一边，掀开被角上床，靠坐着床头。

时间不算晚，项明章打开邮箱批复了几封邮件，看了两份资料，言简意赅地打了一通长途电话。

余光锐利，他确定被窝旁边始终一动不动。

忙完，只留一盏夜灯，项明章躺下。

楚识琛没有睡着，他莫名地思绪纷杂，钻牛角尖地想——他根本不是楚识琛。所以有些问题他没有资格回答，有些事情他没有立场断定，只要说出口就等于骗人。

至于项明章会怎么看待他，会不会误解，他都愿意接受。

在哈尔滨最暖和的一个秋夜，楚识琛拟设了后果，认了。

楚识琛一夜酣睡无梦。每次出差没有迦南香助眠，他都睡不踏实，这一晚他似乎闻见了淡淡的木香气。

黎明醒来，楚识琛平躺着，头歪向一边，睁开眼睛看见项明章。

原来是须后水的香气。

楚识琛翻身下床，进浴室往脸上泼了几把冷水，刚清醒一些，项明章就披着睡袍进来，并肩站在旁边洗脸刷牙。

香氛瓶子倒了一整晚，都流干了，项明章终于腾出空扶起来。楚识琛在地上扫视了一圈，弯腰捡起滚落的另一枚袖扣。

镜子里，楚识琛的气色恢复了一点。他按照计划，不惜代价求得原谅，解开周恪森的心结，后面请周恪森回亦思就多了些把握。

已经耽误了两天，楚识琛说："我打算等会儿约周先生见面，正式谈一谈。"

项明章漱了漱口，他来到哈尔滨还没跟周恪森聊过，同意道："好，我们一起见他，也比较有诚意。"

楚识琛给周恪森打了电话，约在一家餐厅见面。

换好衣服，项明章和楚识琛出门赴约。餐厅位于繁华的道里区，开了许多年，从窗口可以欣赏到充满风情的中央大街。

周恪森提早到了，先点了几样招牌的小点心。

楚识琛这些天没正经吃过东西，明白周恪森是心疼他，气氛正好，他说："森叔，光有点心可不够。"

周恪森道："放心吧，不会让你饿着，我记得你爱吃牛肉？"

楚识琛不爱吃，说："我忘了。"

周恪森一直没问那场事故，疑惑道："你这个失忆是全都忘了？爱吃什么，喝什么，这种体质上的倾向也不记得？"

项明章道："连自己的癖好也不记得。"

楚识琛一凛，端起茶壶给项明章斟了半杯，说："项先生，哈尔滨的茶叶很好，你喝茶吧。"

项明章闻了闻："这是龙井，西湖的茶。"

周恪森忘了刚才的疑问，叫服务员来点单，说："今天我请客，你们大老远来哈尔滨，我得尽一下地主之谊。"

项明章绅士地端起茶杯，举到半空，暗示道："那就感谢周先生破费，等回去以后，轮到我请。"

楚识琛立即领悟，顺势说出了口："森叔，回去吧，回去看看亦思。"

周恪森抚着台布上的花纹，斟酌片刻，终究不擅长拐弯抹角："说实话，亦思如今算是项樾的，一切都不一样了。"

项明章说："如果我想让亦思完全沦为附属，就不会三番五次向你邀约。"

楚识琛道："森叔，你曾经辞职帮我爸爸一起打拼，完全出于情义。现在我厚颜无耻地请你回去，但和当年不一样，因为亦思已经有你的心血。"

周恪森说："都过去这么多年了，我年纪也上来了。"

楚识琛温柔地反驳："四年，要说长，那就不要再耽误；要说不长，也就不必再犹豫。"

周恪森道:"以前不见你这么会说话。"

"没有什么不会改变,我也变了。"楚识琛说,"时移世易,你的年纪是自然增长,小绘倒是一下子成大姑娘了。"

周恪森露出点笑容,更多的是疼惜:"楚喆走的时候,小绘才高中。"

楚识琛说:"明年就大学毕业了,她跟你一样,念的是计算机专业,来的时候她托我向你问好。"

托孤托了一双,那时候楚识绘太小,周恪森就把精力都给了混账的楚识琛,可惜他没管好,辜负了楚喆的托付。

离开前在亦思的会议中心,周恪森对着那座雕像告别,众人以为他在发泄诉苦、委屈痛骂,其实他留下的最后一句,是一声万分无奈的"抱歉"。

楚识琛有条有理地劝说,用情理动人,以事业诱惑,处处戳及周恪森的软肋,他又喊了一声"森叔",心诚意切:"回亦思吧,好不好?"

周恪森深呼吸,喝了一大口热茶。雪山融化,冰河松动,他下决心般叹了一声,然后点了点头。

楚识琛笑起来,心里的石头落地,在哈尔滨做的一切都值得了。

菜上齐摆了一桌,三人以茶代酒一起碰杯,周恪森说:"多吃点,这两天都瘦了,回家以后你妈该心疼了。"

楚识琛夹了一块排骨:"我没告诉家里生病的事,森叔,你记得帮我瞒着。"

"嗯,行。"周恪森感慨道,"你真是把我吓坏了,也惊着了,搁以前打死我也不信你敢跳河。"

楚识琛玩笑地说:"掉过一次海,胆子大了。"

周恪森想起什么,笑道:"有一年我跟你爸出差,你妈打电话说你得了急性阑尾炎,要割盲肠。我们下了飞机直接赶去医院,你在床上躺着,哼哼唧唧麻烦死了,没想到现在变得这么坚强。"

项明章在一旁聆听,觉得很割裂,想象不出描述中的那个楚识琛。

手机响了,是项家大宅的座机号,项明章暂时离席,说:"不好意思,我去接个电话。"

桌上剩下楚识琛和周恪森面对面,刚才的话题中止,周恪森放下筷子,忽然道:"翟沣跟我说了标书的事。"

楚识琛闻言静了两秒。过去这么久了,对此他没有多余的情绪,问:"翟组长过得还好吗?"

"他挺好的。"周恪森说,"医药公司的项目,他是为了给我出当年那口气。"

楚识琛颔首,回答得很缓慢:"我理解。"

周恪森道："他从进公司就跟着我，替我冤得慌，所以离开亦思前干了这么一桩事儿，估计是他这辈子干得最出格的事情。"

楚识琛越想越觉得不对："森叔，换标书是翟沣的意思？"

周恪森点了点头："是，他后来告诉我你变化很大，我还不相信。"

正说着，项明章接完电话回来，落座发觉没人动筷子，说："怎么，都吃饱了吗？"

楚识琛看着项明章，目光停留了很久："你再吃一点吧。"

项明章盛了半碗汤水，一边喝着，一边透露了文旅项目的部分细节，周恪森很感兴趣，两个人交流了一些技术性观点。

交流之外，也算测试。项明章放了心，周恪森的观点并不落伍，而且实用，显然淡出的这几年里没有停止过钻研。

三个人都是行动派，最终商定，周恪森尽快处理好盈安的工作，然后回亦思。

项明章和楚识琛工作繁忙，耽误不了太久，所以先回去，到时候会派人来帮忙打点。

等周恪森回去以后，一切安顿好，就把父母也接过去。

吃过饭，周恪森开车走了，项明章和楚识琛沿着中央大街散步，吃饱喝足，尘埃落定，感到格外轻松。

这条街的风情太美，如同一片具象化的百年旧梦，让楚识琛不敢高声语，只能低低地提起："项先生，我有个疑问。"

项明章也敛着情绪："什么疑问？"

楚识琛说："医药公司换标书，是翟沣的意思？"

项明章停下来，猜到是周恪森说的，他回道："我忘了。"

"但我记得。"楚识琛道，"你说你收买翟沣，利用我，你还说翟沣一开始不同意，其实是翟沣要为森叔出气，要打李藏秋的脸，要给我教训。"

怪不得李藏秋不追究、不细查，因为整件事和当年如出一辙，他心里有鬼，不愿意翻出旧案。

项明章一开始打算把翟沣调回研发部，但翟沣拒绝了。他见过周恪森的结局，这些年已经撑得够辛苦了，他想去深圳和妻子一家团圆。

项明章没有勉强，写了入学推荐信，并且答应让翟沣进项樾的分公司，然后从翟沣口中了解到周恪森当年的事情。

项明章说："有的事论迹论心，唯独不容易论对错，对于翟沣的做法，我保留意见。"

四周游客谈笑，楚识琛走近一步："我没怪翟沣，我在问你，为什么要隐瞒，让我一直误会你？"

项明章回答:"翟沣是员工,我是总裁,我'坏'一点不会有什么风险。还有一个原因,你记不记得在悬铃木旁质问我的时候,你首先问的就是翟沣。"

楚识琛:"所以呢?"

"所以你把他当朋友了。"项明章道,"他也在相处中对你改观,联系我为你求情,那我就勉为其难,让你们短暂的友情不要破灭得太彻底。"

楚识琛失笑:"要不要感谢你当坏人?"

项明章问:"你觉得我坏吗?"

楚识琛哑然。骗人是坏,那他也不算好人,事到如今他和项明章的关系早已说不清楚。

一阵振翅声从天空飞掠,大片白鸽吸引了人群的注意。

中央大街,圣索菲亚教堂,项明章和楚识琛一一走过,在广场上喂了鸽子。即将回程,他们每次都在离开之前偷一点快乐。

订了傍晚的航班,下午回酒店收拾行李,项明章提前给司机打了电话。

飞机起飞时天已经黑了,高空上不见云不见月,楚识琛吃了感冒药,有点困,一觉睡到了航班结束。

下机往外走,项明章问:"要不要再休养两天?"

"不用。"楚识琛睡眼惺忪,行事果决,"公司应该攒了不少事情,我明天会准时到的。"

航站楼外停泊着熟悉的商务车,司机先送楚识琛回家,楚太太在别墅大门外迎接,叫项明章只能安分地说一句"再见"。

半小时后,司机送项明章到波曼嘉公寓。

三四天没回来,私人管家把房间打理得很好,床品拆换过,花瓶换了水,冰箱里的果蔬每天更新。

项明章没带行李,只拎着一个包,他进衣帽间换了衣服,把包里的东西拿出来。

一打开,发现楚识琛的检查报告在里头。

出院那天装的,一个厚厚的牛皮纸封,有病历,有片子,几乎把全身各部位都检查了一遍。

这些应该保存起来,以后生病了可以当作参考,项明章准备明天拿给楚识琛。

几张收费单混在一起,他挑出来,不小心滑落了一张片子。

项明章捡起来,是楚识琛的腹部CT。

他看了一眼,忽然盯着片子顿住——影像中的阑尾部分完整无损。

可今天周恪森亲口说……楚识琛做过阑尾炎手术。

第八章

复华银行,昨日今朝

项明章捏着 CT 片子，心中犹疑不定，他翻来覆去地确认那块影像，怕自己看错，用手机拍下来发给了项行昭的家庭医生。

对方很快回复，证实是阑尾，如果切除过不会出现。

项明章疑虑更甚，联想到楚识琛根本不存在的"文身"，他没有深究，因为钱桦吊儿郎当的，说的话不可信。

但周恪森不一样，楚识琛做完手术他去医院亲眼看过，楚喆和楚太太都在场，所以不会有假。

可这张片子也是真的，的的确确是楚识琛的身体影像。

如果两个既定事实相悖，说明一定存在问题。

可究竟是什么问题？

项明章思路错杂，但职业习惯不允许他忽视。一个事件就像一个复杂的系统，其中一项模块、一个组件、一串代码，只要出现细微瑕疵，都可能影响整体的运作。

项明章想打给许辽，翻出号码，悬着手指却迟迟没有按下。

上次楚识琛在云窖那么生气，他把人哄好了，虽然没有明确保证，但等于默认不再调查楚识琛的旧事。

项明章兀自轻嗤一声，他向来不稀罕当君子，什么时候变得这么信守承诺？

不过他承认，标书那件事真相大白，不被楚识琛误会的感觉还不错。

最终，项明章没有打给许辽。

屏幕一闪，收到一条信息，公寓的私人管家知道项明章回来，询问更换的衣物是否需要清洁熨烫。

项明章让对方过来取，回复完，他把换衣凳上的一身西装拎起来，从马甲口袋里掏出那只怀表。

楚识琛不在，项明章每天戴着上班，没想到正好戴去了哈尔滨。

在去医院的出租车上，楚识琛烧得迷迷糊糊，竟然还注意到隐藏在衣襟内的表链。

项明章始终不明白，这只怀表到底有什么故事，为什么楚识琛第一次见到就那么反常？

办公室那一晚，楚识琛近乎明抢，并且喃喃地说了两个字——我的。

以楚识琛矜持庄重的个性，平时根本不会说这种话，当时喝了酒，"我的"是无心之语，还是酒后吐的真心之言？

项明章灵机一动，他不调查楚识琛，但可以调查这只怀表。

这是他的私人物品，拆开了敲碎了怎么查都合理合法，至于检查报告，他一张张收入纸封，暂时放进书房保存。

一夜过去，项明章起床去游了几圈，换衣服到公司。销售部工作繁忙，不到九点钟谈话间已经全部被占满了。

经过秘书室，楚识琛来得比往常早，黑西装黑头发，坐在办公桌后专心做事。他生病初愈，肤色仍有些苍白，面无表情的时候显得疏离。

伏案良久，楚识琛翻开一本文件靠回椅背，轻昂起下巴，一瞬间的神态有股上位者的高傲，甚少流露在人前。

楚识琛掀过一页，视线移动发现项明章在门口，他放下文件，起身走过去打开门，说："项先生。"

两个人之间没有多余的称呼，不同场景，不同的意味，项明章说："是不是很忙？注意休息。"

"还好。"楚识琛道，"等下要去一趟市场部，先帮你泡咖啡？"

项明章说："不用，早餐喝过了。"

他们守着门一内一外相隔半米，楚识琛灵敏察觉，项明章似乎有话，或者有想法要表露，等了片刻却没动静，他道："我派人去了哈尔滨帮忙打点。"

项明章说："嗯，你办吧。"

楚识琛该去市场部了，积攒了一周的工作够他忙到下班，他不记得，也不在意检查报告放在了哪儿。

其实部分工作超出了秘书的职责范畴。楚识琛之前参与历信银行的项目，整顿亦思财务部，推行退款机制，他的能力、权限和风头实在难以被埋没。

这次楚识琛突然请假，没两天，项明章也走了，今天两个人同时回归，底下的人都猜测会有事发生。

等周恪森的归程确定，楚识琛去亦思安排了办公室，跟人事部拟定公告，关于研发部要有人事变动的传言也透出风来。

周末上午，楚家全部出动去机场接机。

周恪森推着行李出来，楚识绘最激动，大喊着"森叔"，冲上去拥抱。

周恪森无儿无女，期望都给了楚家的兄妹，来之前装作不在意，见到楚识绘却根本忍不住,问专业成绩、问实习情况、问技术方向,把楚识绘都问怕了。

楚太太腼腆地立在一旁,心中惭愧,酝酿半天叫了声:"老周。"

周恪森既然答应回来,就已经摒弃前嫌,他应了,说:"小杨,我想去看看楚喆。"

从机场驶向墓园,途中楚识琛买了一束白菊。

楚喆的墓在一片向阳的草坪上,楚识琛第一次来,他望着墓碑上的照片,楚喆和他幻想中的相似,睿智且温和。

周恪森伸手擦了擦照片,声音高高低低,念叨着老友间积聚四年的心里话。

楚太太对着墓碑向周恪森道了歉,叫楚喆放心,楚识绘讲了些零碎的生活点滴。

楚识琛闭口不言,他该说什么呢?

楚喆在天之灵一定知道他是个窃贼,偷取了身份,还有胆子来拜会失主的父亲。

另外三人等着他说点什么,他放下花束,歉疚不敢作声,久久,他对楚喆说:"来日方长,那就且看来日吧。"

离开墓园,一家人为周恪森接风洗尘,楚识琛提前安排好了一切,下午陪周恪森到住处,两个人坐下来详谈亦思目前的状况。

三壶茶的工夫,楚识琛分轻重缓急地交代,无一不妥帖。

聊完,周恪森不禁感叹:"你跟以前太不一样了。"

楚识琛笑了笑:"不让森叔失望就好。"

星期一,周恪森正式在亦思上任。

公司系统发了公告,顷刻间各部门皆知,亦思内部波澜暗涌。周恪森一露面,曾经的下属、旧部全跑来了,每个人都激动不已。

周恪森穿着朴素,但气场很强,笑问大家自己是不是显老了。

正说着,李藏秋出现。路上收到信儿,果然是真的,他没想到有朝一日周恪森还会再回来。

走近了,李藏秋先看了楚识琛一眼。

楚识琛道:"李总。"

李藏秋点一点头,儒雅笑道:"周副总,咱们老哥俩好久不见了。"

周恪森十足地冷静,陈仇旧恨掩在岁月刻下的眼纹里:"以后恐怕又要天天见了。"

李藏秋道:"瞒这么严实,什么时候决定回来的?"

楚识琛坦坦荡荡地道:"是我去哈尔滨向森叔认错,请森叔回来的。"

这一句话否认了当年的龃龉,还了周恪森清白,李藏秋自然领悟,当年被他利用的"楚识琛"已经换了阵营。

周恪森说:"第一次进亦思是楚喆找我,第二次是楚喆的儿子找我,一不小心就混成了两朝元老。"

"楚喆"的名字太久没在亦思提起，众人一时怔然，恍惚回到了亦思最辉煌的时候。

这时，两名保安搬上来一只箱子，说："楚秘书，你的包裹。"

楚识琛亲手打开，箱子里是楚喆生前最喜欢的雕像，他说："森叔，这是楚家给你的上任礼物，以后就摆在研发部的会议室里。"

周恪森愣怔着，抬手抚上雕像："……好，就照你说的办。"

从孤身前往哈尔滨，到今日周恪森走马上任，楚识琛圆满完成了每一个步骤，但他并不满足，该继续迈出下一步了。

手机响，楚识琛走到人少的地方接听："项先生？"

项明章上午去老项樾开会，来不了，订了花篮祝贺周恪森任职，说："我准备回公司了，你那边怎么样？"

楚识琛说："很顺利，满足预期。"

项明章道："那就好。"

门口立着项明章送的花篮，好大一捧银扇叶，扎实茂密，可惜细长的枝叶有些脆弱，运送途中折断了几根。

楚识琛抽出来，拢了一小把，说："大概多久到，研发中心的会议要不要提前？"

项明章道："楚秘书，你是不是生怕我歇着？"

楚识琛说："可以给你留一杯咖啡的时间。"

项明章妥协了："帮我叫一杯意式浓缩，等会儿见。"

办公大楼的楼顶是天台咖啡馆，天冷了，上来的人不多。

楚识琛之前约任濛来天台面谈，谈完就走，没顾得上欣赏。半圆观景台上有一架天文望远镜，上可以观星，下可以俯瞰整个园区的风景。

今天是阴天，画面不太清晰，楚识琛低头对着目镜摆弄，没察觉背后的脚步。

项明章去了趟哈尔滨，长了一点耐寒的本事，开车嫌热，大衣脱下来搭在手肘上，他走近摸了下楚识琛的后脑勺，问："好看吗？"

楚识琛抬起头："你回来了。"

天台风大，项明章怕楚识琛着凉，展开大衣给他披在肩上，嘴上说："正好我懒得拿了。"

两个人立在栏杆前，视野开阔，楚识琛道："周先生回来了，文旅项目你会不会考虑让亦思参与？"

项明章说："下午研发中心一起开会，会正式讨论。"

楚识琛不只为亦思，也为项樾："一旦决定，对外我们要尽快反馈给甲方，对内要让有的人避嫌。"

一口咖啡还没顾上喝,项明章道:"你有时候实在雷厉风行,不像老板的秘书,更像是习惯了拿主意的领导。"

楚识琛没有直接否认,他在尽力当一个秘书,可一介凡人难免有疏漏,他揣摩着项明章的情绪,问:"你在敲打我吗?"

项明章拢紧他身上的大衣,说:"哪敢,风大了都怕你冻着。"

又一阵风吹来,项明章胸前的怀表链子滑落,悬垂着摇晃不止,楚识琛抬起食指一钩,捻住表链的顶端帮项明章系回纽扣上。

飞扬的发丝扫过脸颊,项明章忍着痒意:"例会的时候就掉了一次。"

楚识琛仔细弄着,说:"以前的纽扣没这么精巧,扣上正合适;现在链环有点大,松了就容易滑落。"

项明章重复:"以前?"

楚识琛顿了顿:"这不是古董表吗?"

项明章道:"我看了些别的古董怀表,没见过这种绞丝的表链。"

系好,楚识琛说:"像是女士项链改的。"

项明章奇怪:"定做怀表,却不做配套的表链吗?"

楚识琛回答:"也许这么做有特殊的含义。"

项明章垂眸盯着楚识琛,假设道:"会不会是怀表主人爱侣的项链?"

楚识琛立刻说:"可能是母亲的。"他说完方觉草率,又补了半句,"我猜的。"

"也对。"项明章道,"这上面刻着佛教纹样,曾经的怀表主人应该信佛,是个清心寡欲的人。"

楚识琛以前的确清心寡欲,可现在……他正暗自惭愧,项明章又说:"很适合我。"

楚识琛:"你信佛?"

项明章:"不信。"

楚识琛:"那你清心寡欲?"

项明章回答:"我不近女色。"

楚识琛:"……"

喝完咖啡,到时间开会了,走的时候楚识琛拿上那一小束银扇叶。秘书室的兰草凋零后没了绿植,他打算插起来摆着。

项明章瞥了一眼:"这是什么东西,长得跟原味薯片似的。"

楚识琛说:"你订的花。"

项明章笑了。花店说银扇叶寓意招财,他就订了,原来是这副样子,他道:

"意头太俗，不衬你。"

楚识琛说："那什么衬我？"

项明章想了想："剑兰。"

楚识琛问："为什么？"

项明章回答："剑兰清雅漂亮，节节开花，寓意步步高升。"

楚识琛笑："这意头不俗吗？"

项明章看着他："因为我知道，你不会永远只做一个秘书。"

第二天，秘书室里多了一盆盛开的剑兰。

楚识琛一开门就闻见了清淡的香气，纯白色花朵沿着向上的绿叶节节绽放到极致，他以为项明章只是说说，想不到真的送了一盆剑兰给他。

楚识琛小心翼翼地给花瓣喷水，惊喜过后，他回想项明章在天台说的话……你不会永远只做一个秘书。

进公司以来，楚识琛为亦思做了很多事，比起曾经只会惹麻烦的"败家子"，众人逐渐对他改观，乃至信服。

此番请周恪森回来，即使无意，但一定程度上还是给楚识琛自身立了威，亦思内部支持周恪森的力量也会一并向他靠拢。

周恪森昨天当着众人说，成了"两朝元老"。

那这一朝，由谁做主？

周恪森表面是开了个玩笑，实际上是在拥护他。

可情感是一回事，现实是另一回事。"楚识琛"卖了股权，亦思归属项樾，最高处的掌舵人应该是项明章。

楚识琛不得不多思，以项明章的心术一定明白周恪森的倾向，那他会不会介意？

这一盆寓意"步步高升"的剑兰，是项明章单纯的赞许，还是婉转的警告？

楚识琛摇了摇头，否定了后者，他相信项明章的胸襟不会如此。

况且，项明章的能力和资本足够强大，性格足够自负，根本不屑于忌惮任何人。

楚识琛揣摩了一遭，转回自身。他进公司的目的从来就没有变过，一是帮楚家，他一步步地循序渐进。

二是为了适应现代社会。虽然误打误撞当了秘书，但他很满意。工作上可以接触到各部门，方便他学习；帮项明章打理琐碎事务，让他具备了一些基础技能。

楚识琛遥想刚来的时候，机票都不知道该怎么订，以为 PPT 是什么新编的天方夜谭。

浇完花，楚识琛到茶水间泡咖啡，见项明章握着手机站在咖啡机前一动不动。

楚识琛颇觉稀奇。项明章长着八百个心眼，二十四小时运转从不松懈，居然也有发呆的时候。

他轻咳出声，项明章回神，眨眼间恢复了从容模样，说："早。"

楚识琛走到一旁："刚才在想什么？"

"没什么。"项明章装起手机，把话题换成别的，"看见花了吗？"

楚识琛说："当然，很漂亮。"

项明章道："没写卡片，反正不是什么浪漫的祝福。"

楚识琛做事谨慎，索性说出来："项先生，谢谢你的赏识，不过我对现状很满意。"

项明章端起咖啡："什么？"

楚识琛道："做你的秘书不过大半年，我很知足，没有考虑过别的事情。"

项明章懂了楚识琛的意思，也愿意相信，因为楚识琛太沉得住气，太稳了，野心被端方的姿态包裹，斗志藏在斯文的表象下。

楚识琛从来不凶、不乱，然而对认定的事情，委曲求全也好，舍身相争也罢，一定要达到目的。

项明章曾经觉得楚识琛像碧湖，通透如明镜，其实楚识琛是岸上的松石高山，风吹雨打在他眼中不过尔尔。

"我明白。"项明章说，"你把我的欣赏当成了警告？"

楚识琛否认："没有，我只是不想和你有任何误会。"

项明章玩笑地说："那就好，如果第一次送花就被人误会，我会受打击的。"

楚识琛问："第一次送花？"

"对。"项明章这次是真正的警告，"要是养死了，我得惩罚你。"

话音刚落，楚识绘端着杯子从外面进来。别人看总裁在茶水间都知道等一等，临时工没觉悟，进来还挺开朗："项先生、哥，你们一起泡咖啡啊？"

楚识琛挪开一步，说："在公司别叫哥。"

项明章威胁人家哥哥要惩罚，扭头跟妹妹扮绅士："楚小姐，实习工作觉得怎么样？"

楚识绘说："收获很大，可惜这个项目快结束了，秦总监就要回重庆分公司了。"

"没关系。"项明章道，"周先生回来了，你之后可以去亦思研发部待一阵，正好跟你专业对口。"

楚识绘很感激，泡好茶走了。

项明章道："妹妹比哥哥容易哄。"

楚识琛说："……开会。"

昨天研发中心开了一场交流会，内容是关于文旅项目的技术支撑问题。

周恪森和项如绪讨论了很多，最后正式决定亦思参与进来，作为项樾的技术辅助。

目前，项目整体仍处于前期阶段，主要是售前咨询部在冲锋。

会议室内，项目组到齐了，第一轮宣介会即将召开，这是售前顾问的战场，总监孟焘汇报了计划和进度。

项明章问："跟选型组沟通得怎么样？"

孟焘说："除了在本市的佘主任，还派出了几名顾问去接触另外三名组员，一直在建立关系。"

项明章道："宣介会定了吗？"

"还没。"孟焘说，"各家公司都在等消息，但是佘主任透露，官方还没有协调好。"

一般的项目只有一个甲方，决策直上直下很简单，但这个项目是官方招标，涉及多地区、多部门，每个步骤都要转圈走一遍程序，不免烦冗。

孟焘说："现在宣介会定下来在本市召开，参与的公司多，市里的几个部门在协调由谁主办，毕竟安排下来挺麻烦的。"

再麻烦也是甲方的事，乙方等消息就行，项明章敏锐地问："你有别的看法？"

孟焘做了个深呼吸，说："项先生，我有个大胆的想法，宣介会争取让项樾来办。"

大家都很惊讶，楚识琛打字的手指一顿，看向孟焘。

项明章沉吟片刻，点一下头示意继续，孟焘说："参会人员来自各地，我们打听过，不会像北京开会那么严肃，会以一种茶话会的方式做首轮交流。如果项樾请缨来办，挂各单位的名，一是帮对方省事，二是咱们就掌握了节奏，两全其美。"

彭昕忍不住道："官方会同意？"

孟焘说："我跟佘主任提过，他没否定，所以我觉得可以试试。"

项明章问："大家有什么意见？"

彭昕说："如果能成，官方一定会记项樾一笔功。"

业务部门的骨干都是主动派，赞成的占大半。楚识琛十指交握，摸着手上的戒指，他认同这一招的优势，但感觉急了点。

毕竟利益和风险成正比。

楚识琛侧目看身旁，项明章思索着没有立刻答应，估计抱有同样的顾虑。

及至会议结束，项明章答应，今天下班之前答复孟焘。

一个项目有几个节点，宣介会、甲方考察、开标……每个节点的前夕最忙，晚上办公区灯火通明，项目组留下加班，直到十点钟才陆陆续续收工。

项明章拿着杯子去泡第三杯咖啡，秘书室亮着灯，他敲开门，楚识琛从电脑屏幕后抬起头。

"怎么还不下班？"

楚识琛说："我怕你有安排。"

项明章道："安排你回家休息。"

楚识琛保存文件，拔下U盘，问："你答复孟总监了吗？"

项明章说："我答应了。"

楚识琛收拾东西走到门口："孟总监的提议很有胆色，但是项目还在前期，会不会太出风头？"

"你怕项樾成为众矢之的？"项明章道，"我也权衡过，不过你今天看到了，售前部门充满斗志，让他们试试也好。"

楚识琛说："除了官方，剩下的全是竞争公司，难保有人挑错，万一办得不够漂亮会不会得不偿失？"

项明章道："项樾是第一个这么干的，无论圆满还是微瑕，都属于拔得头筹，时间久了，业内只会记得项樾做过，别人没有。"

这一点楚识琛认同，他递出U盘："如果要办，场地、车辆、人员调度，事事都需要操心，我拟了个计划表。"

项明章接过："还不确定我有没有同意，你就准备了？"

楚识琛道："不能白收一盆花，光等吩咐做事，就算这次用不上，留给以后也不亏。"

项明章佩服地点点头："我给孟焘参考一下，细节的东西让他们自己去研究。"

楚识琛最后问："你还不走吗？"

项明章停了两秒，才说："嗯，我还有个越洋电话要打。"

楚识琛默认是公务，先下班了。

项明章泡了杯咖啡回办公室，欠身坐进沙发。

前几天他托人找了专家鉴定，早上在茶水间收到回复，确认怀表是个老物件，大约有七十到一百年的历史。

根据制作工艺推断是瑞士生产，纹样很稀少，有可能是只此一枚的单独定制。银色素净，花纹向佛，说明怀表主人不单家境富庶，品位也不俗。

项明章拨通了号码，越洋是真，却非工作。他联系了瑞士古董表店的老板，要查一查古董表的收藏圈子里有没有类似款式。

项明章记得从楚识琛嘴里套出的信息，女士项链，采用了中国的绞丝工艺，是不是能确定怀表的主人是中国人？

民国时期很流行绞丝首饰，算一算时间也对得上。

一款没有定制表链的银色"卍"字纹怀表，如此特别，倘若瑞士的百年老店有记录，也许能查到当年的制作信息。

通话结束，夜深了，项明章心潮平静。一张CT影像引发的疑云，好像草率，却又具备现代科学的重量。

项明章后知后觉地发现，他没想过直接询问楚识琛，或是带楚识琛再去做一次检查。

莫非潜意识里，他认为楚识琛不对劲儿？

项明章实在捉摸不透。微苦的美式咽下去，他只当自己咖啡因摄取过量，昏了头。

宣介会的日期定在十一月二十八日，壹号会馆议事厅，由项樾通信主办。

消息一出，业内无声地哗然。项樾此举可以叫"奋勇争先"，也可以叫"不合规矩"，总之锋芒毕露的同时就要承担揣测和议论。

宣介会当天，多方有序到场，除了官方人员和各家公司，还有一些独立厂商来参加。

智天创想来了三个人，商复生这次低调很多，不像北京那次自信满满。

楚识琛穿着一套深色双排扣西装，严丝合缝，腰身勾勒得细而不弱。他一贯喜欢洁白衬衫，满堂的水晶灯光洒下来，照得干净雪亮，谈笑间衬得神采奕奕。

之前南京出差，见过面的UT中国区总裁欧文也来了。

UT专门做硬件，早有意向跟项樾合作，欧文主动走来和项明章握手，然后道："楚秘书，你瘦了。"

楚识琛大方地说："我该加强一下锻炼。"

欧文道："你应该多吃一点，我看今天的餐点很不错。"

因为是宣介会暨茶话会，场内准备了精致的茶点和甜品，时间差不多了，服务生为每一桌端上茶水。

楚识琛环顾周遭，场地恢宏豪华，硬件设施完善，项樾下足了本钱和功夫。

司仪在台上等候指令，所有人落座台下，时间一到，首轮宣介会正式开始。

楚识琛坐在项明章旁边，脚下地毯华美，抬头穹顶宽阔，目之所及皆是万事俱备的状态。

他但愿一切顺利，端起杯子喝了口热茶，微甜滋润，似乎放了蜂蜜。

选型组讲需求，佘主任作为技术组长第一个发言，所有人聚精会神，各家公司代表认真做着记录。

一口气讲了近四十分钟,粗细得当,直切重点,佘主任的嗓子都哑了,发言结束喝光了面前的茶水。

下一环节,各公司自述方案的初步配置。

凡事讲究知己知彼,排在第一个不免吃亏,项樾作为主办方愿意抛砖引玉。

孟焘登台,娴熟自信地开了场。

突然,一阵咳嗽从麦克风扩散到整个议事厅,所有人看向发出声音的佘主任。

"喀喀喀……"

佘主任推开面前的话筒,捂住嘴剧烈地咳着,旁边的人有些慌张,招手叫服务生再端一杯茶水上来。

然而不等服务生动作,佘主任的咳嗽戛然而止。

他张着嘴,仿佛喘不上气来,下一刻竟然从椅子上轰然倒地。

孟焘大惊,急忙冲了过去,台上的人将佘主任团团围住。

座下哗然,不知谁喊了一声:"是不是茶水有问题?"

宣介会中断,议事厅内顿时人荒马乱。

项明章站起身来,他是项樾的头儿,出任何状况都不能有一丝惊慌。

身旁,楚识琛亦面目沉静,立刻做了安排:"我去叫司机,先送佘主任去医院。"

五分钟后,佘主任被抬上车,送往最近的医院。

议事厅中喧声如沸,许久无法平息,所有人都不知道佘主任为什么会突发急症,一时间冒出种种猜测和议论。

茶水和甜点都成了要害,没人再碰,服务生撤走茶具,紧急换成了瓶装的巴黎水。

孟焘心惊如焚,衬衫背后湿透了一片,他把佘主任抱上车送走,急忙返回来请示项明章:"项先生,宣介会要不要暂时取消?"

项明章提醒他:"项樾主办不代表项樾做主,这要官方说了算。"

"那……"这个当口,孟焘实在没勇气去问官方代表的意见。

这时楚识琛从外面走进来,他与出事前的状态别无二致,不过步伐大了些,既镇定又利落。

楚识琛看了孟焘一眼,递上一包纸巾,对项明章说:"派了两个人跟着去医院,也已经联系了医院的专家。会场内的餐饮有提前留样,会和佘主任喝过的茶水一起送去检测。"

孟焘擦着汗:"谢谢楚秘书,现在……"

"你别急。"楚识琛明白他担心什么,"跟佘主任平级的一名组长陪着去医院了,选型组现在少两个人，他们需要商议一下。"

项明章道："应该会继续开完。"

参会人员众多，一部分人员从其他城市赶来，如果取消重办，再协调一次时间的话，成本大、难度高。

楚识琛说："这样最好，能开完说明问题不严重，大事化小，真要取消重新召开，项樾办的这件事就太尴尬了。"

果然，半小时后，选型组决定宣介会继续。

现场秩序混乱，司仪在台上极力道歉和安抚，但收效甚微。

楚识琛登台让司仪下去休息，他接过话筒，纹丝不乱地宣布道："请各位尽快落座，即将进行宣介会的方案自述环节，如果时间不足，将压缩每位代表的演示时长。"

时长不够，影响交流效果，这是各公司最在乎的问题。

项明章坐在台下望着。维持秩序，指令比协商更有效，尤其是直击七寸的指令。平息混乱的最快方法，是引导至一个新的局面。

楚识琛说罢，示意工作人员调整投影，大屏幕恢复了项樾的演示文稿。

所有人纷纷就位，议事厅内逐渐恢复了安静。

楚识琛把话筒递给孟焘，悄声叮嘱："别的什么都不必说，要想补救，就把方案尽力讲好。"

孟焘的气势和信心锐减大半，怕出错，放慢了节奏，以至于牺牲掉一些细节，舍小保大地完成了演示。

楚识琛退在一边纵观全场，目光扫过台下每一个人，严肃的、放松的、无所谓的、幸灾乐祸的，简直百态。

选型组气氛沉重，总经办人出事后一句话也没说，失望显而易见。

项樾野心满满要记下的一笔功，俨然变成了"过"，并且难以补救。

坚持到宣介会结束，工作人员安排大家退场，项明章陪选型组从内部通道离开。

孟焘有点蒙了，是他提议主办宣介会，是他带领部门负责，任何问题他都难辞其咎。万一佘主任有事，公司受影响，他恐怕不用干了。

楚识琛没有柔肠安慰，说："孟总监，还不到六神无主的时候，洗把脸，我们要赶去医院。"

佘主任被送到了附近的三甲医院急救，万幸的是没有生命危险，情况已经稳定下来。

医生的诊断结果是过敏，过敏原是蜂蜜。

楚识琛恍然，没多久食品送检有了结果，今天的茶水中确实含有蜂蜜，一切属于主办方的疏忽。

病房外挤满了人。等佘主任醒过来，项明章亲自道了歉，承诺后续的所有问题由项樾负责。

离开医院回公司，一路上项明章面沉如水，楚识琛抱着双臂，全程没有吭声。

宣介会本来备受期待，一出事，消息立刻传回了园区，等项明章和楚识琛打道回府，整片办公区鸦默雀静，没人敢抬头。

项明章一路走进总裁办公室，进了门，说："楚秘书，一起。"

楚识琛示意孟焘先行，然后把门关上。

事已至此，孟焘理了理头绪，说："会场的餐点是由一家五星级酒店提供的，今天的茶水是泓善茶室负责的。"

项明章问："所以呢？"

孟焘愣了一下："我们提前调查了人员的饮食禁忌，今天很可能是茶室的疏忽，我会让法务跟他们交涉。"

楚识琛道："无论哪个环节失误，项樾作为主办方都逃不了责任。"

不管是疏忽，还是有意为之，一旦出了事，当下就会产生负面影响——选型组的失望，后半程会议的萎靡，都是印证。

项樾可以去调查，去追究，但无论如何，都更改不了项樾自身失察的错误。

最要紧的是项目不等人，大家不会为这件事继续蹉跎，看过就散了。

楚识琛说："今天的事故，再纠结下去等于刻舟求剑，没用，该做的是力挽狂澜。"

项明章道："本来势头大好，这一下直接打回原形。"

"不……"孟焘仍抱有希望，"我们把方案做到最好，选型组一定会考虑我们的。"

楚识琛清醒地戳穿："今天这一出，方案演示的效果大打折扣。"

而且佘主任跟项樾建立了良好关系，原本是非常有利的一张牌，现在这张牌等于废了。

孟焘急切地说："我再去道歉，我去医院照顾佘主任，找最好的专家，我愿意付出任何代价取得佘主任的原谅。"

项明章走一步看三步，说："你以为佘主任不计较就万事大吉？"

孟焘："项先生……"

项明章道："佘主任出了事，接下来住院、休养，还怎么维持选型工作？技术组长这么关键的位置，更不会白白等着他。"

楚识琛心一沉："所以会换技术组长？"

项明章说了，打回原形，他道："一旦换人，项樾前期和佘主任的沟通都白费了，要从头和新组长建立关系。出了今天的事，总经办人那副脸色，官方对项樾的态度不受影响是不可能的。"

手机响起来，楚识琛走到一边接听，三五句后挂断，一个好消息一个坏消息。

好消息是，佘主任不追究今天的事故；坏消息如项明章所料，出于身体原因，佘主任主动退出了选型组。

这下技术组长肯定会换人，有可能是下面的组员补位，或者另外空降，确切消息要等官方公布。

孟焘脸色苍白，不敢再多说什么，摘下眼镜抹了一把汗水。

楚识琛说："孟总监，不管怎么样，首轮交流结束了，调整一下，跟销售部做好交接。"

孟焘定了定心："做完该做的，我愿意承担一切后果。"

"现在谈后果还太早。"项明章说，"回去吧，售前这阵子辛苦，让你的人休息两天，今天的事不要跟其他部门嚼舌头。"

孟焘保证完出去了，办公室里只剩下项明章和楚识琛。折腾一天，太阳落山了，不合时宜的灿烂霞光从落地窗照进来。

项明章将领带扯开一点，走到酒柜拿了一瓶威士忌，问："有没有兴趣陪我喝一杯？"

楚识琛道："喝酒可以，但我不在办公桌上喝。"

项明章轻哂一声，捏着酒瓶和杯子走到窗边。他递给楚识琛一只威士忌杯，然后将印着白色帆船的酒标向外，说："这瓶是帆船威士忌，一帆风顺的意思。"

楚识琛玩笑："开始寻求心理安慰了？"

项明章又说："这一瓶含有更高龄的原酒，更烈，所以顺风中会经历一场风暴。"

楚识琛呷了一口，酒杯里弥散着柑橘的风味，渡到舌尖，花草香、咖啡果酸，伴着微辣的酒精充盈了鼻腔和咽喉。

喝完一杯，项明章忽然问："我是不是决策失误了？"

楚识琛说："是过程不够周密，本来可以避免的。"

项明章道："现在只能迎接风暴。"

楚识琛紧闭唇齿，舌尖轻舔上颚残留的酒分。真正的海上风暴他见过，一面巨浪就能吞噬所有。

可他逃过一劫活了下来。

那眼前这些，又算得了什么？

楚识琛伸手跟项明章碰了个杯，随后一饮而尽，说："最坏的结果不过是项目丢了，天又没塌，项樾又不会破产。"

项明章仰头喝光了酒，笑道："楚秘书真是大气。"

现在一动不如一静，等官方给出态度和指示，再想下一步的对策，必须稳，千万不能急中生错。

到时间下班了，发生这种事情，老板不走，别人谁也不敢乱动，项明章收拾了一下，和楚识琛一起离开。

司机留在医院，暂时供佘主任的家属差遣。项明章懒得等别的司机过来，正想问楚识琛怎么走，一出办公大楼，项如绪的车在门口停着。

楚识琛打了声招呼，先走了。

项明章拉开车门坐进副驾驶，没说什么，项如绪也没问，发动车子驶出园区，朝反方向拐了弯。

项明章皱眉："去哪儿？"

项如绪说："静浦大宅，去爷爷那儿啊。"

月末了，要回家里一起吃顿饭，项明章忙得忘了，并且不肯迁就地说："我今天没胃口，不去了，送我回公寓。"

项如绪道："今晚全家都在，你不能缺席。"

四下没有旁人，项明章本来就心情欠佳，连装都懒得装了："谁说的不能？姑姑，还是你爸？上次在医院让他们教训，是因为隔壁有些叔叔伯伯听着，身边有楚秘书看着，我不想闹得太难堪。"

项如绪说不过他："那件事过去了，何必再提，今天……"

项明章语气很轻，尽是狂妄："今天谁再招惹我，建议看看公司的持股情况，清醒一下是谁说了算。"

项如绪生气了："项明章！"

红灯，急刹车，项明章在椅背上撞了一下："你这个驾驶水平，我还不如叫出租车。"

项如绪无奈道："不管怎么说，大家都是兄弟，大喜的日子能不能收敛一下，忍一忍？"

项明章疑惑："大喜的日子？"

"我哥没通知你？"项如绪夹在中间快受不了了，"他和秦小姐后天结婚。"

项如纲本来计划前一阵子办，但项行昭突然生病，所以推迟到了现在，再等下去新娘身孕明显，就不方便了。

结婚当天要在静浦行礼，今晚全家商量一下流程。

项明章听完更不想去了。

信号灯变绿，项如绪猛踩油门直奔静浦的方向，过了片刻，说："婚礼请柬给楚家也发了一份。"

项明章道："项如纲的意思？"

"我爸妈的意思。"项如绪说，"别人无所谓，我希望楚秘书能参加。"

上次在医院病房，项明章差点和项琨吵起来，是楚识琛及时又精准地抚平了项明章的情绪。

项如绪看在眼中。这些年，家里也好，公司也罢，从没见过谁能做到如此，他忍不住问："明章，你跟楚秘书什么关系？"

项明章说："你觉得呢。"

项如绪猜道："得力助手？好朋友？我知道了，他是你的心腹。"

项明章暗道，楚识琛自己的腹部CT都疑点重重，还当他的心腹。

项如绪看他没反应，猜不下去了："你不想说就算了。"

项明章回答："不是不想说，是我说了不算。"

项如绪冷哼："持股那么多，我以为你什么都说了算呢。"

项明章的回旋镖扎到自己身上，倒不觉得痛，他摸出手机，估计楚识琛已经到家，看到婚礼请柬了。

项如纲的面子恐怕不够大。

项明章另外发送了一条邀请：周末到静浦，我们一起喂芙蓉鸟。

很快，楚识琛矜持地回了一个字：好。

回完消息，楚识琛放下手机继续喝汤。

楚太太坐在餐桌另一边，收到项家的婚礼请柬她很高兴。自从楚识琛做了项明章的秘书，这大半年，两家的关系又变得亲近了。

"明章的态度就是风向标。"楚太太说，"他示好，项家其他人的态度就会更好。"

楚识琛有些顾虑。上次在医院，项行昭的问话莫名蹊跷，他担心见面会生出什么枝节。

但项家主动邀请，他和项如纲见过几面也算打过交道，礼数上不好拒绝，尤其项明章额外发了消息给他，他便答应了。

楚太太兴致高涨，说："只有一天准备时间，要弄头发、做护理，好紧张的。我穿什么衣服去啊？"

唐姨说："你不要打扮得太夸张，人家儿子结婚，盖过项太太的风头就不好了。"

"我天生丽质呀！"楚太太勉为其难，"那我简单一点吧。项太太那个人不好相处，得罪她也没必要。"

楚识琛对项明章大伯母的印象不深。项家长辈，不算初见寒暄，他说过话的只有项明章的母亲。

脑中浮现出白咏缇的轮廓，避世、娴静，和项家一众亲属仿佛两个世界的人。项行昭的寿宴白咏缇没有参加，楚识琛问："白伯母会不会出席婚礼？"

"应该不会。"楚太太道，"正好提醒我了，记住，不要在项家问起明章的父母，特别是他爸爸。"

楚识琛曾经遵守界限，如今却想多了解项明章一点："他爸爸呢？"

楚太太说："项明章不到十岁，项珑就跑了，跟项家切断了全部联系，据说下落不明，反正二十多年再没回来过。"

楚识琛惊讶地问："什么原因？"

"谁知道呢。"楚太太感慨，"老婆、儿子都是万里挑一的人，结果项珑居然抛妻弃子，就算没感情，那庸俗一点，家大业大，人人都铆着劲儿钻营，他倒是舍得什么都不要。"

楚太太话糙理不糙，唐姨好奇："项家没找过他？"

楚太太说："项老爷子肯定找过，项家别的人就不好说了，少个人就少一份竞争。"

楚识琛第一次探听项明章的家事，十分出乎意料。记得陈皮宴上项明章提起过项珑，语态伤怀，眼底凉薄，其中的感情恐怕不可一言以蔽之。

作为外人，楚识琛无意多猜，他知晓项明章的痛处和逆鳞就够了。

周日早晨，楚太太精心打扮，穿了一身设计简约的礼服裙，因为嫌单调，她戴了一套彩宝首饰提气色。

楚识绘不喜欢交际，上班又辛苦，在家里睡大觉。

楚识琛从楼梯下来，穿着一身经典款式的黑西装，很保守，被楚太太念叨了半路。

天高云淡，是个好天气，静浦的园林刚修剪过。宾客在别墅区的大门下车，一路长毯，步行穿过一片葱郁的外园。

主路两旁摆满盛着鲜玫瑰的花箱，走到项家大宅的花园正门，楚识琛在迎宾台签名，奉上一份礼金。

主家回赠一份伴手礼，女士是官燕和香水，男士是古龙水和雪茄。

宾客如云，不乏相熟的面孔，楚太太旋着裙角交际去了。

楚识琛独自穿过花园，迎面走来一个人，是项家管理总务的茜姨。

茜姨专程找他的，说："楚先生，项先生吩咐我来接您。"

"有劳。"楚识琛问，"项先生在哪儿？"

茜姨领着他，说："项先生在楼上，我带您过去。"

别墅里精心布置过，房间无数，到处都是说说笑笑的亲朋好友。楚识琛跟着茜姨上了三楼，一下子清静了。

茜姨小声地讲坏话："项先生不当回事，早上起晚了。"

原来项明章还在卧房。楚识琛无心登堂入室，但茜姨敲了敲门就把门拧开了。

卧室一套四间，项明章刚洗完澡，只换上了衬衫长裤，他拎着没穿的衣物从衣帽间出来，随手扔在了床上。

今天是纯粹的私人场合，项明章换了称呼："识琛，进来。"

厚重的门一关，听不见别的，只有皮鞋踏过木地板的声音。楚识琛怕弄皱西装，站着，踱到一面摆满奖杯的柜子前。

这是项明章从小居住的屋子，这些奖杯全部是项明章的战利品。

有一座纯金的奖杯，打造的是项樾通信的标志，楚识琛问："这是什么奖？"

项明章说："大二创业，老爷子送的礼物。"

奖杯底座比常规的厚，是一坚实圆台，楚识琛联想到京戏《黄金台》，结局唱的是一出太子即位，他道："你爷爷真的很疼你。"

项明章没接腔，作为新郎亲属统一穿礼服，说："过来，帮我绑一下腰封。"

楚识琛走近，伸出手又收回，浅浅地靠着床柱："我今天是宾客，不干活。"

项明章"喊"了一声，从托盘里拿出一只胸花，白色铃兰，男方宾客戴的，他给楚识琛簪到驳领上，说："贵客，我伺候你行了吧？"

楚识琛道："正好我妈说我穿得太素。"

中规中矩的纯黑西装在这种场合不打眼，可是项明章临窗向花园一望，靠衣装招摇的人群里，楚识琛那么出众；全凭身段和模样鹤立鸡群。

偏偏这只鹤不太在乎皮囊，簪花留香，不照一照镜子，却问："选型组有新动向吗？"

"还没有。"项明章说，"售前跟销售部交接了，彭昕随时待命，孟焘在医院给佘主任当护工。"

俗话说买卖不成仁义在，佘主任刚卸任组长，项樾的态度更需要积极一些，楚识琛道："陪着佘主任，多少也能了解一点官方的消息。"

项明章说："孟焘就是这个意思。这两天选型组连续开会，技术组长的人选就快定了。"

两个人相视一眼，考验来临。这场婚礼就像是中场休息，调剂心情解解闷。

"嘭"的一声，楼下鸣放礼炮，新郎新娘到了。

项明章不紧不慢地穿西装、戴袖扣，楚识琛心说真会摆谱，催促道："项先生，别耽误了吉时。"

项明章说："孩子都怀上了，还介意这迷信的三五分钟？"

楚识琛又道:"别那么刻薄。"

"我说实话而已。姓项的男人没一个好东西,都是混账。"

"包括你?"

项明章眼中带笑,目光全落在楚识琛身上:"我还不如项如纲呢,他好歹抱得美人归,我什么都没有。"

楚识琛不听了,转身往外走。

项明章落在后面,楼梯周折几遭,到一楼,前中后三个厅都站满了人,新郎新娘一起眼巴巴地等着。

人太多,怕项行昭受惊,都不敢贸然动作。项明章姗姗来迟,项琨立刻语气和蔼地说:"明章,你可算下来了,把爷爷推出来吧。"

大伯母赶忙补了一句:"明章,辛苦啦。"

众目睽睽,项明章暂时收起狼尾巴,教养极好地笑了笑,几分钟后,他把项行昭从疗养室推出来,宣布道:"新人准备行礼吧。"

项行昭精神不错,到主客厅,项明章把他扶坐到沙发正中,他似乎不明白在办喜事,严肃的样子透出过往的余威。

项如纲牵着秦小姐,一齐叫了声"爷爷"。

项琨在旁边说:"爸,今天如纲结婚,你的长孙成家了。"

项行昭迟缓地应和:"结婚,明章……结婚。"

项明章抚平项行昭的衬衫领子,尽显亲昵:"爷爷,不是我结婚。"

齐叔备好了红包给项行昭拿着,新人敬了茶,项行昭哆哆嗦嗦地举起红包,塞进项明章怀里:"给你,乖。"

厅堂中尽是亲友,直系的、旁支的,围了里三层外三层。对于项行昭只认项明章的反应,大家除了笑一笑,没别的法子。

楚识琛立在偏隅,仗着个子高窥见一些细微的表情,尴尬、忍耐、不甘心,隐匿在甜蜜的新婚氛围里,变得微不足道。

行了礼,要拍照片,第一张是全家福。只有项明章没有父母在场,名副其实的孤家寡人。

楚识琛悄悄从别墅出去了。花园里依旧热闹,傍晚才去酒店,厨房准备了餐点给宾客垫肚子。

小孩子很多,草坪上摆着游乐设施,楚识琛停在一旁偷听童言稚语。

从前他参加过不少喜宴,可那个时代,一切欢喜都像浮在天空的云,很轻,很梦幻,不知什么时候就会降落一道雷电,让短暂的静好荡然无存。

只有小孩子永远天真,楚识琛想远了。忽然一个混血小男孩跑过来,肉嘟嘟的，是新娘的花童之一。

楚识琛问："有事吗？"

小男孩说："能不能帮我拿一个杯子蛋糕？"

楚识琛拿了一个给他，看见项明章从不远处走过来，还没开口，小男孩先喊了一声："明舅舅。"

项明章居高临下地问："说谢谢了吗？"

小男孩叫丹尼尔，是项环的外孙，也就是项明章表姐的孩子，随父母定居在海外。他对楚识琛道了谢，低头开始吃蛋糕。

项明章嫌他碍事，说："找别的孩子玩儿去。"

丹尼尔道："舅舅，你带我去活动室玩国际象棋吧。"

项明章说："今天家里人多，活动室没位子。"

丹尼尔想当然地说："把他们赶走。"

楚识琛不禁讶异："这么霸道啊。"

丹尼尔说："跟舅舅学的。"

项明章烦道："小洋鬼子，学点好的。"

楚识琛被这对感情不睦的甥舅逗笑，正好他觉得没意思，说："我也想玩。"

项明章陪楚识琛返回别墅，丹尼尔跟在后面，二楼书房有一套水晶象棋，两个大人迁就小孩，坐在地毯上博弈。

楚识琛掌白棋，刚下一半，项如绪找上来，把项明章叫走了。

丹尼尔被杀得片甲不留，第二局开始前，商量道："哥哥，你能不能让我赢？"

楚识琛问："凭什么？"

丹尼尔扭了扭小领结："等你结婚，我给你当花童。"

楚识琛忍俊不禁。当花童又吃蛋糕又领红包，这股不吃亏的精明劲儿估计也是跟项明章学的。

第二局没下完，丹尼尔眼看又要输，嘟囔道："舅舅怎么还不回来？"

楚识琛看了眼手表，项明章离开半个小时了，今天的场合应酬起来估计难以脱身，问："还玩吗？"

丹尼尔没了斗志，一骨碌爬起来："我去找舅舅来报仇。"

楚识琛拍了拍裤脚的褶痕，仰头看向一旁高及天花板的书柜，中外典籍，琳琅满目，不等他扫视一遍，丹尼尔匆匆跑了回来。

"舅舅忙着呢，不会上来了。"

楚识琛问："他在干什么？"

丹尼尔露出顽皮的表情："舅舅在和伴娘姐姐相亲，大家都围着他们。好奇怪呀，伴娘为什么不和伴郎在一起？"

楚识琛解释："因为伴郎和伴娘没有结婚。"

丹尼尔似懂非懂："那伴娘要是和舅舅结婚，就变成我舅妈了。哇哦，这么突然啊。"

楚识琛在小孩子面前不动声色："是不是不玩了？"

丹尼尔扑来亲了他一口，当作吻别，然后又跑出去了。

楚识琛收拾残局，心不在焉地碰倒了一枚棋子，是白皇后，倒在棋盘上，从后翼滚到了王翼。

在俱乐部那天，项明章拒绝了当伴郎，说无论伴娘什么性子，他都没兴趣认识。

那现在算什么？

动摇了，还是逢场作戏？

楚识琛掏出手机，犹豫片刻拨通项明章的号码，响过三声接通了。

"喂，识琛？"

楚识琛问："什么时候去喂芙蓉鸟？"

项明章道："我走不开。"

楚识琛明知故问："为什么？"

项明章回答："在陪人家聊天。"

楚识琛低下头，伴手礼丢在棋盘一旁，他打开，最后道："伴手礼很合我意。"

手机里静了一会儿，项明章说："那就好。"

挂了电话，项明章从楼梯拐上二楼。在会客室被纠缠半天，做客的亲戚多，他不好让堂兄和新嫂太没面子。

丹尼尔那个小鬼头来回晃荡，他猜楚识琛一个人留在书房里，便不管那么多了，刚脱身，"问责"的电话就打了过来。

项明章快步走到书房，门虚掩着，他推开顿在门口。

楚识琛慵懒地坐在织锦地毯上，不似平常挺直脊背，躬着一点，一条长腿微屈，骨感的脚踝压住了棋盘一角。

书房做了避光处理，不开灯有些暗，楚识琛拈起一枚晶莹剔透的水晶棋，掂掇着，折射的一线光彩投在他的面目上，如斯骄矜。

待项明章缓过神，走进去，楚识琛轻巧抬眸。

项明章明知故问："怎么一个人待在这儿？"

楚识琛承认："心里不痛快。"

"是吗？"项明章踩上地毯，一步步走近，"我们项家的大喜日子，你为什么不痛快？"

楚识琛仰着脸，回答："因为你怠慢我。"

项明章朝他伸出手："那我们现在去喂芙蓉鸟。"

楚识琛拒绝："坐得腿麻，不想动。"

项明章弯腰拉他起来，没有勉强，说："也好，我不喜欢这栋房子，也不喜欢那些鸟，以后我带你去缦庄。"

楚识琛没来得及细思项明章为什么不喜欢，道："我不去。"

项明章早有招数拿捏他："那只猫你不要了？叫什么来着，灵团儿？"

楚识琛说："你把猫还给我，我自己养。"

"太迟了。"项明章道，"我让人给那只小东西专门弄了一间屋子，有它快活的，它恐怕乐不思蜀了。"

楚识琛后知后觉："你当初提议一起养就没安好心。"

项明章笑起来，英俊的脸上终究是霸道比温柔多："对啊，我说了，姓项的男人没一个好东西，你可要提防着点。"

走廊传来由远及近的脚步，有人来了。

茜姨出现在门口，说："你在这儿啊，如纲叫人到处找你。"

项明章不耐烦道："让他别忙活了，我没空搭理他。"

"明白。"茜姨张望了一眼，"楚先生也在呢，是不是睡着啦？那单独准备的餐食还要吗？"

项明章说："弄一点吧。"

茜姨下楼去了，没一会儿用托盘送上来吃的，荔枝话梅和龙茛炖蛋。

书房的门关紧落锁，楚识琛安心吃东西。第一次来的时候错过了，没想到隔了这么久，还有机会吃到。

项明章把地毯上的残棋拾起来，搬了把椅子坐在榻边，棋盘白格右下摆好阵营，问："要不要好好来一局？"

楚识琛含着荔枝应战，太甜，松懈了防备；话梅又偏酸，咽口水的工夫被攻略城池，他在外甥那里的威风恐怕要被舅舅讨回去了。

胜负将分，项明章问："想赢吗？"

楚识琛道："不过是怡情，输赢有什么要紧。"

项明章最欣赏他从容不迫，说："幸亏不是豪赌，否则你这种心态要输多少钱？"

楚识琛顺口而出："未必，我以前梭哈十局九赢。"

项明章挑起眉峰。每每这个表情都充满了审视意味，楚识琛原来还擅长梭哈？

楚识琛自觉失言。他旧时应酬玩过，筹码赢得多了总被调侃，说他们开银行的心思密、手眼快，胜过出千。

他怕项明章细究，移动棋盘中的"国王"走错一步，换了话题："我输了。"

项明章拆穿："我本来就能赢，你故意错一步反而叫我胜之不武。"

窗外隐有人潮躁动，到了出发去酒店的吉时。

楚识琛整理好衣服和项明章一起下楼。宾客走得差不多了，没看到楚太太，他们刚出花园，项明章的手机就响了起来。

来电显示"孟焘"，项明章接听"喂"了一声。

楚识琛顿在一旁，试图从项明章变幻的微表情中分辨出情绪，电话一挂断，他立刻问："孟总监在医院有情况？"

项明章回答："新的技术组长定了。"

楚识琛："是谁？"

项明章说："胡秀山。"

北京动员会的前夜，楚识琛查了官方人员的详细资料，他回想起了"胡秀山"这个名字。本市文旅部门的一把手，别说佘主任，比选型组总经办人的职位都要高。

这太超乎意料了，楚识琛问："这算空降吗？"

项明章捏着车钥匙在太阳穴上敲了两下，说："嗯，空降了一位司令下来。"

花园里的人几乎走尽了，项明章去别墅车库开了一辆跑车，楚识琛坐进副驾，引擎发动，走静浦的侧门抄了近路。

跑车在大道上疾驰，项明章和楚识琛怀着同一件心事沉默。

宣介会发生意外，官方直接派来上级接替佘主任，说明对这个项目非常重视。越重视，项樾的处境反而越严峻，一次失误已是极限，之后再容不得分毫差池。

胡秀山的职位和头衔很多，技术组长是最不起眼的一个，楚识琛担忧道："胡先生恐怕不好接触。"

项明章说："胡秀山这个位置，他一来等于接手整个选型组，听汇报，拿主意，应该不会和任何一家公司私下交涉。"

各家公司铆足了劲，都想比别人多了解一点需求，多掌握一分痛点，"技术组长"是被盯得最紧的。

楚识琛说："难道项樾只能放弃这条线？"

"别的公司也一样。"项明章握着方向盘，"胡秀山太难啃了，大家会把目标转投到选型组其他人身上。"

孟焘在电话里转述了佘主任的意思，不要尝试从胡秀山下手，白费工夫。

这个项目很大、很重要，但宏观上，它是国家"文旅规划"这个总项目的一环。

胡秀山位高权重，说得通俗点，他要操心整个"文旅规划"的推进和建设，不会把多少精力放在选型组上。

楚识琛没想到，一场婚礼尚未结束，变故陡生，不由得叹了一口气。

项明章打开一首舒缓的音乐，说："没事，就当技术组长空缺，我们找别人。"

楚识琛明白这不过是自我安慰。官方有可能拆标，所以项樾破解智天的策略，带着亦思搞 A 加 C，现在把控技术的人换了，胡秀山未必认可。

而且项樾办砸了宣介会，胡秀山又是什么态度？

一切都太未知了，太没底了。

如果一场仗没有把握就去打，就算挥兵放箭、冲锋陷阵，赢面又能有多大？

项明章连超了七八辆车，准时抵达举办婚礼的酒店。

原本计划在户外举行仪式，推迟一段时间天气冷了，只好改成在酒店里。

晚宴后是自由舞会，估计要热闹到深夜，项琨包下了整家酒店方便宾客过夜休息。

宴会厅内人头攒动，华灯花朵，白纱香槟。项明章坐在主家那桌，楚识琛端了一杯酒，找到楚太太，落座在桌旁。

婚礼进行曲的前奏一响，周围如梦似幻，新郎新娘挽手走向礼台。

仪式结束，晚宴开始了，楚识琛哪还有胃口，刀叉都未动，觑着桌上的烛台思索项目的事情。

气氛逐渐热烈，音乐换成了欢快的舞曲，新郎新娘率先跳了今夜的第一支舞。

楚识琛旁边的位子空了，不多时，项明章走来霸占，不知要谈公事还是私事。

正好男方一家来问候敬酒，大伯母看着他们："你们两个大帅哥坐着干什么，怎么不邀请人跳舞？"

楚识琛笑笑："我不会，害怕贻笑大方。"

项如纲暗示道："明章，你下午撇下伴娘走了，去请人家跳个舞呗？"

项明章心里正烦："你今天还不够忙的？管这么宽。"

大伯母打圆场："不来电就算了嘛。这么多女孩子，明章，总有你喜欢的类型吧，还是你眼光太高了？"

项明章说："我眼光不高，就是肤浅，要请就请全场最漂亮的美女。"

楚识琛端坐椅中，周围一阵热烈的起哄，项明章起身绕过他，停在了另一边。

万众瞩目，项明章朝楚太太伸出手："伯母，肯赏光吗？"

楚太太受宠若惊："最漂亮的是我呀？"

项明章神色倜傥，像个要说花言巧语的公子哥，开口却低沉又认真："儿子像妈，我看楚秘书的模样，反得出您最漂亮，是不是很合理？"

楚识琛脸颊微热，局促地端起香槟喝了一口。

楚太太心花怒放地去跳舞。上场前，项明章搭着楚识琛的椅背俯下身，说：

"伯母很高兴。"

楚识琛盯着纯白桌面："嗯。"

项明章："放松一点，车到山前必有路。"这句话是对楚识琛说的，同时也是告诉自己。

楚识琛点点头，安心地说："好，我信你。"

宴会厅中轻歌曼舞，楚太太本来有点害羞，一上场却如鱼得水，项明章配合着，忍不住道："伯母，我不会拖您后腿吧？"

楚太太说："人家小年轻结婚，我这个年纪的寡妇出来献丑，不笑话我就谢天谢地啦。"

项明章抬手让楚太太旋身，目光瞥向桌子那边，说："识琛在看我们。"

"他晚上有点蔫儿。"楚太太道，"在静浦一下午没看见他，可能玩累了。"

项明章说："我们下午在书房玩国际象棋，费脑子。"

楚太太"扑哧"笑了："真的假的呀，小琛什么时候学会下象棋了？反正他以前啊，需要安静十分钟的玩意儿他都学不会。"

"所以他输给我了。"项明章把握着分寸，"那他以前喜欢玩什么，梭哈？"

楚太太说："那可不敢，挥霍败家起码有个限度，要是沾赌会家破人亡的。再说了，打牌要记数字、动心眼，他玩不来呀。"

项明章笑道："我觉得他一点都不笨。"

楚太太高兴地说："谁知道呢，失忆后就开窍了，也算因祸得福吧。"

桌旁只剩楚识琛一个人，有些无聊，他打开微信刷新朋友圈，最新一条是销售总监助理发的照片，一桶炸鸡消夜，背景是销售部的会议室。

估计彭昕收到了孟焘的信儿，紧急召人回公司加班了。

楚识琛给彭昕发消息，聊了聊大致情况，以及项明章目前的态度，形势不明朗，少安毋躁再做打算。

彭昕非常果决，傍晚得知技术组长换人，已经发动多方人脉打听，了解到胡秀山最近在忙别的业务，分身乏术。

彭昕发来语音诉苦："胡秀山位置高，不会答应见面，也没空，唯一的安慰就是各公司都约不到，一起发愁吧。"

楚识琛听完，借项明章的话安慰："车到山前必有路。"

彭昕说："有没有路我不知道，反正半山有餐厅，我打听到胡秀山今晚在山上有饭局。"

楚识琛失笑，问："胡秀山跟谁吃饭？"

彭昕回答："胡秀山最近频频跟市里的国资公司互动，据说今晚约了老总谈事情。"

一支舞曲结束，楚识琛恰好聊完，他刚收起手机，项明章就从舞池返了回来。

宴会厅被划分成几个区域，项家的来宾占了四分之三，到处都是觥筹交错。

公司的董事坐在偏西的一边，项明章说："陪我过去打个招呼。"

香槟度数低，楚识琛可以再招架一杯，说："你开车来的，等会儿我替你挡吧。"

之前的陈皮宴，各位董事都对楚秘书印象不错，项明章带着楚识琛一起走来，大家立刻腾了两个位子。

今晚是私人的欢庆场合，先寒暄了几句项家的家事，无外乎关心项行昭的身体，项明章道："爷爷在家休息，他最近精神挺好的。"

伦叔白天去了静浦大宅，对大家爆料："行礼的时候项董以为是明章结婚，非要把红包塞给他。"

周围几桌都笑起来，有人说："项副总，我们跟项董一样都等你办喜事呢，你什么时候才有动静？"

项明章混惯了交际场，揶揄的话信手拈来，此刻竟然反常地求了饶："各位长辈，别说得我像没人要一样，在楚秘书面前给我留点面子。"

楚识琛牵着嘴角，笑意不少不多，解围道："项先生太忙了，难免忽略终身大事。"

方伯伯说："我就知道，最近回老项樾的次数寥寥，果然在忙大生意。"

项明章笑道："全国发展旅游经济，搞'文旅'规划，各位有没有听说？"

大家纷纷点头。生意人，各方面的新闻政策都要时刻关注，伦叔说："正儿八经的大项目，好像咱们市初期就会投入上百亿。"

这个数字是针对整个文旅项目的，项明章解释："我们要做项目的运营支撑系统，算是宏观中的一个部分。"

另一位副总说："但这个系统是要支撑全国数据的，体量和收益摆在那儿，一般的公司吃不下，不给你做还能给谁？"

项明章谦虚道："北京的大公司竞争力也很强。"

伦叔说："我看新闻了，咱们市是规划重点，要带领周边省份，这等于在自己的地盘，有优势啊。"

外人只知要发展、要建设，不清楚项樾争取的这一部分出了意外。

不过道理说得没错，本市是重点，所以选型组的重要职位都来自本市，空降的胡秀山更是在本市文旅部门承担要务。

楚识琛安静作陪，边听边思考，忽然插了一句："市里一下子投入这么多，财政会不会紧张？"

项明章道:"有一部分拨款支持。"

方伯伯这辈子没少跟官方打交道,有经验地说:"就看够不够用。这种项目浑身上下连指甲缝都要花钱,而且许多预算都没准头,真正动工时才知道多耗资。"

伦叔笑了笑:"资金肯定是越多越好,毕竟钱多好办事,上面政策要求做十分,下面执行必然膨胀到五百分。"

楚识琛晃动长笛酒杯,香槟在内壁泼溅留下一层浅金色,他举杯饮尽,代项明章敬了大家一杯。

离席后,楚识琛说:"项先生,我想出去透透气。"

两个人离开宴会厅,下了楼,在酒店的花园散步。晚上温度低,空气清凉,呼吸得很畅快。

远离了人声喧嚣,楚识琛率先止步,说:"关于项目,我产生了一点新看法。"

项明章侧过身:"我猜到你不会只想透透气。"

他们面对面站在草坪上,头顶是浩瀚夜空,楚识琛说:"文旅发展,整个项目包含基础建设、设计、运营系统等,太多环节了,每个环节都要投入成本。"

项明章"嗯"了一声,楚识琛抬手指向酒店大楼:"就像盖一栋建筑,要设计格局,要装修,要置买材料……计划一千万完成,如果有三千万,会完成得更好。"

项明章听出一点意思:"你的看法是关于钱?"

楚识琛道:"上面重视这个文旅计划,咱们市又是重点,必定要倾力完成,而每一步都需要资金作为保证。"

项明章说:"财政拨款有限,你觉得不能满足市里的投入?"

"伦叔说了,钱多好办事。"楚识琛分析,"很多环节还没展开,不知道实际要用多少钱,万一不够就麻烦了。覆盖全国的项目,不是能随便暂停的。"

项明章曾经遇到过类似情况,官方的系统工程,进行到尾声的时候发现超出预算,于是反过来压价。

前期为了拿下项目,人力和技术成本都付出了,只能吃亏同意。

楚识琛说:"这个文旅项目不会。它耗资巨大,我们这一环压价有什么用,杯水车薪罢了。"

项明章道:"还有其他环节。"

楚识琛斩钉截铁地否定:"东压一点,西压一点,整个项目都会缩水。"

项明章懂了:"所以在缺钱的情况下,要获取,而不是节约。"

"对!"楚识琛说,"钱不够,我们就帮它获取。"

项明章惊讶道:"我们怎么帮?"

楚识琛说:"当然是找钱最多的地方,银行。"

项明章琢磨道："银行……"

楚识琛继续说："胡秀山在跟主理项目建设的国资公司互动，极有可能会委托担保，然后向银行借款。

"时间紧迫，他要对多家银行进行调查、筛选和比较，再去谈。这么大一笔钱，不能有任何差池。

"项樾的主要市场就是银行业，我们掌握海量、精准又及时的数据信息，等于掌握了胡秀山当下最需要的东西。如果我们出手，可以为他提供最快、最优的选择。"

项明章醍醐灌顶。南京出差研讨计费模式，他亲口说过，利用数据优势，能为客户提供更多价值，可以谋求更深度的合作。

楚识琛当时刚做秘书不久，第一次出差，讨论会上的内容竟然一直牢牢记得，并且学以致用。

项明章惊异地看着他："你是怎么想到的？"

楚识琛回答："跟整体相比，宣介会是一个可大可小的节点，项樾在'点'上造成失误，那就通过帮忙解决最重大的问题来弥补。"

将功补过，这个"功"的分量足够了。

辽阔夜幕、灿灿晚星，不敌楚识琛的眼眸精光。内敛暂退，他仿佛瞄准了猎物的弱点，露出势在必得的把握："一切离落幕还早，过错要补，胡秀山要见，鳌头还要继续争。"

须臾间，项明章对楚识琛情绪难明，几乎被震慑住。

项樾是科技公司，甲方是政府，银行是处在另一层面的第三方，一般人根本不会联想到。

可楚识琛从官方和银行的交互入手，然后插入项樾，项明章佩服他的思路，说："车到山前，你辟出了一条路。"

楚识琛眨眨眼，眨落方才的气魄，抬眸已是平和镇定："谁开辟不要紧，最重要的是翻过山抵达终点。"

将近凌晨，婚礼终于要结束了。

一些宾客下榻酒店休息，楚识绘自己在家，楚识琛和楚太太不会在外留宿。

楚太太玩得尽兴，高跟鞋踩得脚掌痛，等司机开车的时候，她挽着楚识琛小声念叨今天听到的八卦。

楚识琛这一日也算跌宕，私事、公事，哪样都费心费力，现在揣起有的没的，老实地当片刻乖儿子。

楚家的车开过来，项明章目送楚识琛离开，然后钩着车钥匙落了单。

每逢项家的好日子，项明章兜转一天，最后都会去缦庄。

跑车的副驾上落着楚识琛的胸花，白色铃兰，项明章闻着微弱的花香味一路飞驰。

缦庄南区滑开两扇大门，项明章减了速，车灯照过沿途的幽幽密林，驶到主楼前，惊动了打理庄园的管事和阿姨。

项明章没什么吩咐，让大家回去了，拾阶进楼，只有彻夜长明的灯火在等他。

整座建筑精心打造，几十个房间应有尽有，被段昊打趣成归隐之地，其实就像座冷冰冰的偌大宫殿。

项明章不想上楼，随便挑了间起居室，打算凑合一夜。

门没关紧，偷偷进来一只猫，毛发雪白，胖了点，脖子上套着个蝴蝶结。

项明章坐在床尾换衣服，轻哂一声："你在这儿过得挺滋润。"

灵团儿不敢靠近，卧在地毯上瞪着蓝绿色的眼睛。项明章睥睨而视，不知是在问猫，还是在问谁："你觉得外面自由自在好，还是被关在这儿更好？"

猫没有回答他，手机先响了。

是瑞士那边的答复，关于怀表没有找到更多的线索。

项明章希望落空，闭目仰躺在床上，脑中大大小小的事情相互冲撞不休。

一大半都围绕着楚识琛。

项明章反复咀嚼楚识琛今晚说的话，仔细推敲楚识琛的策略，惊喜于楚识琛居然想到借银行之力。

银行……

项明章突然发现，这不是楚识琛第一次谈到银行。

上半年历信银行的项目，楚识琛就参与了，几乎充当顾问的角色。

再往前追溯，拿下历信的契机，是楚识琛找到了琴行，以一首琵琶曲赢得与赵组长面谈的机会。

当时在琴行楼上的咖啡馆，楚识琛和赵组长聊银行业务的变迁，了解之详细，甚至让赵组长以为他在银行工作过。

项明章抽丝剥茧，一点点向前推，回忆起楚识琛提及银行的第一句话。

"这栋楼曾经是一家银行，铜臭气最重的地方，改成咖啡馆倒是别有一番风味。"

项明章倏地睁开眼。

他记得从琴行出来，在街上，楚识琛回首望着那栋楼，情绪十分低落，后来跟着他去云窖喝醉了酒。

那首悲鸣的琵琶曲，那张拨弦时隐忍的面容，离开那一刻的郁结难释和魂不守舍。

项明章一直疏忽了，除了对待怀表反常，楚识琛那天的反应一样不同寻常。

到底是为什么？

欧丽大街七十四号，一家银行旧址。

心绪沉浮，项明章缓缓念道："楚识琛，你究竟是什么人？"

一夜枕冷衾寒，项明章早早醒了，床尾榻上，灵团儿卧在他脱下的衬衫上酣眠。

项明章有些嘲弄地想，这只猫是嫌寂寞要人陪，还是同情他孤独来陪伴他？

无论哪种都有点可怜。偌大的建筑，辽阔的庄园，华美之下没有丝毫鲜活人气儿，树越种越多，企图凭借草木增加一分生机。

项明章起床洗了个澡。南区不常来，预备的一切衣物和用品都是崭新的，他换了身衣服，出门时晨雾还未散尽。

经过湖泊，左岸按照他的吩咐种满了水杉，可惜长得不够高大。

项明章开车到北区，庭院一早洒过水，湿漉漉的，他穿厅过堂没找到人，到供奉观音像的起居室门外敲了敲。

"进来。"

项明章推门而入："妈。"

缦庄的南北两区是两套人员配置，平时互不相干，白咏缇不知道项明章过来了，她在桌后写字，问："昨晚来的吗？"

"嗯。"项明章道，"在抄经？"

白咏缇每天早晚各抄写一章，放下毛笔说："抄好了。"

项明章的大衣敞着怀，双手插在口袋里："有这个工夫不如多睡一会儿。"

"别乱说话。"白咏缇将抄好的经文折叠整齐，放在观音像前，双手合十念了两声"罪过"。

项明章抬起头，看佛的神色依旧傲慢："怎么，观音能听见？这就犯了罪过，那观音娘娘的心眼是不是有点小？"

白咏缇小声呵斥："你大清早来捣乱是不是？"

项明章接受高等教育，经营的是科技公司，作为坚定的唯物主义者，他从来不惧鬼神、不信佛。

见白咏缇要不高兴，项明章屈尊降贵地抽了三支香，点燃对着观音拜了拜，说："既然灵验，那就保佑我顺利拿下项目。"

白咏缇无奈道："你太功利了。"

项明章说："求个保佑就是功利，那神佛只吃香火不办事，这个买卖会不会太划算了？"

"你不懂。"白咏缇嫌他孺子不可教，摇摇头，"敬而不求，学而不信。"

项明章记得白咏缇很悲观，信佛以来寄托了全部希望，劝都劝不听，什么时候变成了"不求不信"？

　　白咏缇道："小楚第一次来的时候跟我说的，我觉得有道理。"

　　项明章意外道："楚识琛？"

　　白咏缇说："他年纪轻轻，没想到会对佛学有见解，真是难得。"

　　项明章沉淀一夜的思绪翻起波澜，乱糟糟的，快要按捺不住。他陪白咏缇吃了早餐，然后匆匆离开了缦庄。

　　跑车在早高峰杀出重围，项明章单手握着方向盘，另一只手搭在车门上撑着额角，十字路口，他变道换了路线。

　　秋尽冬至，欧丽大街上的老树仍旧绿意盎然。

　　跑车刹停在琴行门口，项明章下来，望着一整幢棕黄色的四角洋楼。

　　门楣之上，曾经是否悬挂着一张银行匾额？

　　隔着琴行的玻璃大门，正对试琴区，楚识琛抱着琵琶端坐弹奏，身后屏风洁白，他就像一抹雪地里的孤松。

　　项明章回忆着，似乎听见了铮铮弦音，瞧见了楚识琛红红的双眼。

　　路边行人不绝，项明章在这处旧址前伫立良久。

　　二楼的咖啡馆开始营业，项明章掏出手机，打开通讯录翻了翻，一边上楼一边拨通了号码。

　　项樾园区，销售部门一片忙碌。

　　楚识琛从总监办公室出来，他没穿西装，衬衫外面是一件及膝大衣，虽然厚实，但更显得长身玉立。

　　彭昕把他送到门口，黑眼圈挡不住振奋的神色："楚秘书，你是怎么想到这个办法的？"

　　楚识琛轻淡一笑："偶然灵光一下，比不过大家殚精竭虑。"

　　正说着，项明章拎着一杯咖啡从外面进来，看楚识琛和彭昕站在一块，走近说："在谈事情？"

　　彭昕摩拳擦掌："项先生，楚秘书跟我聊了聊项目的新计划，我觉得有戏！"

　　楚识琛道："昨晚有些脑热，怕不周全，我来请教一下彭总监的意见。"

　　"什么请教，"彭昕惭愧地摆手，"说实话，宣介会出事，我们从售前手里接下烂摊子，我要感谢楚秘书帮忙出谋划策。"

　　楚识琛提醒："这话不要让孟总监听见，他已经很内疚了。"

　　彭昕笑道："没事，我跟他老搭档了，只要失误，互相问候祖宗十八代。"

　　目前有了策略，具体的实施办法需要商议后敲定，项明章吩咐彭昕："把你的老搭档叫回来，通知项目组，下午开会。"

楚识琛和项明章一起往办公室走，过了办公区，项明章递上咖啡："路上给你买的，趁热喝。"

楚识琛伸出左手接过，防烫的杯套上印着咖啡馆的名字和地址，是复华银行的那幢旧楼。

他抬起右手一起捧住，状似随意地问道："怎么跑那么远的地方买咖啡？"

项明章回答："昨晚在缦庄过夜，早晨乱说话被我妈训了几句，想兜兜风，七拐八绕正好经过那边。"

楚识琛没有多想，好笑地问："你乱说什么？"

"一些科学发言而已，我妈嫌我对观音不敬。"项明章道，"对了，她夸你有见解，难道你对佛学还有研究？"

楚识琛不好意思地说："小时候听信佛的长辈讲的，照搬学舌罢了，之前不该在伯母面前卖弄。"

项明章若无其事地点了点头："没什么，去忙吧。"

回到秘书室，楚识琛坐下来喝咖啡，微信连响几声，项明章发给他一张灵团儿的照片，看得出来猫在缦庄被养得很好。

下午开会，人齐了，楚识琛正式提出他的计划。

军心受挫后，大家这些天都焦头烂额，这下终于柳暗花明。孟焘从医院赶回来，兴奋地握拳敲了下桌子，说："我怎么就想不到！"

楚识琛态度谦逊："你们置身在项目中，遇见旋涡难免当局者迷。"

项目经理说："楚秘书，你也不能继续当旁观者了。"

楚识琛翻开笔记本，已有准备："如果计划实行，我会帮各位一起攻略。项樾首先要做的，是分析各银行的客户信息数据，定标准，做好初步的筛分和脱水。"

这一步需要对银行业务的分类、偏好和成熟度一一把控，大家都是外行，没接触过，彭昕犹豫道："那……"

楚识琛心中明了，主动请缨："我来吧。"

干脆，直白，隐藏的是足够的自信。

项明章强迫自己收敛庞杂的情绪，首肯道："好，完成第一步之后呢？"

楚识琛做了更全面的计划，说："做好初筛，接下来出分析报告，一份粗一份细，拿粗的那份去约胡秀山。"

孟焘说："胡秀山有兴趣，同意我们的做法，再给他详细的报告。"

"没错。"楚识琛道，"要让他主动找我们探究，届时我们再跟他谈项目，各取所需。"

彭昕听得认真，问："那银行方面怎么搞？"

楚识琛考虑到了："凡是涉及的银行都要保持沟通，确保我们运作的数据透明、正当。都是客户，我们既要解决胡秀山的痛点，也不能忽略各家银行的感受。"

这是计划中最高明的地方，项明章说："如果匹配度够高可以跟官方合作，银行会乐见其成。"

楚识琛道："对，我希望最终三方受益，另外双方都念咱们的情。"

彭昕无比赞同："楚秘书，按你的计划来吧，我的人会尽力打配合。"

项目组层层人马，口头服从是不够的，必须严明秩序才能有序推进，项明章决定："今天起楚识琛加入项目组，负责商务部分。"

众人没有异议，都很支持。楚识琛不是第一次参与项目，但这次不一样，他会主导，会亲自掌握，他太久没体验这种感觉了。

会议结束后，楚识琛拿到权限，开始着手分析银行数据。

项樾系统庞大，信息相关的模块属于高级别，操作复杂，楚识琛有问题就按内线电话问项明章。

第五通的时候，项明章接听后忍无可忍："过来。"

楚识琛转移到了总裁办公室，隔着办公桌和项明章面对面，等天黑了，谁也没有动身下班。

一声提示音，项明章的私人邮箱收到一封邮件。

鼠标移动，项明章把页面关闭了，他越过屏幕看向楚识琛，忽然说："历信银行怎么样？"

楚识琛专注得没抬头："比较符合，历信近年的吸储水平不错，但放贷能力不够匹配，这二者不平衡容易拉高烂账率。"

项明章听他侃侃而谈，分不清自己的目光是欣赏多一点，还是试探多一点："说到历信，见赵组长那次，我印象里你好像提过……那幢楼以前也是一家银行？"

楚识琛敲击键盘的动作骤停，抬起眼回答："对，我说过。"

项明章自然地问："真的假的，你怎么知道？"

楚识琛亦面无波澜："为了接近赵组长在网上查的，至于是真的还是杜撰，我就不清楚了。"

项明章点到即止，看了眼手表："这么晚了，下班吧，我送你回家。"

跑车缓缓驶出园区大门，滑入大街后逐渐提速，楚识琛电脑看久了，闭目枕着座椅休息。

一路罕见地沉默，只有钢琴曲回荡在车厢里，抵达江岸以南，项明章把楚识琛送到了家门口。

300

停稳熄火，楚识琛揉了揉眼睛："到了？"

项明章单调地"嗯"了一声。

楚识琛感觉项明章不对劲儿，疏离，有心事，明明在昨天的婚礼上不是这种态度。

他不禁警惕，怀疑自己主导项目过了界。

楚识琛解开安全带，说："等成功约到胡秀山，谈好条件，我就退出项目组。"

项明章耳聪目明，立刻打消楚识琛的顾虑，说："你尽管去办，不要担心别的，大家寄希望于你的计划，我也是。"

排除公事的原因，楚识琛有点蒙，难道是其他事情？

可他缺乏经验，也放不下自尊去询问，纠结片刻，算了。

楚识琛准备下车，说："那你路上小心。"

项明章梦醒一般，伸手抓住他的手臂，问："怎么了？"

楚识琛道："应该我问你。"

"这两天事情多，我分心了。"项明章解释道，"别生气。"

楚识琛说："没有。"

项明章道："那就好，代我问候伯母，晚上早点休息。"

松开手，项明章目送楚识琛下车，等人进去大门关上，他拿出手机打开了邮箱。

欧丽大街历史悠久，那幢四角洋楼的土地产权从私有到国有，几经变迁，七年前市里重新规划整条街，允许商用经营，如今成了琴行和咖啡馆。

项明章人脉广大，白天辗转联系到一位研究本地近现代历史的老教授，希望能拿到一些相关资料。

邮件附属的文件很长，有几十页，包含了那块旧址近两百年的变更和介绍。

中国第一家银行创办于一八九七年，项明章记得楚识琛说过，那家银行成立的时间比历信更早。

确定了前后的时间范围，项明章滑动屏幕，他发觉心脏跳得很快，如同在窥探某个不为人知的秘密。

终于，他找到了。

白底黑字，标注着银行及创办人的姓名。

陡地，手机收到一条信息。

楚识琛没听见引擎声响，发来问：你还没走吗？

屏幕的光在黑暗中亮得刺眼，项明章微皱着眉，眼中错杂和踌躇参半，他手指僵硬，删删减减地编辑了一条理由。

接了通电话，耽误了。

按下发送，项明章按灭手机，在一片漆黑中，将心底真正想说的话宣之于口。

"楚识琛，是不是叫复华银行？"

你又知不知道沈作润？

将近凌晨，波曼嘉公寓四十层的窗户依然亮着，项明章回来后直奔书房，打开电脑对着资料边看边查。

那家复华银行于一九一五年创办，当时沈作润年仅二十岁，祖籍是浙江宁波。

项明章查阅了一下，清朝末年，宁波口岸贸易发达，为方便资金的交易和流通，当地开设了大量钱庄。

钱庄背后基本以家族为单位，这些豪门巨贾积累了大量财富，形成了实力雄厚的"宁波商帮"。

后来列强入侵，外国资本涌入国门，宁波商帮为了与之抗衡，并顺应现代化的潮流，开始创办中国人独资的银行。

曾经这座城市的银行中，宁波资本占据了四分之三。

沈作润就是宁波商帮中的一员，他二十岁举家来到这里，创办复华银行，可见沈家资本雄厚，此人胆略不凡。

沈作润除了是复华银行的行长，在一九三五年，他又进入了市银行工会担任要职。

到一九四一年，沈作润正式辞去复华银行行长一职，专注于工会的职务。

然而遗憾的是，这样一个能力出众的银行家，不到五十岁就去世了。

沈作润去世的第二年，复华银行正式关闭。

项明章倒是不意外。战乱时期，没有什么能够长久，国家尚且风雨飘摇，一家银行屹立三十年，当中的艰辛不是几张资料就能论述清楚的。

项明章内心感慨，握着笔不自觉地在纸上轻描，写下数字"三十"。

他忽然察觉到一个问题。

复华银行存在了三十年，在一九四五年关闭，但沈作润在一九四一年就不再担任行长。

那最后的四年里，银行行长是谁？

项明章把资料又看了一遍，确实没有交代相关内容，他上网搜索，也没有查到更多信息。

乱世中的四年，时局和战况最紧张的四年，经商谈何容易，一家银行不可能没有掌握大权的最高级。

就算资料保存不完整，拼凑不出详情，那只言片语总该有吧？

哪怕只是一个名字。

可项明章找不到丝毫残痕。时间太晚了，他却等不及，失礼地拨通了那位老教授的电话。

询问之后，老教授答复了四个字，无所考证。

项明章不理解："这个人的身份无足轻重？"

老教授的猜想恰恰相反，说："这个人反而很关键，也很特殊，他存在过的信息应该是被刻意抹去了。"

项明章问："为什么？"

老教授隐晦地回答："在那个时期，这个人很可能参加过秘密活动，抹除信息是组织对他的一种保护。"

挂断电话，项明章怔了一会儿。作为一个现代人，他无法想象那个时代真实上演的许多事情。

这个未知的人物，无论经历过什么样的磨难、辉煌、悲痛乃至生死，在当今时空，只是一片搜寻不到的空白。

项明章有些受挫。他处理过很多难题，解决过无数麻烦，第一次感到这样束手无策。

今天的会议上，楚识琛说"当局者迷"。

项明章跳出当下的思维圈，站得远一点来看待这些信息：复华银行，沈作润，宁波沈家……

他调查的初衷是因为楚识琛，但以上种种和楚识琛有什么关系？

楚识琛了解复华银行多少，关于银行业的学识又是从哪儿来的？

项明章找不到二者的关联，思来想去，脑中闪过一个可笑的想法：楚家和沈家会不会是亲戚？

这份资料主要记录了那块旧址的变迁历程，对沈作润的家族私事没有多少笔墨，不确定沈家还有没有后人存在。

项明章在书房枯坐了半夜，连卧室都懒得回了，黎明前挪到沙发上眯了一觉。

天蒙蒙亮，楚识琛出门去公司，比正常的上班时间提早了三个小时。

项目处于进行中，每分每秒都很紧迫，楚识琛要尽快整理出银行的数据分析报告。

他把商务组的人手一分为二，一部分跟着他做整理，一部分负责和银行沟通，双管齐下，计划按照预期顺利进行。

楚识琛前所未有地忙碌，几乎是连轴转，他要亲自分析数据，要教大家针对银行利益点的专业话术。有几家银行比较重视，中途来人详谈，他还要逐一应酬。

不过楚识琛心甘情愿。在这个新时代，在他最熟悉的领域发挥所长，除却满足,他产生了极大的安全感。

唯一的苦恼就是,不停有人问他:"楚秘书,你怎么会懂这些?"

楚识琛待人尊重,不愿搪塞,可是每次要么扯开话题,要么笑一笑含混过关,别无他法。

他清楚,是他暴露得过多了,他在为这个项目冒险。

普通同事尚且感到惊讶,楚识绘也在公司,难保不会心生猜疑。

但楚识琛不能顾忌太多。他的父亲曾教导他,大丈夫先成公事,再论个人取舍。

又结束了打仗似的一天。夜幕深沉,办公大楼的灯光一盏接一盏熄灭,部门走空了。

秘书室始终亮着,楚识琛留下撰写分析报告,只要他一完成,待命的彭昕就可以进行下一步。

他心无旁骛地加班,谈深意,浅辨析,适当修减留白。这份粗粒度的报告必须仔细斟酌,既让胡秀山惊喜,更要胡秀山不满足。

凌晨三点钟,楚识琛敲下最后一个字,将文件保存好,连日紧绷的精神骤然松弛下来。

楚识琛长舒一口气,过后涌上浓浓的疲倦,陷在椅子里一动也不想动了。

就在他垂着头快要睡着的时候,门被推开了,项明章拎着门禁卡和一份清粥,不知道从哪儿出现的。

楚识琛恍惚道:"你不是早就走了吗?"

项明章一直待在机房工作,留着总裁办公室的灯。楚识琛下班会帮他关掉,如果亮着就说明没走。

从研发中心回来,项明章在楼下望了一眼,然后打包了消夜,说:"你负责商务,我负责技术,也很忙的。"

楚识琛太累了,脊背没有打直,右肘撑在椅子扶手上,手掌悠然地托着腮,他用残存的力气开了个玩笑:"项先生,这个月的加班费……"

项明章配合地说:"不会少你的。再翻一倍,你跟我走怎么样?"

楚识琛动脑过度,稍显迟钝:"啊?"

项明章问:"还是你打算回家?"

明早要跟彭昕交接,回家再过来不够折腾的,楚识琛说:"不回去了。"

项明章走近,把楚识琛从椅子里拉起来,带上了顶层的私人休息室。

酒醉的那一夜后,他们两个第一次上来。休息室里床被整齐,地毯干净,许久无人造访的样子。

项明章放下粥,说:"饿不饿,吃点东西。"

最普通的白米粥，热乎乎的，楚识琛喝了小半碗。浴室有一次性牙刷，他简单洗漱了一下，躺上床，规规矩矩地挨着一边。

项明章丢了垃圾回来，见楚识琛强撑着眼皮，好笑道："不困吗，还是在前情回顾？"

楚识琛问："回顾什么？"

项明章说："回顾你上次的所作所为。"

楚识琛心道，把他说得像犯过什么错事一样："那你带我上来，是为了翻旧账？"

项明章走到床边坐下，说："你现在精神不济，让你一个人回家我不放心。"

楚识琛缓慢地眨眼："有什么不放心？"

"怕你有什么差池，"项明章道，"所以不如我直接把你安排到眼皮子底下。"

楚识琛昏昏欲睡："那你呢？"

项明章有风度地问："楚秘书，我能躺下睡觉吗？"

本来就是你项先生的休息室，楚识琛深知这套把戏，故意不肯上当，说："不行。"

项明章果然暴露了本来面目："我买的床，我说了算。"

掀开被角，项明章和衣躺在楚识琛身旁，两具身体一样疲惫。

楚识琛不多时进入浅眠，项明章侧目打量，心头疑云未消，他该不该继续深入下去？

怀表，复华银行，究竟和这个人有怎样的渊源？

项明章忖着，楚识琛动了动唇，无意识地呓嚅着梦话。

睡梦中的人毫无戒备，项明章跟着心防动摇，甚至想就此糊涂下去，当作没有见过那张CT片子，当作一切是他在胡思乱想。

在北京的酒店里，楚识琛那句否认的梦呓他一直记得。

项明章决定赌一把，再试一次。如果楚识琛应了，他只当是自己疑神疑鬼。

项明章轻声叫道："楚识琛。"

枕侧的人没有反应。

鬼使神差地，项明章又说："你知不知道……沈作润？"

忽地，楚识琛恐惧似的在被子里蜷缩。

项明章愣了愣，抬手轻拍楚识琛的后背，半晌，身边人渐渐安稳下来，他低下头——楚识琛眼角潮湿，俨然在睡梦中暗恸。

楚识琛只睡了两个小时，醒来稍一动，项明章也醒了。

四目相对，俱是惺忪。窗外天空灰黑，项明章道："闹钟还没响，再睡一会儿。"

眼角干涩紧绷，楚识琛揉了揉，说："你睡吧，我不困了。"

项明章也没了睡意："我梦见去浙江出差，没带你。"

"浙江？"楚识琛定一定神，故意将重点落在后半句上，"没带我才好，要是连做梦都让我不消停，你这个上司就太刻薄了。"

项明章问："那你有没有做梦？"

楚识琛撑起身体，抬手把垂落的发丝撸到脑后，胡诌道："梦见了彭总监，大约是我太惦记他的缘故。"

项明章皱眉："什么？"

楚识琛翻身下床，笑道："我迫不及待跟他交接，不行吗？"

两个人收拾了一下，回九楼销售部。楚识琛把连夜完成的报告又润色一遍，打印出来，重点的地方专门勾画标示。

彭昕提早来了，得知报告完成大喜过望，立刻到秘书室听楚识琛交代内容。

这份粗粒度的报告等于敲门砖，彭昕激动地说："宜早不宜迟，胡秀山的办公室层层关卡，我今天就去联系。"

楚识琛道："能不能成功约上他，彭总监，就靠你了。"

"不，是靠报告。"彭昕说，"楚秘书，幸亏有你出手，我有信心办成。"

楚识琛欣慰道："好，有消息请马上通知我。"

事情暂时过手，楚识琛能喘口气，家里牵挂他通宵工作，派了司机来接，他给剑兰浇了水便锁门下班。

项明章正好从办公室出来，身上换了另一套备用的西装，很考究，像是要去赴约。

楚识琛随口问："项先生，你不回家休息？"

一并往外走，项明章道："约了一位长辈叹早茶。"

楚识琛默认是项家的长辈，或者老项椷的董事，没多问，搭电梯到一楼。早高峰大厅熙攘，他和项明章分开走了。

回到家，楚太太心疼得很，让秀姐炖了滋补的汤水，还要带楚识琛去做按摩。

楚识琛只想泡个热水澡。喝完汤上楼，唐姨已经给浴缸放满水，滴了噱头很足的植物精油，能放松、能安神，他也不懂，反正闻着不错。

泡到热水变凉，楚识琛出浴裹上睡袍，头发擦得半干，他拿起吹风机犹犹豫豫，打开对着脑袋晃了个来回，不习惯，遂作罢。

卧房的门窗都关着，安安静静正适合补觉，楚识琛却没上床，绕到桌后坐着。时钟嘀嗒，楚识琛望着床，暗自心悸。

在休息室补眠的时候，他听见了父亲的名字，沈作润。

一定是梦，也只可能是梦，但他害怕梦到沈作润。

父子永别的那个秋天，阴冷傲寒，沈作润确切的死亡时间被隐瞒，尸身被关在公馆里，僵挺着，在安葬之前先等来了腐朽。

直至五日后，沈家才正式对外宣告。

这一切只有老管家清楚，连远渡重洋的母亲和妹妹都一无所知。

所以楚识琛害怕。

过去是他的决定、他的授意，如今他不敢轻易回想那一段，他这辈子都问心有愧。

倘若父亲入梦，他根本不知该如何对待。

早晨，项明章问他的时候，滔滔惧怯隐藏在他伪装的平和之下，又不知会被看穿几分。

打开手机，楚识琛对着输入框发呆，删减数次，发了一条笨拙的问话：你忙完了吗？

棠茗居茶舍，西庭院露天雅间。

乌木桌上摆着六屉点心，一壶凤凰单枞。项明章正襟危坐，将一份精美的礼物推过去，说："这几天多有麻烦打扰，这是我的一点心意，请您收下。"

桌对面坐着那位老教授，鬓发斑白，目光炯炯，精神头不比年轻人差，说："项先生客气，那些资料能用得上就好。"

项明章直白道："有用，但是不够。"

老教授问："项先生还想了解哪方面的？"

项明章说："关于沈作润，还有被抹去信息的那个神秘角色。"

这些天，项明章反复搜索、求证，都找不到更多的信息。本来想放弃了，但昨晚楚识琛听见"沈作润"的反应着实异常，他总觉得二者存在什么关联。

老教授主要研究欧丽大街那块区域的纵向变迁，遗憾地说："我这里对沈家和沈作润的信息掌握有限，恐怕爱莫能助。"

项明章问："那我应该找谁？"

老教授建议道："项先生可以去宁波看看，沈家当时是名门，如果有后人在，也许能找到一些遗迹。"

项明章说："好，我会考虑的。"

半壶茶饮完，老教授先行告辞，项明章留坐庭院中，思索着接下来的安排。

宁波不算远，但文旅项目重见起色，胡秀山有可能答应见面，以大局为重，他暂时抽不开身。

从起疑到现在，项明章一直在自己调查，本能地，他不想让第三个人涉足楚识琛的秘密。

项明章一向不相信"直觉"这种虚无缥缈的玩意儿，但这一次，直觉告诉他，他应该继续查,他的猜测不是胡思乱想。

茶水变冷,项明章端杯饮尽,决定让许辽替他跑一趟。

手机设置了静音,项明章掏出来看见楚识琛发的消息,已经过去四十分钟,估计楚识琛早就休息了。

项明章回复:忙完了。

不料,楚识琛又发来:好。

项明章直接打过去,很快接通了:"好什么好,找我有事?"

楚识琛抱歉地说:"没有,我……无聊。"

"不像你。"项明章有些奇怪,"在家吗,忙了半宿怎么不睡觉?"

楚识琛说:"睡不着。"

桌上的点心一块未碰,项明章想着楚识琛爱吃甜的,他夹起杏仁酥咬了满嘴甜渣,然后温柔地命令:"上床盖好被子,闭上眼睛。"

手机里一阵窸窣,楚识琛听话地照做了,项明章道:"我给你讲讲软件架构吧。"

庭院里翠竹流水,桌上凤凰单枞逸散余香,项明章就着茶点"讲课",术语专业,措辞严谨,不到一刻钟,耳边没了动静。

楚识琛均匀的呼吸声传来,项明章低笑,最后祝了句"好梦"。

彭昕那边使出了浑身解数,辗转联系到胡秀山的秘书室。

官方办事谨慎,胡秀山的秘书先代为沟通,经过四五次通话,又斟酌了两天,胡秀山终于答应项樾的约见。

并且,胡秀山提出要佘主任参与,三方一起聊聊。

这是个好兆头。佘主任是选型组的前技术组长,说明胡秀山明白项樾的目的,也愿意配合。

见面地点安排在阑心,佘主任的办公室。胡秀山是上级兼新技术组长,项樾失误亏欠,双方探望佘主任都师出有名,一同碰面也就顺理成章。

人不宜多,楚识琛是面谈的主力,把控整个计划和报告的核心;项明章亲自陪同,彰显出十足的诚意。

见面当天,项明章和楚识琛准时抵达阑心文化园的行政办公区,信息系统支撑部门。

佘主任的办公室不大,中规中矩的装潢,项明章进门关心道:"佘主任,身体恢复得怎么样?"

"挺好的。"佘主任康复不久,气色还可以,"多亏小孟在医院照顾,我都不好意思了。"

楚识琛说:"孟总监很内疚,终归是项樾的失误导致的,我们对不住您。"

佘主任无奈退出选型组，内心有怨是一定的，但项樾居然搭上了胡秀山，他只能不计前嫌："不说那些了，胡部长接手，项目肯定会落实得更好，之前的就翻篇了。"

说着，胡秀山到了。

众人起身，胡秀山带着秘书进来，衣着朴素，中等个子，有一股不怒自威的气场。

项明章主动伸出手，说："胡部长，久仰。我是项樾通信的总裁项明章，这位是负责本次项目商务工作的楚识琛。"

胡秀山回握："好，大家坐下谈吧。"

楚识琛坐姿笔挺，从容地抿着唇，他没有预备一句奉承，也不打算堆砌任何漂亮的话术。

胡秀山说："你们递的报告我看了，全篇基于一种假设，就是文旅部需要借款，你们为什么会有这种认知？"

言下之意是问消息来源，楚识琛回答："销售的本质就是满足客户的需求，满足之前，要先具备分析需求的能力。"

胡秀山道："所以你觉得，你们的分析很到位？"

楚识琛看向胡秀山秘书手里的文件夹，大方地说："是，否则您不会答应见面，那份报告也不会在这儿，而是已经进了碎纸机。"

胡秀山招了下手，秘书把文件打开放在茶几上，纸页褶痕明显，说明被翻看过无数次。

胡秀山问："我怎么确定报告的真实性？"

楚识琛有备而来，从包里拿出一封厚实的档案袋，说："报告评估了数十家银行，我们全部得到了首肯，有沟通、有监管，也有协议，接受一切查证。"

秘书接过打开，随机抽取了几份给胡秀山过目。看完，胡秀山道："科技公司，最无价的就是数据资源，你们大费周折地送给我，是慷慨，还是要资源置换？"

楚识琛回答："宣介会发生意外，对佘主任和选型组都造成了影响，我们想要尽力弥补。"

佘主任摸不准胡秀山的倾向，中立地说："我个人没关系，不耽误项目最要紧，说实话，宣介会太仓促了。"

楚识琛分析过，首轮交流的效果不佳，为了后续工作的展开，第二轮交流一定会提前举行。

庞大的项目，牵一发而动全身，其他环节也会相应提前，他趁势道："齿轮一转俱转，船才会走，而资金就是把控航程的总舵。项樾做这些事，是希望能与大船同舟共济。"

胡秀山点了点头,忽然问:"二轮交流准备得怎么样?"

项明章旁听许久,轮到他侃侃而谈:"针对目前的选型要求,我们设计了三种方案,分别侧重支撑、效率和黏合性,后续需求升级,可以再做融合加强。"

佘主任感兴趣道:"模拟过场景吗?"

项明章说:"这周会做第二次模拟。"

楚识琛道:"研发组由项先生亲自带队,技术是根本,这座阑心文化园就是项橄的成果之一。"

双方谈了四十分钟,胡秀山的身份不会久留,差不多该走了。

看似没有谈出结果,胡秀山也没有明确表态,但他把档案袋塞在了文件夹里,交给秘书要一并带走。

在座的每个人都眼明心亮,有了谱。

项明章和楚识琛一同告辞,从行政区出来,两个人沿着树荫一边走一边复盘。

胡秀山做的决定重大,因此每句话都留有余地,这样的人周旋起来最累,项明章道:"今天辛苦你了。"

楚识琛说:"我们掌握的话语权有限,就更不能巴结他,反而要表明态度,强化自身目的,不然会更加被动。"

项明章认可道:"胡秀山显然动心了。"

楚识琛心情明朗:"我有预感,他会联系我们的。"

走过一段路,四周的游客渐渐多了起来,楚识琛上次没机会逛一逛,此刻忙完了正事,松弛下来有些蠢蠢欲动。

恰好经过园内的文化馆,他好奇地问:"里面是什么?"

项明章也不清楚,说:"进去逛逛。"

两个人进了文化馆,纯白色的简约建筑,四层高,现代风格,但每一层陈列的全部是时代旧物。

一楼是报刊展厅,收藏着近现代全国各地的报纸和杂志。

楚识琛一进来就呆住了,他没想到过去的报刊会被保存下来,张贴展示,后世之人能看到曾经发生过的事情。

他缓步走过一面又一面墙壁,报纸上熟悉的字体、排版、行文方式,既遥远又亲切。

可惜现代人嫌繁体字看得累,展厅里人很少,项明章囫囵扫过,感慨道:"现在没什么年轻人看报了。"

楚识琛情不自禁地说:"以前都看的,如果发生大新闻,跳下电车也要赶紧买一份。"

项明章问："以前的事你不是忘了？"

楚识琛愣了下："我听家里人讲的。"

目光落在报纸版头，楚识琛发现是按照年份陈列的，一九四三年，他往前走，脚步越来越慢，一九四四、一九四五……

楚识琛几乎停住，贪婪地望着他离开那年的旧报，各界消息纷杂，大大小小的报刊每日都有重大新闻。

这时项明章从另一边走过来，目光掠过一张破损严重的报纸。

晃见一行标题，项明章霎时定在了原地，念道："复华银行。"

楚识琛错愕回头："……你说什么？"

项明章一字一顿地念完："敬告国民——复华银行关闭公告。"

"咚"的一声，楚识琛的包脱落坠地，他张着打战的五指，似是胆怯，脚步沉重地走到那张旧报前。

纸页泛黄，残缺，印刷的字迹斑驳模糊。

可的的确确是他撰写的公告。

楚识琛记得那样清楚，公告里的每个字、每句话，在他拟于心、落于纸的时候就再也忘不掉了。

他动了动唇，在新世纪，在这座文化馆脱口而出——

"自复华银行兴立，幸得国民支持，谨遵法度条理，险度重重危机。

然国运孔艰，外忧内患，欲挽经济崩坏，必先决国家存亡。

敝行与广大同人共筹办法，市场淯紊，收效甚微，列强不除，良策无以展布。

今愿舍百股万金，另行根本之道，自当竭尽全力救国民之苦痛。

故拟此公告，正式宣布——复华银行将于民国三十四年春，停业关闭。"

还剩最后两句，沈若臻顿了顿。他曾经抱憾的、祈祷的，在今朝一一见证，改天换地中，再读已是另一种胸怀。

"柳公云，但愿清商复为假，拔去万累云间翔。

"吾仰祈国泰民安，世途宽坦，重历中国银行业之肇昌。"

图书在版编目（CIP）数据

偷风不偷月 / 北南著 . -- 贵阳：贵州人民出版社，
2024.7
　ISBN 978-7-221-18040-7

　Ⅰ.①偷… Ⅱ.①北… Ⅲ.①长篇小说-中国-当代
Ⅳ.① I247.5

　中国国家版本馆 CIP 数据核字 (2023) 第 206057 号

TOU FENG BU TOU YUE
偷风不偷月
北南　著

出 版 人	朱文迅
策划编辑	晚　星
责任编辑	任蕴文
装帧设计	暖
责任印制	蔡继磊

出版发行	贵州出版集团　贵州人民出版社
地　　址	贵阳市观山湖区中天会展城会展东路 SOHO 公寓 A 座
印　　刷	河北鹏润印刷有限公司
版　　次	2024 年 7 月第 1 版
印　　次	2024 年 7 月第 1 次印刷
开　　本	700 毫米 ×980 毫米　1/16
印　　张	19.5　8 页彩插
字　　数	370 千字
书　　号	ISBN 978-7-221-18040-7
定　　价	55.00 元

如发现图书印装质量问题，请与印刷厂联系调换；版权所有，翻版必究；未经许可，不得转载。